SCHEMERS

Ander werk van Arnaldur Indriðason

Maandagskinderen
Grafteken
Noorderveen
Moordkuil
Engelenstem
Koudegolf
Winternacht
Onderkoeld
Onderstroom
Doodskap
Verdwijnpunt
Nachtstad

ARNALDUR INDRIĐASON

Schemerspel

Vertaald door Adriaan Faber

AMSTERDAM · ANTWERPEN
2014

Eerste druk, 2013; tweede druk (e-book), 2013; derde druk, 2014

Q is een imprint van Em. Querido's Uitgeverij BV, Amsterdam

Oorspronkelijke titel *Einvígið*
Published by agreement with Forlagið, www.forlagid.is

Omslag Wil Immink Design
Foto auteur Ralf Baumgarten

ISBN 978 90 214 5479 5 / NUR 305
www.uitgeverijQ.nl

Dit verhaal is verzonnen. Namen, personen en gebeurtenissen zijn volledig aan de fantasie van de schrijver ontsproten en elke overeenstemming met de werkelijkheid berust op louter toeval.

Aanspreekvormen

Hoewel het IJslands de beleefdheidsvorm 'u' wel kent, wordt deze zelden gebruikt. Iedereen, met uitzondering van de president en enkele hoge functionarissen, wordt met de voornaam of 'je' aangesproken. Daarom is in dit boek gekozen voor de laatste aanspreekvorm.

Uitspraak van þ, ð en æ

De IJslandse þ wordt ongeveer uitgesproken
als de Engelse stemloze th (bijvoorbeeld in *think*).
De IJslandse ð, die nooit aan het begin van een woord voorkomt,
is de stemhebbende variant: als in het Engelse *that*.
De IJslandse æ wordt uitgesproken als *ai*.

1

Pas toen de film was afgelopen, het licht aan was en het publiek de zaal had verlaten, ontdekte de portier het lijk.

Het was de voorstelling van vijf uur op een doordeweekse dag. De kassa was zoals altijd een uur voor aanvang opengegaan en de jongen had als eerste een kaartje gekocht. De vrouw achter het loket besteedde nagenoeg geen aandacht aan hem. Ze was een jaar of dertig en droeg een blauwe fluwelen band in haar getoupeerde haar. In een asbakje lag een sigaret te smeulen. De vrouw was verdiept in een Deens familieblad en keek nauwelijks op toen hij voor de kassa verscheen.

'Eenmaal?' vroeg ze. Hij knikte.

De vrouw gaf hem het kaartje met zijn wisselgeld en reikte hem vervolgens een programma aan. Ze ging verder met lezen. Hij stopte het geld in een van zijn zakken en het kaartje in een andere. Daarna liep hij bij het loket weg.

Hij ging graag alleen naar de bioscoop, het liefst naar de middagvoorstelling. Dan kocht hij popcorn en een flesje frisdrank. Hij had hier ook een favoriete zitplaats. Eigenlijk had hij in alle bioscopen van de stad wel zo'n plekje. Ze verschilden allemaal van elkaar – en er waren nogal wat bioscopen. Als hij bijvoorbeeld naar de universiteitsbioscoop ging, wou hij altijd links zitten, een beetje hoog. De universiteitsbioscoop was de grootste van allemaal en had ook verreweg het grootste scherm. Daar ging hij liever niet te dicht bovenop zitten, want er mocht hem geen enkel detail ontgaan. Tegelijkertijd gaf de afstand hem een zeker gevoel van veiligheid, want die filmbeelden konden behoorlijk op je afkomen. Als hij naar de Nieuwe Bioscoop ging wilde hij op het balkon zitten, op de korte rij stoelen, en dan naast het gangpad. De beste stoelen in de Oude Bioscoop had je boven, in de middelste loge. En in het Austurbæjartheater zat hij altijd rechts, drie rijen vanaf de ingang. In de Tónabioscoop had hij het liefst de rij vlak bij de ingang. Daar kon hij zijn benen strekken en tegelijk zat je op die plaats op veilige afstand van het scherm. Hetzelfde gold voor het Laugarástheater.

Maar de Havenbioscoop was anders dan de andere theaters en het had lang geduurd voor hij had uitgedokterd wat daar de beste plek was. Het was de kleinste bioscoop in de stad, en vanbinnen ook de minst mooie. Je kwam binnen via een kleine entreehal waarin ook een kraampje met snoepgoed stond. Aan beide kanten waren deuren naar de zaal. Die was lang en smal en had een gewelfd plafond, want de Havenbioscoop was eigenlijk een legerbarak, nog uit de oorlogsjaren. Langs de rijen stoelen liepen gangpaden naar beneden, en vooraan, vlak bij het scherm, waren twee uitgangen. Hij had wel eens tamelijk hoog gezeten, rechts, een paar stoelen vanaf het gangpad, en ook links, pal naast het pad. Maar uiteindelijk had hij zijn plaatsje gevonden: nogal hoog, rechts, naast het pad.

Het zou nog even duren voor de voorstelling begon en hij liep de Skúlagata op, naar de waterkant, waar hij op een grote steen in de zomerzon ging zitten. Hij had een groen jack aan, met daaronder een witte trui, en droeg een schooltas bij zich. In die tas zat een nog tamelijk nieuwe cassetterecorder. Die haalde hij nu tevoorschijn en zette hem op zijn knieën. In de zakken van zijn jack had hij twee cassettebandjes. Hij deed er een in de recorder, drukte op de rode knop RECORD en hield de microfoon voor zich uit, in de richting van de zee. Hij onderbrak de opname, spoelde terug, drukte op PLAY en luisterde naar het kabbelen van het water op de band. Hij spoelde weer terug en daarmee was de proefopname afgelopen. De recorder was klaar voor gebruik.

Hij had de titel van de film al op de cassettes geschreven.

De recorder had hij voor zijn verjaardag gekregen, al meer dan een jaar geleden. Eerst had hij er geen flauw idee van gehad hoe hij hem moest gebruiken. Maar dat had hij snel onder de knie gekregen; opnemen, afspelen, terugspoelen, vooruit spoelen – fluitje van een cent. In het begin had hij het nog wel leuk gevonden naar zijn eigen stem te luisteren: het leek alsof die uit de radio kwam. Maar dat had niet lang geduurd. Hij had cassettebandjes met muziek kunnen kopen en daar had hij er nu een aantal van, onder andere van *Top of the Pops*. Daar stond Engelse popmuziek op, van alles en nog wat. Ook had hij een cassette van Simon & Garfunkel. Maar zijn vader en moeder hadden een oude platenspeler, en uit de speakers kwam toch een heel wat beter geluid, dus hij luisterde liever naar platen. Van de radio nam hij het populaire *Tiener Top Twintig* op; andere popprogramma's interesseerden hem niet. Wel legde hij graag speciale dingen vast, alle mogelijke geluiden van zichzelf bijvoorbeeld, en interviews met zijn vader en moeder en verscheidene andere mensen in de flat. Maar toen ook daar de lol af was kwam de recorder in een la terecht.

Totdat hij een heel nieuw doel kreeg.

Hij kon eindeloos naar films kijken en hij vond er altijd wel iets in wat de moeite waard was om er een bioscoopkaartje aan te besteden. Het maakte niet uit of het musicals waren of comedy's, met al die schitterend uitgedoste mensen en die prachtige decors. Of westerns, ja, daar keek hij heel graag naar – die helden met hun samengeknepen ogen, die woestijnen zonder een sprietje groen. Sciencefiction, ook de moeite waard, of het nou ging om een mensdom dat werd weggevaagd in een nucleaire storm of om een ruimteschip dat zich voortbewoog door de zwarte ruimte, slechts voortgestuwd door zijn eigen fantasie. Dat kwam allemaal bij hem binnen via zijn ogen, die in het donker glansden als ze naar de beelden staarden.

En dan het geluid, ook al zo'n wonder. Hij kon luisteren naar het achtergrondlawaai van de grote steden, het gemurmel van mensenstemmen. Hij kon passagiersvliegtuigen horen landen, schoten horen knallen, hij hoorde muziek, gesprekken. Sommige geluiden kwamen uit lang vervlogen eeuwen, andere uit tijden die nog moesten aanbreken. Soms gilde de stilte het uit, soms klonk er een krankzinnig makend lawaai. Zo was het idee geboren en had hij een nieuwe functie voor de recorder gevonden. De film zelf kon hij niet op de band zetten, wel kon hij het geluid opnemen en dan de film in zijn verbeelding herbeleven. Dat had hij al een paar keer gedaan.

De portier opende de deuren van de filmzaal ongeveer een kwartier voor het begin van de voorstelling en begon de controlestrookjes van de toegangsbewijzen te scheuren. In de snoepkraam stond een jong meisje, maar voor hij naar haar toe liep wandelde hij de hal door en bekeek een affiche met de films voor de komende tijd. Naar een ervan keek hij vol verwachting uit. Die heette *Little Big Man*, en een van zijn lievelingsacteurs, Dustin Hoffman, speelde de hoofdrol. Ze zeiden dat het een heel bijzondere western was. Hij kon bijna niet wachten.

De operateur stond geintjes te maken met het meisje van de snoepkraam. Voor de kassa had zich een korte rij gevormd. Hij zette zijn tas op de vloer en haalde het geld uit zijn zak. Dat had hij speciaal meegenomen om wat te snoepen te hebben.

Hij vond zijn zitplaats en installeerde zich. Zoals gewoonlijk at hij voordat de film begon zijn popcorn en dronk hij het flesje frisdrank leeg. Hij zette de cassetterecorder op de zitting van de stoel naast de zijne en legde de microfoon voor op de armleuning. Hij controleerde of hij de cassette goed in de recorder had gedaan en of alles gereed was voor de opname. Alles nam hij op, ook de trailers van de komende films.

Hij had een kaartje gekocht voor een western met Gregory Peck in de hoofdrol, een acteur die hij erg goed vond. *The Stalking Moon* stond er op een poster in de hal en hij was vastbesloten na de voorstelling te vragen of ze er nog een hadden en of hij die zou kunnen krijgen. En misschien hadden ze nog wel een paar filmfoto's van deze western over. Die spaarde hij ook.

Het witte doek lichtte op.

Hij hoopte dat hij een trailer van *Little Big Man* te zien zou krijgen.

Een poosje nadat de voorstelling was afgelopen ging de portier de zaal in. Hij was aan de late kant omdat hij had moeten invallen voor de kassière. Dat soort karweitjes deden ze soms voor elkaar. Er was ongewoon veel publiek voor de voorstelling van zeven uur; er stond al een hele rij mensen voor het loket. Hij kon intussen niet zijn plaats in de hal innemen en liet het meisje van de snoepkraam de kaartjes scheuren. Toen hij de handen weer vrij had haastte hij zich naar de zaal. Het was zijn taak na de voorstelling de uitgangen voor het publiek te openen en erop toe te zien dat er niemand achterbleef om stiekem de volgende voorstelling te kunnen zien. En dat er niemand via een van de uitgangen tegen de stroom in naar binnen glipte.

Zoals altijd wanneer hij laat was hadden de kijkers de deuren van de uitgangen zelf al opengedaan. Hij liep een van de gangpaden door en sloot de deur. Daarna stak hij de zaal over om de deur aan de andere kant dicht te doen. De voorstelling van zeven uur stond op het punt te beginnen en hij wist uit ervaring dat de bezoekers graag een beetje snel wilden gaan zitten. Toen de portier weer naar de hal liep keek hij tussen de rijen stoelen door.

In het halfdonker van de zaal ontdekte hij één verloren schaap.

De jongen met de schooltas zat nog in zijn stoel en leek opzij te zijn gezakt, over de stoel naast hem. Daardoor was hij niet te zien als je over de rijen heen keek. Hij lag rustig te slapen. De portier kende hem wel. Er waren meer mensen die regelmatig in de bioscoop kwamen, allemaal met hun eigen wensen: een voorkeur voor een bepaalde tijd, een plaats waar ze graag wilden zitten. Deze kwam heel vaak, het maakte niet uit wat voor film er draaide. Het hele scala aan mogelijkheden scheen hem te interesseren. Een enkele keer had de jongen hem iets over de volgende film gevraagd, wanneer die zou draaien en zulke dingen meer, en ook of hij filmfoto's voor hem had, of andere reclamespullen. Voor een knul van zijn leeftijd maakte hij een wat simpele indruk, een beetje kinderlijk zelfs. En altijd was hij in zijn eentje.

De portier riep de jongen. Op de vloer lag een lege popcornzak en een frisdrankflesje.

De jongen gaf geen antwoord en de portier liep tussen de rij stoelen door, gaf hem een por en zei hem dat hij wakker moest worden. Hij moest eruit: de volgende voorstelling ging beginnen. Er kwam geen reactie. De portier boog zich voorover en zag dat de ogen van de jongen half openstonden. Hij porde hem nog steviger, maar de knul scheen het niet te voelen. Ten slotte pakte hij hem bij zijn schouder om hem op zijn benen te zetten, maar hij merkte dat het lichaam wonderlijk zwaar en dood aanvoelde en hij verslapte zijn greep.

Op dat moment begonnen de zaallichten op volle sterkte te branden. Pas toen zag hij de plas bloed op de vloer.

2

In het kantoor van Marion Briem stond een zitbank, een luxe waarvoor verder niemand toestemming had gekregen, al hadden niet veel mensen het ook echt gevraagd. Als meubelstuk stelde de bank weinig voor, en het was verbazingwekkend dat het ding desondanks zoveel reacties bleek op te roepen. Hij was oud en versleten, en bekleed met dun leer dat aan de hoeken kapotgegaan was. Het was een driezitsbank met armleuningen waarop je lekker je hoofd kon neerleggen en het leek het perfecte meubel om een middagdutje op te doen. Als Marion de stad uit was waagden sommigen van de oudere rechercheurs het wel eens – even de vermoeide benen strekken. Ze deden dat heel behoedzaam, want Marion kon het hoog opnemen als er iemand ongevraagd in het kantoor rondhing. De bank had onder de recherchemensen vele malen aanleiding gegeven tot deining. Sommige collega's waren jaloers en konden het niet hebben dat iemand een voorkeursbehandeling kreeg. Gelijke monniken, gelijke kappen. Marion maakte zich er totaal niet druk over en de leiding bemoeide zich er ook niet mee, uit vrees een van de beste krachten bij de politie voor het hoofd te stoten. Met regelmatige tussenpozen borrelde de discussie echter weer op. Vooral sommige nieuwe mensen bliezen graag hun partij mee als er herrie was. Een groentje was eens zo ver gegaan dat hij de bank liet neerzetten in het kantoor dat hij met twee anderen deelde. Marion een bank? Oké, maar dan zij ook. Een paar dagen later was het meubelstuk echter alweer weggehaald; de nieuweling werd teruggestuurd naar de verkeerspolitie.

Marion was even gaan liggen en sliep heerlijk toen Albert zijn neus om de hoek van de deur stak om verslag uit te brengen van een steekpartij in de Havenbioscoop. Albert deelde het kantoor met Marion en had voor de bank nooit enige belangstelling getoond. Hij was dertig jaar oud, gehuwd en vader, en woonde in een flatgebouw van vier verdiepingen in de wijk Háaleiti. Hij werkte bij de recherche van de politie Reykjavík, en ze hadden hem bij Marion Briem gezet, op het hoofdbureau aan de Borgartún. Marion had wel tegen deze regeling geprotesteerd, maar nul op het rekest gekregen. Het gebouw van de recherche barstte langzamerhand uit zijn voegen en met iedere vierkante meter moest gewoekerd worden. Niet alleen herbergde het de rechercheurs, maar ook de technische recherche, een afdeling die heel klein was begonnen maar steeds meer uitdijde. Albert had lang haar en een baard. Hij droeg makkelijke kleren, het liefst liep hij rond in jeans en een houthakkershemd. Marion vond zulke hippe kleding nergens goed voor en kon het nooit laten daarover en over zijn kapsel opmerkingen te maken. Niet in de laatste plaats omdat Albert bleek te beschikken over een kalmte en een geduld die maar weinig mensen waren gegeven. Hij legde alles simpelweg naast zich neer. Albert realiseerde zich heel goed dat het tijd zou kosten Marion op zijn hand te krijgen. Hij was neergezet in een kantoor dat tot dan toe voor anderen gesloten was geweest en van die omstandigheid zou hij het beste moeten maken. Het enige waar hij echt niet tegen kon was het roken: Marion rookte stevig, en ook nog bijna uitsluitend op het kantoor. Daar stond een grote asbak, meestal vol peuken.

Albert moest drie keer roepen voor er vanaf de bank een teken van leven kwam. Marion had vast geslapen en bij het wakker worden werkte nog een droom na. Of was het een herinnering die tijdens het rusten weer tot leven gekomen was? Naarmate de jaren verstreken bleek het moeilijker dat goed te onderscheiden. In elk geval: de oude, bekende flarden van herinneringen uit het Deense sanatorium waren er nog. Het sneeuwwitte linnen in de droge zomerwind. De stemmen van de patiënten die naar buiten werden gereden, naar de grote boogvormige veranda, sommigen van hen ten dode opgeschreven. De instrumententafel van de dokter, de lange naalden die werden gebruikt voor het inblazen van lucht in de borstholte. De pijn in je zij die je voelde als de dokter de naald in je borst duwde.

'Marion!' zei Albert – het was bepaald niet onbelangrijk wat hij te melden had. 'Hoorde je me niet? Er is in de Havenbioscoop een jongen doodgestoken. Ze wachten op ons. De technische recherche is er al heen.'

'Doodgestoken? In de Havenbioscoop?' vroeg Marion, overeind komend. 'Dader gepakt?'

'Nee, die jongen was als enige in de zaal toen de portier hem ontdekte,' zei Albert.

Marion stond op.

'In de Havenbioscoop?'

'Ja.'

'Terwijl hij naar een film zat te kijken?'

'Ja.'

'Midden onder de film neergestoken dus?'

'Ja.'

Marion kwam moeizaam in beweging. De melding was kort daarvoor bij de politie van Reykjavík binnengekomen. Een portier had vanuit de bioscoop gebeld en in een vloed van woorden geëist dat er ogenblikkelijk politie zou komen – de dienstdoende telefonist moest zich twee keer laten vertellen wat er aan de hand was. Er werden twee auto's en een ambulance naar de bioscoop gestuurd en bovendien werd de melding doorgegeven aan de recherche. Daar had Albert het bericht in ontvangst genomen, hij had zijn onmiddellijke chef ervan in kennis gesteld en de technische recherche op pad gestuurd. Vervolgens had hij Marion gewekt.

'Zeg tegen ze dat ze niet met hun smerige schoenen over alles heen moeten lopen,' zei Marion.

'Tegen wie moet ik dat zeggen?'

'Tegen de lui op de plaats delict natuurlijk!'

Degenen die het eerst op de plaats van de misdaad waren, heel vaak mensen van de verkeerspolitie, wilden er nog wel eens rondbanjeren alsof ze hoge autoriteiten waren. Ze vormden een gevaar voor alle recherchewerk.

De Havenbioscoop bevond zich op loopafstand van het bureau, maar gezien de omstandigheden kozen Marion en Albert ervoor met de dienstauto te gaan. Ze reden de Borgartún uit, de Skúlagata op. Op de hoek van de Skúlagata en de Barónsstígur stond de Havenbioscoop, een met golfplaat beklede herinnering aan de Tweede Wereldoorlog, de periode van IJslands deelname aan de gebeurtenissen in de grote wereld. De barak was vroeger een Engelse legerloods geweest, die dienst had gedaan als officiersclub van het bezettingsleger. De witgeverfde entree was van beton, de rest van plaatijzer en hout.

'Die moeder van Sylvia, wie is dat eigenlijk?' zei Marion onderweg naar de bioscoop. De vraag kwam zomaar uit de lucht vallen.

'Hoezo? Waar heb je het over?' vroeg Albert, die achter het stuur zat en geen flauw idee had op wie Marion doelde.

'Waar je altijd over hoort zingen op de radio. Welke Sylvia is dat? En die moeder van haar, is daar wat mee? Waar slaat die tekst eigenlijk op?'

Albert spitste zijn oren. In het popprogramma op de radio werd nu al weken een populaire Amerikaanse song gedraaid, 'Sylvia's Mother'.

'Nooit geweten dat jij naar popmuziek luisterde,' zei hij.

'Dat liedje krijg je toch wel te horen, daar ontkom je niet aan. Zijn het mannen die dat zingen?'

'Ja, en nog een heel bekende groep ook,' zei Albert.

Ze waren bij de bioscoop.

'Niet zo best dat dit uitgerekend nu moet gebeuren,' zei hij en hij bekeek de posters bij de entree.

'Nee, bij de schaakbond zullen ze niet blij zijn,' zei Marion, uit de auto stappend.

Alberts zorgelijke opmerking had te maken met de komende gebeurtenissen in IJsland, want die waren wereldnieuws. Reykjavík zat bomvol: journalisten uit de hele wereld, vertegenwoordigers van de grootste persbureaus, van de televisie, de radio, de dagbladpers. Die zouden gegarandeerd uitvoerig melding maken van wat er in de Havenbioscoop was voorgevallen. In de stad wemelde het verder van schaakanalisten, schaakliefhebbers en diplomaten van de Verenigde Staten en de Sovjet-Unie: iedereen die de mogelijkheid had de lange reis naar IJsland te maken en genoeg in het schaakspel geïnteresseerd was om dat ervoor over te hebben. En het sprak vanzelf: de hele wereld zag reikhalzend uit naar het toernooi tussen de grootmeesters Bobby Fischer en Boris Spassky, de Match van de Eeuw zoals hij werd genoemd. IJsland had niet meer in zo'n maalstroom van wereldnieuws verkeerd sinds het in de Tweede Wereldoorlog door Engelsen en Amerikanen was bezet.

Nog steeds was het niet zeker of de tweekamp door zou gaan. De wereldkampioen, Boris Spassky, was al in het land aangekomen. De uitdager, Bobby Fischer, bleek echter voor problemen te zorgen. Bijna dagelijks kwam hij met wonderlijke nieuwe eisen, voor het merendeel op het gebied van het prijzengeld. In New York had hij al een aantal vliegtuigen vertraging bezorgd omdat hij op het laatste moment van zijn reis had afgezien en bij de voorbereiding van de wedstrijd had hij zich buitengewoon onbetrouwbaar getoond. Spassky daarentegen was een en al voorkomendheid en liet de moeilijkheden die Fischer veroorzaakte volkomen langs zich heen gaan. Hij zei dat hij naar IJsland was gekomen om te schaken; de rest interesseerde hem niet, dat waren maar bijkomstigheden. Dit tactvolle optreden van de grootmeester had de harten van zelfs de grootste vijanden van het Sovjetbewind doen smelten. Het belang van de tweekamp werd door de westelijke massamedia breed uitgemeten; ze zagen die graag als een strijd tussen oost en west, tussen de vrije democratieën en de onderdrukte Sovjetlanden. De koppen van de grote dagbladen logen er dan ook niet om: KOUDE OORLOG IN DE STRATEN VAN REYKJAVÍK.

IJsland had al een tijd in de schijnwerpers gestaan vanwege een geschil met Engeland over de uitbreiding van zijn visserijrechten. De Engelsen hadden oorlogsschepen naar de visgronden gestuurd om de Britse vissersschepen te beschermen. Schermutselingen tussen schepen die de IJslandse visserijgrenzen bewaakten en Engelse oorlogsschepen en trawlers hadden de wereldpers gehaald, en door het wereldkampioenschap schaken in Reykjavík werd de belangstelling van de massamedia voor het conflict alleen nog maar groter.

De toegangsdeuren tot de filmzaal waren nog niet afgesloten toen Marion Briem en Albert aankwamen. Voor de bioscoop stond een rijtje politieauto's en een ambulance met geopende achterdeuren. Op het trottoir dromden mensen samen die de film hadden willen zien of die kaartjes hadden willen reserveren. Een aantal van de meest nieuwsgierigen had zich tot in de entreehal gewaagd. Marion bonjourde allereerst een stel politiemensen de filmzaal uit, zodat de technisch rechercheurs in alle rust hun werk zouden kunnen doen, en liet alle deuren afsluiten om te verhinderen dat de plaats delict nog verder zou worden verstoord. Intussen zorgde Albert ervoor dat de hal leeg raakte. De kassière stond bij de snoepkraam en vroeg hoe het met de volgende voorstelling zou gaan. Albert deelde haar mee dat er tot de volgende dag geen voorstellingen zouden zijn.

'Hij kwam hier zo vaak,' zei de vrouw die had verteld dat ze Kiddý heette. Ze was overstuur. 'Zo'n rustige jongen. Ik kan er niet bij dat iemand een ander zoiets aandoet. Hem, of wie dan ook.'

'Kende je hem?' vroeg Albert.

'Kennen? Nee, niet echt. Niet meer dan andere mensen die hier vaak komen. Want dat deed hij, hij ging naar alle films. Zulke mensen heb je wel meer.'

'Zulke mensen? Hoe bedoel je dat?'

'Die in hun eentje naar de bioscoop gaan. Speciaal als het niet zo druk is. Ze vinden het niet fijn als het vol zit, zoals om negen uur. Zo heb je er een heleboel. Die komen om rustig van de film te genieten.'

'Zijn de stoelen genummerd?'

'Ja, maar als er maar zo weinig mensen zijn, kiezen ze zelf een plaats.'
'Heb je iets bijzonders gemerkt aan zijn manier van doen?'
'Nee,' zei de vrouw. 'Echt niet.'
'Denk nog eens goed na.'
'Ik kan niks bedenken. Nou ja, hij had zijn schooltas bij zich.'
'Droeg hij een schooltas?'
'Ja.'
'Maar er is 's zomers helemaal geen school.'
'Toch liep hij met een tas.'

Het meisje van de snoepkraam stond erbij zonder iets te zeggen. Ze luisterde naar het gesprek. Ze was niet ouder dan zeventien jaar en was erg geschrokken. Ze had gehuild, en Kiddý had geprobeerd haar te kalmeren. Er hadden veel mensen snoep gekocht, zei ze toen Albert ernaar vroeg. Een paar jongens. Eén vrouw had ze gezien, de andere bezoekers waren mannen geweest die ze niet kende en ook echt niet kon beschrijven. Dat de overledene een schooltas droeg kon ze niet bevestigen.

Marion volgde de werkzaamheden van de technisch rechercheurs. Albert kwam de zaal in met het nieuws over de tas. De mannen wachtten op sterke lampen omdat de zaalverlichting vrij zwak was, ook nu alle lichten aan waren. Vanaf het moment dat de portier het lichaam had vastgepakt had niemand het meer aangeraakt. Van voren was het een en al bloed. Ook de stoel was bedekt met bloed, evenals de vloer eronder, die door de technische mensen met zaklantaarns werd beschenen – iets anders hadden ze op dit moment niet. Een van hen nam foto's van het lijk, het bloed en het lege popcornzakje dat op de vloer lag. De flitser van de camera wierp met regelmatige tussenpozen zijn licht door de zaal, totdat de fotograaf vond dat hij genoeg foto's had geschoten.

'Er is erg veel bloed,' zei de arts die naar de plaats delict was geroepen. 'Twee steken, recht in het hart. Er zit nauwelijks nog bloed in het lichaam.'

'Zien jullie ook een schooltas?' riep Marion naar de technische mensen.

Een van hen keek op.

'Geen schooltas hier!' riep hij terug.

'Hij moet een schooltas bij zich hebben gehad,' zei Marion. 'Kunnen jullie nagaan of die er nog is?'

Een andere rechercheur was de stoelenrijen langsgelopen en had ze bij het licht van een sterke zaklantaarn zorgvuldig bekeken. Hij riep Marion, die naar hem toe kwam. Daar waar kijkers hadden gezeten lag nogal wat troep op de vloer; ze hadden hun popcornzakjes, frisdrankflesjes of toffeepapiertjes gewoon laten vallen. Zo was het mogelijk te bepalen waar de kijkers hadden gezeten, dat wil zeggen: zij die iets in de snoepkraam hadden gekocht. Marion had opgemerkt dat er bij de stoelen direct rondom het lijk geen papiertjes lagen, en ook geen popcorn. De technisch rechercheur scheen met zijn zaklantaarn voor zich uit naar het midden van een rij stoelen lager in de zaal. Daar lag een drankfles. Hij liep ernaartoe en liet het licht erop vallen.

'Wat is dat?' vroeg Marion Briem.

'Rum,' zei de rechercheur. 'Een lege rumfles. Die moet hierheen zijn gerold, van hogerop uit de zaal. Dat kan niet anders, al loopt de vloer maar een klein beetje af. Er ligt verder niks omheen.'

'Niet aankomen,' zei Marion. 'We moeten eerst een plattegrond van de zaal maken en kijken hoe alles ligt.'

'Ik denk dat ik zo wel genoeg foto's heb,' zei de fotograaf nadat hij opnamen van de fles had gemaakt. Hij liep door de hal naar buiten, gevolgd door Marion. Daar stond ook de portier, die Matthías bleek te heten. Marion wenkte hem: meekomen. Samen liepen ze terug naar de zaal en Marion vroeg hem precies te beschrijven hoe hij het lijk had aangetroffen en hoe de jongen binnengekomen was. De portier legde zijn verklaring af en deed duidelijk zijn best niets over te slaan van wat hem van belang leek.

'Hoeveel kaartjes hebben jullie voor de voorstelling van vijf uur verkocht?'

'Dat heb ik samen met Kiddý nagekeken. Ze heeft er voor deze voorstelling vijftien verkocht.'

'Waren er mensen bij die je kende? Heb je vaste bezoekers gezien?'

'Alleen die jongen,' zei de portier. 'Ik heb er niet echt op gelet. We draaien een Amerikaanse western die nogal populair is, en ik denk dat er bijna alleen maar mannen waren. Dat heb je vaak bij westerns. Én bij de voorstelling van vijf uur. Daar komen nooit veel vrouwen naartoe.'

'Bíjna allemaal mannen?' vroeg Marion.

'Ja, er zat maar één vrouw in de zaal. Die had ik nooit eerder gezien. Verder nog wat jongelui en een paar mannen die me niet bekend voorkwamen. Ja, en dan nog die van de tv.'

'Wie van de tv?'

'Ach, hoe heet-ie ook weer? Hij is nogal bekend. Toe, die weerman. Hoe heet-ie nou toch?'

'Een meteoroloog?'

'Ja, die man van het weerbericht. Die heb ik gezien. Hij kocht een kaartje.'

'En heb je wat bijzonders gemerkt? Kende hij die jongen? Hebben ze samen gepraat?'

'Nee, dat geloof ik niet. Heb ik niet gezien tenminste. Ik herkende hem alleen maar van de tv. Weten jullie wie de jongen is?'

'Nee,' zei Marion, 'nog niet. Kende jij hem? Als personeelslid hier?'

'Ja, hij kwam hier heel vaak. Hij zag alle films. Een heel aardige jongen, dat is het enige wat ik van hem kan zeggen. Beleefd, maar er was wel iets met hem, iets vreemds. Alsof hij een beetje simpel was, dat arme joch. En hij was altijd alleen. Kwam nooit samen met anderen. In de andere bioscopen kennen ze hem vast ook wel – misschien hebben jullie daar wat aan. Daar heeft hij vast en zeker ook zijn eigen plekje gehad. Dat heb je met een heleboel mensen. Zitten altijd op dezelfde plaats.'

'Deze jongen dus ook?'

'Ja, hij zat heel vaak daar wat hogerop, aan de rechterkant.'

'Kan er iemand geweest zijn die wist dat hij daar altijd zat?' vroeg Marion Briem.

De portier haalde zijn schouders op.

'Dat zou ik niet weten,' zei hij. 'Het is natuurlijk mogelijk.'

'Heb je gezien of de jongen een schooltas droeg?'

'Ja, dat geloof ik wel. Jawel, hij had een tas bij zich.'

'Die film, is dat wat?' vroeg Marion Briem, naar een poster van *The Stalking Moon* wijzend.

'O ja, dat is een hele goeie. Loopt prima. Hou jij van westerns? Een heleboel IJslanders zijn er dol op. Ze doen denken aan de oude saga's.'

'Ja,' zei Marion Briem. '*The Searchers*, dat is een favoriet van me. Maar Gregory Peck, daar ben ik niet kapot van.'

'Die vind ík eigenlijk wel goed.'

'Dus er zijn vijftien kaartjes verkocht, zei je?'

'Ja.'

'Wat werd er ook alweer gezongen in *Treasure Island*? Was dat ook niet zoiets?'

'*Treasure Island*?'

'Ja, dat boek van Stevenson. "Vijftien man op de dodemanskist",' zei Marion. '"En een grote fles rum."'

3

Marion was de projectorcabine binnengegaan en was juist in gesprek met de operateur toen Albert in de deuropening verscheen. Met een ernstig gezicht gaf hij aan dat hij iets wilde zeggen.

'Ze hebben zijn identiteitskaart gevonden, we hebben een adres,' fluisterde hij. 'Hij was zeventien jaar, hij is geboren in 1955. Ragnar heette hij. Ragnar Einarsson. Hij woonde in Breiðholt.'

Marion liep met Albert door de entreehal naar de filmzaal, waar nog steeds, onaangeroerd, het lichaam lag. Het was over de stoel ernaast gezakt. De technisch rechercheur liet Marion de identiteitskaart zien. Die was helemaal met bloed besmeurd, hij had in de binnenzak van het jack gezeten.

'Wij vertrekken nu; we gaan met de familie praten,' zei Marion. 'Zijn jullie hier nog niet klaar?'

'Jawel,' zei de man. 'We stoppen direct. Het moordwapen hebben we niet kunnen vinden. Ze hebben in de omgeving van de bioscoop gezocht, in de vuilnisbakken en zo, maar niks. Een paar collega's zijn naar de zeekant gelopen, en ook een paar naar de Hverfisgata. Misschien hebben ze geluk. Zijn jullie al wat wijzer geworden over wat er gebeurd is?'

'Nee, totaal niet,' zei Marion.

Onderweg naar buiten bleef Albert staan voor de poster van *The Stalking Moon* in de hal.

'The Stalking Moon?' zei hij. 'Wat is dat?'

'Misschien wordt er een bolbliksem mee bedoeld,' zei Marion. 'Met de maan heeft het niks te maken.'

'Wat is dat, een bolbliksem?'

'Een soort vuurbal. Het houdt verband met elektrisch lading in de atmosfeer. Al eeuwenlang bestaan er beschrijvingen van. In de *Eyrbyggja saga* bijvoorbeeld. Daar betekent zo'n bol dat er narigheid op komst is.'

Marion keek de filmzaal in.

'Eigenlijk wel bijzonder. Als je bedenkt wat hier is gebeurd.'

'Hoezo?'

'Als de mensen zo'n vuurbal zagen kwam er een sterfgeval.'

Het was een mooie zomeravond. De mensen voor de bioscoop waren luchtig gekleed. Ze waren nieuwsgierig naar wat er binnen was voorgevallen, want de dood van de jongen was al op het radionieuws geweest. Marion moest de mensen opzij duwen om bij de auto te komen. Albert volgde op een afstand. Kiddý en de operateur stonden in de hal en keken hen na. Toen de kust veilig was en de deuren van de entreehal waren gesloten, boog de operateur zich naar Kiddý toe en begon te fluisteren.

'Heb jij dat ook wel eens gehad? Dat je niet direct kon zien of iemand een man of een vrouw was?'

'Gek,' zei Kiddý. 'Daar liep ik nou ook net over te denken.'

Ragnars huis bevond zich in een flatgebouw in Breiðholt, de nieuwste buitenwijk van Reykjavík. De wijk strekte zich vanuit het stadshart uit naar het zuidoosten en was nog in aanbouw. Marion en Albert moesten over stapels hout voor betonbekistingen heen klauteren, door plassen water stappen en langs betonsilo's schuiven om bij het trappenhuis te komen. Overal op de heuvels rondom – door sommige mensen de Golanhoogten genoemd – verrezen grote flatgebouwen, een aantal ervan had wel tien verdiepingen. Andere waren lager en stonden in rijen langs de lange straten. Lager op de heuvels stonden rijtjeshuizen en vrijstaande woningen voor de meer gefortuneerden. De bouw van de flats maakte deel uit van het regeringsbeleid; ze waren bedoeld voor de lager betaalden die vanaf de crisisjaren en de oorlog met woningnood te kampen hadden gehad. Uit alle streken van het land waren de mensen naar de stad getrokken om werk te zoeken. Daar hadden ze voor hun bestaan moeten vechten, wonend in kelderruimtes, onder hanenbalken en in barakken uit de oorlogsjaren die zo lek waren als een mandje. Nu kwamen er betere tijden aan: moderne flatwoningen met een ruime woonkamer, twee of drie slaapkamers, een betegelde badkamer en een keuken die van alle gemakken was voorzien.

In het trappenhuis van het gebouw waarin Ragnar had gewoond werden de muren gestukadoord en voorbereidingen getroffen voor het schilderwerk. Er was nog geen deurintercom, maar de brievenbussen waren al aan de muur bevestigd en daar vond Marion de namen van Ragnar en zijn familie. Ze woonden op de derde etage links, ouders met drie kinderen, waaronder Ragnar.

'Twee zusjes heeft hij,' zei Marion.

De deuren naar het trappenhuis waren open. Op weg naar boven ontmoetten ze een troepje kinderen, zwaarbewapend met zwaarden en schilden, die ze van overgebleven hout van de bouw hadden gemaakt. Zonder aandacht te besteden aan de beide vertegenwoordigers van de politie liepen de Noormannetjes luid gillend de trap af, op weg naar het terrein voor het gebouw.

Albert wilde op de deur kloppen, maar Marion hield hem tegen.

'Laten we ze nog één minuut geven.'

Albert aarzelde. De seconden gingen voorbij. Marion prevelde iets in zichzelf.

Hoor, Hemelstichter,
mij, arme dichter,
die al zijn kracht
van U verwacht.[1]

Albert stond rustig bij de deur te wachten.

'Je moet het gewoon vertellen zoals het is,' zei Marion, gebarend dat hij nu maar moest kloppen. 'Niks meer en ook niks minder.'

De deur ging open en een meisje van een jaar of tien keek met een vragende blik in haar ogen naar de onverwachte gasten. Een zware lucht van gekookte vis, gesmolten niervet, afwasmiddel en tabaksrook drong vanuit het appartement naar buiten.

'Is je pappa ook thuis?' vroeg Albert.

Het meisje ging haar vader halen, die na het avondeten even met een boek was gaan liggen. Hij verscheen aan de deur, een tamelijk gezette man met warrig haar. Hij was in werkkleren, bretellen over zijn shirt. Tegelijkertijd kwam ook zijn vrouw uit de keuken, samen met het andere meisje, dat ongeveer veertien jaar was.

Albert deed het woord.

'Neem ons niet kwalijk dat we jullie moeten storen...'

---

1 De eerste regels van het gedicht 'Heyr, himna smiður' van Kolbeinn Tumason (1173–1208), die het kort voor zijn dood schreef. De tekst is nog steeds zeer bekend. (Noot van de vertaler)

Hij kwam niet verder.

'Hindert niet,' zei de man. 'Blijf niet bij de deur staan, kom binnen en vertel wat jullie op je hart hebben. Gaat het over de flat?'

Albert ging de huiskamer binnen, Marion liep achter hem aan. Albert had Ragnars identiteitskaart voor de dag gehaald.

'Het gaat over jullie zoon,' zei hij. 'Dat is toch Ragnar Einarsson?'

'Wat is er met Ragnar?' vroeg de vrouw. Ze was klein en slank; haar gezicht verraadde meer belangstelling dan dat van haar man. Hij had met zijn boek in de handen een beetje liggen dutten en was er nog niet helemaal bij.

'Ragnar Einarsson, zeventien jaar?'

'Ja.'

'Is dit hem?' vroeg Albert en hij reikte hun de identiteitskaart aan, die besmeurd was met bloed. Er zat een zwart-witte foto op.

'Ja, dit is Raggi,' zei de man. 'Wat is er gebeurd? Wat zit er op die kaart?'

'Ik ben...' begon Albert.

'Misschien is het beter dat de meisjes naar hun kamer gaan,' zei Marion.

De vrouw keek eerst haar dochters aan, toen Marion, en zei dat ze naar hun slaapkamer moesten gaan. De twee meisjes gehoorzaamden zonder commentaar.

'Ik ben bang dat ik u moet zeggen dat Ragnar overleden is,' zei Albert toen ze buiten gehoorafstand waren. 'Toen hij in de bioscoop zat is hij doodgestoken. We weten nog niet wie het heeft gedaan en waarom.'

De man en vrouw luisterden naar hem, maar schenen geen woord te begrijpen van wat hij zei.

'Wat...?' stamelde de vrouw.

'Waar zijn jullie ook alweer van?' vroeg de man.

'We zijn van de politie,' zei Albert. 'We vinden het verschrikkelijk dat we u dit bericht moeten brengen. We hebben een dominee op de hoogte gesteld, maar hij werd opgehouden en zal wat later hier zijn. Tenminste, als jullie graag willen dat hij komt.'

De man gleed van zijn stoel; Marion schoot toe en ondersteunde hem, zodat hij niet op de vloer viel. De vrouw keek naar haar man en toen beurtelings naar Albert en Marion.

'Wat praten jullie nou toch,' kreunde ze. 'Wat bedoelen jullie? Ragnar heeft nooit iemand kwaad gedaan. Dit móét een vergissing zijn!'

'We zullen ons uiterste best doen om erachter te komen wat er gebeurd is,' zei Albert. 'We hebben gehoord dat hij alleen naar de bioscoop gegaan is. Had hij met iemand afgesproken...?'

'Alleen?' zei de vrouw afwezig. 'Ragnar ís helemaal alleen.'

'Nee, hij had met niemand afgesproken,' zei de man.

'Heeft hij ook vrienden hier in de flat met wie we kunnen praten? Misschien heeft hij wel met iemand afgesproken zonder dat jullie ervan wisten.'

'Hij heeft nog niet veel vrienden hier,' zei de vrouw. 'We wonen nog niet zo lang in deze buurt, pas een halfjaar, dus hij heeft nog niet veel tijd gehad om hier mensen te leren kennen.'

'En hij is ook een beetje eigenaardig,' zei de man.

'Hoe dan?'

'Wat is er gebeurd?' vroeg de vrouw. 'Kunnen jullie niks zeggen? Vertel nou alsjeblieft gewoon wat er gebeurd is!'

Albert beschreef wat ze in de Havenbioscoop hadden gezien en slaagde erin tactvol te zijn zonder te vergeten wat van belang was. De ernst van de zaak, het feit dat hun leven voorgoed was veranderd, was nog niet ten volle tot de vader en moeder doorgedrongen.

'Jullie zullen natuurlijk het lichaam moeten identificeren,' zei Albert nadat hij had uiteengezet hoe hun zoon was gevonden.

'Identificeren?' zei de vrouw. 'Waar? Hoe? Kunnen we er nu heen? Kunnen jullie ons brengen?'

'Natuurlijk,' zei Albert. 'Jullie kunnen met ons mee. De dominee bellen we wel af.'

De vrouw liep haastig naar de kapstok bij de voordeur en haalde haar jas. De man stond op en deed zijn jasje aan. Afwezig zeiden ze hun twee dochters gedag. Die keken hun vader en moeder met vragende blikken na. Albert en Marion liepen met de ouders de trappen af en gingen naar de auto. De kinderen die ze in het trappenhuis hadden gezien stonden in volle wapenuitrusting op het terrein voor de flat. Ze hadden juist wapenstilstand gesloten toen de onopvallende auto hun traag voorbijreed in de richting van de Breiðholtsbraut, die naar het centrum leidde.

Het lichaam van Ragnar was voor onderzoek overgebracht naar het mortuarium van het Rijksziekenhuis aan de Barónsstígur. Het lag op een koude stalen tafel onder een wit laken toen Marion en Albert daar met de ouders van de jongen aankwamen. Een patholoog-anatoom, gekleed in een witte jas, ontving hen en schudde iedereen de hand. Daarna liep hij naar de tafel en lichtte het laken boven het gezicht van de jongen op. Ragnar had nog steeds de kleren aan waarmee hij van huis was gegaan.

De vrouw sloeg een hand voor haar mond, alsof ze de kreet wilde smoren die haar op de lippen was gekomen. De man stond bewegingloos en keek naar zijn zoon. Toen knikte hij.

'Dit is Ragnar,' zei hij. 'Dit is hem. Onze Ragnar.'

Het kleine sprankje hoop dat ze in hun dodelijke angst nog hadden weten te bewaren – dat ze slachtoffer waren van een misverstand, dat het lot op de een of andere manier een absurde vergissing had gemaakt en dat alles straks weer in orde zou zijn – doofde op hetzelfde moment uit. De vrouw begon te huilen en de man sloeg een arm om haar heen, de ogen vol tranen.

Marion Briem, het gezicht tot een grimas vertrokken, stootte Albert aan, liep met hem naar de uitgang en sloot stilletjes de deur.

4

De eerste zomer in Reykjavík reed Marion Briem met de chauffeur naar het Þingvallavatn. Daar vingen ze een aantal forellen die ze in een vijver achter het huis uitzetten. Dat was vanaf de tijd dat de zonen van de heer des huizes nog jong waren de gewoonte geweest. De forellen hielden de kinderen de hele zomer gezelschap en schenen wel gelukkig te zijn met de omstandigheden waarin ze verkeerden. Ze zwommen op en neer en genoten van de aandacht die ze kregen. Op warme zomerdagen, als de jongens hun voeten in de vijver afkoelden, krioelden de vissen om hen heen. 's Avonds kwamen ze aan de oppervlakte en dreven heel langzaam rond. Je zou bijna geloven dat ze de mensen die in de tuin zaten te praten in het oog hielden. Het was de jongens verboden de vissen te vangen of ze op welke manier dan ook kwaad te doen, maar soms, als niemand het zag, slopen ze toe en grepen de dieren bij de staart. Daarna glipten de vissen weer weg. Als het in de herfst begon te vriezen reed de chauffeur, voor de vorst de bodem van de vijver bereikt had, met de vissen terug naar het Þingvallavatn. Hij liet ze in het meer los, waarop ze bliksemsnel in de koude diepte verdwenen.

Ook toen de jongens opgroeiden bleef die gewoonte bestaan: elke zomer gingen ze naar het Þingvallavatn om levende forellen te halen. De chauffeur droeg de zelden voorkomende naam Aþanasíus. Hij was al een tijd in dienst bij de familie en deed meestal de klussen die niet tot het normale huishoudelijke werk behoorden. Tot het personeel behoorden ook nog twee vrouwen, waarvan de ene tevens kokkin was. Aþanasíus was belast met het onderhoud aan het huis en alles wat erbij hoorde. Hij lette erop dat alles goed verliep als er mensen waren uitgenodigd, om het even of het 's middags voor een borrel was of voor een officiële partij 's avonds. Ook deed hij het tuinwerk. De tuin was zijn lust en zijn leven en legde een schitterend getuigenis af van zijn hartstocht voor het tuinieren. Maar het allermooiste vond hij het toch wel als hij met een grote ton naar het Þingvallavatn kon rijden om daar forellen te vangen.

Marion was zijn hulpje; ze konden het goed met elkaar vinden. Aþanasíus, die zichzelf huisknecht noemde, was altijd heel vriendelijk en begripvol. Hij betrok het kind altijd bij het lichtere werk, probeerde het van alles bij te brengen en zo goed als hij kon leiding te geven. Dit was niet zomaar een hulpje, dit was zijn beschermeling, zo zag hij het. Marion zat dus veel bij hem in de tuin en stak van alles op over planten, over de vruchtbaarheid van de bodem, over de wolken, hoe je kon zien dat het zou gaan regenen, over de zon die alles laat groeien. De groentetuin van de familie lag even buiten de stad, bij Kringlumýri, niet ver van de turfafgravingen van Reykjavík; daar kweekte Aþanasíus wortels, rapen en aardappels voor het huishouden. Als het tijd was om te oogsten ging het voltallige personeel van het huis met een grote vrachtwagen naar de tuin in Kringlumýri. Dan kwam de hele laadbak vol groente.

Onder het personeel van het huis werden de mensen die boven hen gesteld waren nooit anders genoemd dan 'de Familie'. Toen de wereldcrisis op zijn eind liep en veel mensen andere tijden zagen aankomen, met nog meer onzekerheid, steeg het vermogen van deze familie tot duizelingwekkende hoogte. De heer des huizes was een van de velen die dankzij hun vooruitziende blik en hun energie veel hadden verdiend in de visserij. Hij paste goed op en ging zich niet te buiten aan financiële uitspattingen, al kon je niet zeggen dat hij op zijn geld bleef zitten. Zijn vrouw was een Deense, al even energiek als haar man. Ze hadden drie zoons, die allemaal naar Kopenhagen werden gestuurd om er te studeren. De oudste was een paar jaar tevoren teruggekomen en getrouwd; hij werkte nu als jurist. De andere twee waren nog in Denemarken. 's Zomers kwamen ze thuis en werkten dan in de onderneming van hun vader.

Marion en Aþanasíus reden met de rammelende vrachtwagen over de onverharde weg naar Þingvellir. Het was een Ford die ze van de rederij hadden kunnen lenen. Hoewel de rit in kilometers gemeten niet erg lang was, schoot de reis door de slechte staat van de weg niet op.

'In Manitoba had je tenminste fatsoenlijke wegen,' verzuchtte Aþanasíus. Hij probeerde een grote steen te ontwijken, die met een diep gebonk onder de auto wegschoot. Toen hij even oud was als Marion nu, was hij met zijn ouders de oceaan overgestoken en naar Canada geëmigreerd. In zijn jonge jaren had hij langs de plaatsen gezworven waar zich veel IJslanders hadden gevestigd, maar op middelbare leeftijd was hij naar IJsland teruggekeerd en had hij bij de reder een baan gekregen. Marion hoorde Aþanasíus vaak zeggen dat hij nooit had moeten teruggaan, hij had in Canada moeten blijven. Met dat liedje begon hij al snel nadat ze met de auto de stad hadden verlaten. Hij kon niet meer begrijpen, zei hij, hoe hij dit ooit in zijn kop had gekregen. Toch vond hij dat hij het helemaal niet zo slecht had getroffen nu hij bij de Familie in dienst was. Integendeel, naar eigen zeggen keek hij echt op tegen de heer des huizes en de Deense mevrouw. Hij had niet over hen te klagen, of het moest zijn over de manier waarop ze Marion behandelden, die stakker.

'Het zijn toch beschaafde mensen,' zei hij – hij was een beetje opgewonden, en dat was niets voor hem. Aþanasíus was ongeveer vijftig jaar, hij was kaal, had een brede mond en een platte neus. Hij was een vreedzame, rustige, zeer voorkomende man, die het goed meende met iedereen en niet van ruzie hield. 'En daarom snap ik niet dat ze zo met jou omgaan. Maar volgens mij gaat het allemaal van mevrouw uit. Deense kakmadam!'

De weg lag er nog niet zo lang; hij was aangelegd voor de uitgebreide festiviteiten bij het duizendjarig bestaan van het Alþingi[2], enige jaren daarvoor. Hij liep over Mosfellsheiði en viel bij Þorgerðarflöt samen met de oude weg naar het Þingvallavatn. Er werd niet bepaald veel aan het onderhoud gedaan en nu het had geregend was de weg zo nat en moeilijk te berijden dat Aþanasíus al zijn aandacht nodig had bij het besturen van de auto.

'En toch vind ik dat ze de feiten onder ogen moeten zien,' zei hij. Hij ontweek een grote kuil in de weg, zodat Marion tegen het portier gesmeten werd. 'Ze moeten nou eens ophouden met dat idiote gedoe en er gewoon voor uitkomen dat je bent wie je bent. Ik kan er niet bij dat ze je moeder zó hebben kunnen behandelen.'

'Pas op!' riep Marion.

'Jawel, ik zie hem,' zei Aþanasíus; het lukte hem een grote ronde kei te omzeilen. 'En dan heb je ook nog de kwestie van het geld. Je hebt recht op een bepaald erfdeel, maar daar willen ze natuurlijk al helemaal niet aan.'

Wat Aþanasíus zo nijdig had gemaakt was het bezoek van de oudste zoon, de jurist, eerder die morgen. Die kwam niet vaak thuis, maar deze keer was hij met zijn hele gezin gekomen: zijn vrouw en twee nog heel jonge dochtertjes. Iedereen zei dat hij de vader van Marion was, maar van er-

---

2 Het IJslandse parlement, dat tot 1800 elke zomer op Þingvellir samenkwam (waarna het naar Reykjavík werd verplaatst). Op Þingvellir werden in 1930 ook de feestelijkheden gehouden. (Noot van de vertaler)

kenning was nooit sprake geweest. Marions moeder heette Dagmar en was van Deense afkomst, net als de vrouw des huizes. Dagmars moeder was een Deense, haar vader een IJslander, ze was geboren en getogen in Reykjavík. De ouders stierven aan de Spaanse griep en Dagmar kwam bij de Familie in huis: de beide echtparen kenden elkaar. Drie jaar later werd ze zwanger gemaakt door de oudste zoon, die hun relatie echter niet toegaf. De zoon, in de ogen van Aþanasíus een nogal karakterloze lummel, werd met het eerstvolgende schip naar Kopenhagen gestuurd en Dagmar kreeg te horen dat ze het huis uit moest. Ze bracht haar kind ter wereld en ging werken op een boerderij in de buurt van Ólafsvík. Ze had wel geprobeerd in contact te komen met de vader van haar kind, maar die had dat afgeweerd. Toen hij in Denemarken trouwde kreeg ze daar niets van te horen.

Toen Marion twee jaar was ging Dagmar met een groep mensen naar een bal in Hellissandur. De weg erheen liep langs de voet van de berg Ólafsvíkurenni, dicht bij de zee. Daarom moesten ze rekening houden met eb en vloed; de route was allesbehalve veilig. Het was winter en de groep bleef lang in Hellissandur hangen. Op de terugweg kwamen er hoge golven opzetten en het duurde niet lang of de vloed stond op zijn hoogst. De reizigers zagen dat ze de weg niet zouden kunnen volgen en hadden al besloten om te keren toen ze overvallen werden door een geweldige stortzee; sommigen van hen werden tegen de grond geslagen. Twee vrouwen werden door de golf meegesleurd en verdronken; Dagmar was een van hen. De lichamen spoelden twee dagen later ten westen van Hólmkelsá aan en werden in Ólafsvík begraven.

Marion had geen enkele herinnering aan deze gebeurtenis. Het kind bleef op de boerderij, waar het opgroeide alsof het een van de kinderen van de boer en zijn vrouw was. Het deelde in alles met de andere kinderen. Tussen Aþanasíus en Dagmar had een warme vriendschap bestaan en in de moeilijkste periode van haar leven was hij haar steun en toeverlaat geweest. In de jaren dat ze op de boerderij bij Ólafsvík werkte correspondeerden ze, en na haar dood schreven Aþanasíus en de boer elkaar. Zo bleef Aþanasíus van Marions leven op de hoogte. 's Zomers reisde hij naar Ólafsvík en maakte dan de drukste periode op de boerderij mee. Hij hielp met hooien en wat er meer aan boerenwerk was en bracht de overige tijd door met het kind.

Marion was niet vaak ziek geweest, afgezien van een enkele verkoudheid of een onschuldige koortsaanval. Maar tijdens een herfst waarin het voortdurend hard regende sloeg de ziekte toe: hardnekkige koorts die gepaard ging met een stekende pijn in de borst en hoesten. Na een van die hoestbuien gaf het kind bloed op. Het was toen tien jaar oud. De boer stuurde een boodschap naar de dokter, die in een dikke jas, het hoofd met een hoed bedekt, op zijn zwarte paard naar de boerderij reed. De rand van zijn hoed hing door de zware regenval slap naar beneden en het water droop van hem af. De boer stond hem op het erf op te wachten en ging hem voor naar binnen. Daar nam de boerin jas en hoed van hem over; ze wilde proberen die wat te drogen voor hij terug zou gaan. Ze praatten over het weer – het leek wel alsof die regen nooit zou ophouden. Marion lag te rusten toen de dokter de *baðstofa*[3] binnenkwam en een stethoscoop uit zijn tas haalde. Hij beluisterde het kind zorgvuldig, liet het in- en uitademen. Hij beklopte het lichaampje op de rug en de borst, liet Marion hoesten en nog een keer hoesten. 'Adem nog eens een keer in voor me, zo diep als je kunt,' zei de dokter, waarna hij de borst beluisterde. 'Heb je ook bloed opgehoest?' vroeg hij. Marion antwoordde bevestigend. Het was vochtig en kil in de baðstofa; de dokter was door- en doornat en wilde zo snel mogelijk naar huis. Hij luisterde nog scherper. Ten slotte sprak hij zijn oordeel uit. 'Je hebt waarschijnlijk tbc,' zei hij tegen Marion. 'Dat heerst hier in de streek.' Hij wendde zich tot de boer. 'Ik zou de anderen maar een beetje uit de buurt houden,' zei hij, opstaand. 'Het zou het beste zijn als je het kind zo snel mogelijk in het sanatorium in Vífilsstaðir liet opnemen.'

De boer wist niet beter te doen dan Aþanasíus om hulp te vragen. Die reageerde meteen: hij reisde naar Ólafsvík en nam Marion mee naar Reykjavík. Daar had hij een lang onderhoud met zijn mevrouw. Niemand kwam te weten wat die twee besproken hadden, maar tot ieders verbazing werd haar houding tegenover het kind, nadat ze had gezien hoe het eraan toe was, veel milder. Dit had tot gevolg dat Marion in huis kwam en onder de hoede van Aþanasíus werd geplaatst. En de vrouw des huizes trof verdere voorzieningen: de beste behandeling die de artsen in het sanatorium van Vífilsstaðir konden geven. Ze opperde zelfs de mogelijkheid het kind te laten opnemen in een Deens sanatorium, want daar was de atmosfeer veel beter, zoals ze in haar Deens klinkende IJslands zei.

Haar zoon werd niet bij het overleg betrokken en bemoeide zich ook niet met Marion. De enige voorwaarde die zijn moeder stelde was dat de naam

3 Het gemeenschappelijke woon- en slaapvertrek in de traditionele IJslandse plaggenboerderij (Noot van de vertaler)

van de vader niet zou worden genoemd. Nooit. Dat waren Aþanasíus en zijn Deense mevrouw overeengekomen.

'Nou, daar heb je 't mooi mee getroffen,' verzuchtte Aþanasíus. Terwijl hij de boot vanaf de oever het water in duwde dacht hij aan de vader van het kind. Van de Familie, die aan het Þingvallavatn een zomerhuisje had, mocht hij altijd dezelfde ranke boot gebruiken. Hij had twee hengels bij zich, een voor zichzelf en een voor Marion; de ton werd achter in de boot gezet. Aþanasíus roeide zo'n tweehonderd meter van de oever af en was even later druk met de wormen in de weer.

'Heb je het ook koud?' vroeg hij. Marion zat, een deken om de magere schoudertjes geslagen, in de punt van de boot. 'Als je het koud krijgt moet je het direct zeggen, hoor. Dat is slecht voor je longen.'

'Met mij gaat het prima,' zei Marion.

De boot wiegde zachtjes op de golven. De zon scheen en stond op zijn hoogst, maar uit de richting van de Skjaldbreiður kwam een koude bries van het hoogland en daar voelde Aþanasíus zich niet helemaal gerust over. In minder dan geen tijd had hij twee prachtige zalmforellen binnengehaald, die nu in de ton heen en weer zwommen. Ze hoefden er nog maar één bij te hebben, zei hij, en dan waren ze klaar.

'Zijn er veel mensen in IJsland die net zo heten als jij?' vroeg Marion ineens. Ze wilde de stilte verbreken.

'Ik ken er geen een. Ik denk dat ik de enige ben,' antwoordde Aþanasíus. Hij haalde zijn lijn op en gooide hem weer uit. 'Ik kom uit het westen, uit Snæfellsnes, niet zo ver van dat pestgat waar jij je ziekte hebt opgelopen. Daar hebben de mensen vaak van die idiote namen. Dat heb je zeker wel gemerkt, hè?'

'De enige Aþanasíus waar ik van gehoord heb was bisschop van Alexandrië.'

'Ja, die ken ik ook.'

'Die naam betekent "onsterfelijkheid",' zei Marion.

'Nou, ik denk niet dat ik daar erg vatbaar voor ben. Jij met al dat lezen van je, wat heb je daar nou toch aan?'

'Ik doe niet anders,' zei Marion. Op dat moment werd er zo plotseling aan de haak gerukt dat de hengel bijna overboord ging. De spoel van de werpmolen zong terwijl de lijn met grote snelheid afgerold werd; de kleine hengel boog door en sloeg in het water.

Aþanasíus bewoog zich langzaam in de richting van Marion, zodat de boot niet helde. Marion had de hengel nog beet, maar Aþanasíus pakte hem ook vast en merkte dat er een ongewoon grote vis aan de haak zat.

'Ze kunnen hier in het meer behoorlijk groot worden,' fluisterde hij. 'Misschien heb je wel een reuzenzalmforel te pakken.'

'Hou jij de hengel maar vast,' zei Marion.

'Niks hoor, jij moet hem binnenhalen. Laat de lijn eerst nog maar een tijdje vieren. Daarna begin je hem weer in te halen. Eens kijken wat hij doet.'

Langzamerhand liep de lijn minder snel af en Marion begon hem weer op te winden. De hengel stond bijna zo gespannen als een boog en schudde onder het rukken van de vis. Volgens Aþanasíus had de vis heel gulzig in het aas gebeten; hij was dan ook niet bang dat ze hem zouden kwijtraken. Hij ging aan de riemen zitten en begon naar land te roeien. Marion bleef de hengel stevig vasthouden en probeerde de lijn verder op te rollen. Aþanasíus liet de boot naar de oever van het meer uitdrijven, sprong aan land en hielp ook Marion op de kant. De vis begon moe te worden en Marion ook, maar Aþanasíus dacht er niet aan zich ermee te bemoeien. De vis liet zich omhoogtrekken; hij zwom een paar meter achter de boot heen en weer en probeerde nog zich te bevrijden. Dat lukte niet en Marion begon hem nu naar de kant te trekken. Aþanasíus stapte het water in, pakte hem beet en gooide hem op de wal.

'Kijk eens wat een monster!' zei hij terwijl hij bij de vis neerknielde. Het was een prachtige zalmforel van wel twaalf pond. 'Zo'n grote vis heb ik nog nooit gezien hier in het meer.'

'Kunnen we die meenemen naar huis?' vroeg Marion.

'Natuurlijk wel.'

De haak zat muurvast in de vissenbek; Aþanasíus maakte hem voorzichtig los. Toen pakte hij de vis op en liet hem in de ton vallen, bij de andere twee. Het dier bleef uitgeput op de bodem liggen en bewoog zich niet. Aþanasíus deed het deksel op de ton en tilde hem op de vrachtwagen.

'Mooi beest voor thuis in de vijver, Marion,' zei hij. 'Zo'n grote hebben we nog nooit gevangen.'

'Is hij dood?' vroeg Marion.

'Nee hoor, hij moet alleen een beetje op verhaal komen. Er is wel wat meer voor nodig om zo'n grote vis dood te krijgen. En we brengen hem in de herfst weer terug. Wanneer ga je naar Vífilsstaður?'

'Volgende week,' zei Marion.

'Mooi. Dat is goed voor je.'
'Maar ik wil helemaal niet.'
'Het heeft geen zin om daarover te gaan ruziën. Je moet er doorheen.'
Aþanasíus gaf Marion een tikje tegen de wang.
'Leuk gezelschap is het natuurlijk niet waar je mee optrekt.'
'Wat voor gezelschap?'
'De dood,' zei Aþanasíus.

5

Op de dag nadat het lichaam in de bioscoop was gevonden reden Marion Briem en Albert rond het middaguur weer naar het grote, nog niet afgebouwde flatgebouw in Breiðholt. De ouders hadden zich op hun werk afgemeld en de zusjes gingen die dag niet naar school. De moeder was verkoopster in een nieuwe winkel in de buurt. De vader werkte bij een aannemer in de huizenbouw. Na het bezoek aan het mortuarium had Albert het echtpaar weer naar huis gereden. Ze hadden de twee meisjes verteld dat hun broer was gestorven, dat hij in handen was gevallen van een misdadiger die nog niet was gepakt. Verdriet en triestheid hadden bezit genomen van het huis. De gordijnen waren dichtgeschoven. Ze hadden een paar kaarsen aangestoken die langzaam opbrandden, terwijl ze in stilte rouwden.

'Het is zo totaal onbegrijpelijk,' zei de vrouw tegen Marion. 'Hij gaat naar de bioscoop en hij komt nooit meer terug. Hoe moet je hier nou mee verder leven? Hoe is dit mogelijk? Doodgestoken, hoe kan dat nou? Wie haalt het in zijn hoofd om Ragnar dood te steken?'

'Einar zei gisteravond dat jullie zoon een beetje eigenaardig was. Wat bedoelde hij daarmee?' vroeg Marion.

Ze zaten in de woonkamer, de vrouw, Albert en Marion Briem. De man en de twee meisjes waren laat in de morgen eindelijk in slaap gevallen. Alleen de vrouw was op de been. Ze had de slaap niet kunnen vatten. Zij ontving dus de politie en probeerde die zo goed als ze kon te helpen.

'Weten jullie al iets over wat er is gebeurd?' vroeg de vrouw, Klara heette ze. Ze was na een slapeloze nacht aan het eind van haar krachten.

'Nee, helaas,' zei Albert.

De Havenbioscoop ging later op de dag weer open voor het publiek. Het gebouw was helemaal uitgekamd op sporen van de dader. In de omgeving van de barak had men nauwkeurig gezocht naar het moordwapen of andere zaken die bij het onderzoek van belang konden zijn. Via de media werden getuigen opgeroepen zich te melden. Dat gold voor mensen die tijdens de middagvoorstelling in de omgeving van de Havenbioscoop iets verdachts meenden te hebben opgemerkt, maar speciaal voor degenen die die middag de voorstelling hadden bezocht. Bekend was dat er een tamelijk jonge vrouw, een weerman van de tv en een aantal jongens en mannen in de zaal hadden gezeten. De personeelsleden hadden niets bijzonders opgemerkt, maar ze herinnerden zich ook niet alles meer: het was een doodgewone dag geweest. In het algemeen kwamen en gingen de bezoekers zonder dat er speciaal op hen werd gelet.

'In welk opzicht was Ragnar eigenaardig?' vroeg Marion.

'Hij was een echte filmfreak,' zei Klara. 'Hij zag echt alle films, hij las erover en verzamelde van alles eromheen. Altijd zat hij in de bioscoop. Als hij een film erg goed vond ging hij hem ook wel eens twee keer zien.'

'Maar dat maakt hem toch nog niet eigenaardig?' zei Marion. 'Je hebt massa's mensen die regelmatig naar de bioscoop gaan.'

'Nee... natuurlijk niet. Hij was... Ragnar is van de herfst zeventien geworden, maar hij had nog niet de rijpheid van een jongen van zeventien jaar. De geestelijke rijpheid, bedoel ik.'

'Hoe kwam dat?'

'Hij heeft een ongeluk gehad.'

'Wat voor ongeluk was dat?'

'Toen hij vier jaar was is hij van een hoge trap gevallen en dat is nooit meer helemaal goed gekomen. Hij had een bloeding in zijn hersens en de dokters zeiden dat er iets ernstig was beschadigd. Een bepaald deel van zijn hersens. Daardoor is hij niet op een normale manier opgegroeid. We woonden destijds op de bovenste verdieping van een oud houten huis met een kleine zolder. Daar speelde hij graag, maar hij was niet erg voorzichtig. Op een avond is hij van de trap gevallen, precies op zijn hoofd. Hij heeft twee dagen bewusteloos gelegen.'

Ze keek Marion aan.

'Misschien is het onze schuld geweest. Misschien hebben we niet goed genoeg op hem gelet. De hele nacht heb ik daaraan liggen denken. Eigenlijk was hij altijd heel gewoon, net als de meeste mensen. Je moest hem behoorlijk goed kennen om te begrijpen dat hij anders was. Ik ben daar vannacht steeds maar mee bezig geweest. Maar hij kon ook vreselijk star reageren, echt heel koppig. Dan was hij niet van zijn ideeën af te brengen. Zulke buien had hij wel, en dat wisten wij natuurlijk heel goed. Maar hij deed geen mens kwaad. Ragnar deed werkelijk geen vlieg kwaad. Het moet iemand zijn geweest die woest op hem is geworden, iemand die niet begreep hoe hij was. Hoe hij dacht.'

'Hij schijnt niet gevochten te hebben,' zei Marion Briem. 'We hebben tenminste niks gezien dat daarop wijst.'

Naar de eerste aanwijzingen te oordelen leek het erop dat Ragnar niet de tijd had gekregen zichzelf te verdedigen. Verschillende bijzonderheden wezen erop dat hij plotseling was aangevallen, dat hij niets had zien aankomen. Aan zijn handen viel geen enkel spoor van een vechtpartij waar te nemen. Zijn kleren waren gaaf, afgezien van de twee gaten die het blad van het mes in zijn witte trui had gemaakt. Ragnar had popcorn en frisdrank gekocht, maar toen hij werd aangevallen had hij die al op: de zak en het flesje lagen op de vloer. Verder was er direct rond zijn stoel geen afval aangetroffen; dat zou erop kunnen wijzen dat hij alleen was geweest en dat er ook niemand bij hem in de buurt zat. Toch viel dat niet met zekerheid te zeggen: niet iedereen kocht snoep en niet iedereen die dat wel deed gooide zijn afval op de vloer. Over het steekwapen waarmee Ragnar was gedood was nog weinig bekend. Wel vermoedde men dat het blad van het mes vrij kort was geweest – het zou van een flink zakmes kunnen zijn. Maar de twee steken waren exact terechtgekomen op de plaats waar ze de meeste schade zouden aanrichten.

'Had hij de neiging om met onbekenden in discussie te gaan?' vroeg Albert. 'Weet je of dat wel eens voorkwam? Omdat hij zo was, bedoel ik.'

Klara keek hem van opzij aan.

'Nee,' zei ze. 'Hij wist heel goed hoe hij daarmee moest omgaan. Ik kan me zoiets tenminste niet herinneren.'

'Ook niet iets van de laatste tijd?' vroeg Marion Briem. 'Iemand die dacht dat hij hem wel eens terug kon pakken of die met hem wilde afrekenen? Iemand die hij narigheid bezorgd had? Het kan natuurlijk zijn dat hij je daar niks van verteld heeft, maar als je in dat opzicht iemand verdenkt zouden we dat graag horen.'

'Nee, niemand,' zei Klara stomverbaasd. 'Echt niet. Ik begrijp ook niet hoe je daarop komt.'

'Zouden we zijn kamer kunnen zien?' vroeg Albert.

'Kom maar mee,' zei Klara, terwijl ze opstond. 'We hebben nergens aangezeten.'

Ze ging hun voor naar de gang. Het appartement telde drie kleine slaapkamers. Op een ervan sliepen de ouders en een tweede werd gedeeld door de zusjes; Ragnar had er dus een voor zichzelf. Zijn kamer was het kleinst; het raam zag uit op de achtertuin en op het nog niet volgebouwde terrein. Verderop stonden bouwkranen tussen de half voltooide gebouwen van de 'Golanhoogten'. Al direct wanneer je de kamer binnenkwam vielen de drie grote filmposters op: reclamemateriaal voor *Planet of the Apes*, *Bonny and Clyde* en *Doctor Dolittle*.

'Wat voor apen zijn dat?' vroeg Marion, naar de poster van *Planet of the Apes* kijkend.

'Die film heb ik gezien,' zei Albert. 'Heeft van de winter in de Nieuwe Bioscoop gedraaid. Prachtig slot.'

'Ik ga niet zo vaak naar de film,' zei Marion verontschuldigend tegen Klara.

'Ze waren altijd zo aardig voor hem in de bioscoop,' zei deze. 'Hij vond het leuk om van alles te verzamelen wat met die films te maken had en daar gaven ze hem filmsterrenfoto's en van die aanplakbiljetten. Van die apenfilm was hij helemaal weg, dat weet ik,' zei ze.

Bij het raam stond een bureautje, tegen de muur een smal bed. Het bed was netjes opgemaakt, het bureau helemaal opgeruimd. Tegen de muur tegenover het bed stond een kleine boekenkast met een aantal avonturenboeken en buitenlandse filmtijdschriften.

'Vind je het goed als we in deze laden kijken?' vroeg Marion. Klara knikte.

Het bureautje had drie laden. Ze bevatten allerlei schoolspullen: leerboeken, papier, een pen, een potlood, een gummetje en een puntenslijper. Ook vonden ze een flink aantal cassettebandjes. Marion pakte er een paar uit de la. Twee ervan hadden het opschrift *Where Eagles Dare*; op de zijkanten stonden de nummers een tot en met vier. Ook lagen er genummerde bandjes met het opschrift *Zabriskie Point* en *The Guns of Navarone* in de la.

'Weet je wat dit is?' vroeg Marion, Klara een van de cassettes aanreikend. *Where Eagles Dare* stond erop.

Ze bekeek het bandje nadenkend en las wat haar zoon erop had geschreven.

'Nee, dat weet ik niet,' zei ze. 'Maar hij had een cassetterecorder. Die had hij van ons gekregen, voor zijn verjaardag. Ik dacht alleen dat hij er niks meer mee deed.'

'Dit zijn allemaal namen van films,' zei Albert. '*Zabriskie Point* heb ik gezien. *Where Eagles Dare* ook. Allebei in de Oude Bioscoop. En *The Guns of Navarone* heeft meen ik in het Sterrentheater gedraaid.'

Marion keek verbaasd naar Albert.

'Ja ja, ik ga wel eens naar de film,' zei deze.

Marion bekeek de cassettes met het opschrift *Where Eagles Dare.*

'Hoe kwam hij aan het geld hiervoor?'

'Dat betaalde hij allemaal zelf,' zei Klara. 'Toen hij niet meer leerplichtig was is hij van school af gegaan. Hij werkte halve dagen in een supermarkt hier vlakbij. Iedere dag, meestal tot twee uur.'

'Waar is die recorder?' vroeg Albert. 'Is die hier in de kamer?'

'Ja, die moet hier wel ergens zijn,' zei Klara en ze begon te zoeken. Toen dat geen resultaat had ging ze de gang op, keek in de kamer van de twee zusjes, in de huiskamer, en toen bij de voordeur.

'In de bioscoop schijnt hij een schooltas bij zich te hebben gehad,' zei Marion tegen haar. 'Maar die had hij niet meer toen we hem vonden.'

'Misschien dat de meisjes er iets van weten,' zei Klara. Ze liep terug naar hun kamertje. Daar bleef ze tamelijk lang; Albert en Marion wachtten intussen op de gang. Het enige wat ze konden horen was het lawaai van de bouwwerkzaamheden overal in de omtrek.

Klara was zichtbaar in verwarring toen ze weer op de gang kwam. 'Ragnar nam dat ding mee naar de bioscoop, en dan nam hij het geluid op van de film waar hij naar keek. Dat heeft hij ons niet willen vertellen, hij dacht zeker dat het verboden was. Volgens de meisjes zou hij de cassetterecorder best in zijn tas gehad kunnen hebben toen hij naar de bioscoop ging. Hier is hij in elk geval niet. Meestal stond hij gewoon op zijn bureautje.'

'Toen Ragnar gevonden werd was de recorder er niet meer,' zei Marion. 'En de tas ook niet.'

'Zou iemand die dan hebben meegenomen?' vroeg Klara.

Marion zag hoe ze tot zichzelf kwam. De daad die tot dan toe haar begrip te boven was gegaan kreeg iets van een verklaring. Dit kon ze begrijpen. Als beroving de reden was geweest van de dood van haar zoon, kon ze zich min of meer een beeld vormen van wat er was gebeurd.

'Het is mogelijk,' zei Marion. 'Tenminste, als hij hem bij zich had.'

'Zou dat kunnen? Zou het daarom gebeurd zijn?'

'Misschien heeft hij dat apparaat niet willen afgeven,' ging Marion verder. 'Als hij zo was. Je zei dat hij zo koppig was.'

'Ja, dat was hij ook,' zei Klara. 'Maar zou iemand hem voor die cassetterecorder hebben vermoord? Zou het echt?'

'Ik betwijfel het,' zei Marion. 'Tenzij het iets heel bijzonders was, dat apparaat. Was het een waardevol ding?'

'Nee, helemaal niet,' zei Klara. 'Niks duurs, dat zit er bij ons niet aan. Het was de goedkoopste die we konden vinden. Ik kan me niet voorstellen dat iemand die zou willen stelen.'

'Nee, dan zou je eerder denken aan...' Marion hield midden in de zin op. 'Je zei dat hij het geluid van films opnam?'

'Ja.'

'Die recorder hoeft dus niet de aanleiding te zijn geweest dat hij werd aangevallen.'

'Wat dan wel?' vroeg Albert.

'Dat apparaat was niks bijzonders, goedkoop, nauwelijks de moeite van een beroving waard. Dus wilde de aanvaller misschien iets anders van Ragnar.'

'Wat dan?'

'Als die cassetterecorder zelf niet zo'n begerenswaardig object was,' zei Marion, 'dan moeten de bandjes het wel geweest zijn. Als je kijkt naar wat we hier in zijn kamer zien had Ragnar in het algemeen gesproken twee cassettes per film nodig. Die zijn er niet meer en dat apparaat is ook verdwenen.'

Albert staarde Marion aan.

'Je wou zeggen dat het die messentrekker helemaal niet om dat apparaat ging, maar...'

'...om wat er op de bandjes stond,' vulde Marion aan.

6

De winkelchef in de supermarkt waar Ragnar halve dagen had gewerkt sprak zeer lovend over hem. Ragnar was punctueel en betrouwbaar; bovendien mochten ze hem allemaal graag. Hij was een filmfreak en kon een beetje simpel en kinderlijk overkomen. Maar ze wisten dat hij een doodgoeie jongen was, nooit te beroerd om te helpen. Bij het personeel had niemand gehoord dat hij de laatste tijd door buurtbewoners of anderen zou zijn gepest of belaagd. Ragnar zelf had er niets over gezegd en geen van zijn collega's had ooit iets van dien aard gezien. De winkelchef kon zich ook niet voorstellen dat iemand hém kwaad zou willen doen. Het was zo verdrietig allemaal, zei hij, zijn mensen waren er kapot van. Niemand van hen was wel eens met Ragnar naar de bioscoop geweest.

'Hij had een cassetterecorder. Heb je hem daar wel eens over horen praten?' vroeg Marion aan een jonge kassière. Zij had in de winkel verreweg het meeste contact met Ragnar gehad.

'Nee,' zei ze. Ze zat in de koffieruimte; het was haar rookpauze en ze was inmiddels aan haar tweede sigaret bezig. Haar gezicht was zwaar opgemaakt. 'Wat is dat voor iets?'

'Een opnameapparaat met een microfoon erbij.'

'Had hij die dan?'

Ze had een rood jasschort van de winkel aan. Ze kauwde kauwgom en ze rookte – gelijktijdig. Marion probeerde zich voor te stellen hoe dat contact tussen Ragnar en haar was geweest en vroeg het haar.

'Wij? We gingen helemaal niet met elkaar,' zei de kassière, die de vraag verkeerd begreep. 'Dat is toch... nee, dank je wel zeg.'

Ze verlieten de winkel en stapten de zomerdag in. Marion bleef even naast de auto staan en draaide zich naar de zon.

'Bobby zat niet in het vliegtuig,' zei Albert.

'Nee, ik las het in de krant,' zei Marion. 'Hoe bestaat het dat die Spassky zo rustig kan blijven bij al dat hufterige gedoe!'

De ochtendkranten hadden bericht dat Bobby Fischer het toestel van Loftleiðir eerst in New York had laten wachten en uiteindelijk helemaal niet was komen opdagen.

'Het kwam hem die dag niet zo best uit,' zei Albert. 'Als hij van plan is zo door te gaan betwijfel ik of er ooit nog iets van dat wereldkampioenschap komt.'

'Hij probeert de Russen uit hun evenwicht te brengen,' zei Marion. 'Uiteindelijk komt hij heus wel.'

'Ik mag het hopen. Ze zeggen dat schaken een vorm van psychologische oorlogvoering is.'

'Het enige wat ik niet snap is dat zo'n Spassky dit allemaal pikt. De Russen zijn razend, maar híj blijft volkomen kalm, de hele tijd.'

'Nog een paar dagen,' zei Albert. 'De strijd is nog niet begonnen.'

'Nou, Fischer is anders allang begonnen,' zei Marion Briem, in de auto stappend. 'En volgens mij hebben de Russen dat inmiddels ook begrepen.'

De weerman bevond zich in de tv-studio aan de Laugavegur. Hij was bezig met de voorbereiding van het weerbericht dat 's avonds zou worden uitgezonden. Hij stond bij een vierkante kist die in afmetingen nog het meest weg had van een gewone wijnkist; het was een van de eenvoudigste rekwisieten in de studio. De vier zijden waren met vier verschillende weerkaarten bedekt. Als de kist tijdens de uitzending werd gedraaid kregen de IJslandse kijkers een volgende kaart op hun beeldbuis te zien; de weerman zat er met een dirigeerstokje naast om de hoge- en lagedrukgebieden met het aantal millibaren aan te wijzen. Toen Marion Briem en Albert verschenen was er juist een probleem; de kist wilde niet wat de weerman wilde en die was daar behoorlijk nijdig om. Het weerkundig instituut van IJsland telde een aantal meteorologen die net als hij belast waren met het weerbericht op de tv, bekende gezichten dus. Het waren mannen van middelbare leeftijd die hun werk deden zonder zich op al te veel humor te laten betrappen – het IJslandse weerbericht is dan ook geen lichte kost. De meesten van de meteorologen gaven niet veel om hun nieuw verworven roem en hadden er zelfs meer last dan gemak van.

'Dat barrel,' hoorde Marion de weerman grommen, terwijl hij probeerde de kist met de weerkaarten te draaien.

'Gaat het niet helemaal naar wens?' vroeg Marion Briem.

'Hij wil niet meer draaien!'

'Niet zo best.'

'Ja... nee... wat is... wie zijn jullie?'

'Politie,' zei Marion. 'We zouden je graag spreken over wat er gisteren in de Havenbioscoop is gebeurd. We hebben begrepen dat jij daar toen aanwezig was.'

De man keek Marion en Albert beurtelings aan.

'Dat klopt, daar was ik bij. Heb je me gezien?'

'De portier herkende je.'

'Je kan ook geen poot meer verzetten of er wordt over gepraat.'

'Iedereen kijkt nou eenmaal naar het weer, hè,' zei Marion Briem, naar de kist wijzend.

'Ja, dat is zo. Ik was al van plan contact met jullie op te nemen vanwege die... die narigheid. Jullie hebben de mensen opgeroepen die naar die voorstelling zijn geweest, heb ik gehoord.'

In totaal had rond de helft van degenen die voor vijf uur een kaartje hadden gekocht zich bij de politie gemeld. De berichtgeving van de kranten over de zaak ging steeds gepaard met het verzoek aan getuigen om contact op te nemen met de politie. Dat verzoek werd ook via de radio verspreid. Verwacht werd dat er de komende tijd meer mensen zouden reageren. De moord had grote opschudding en ontzetting onder de bevolking teweeggebracht. Een jonge knul, het onschuldige slachtoffer van een laaghartige aanval. De vraag wie een dergelijke misdaad kon hebben begaan veroorzaakte nogal wat onrust.

'Vreselijk veel haast om met ons te komen praten had je niet, hè?' zei Marion.

'Nee,' zei de weerman, 'dat... ik heb eigenlijk niks te melden. Helaas. Ik vrees dat jullie niks aan me hebben.'

'Herinner je je die jongen nog? Van tijdens de voorstelling?'

Marion reikte hem een foto van Ragnar aan. Via de media was nog geen afbeelding van hem openbaar gemaakt.

'Ik kan me niemand speciaal herinneren,' zei de weerman. Langdurig bekeek hij de foto. 'Ik let nooit zo goed op gezichten. Niet in de bioscoop en ook niet op andere plaatsen. De mensen gapen je toch al zo aan, daar hou ik niet van.'

De weerman beschreef wat hij zich nog kon herinneren. Hij vertelde dat hij midden in de zaal had gezeten, ongeveer in het midden tenminste, en dat hij tijdens de vertoning niets bijzonders had opgemerkt. Toen de film was afgelopen waren de lichten aangegaan. De mensen waren opgestaan en hij had gezien dat twee jongens de deur van de uitgang aan de rechterkant van de zaal opendeden. Hij was met de andere bezoekers door die deur naar buiten gegaan en naar zijn auto gelopen.

'Alles bij elkaar niks bijzonders,' zei de weerman. Hij had een nogal gedrongen figuur met afhangende schouders en liep gebogen. Zijn schedel was grotendeels kaal. Aan één kant van zijn hoofd liet hij het haar groeien, zodat hij het dwars over zijn schedel kon kammen. Daar had hij nog geen gelegenheid toe gehad, zodat zijn kapsel alle kanten uit piekte.

'Kun je je nog herinneren of er een vrouw onder het publiek was?' vroeg Albert.

'Ja, inderdaad, nou je het zegt. We liepen om zo te zeggen samen naar buiten. Zij was de enige naar wie ik echt bewust heb gekeken.'

'Was ze alleen?'

'Heb ik niet gezien.'

'Hoe oud was ze?'

'Ze zal ergens rond de dertig zijn geweest, zou ik zeggen. Knappe meid. Niet dat ik daar speciaal op gelet heb, hoor,' voegde hij eraan toe.

'Die jongen, het slachtoffer, zat wat meer achter in de zaal, naast het pad aan de rechterkant. Je hebt uit die richting geen lawaai horen komen?' vroeg Marion Briem.

'Nee, helemaal niet.'

'En je hebt ook niet gezien wie daar in de buurt zaten?'

'Nee, ik ben tamelijk vroeg in de zaal gaan zitten,' zei de weerman. Opeens dacht hij aan zijn haar en probeerde het over zijn schedel te leggen. 'Er zaten een stuk of wat mensen voor me, jongens en jonge kerels. Verder heb ik niemand gezien. Achter me heb ik niet gekeken. Enfin, jullie merken zeker wel waarom ik geen haast had om langs te komen.'

'En je hebt ook niemand gezien die dronken naar de film zat te kijken?'

'Nee. Dronken?'

'Iemand die slingerend liep bij het verlaten van de bioscoop?'

'Nee. Geloof ik niet.'

'Drink jij?' vroeg Marion plompverloren.

'Hè?' zei de weerman.

'Drink jij wel eens rum?'

'Rum?'

's Morgens vroeg waren de politiemensen die met de zaak waren belast bij elkaar gekomen. Daarbij was ook gesproken over de rumfles die op de vloer van de zaal was gevonden. Albert had de mogelijkheid geopperd dat iemand Ragnar in dronkenschap had doodgestoken, iemand die niet meer wist wat hij deed, iemand die door de drank de controle over zijn handelingen was kwijtgeraakt. Men had vingerafdrukken van de fles genomen en deze vergeleken met die van bekende misdadigers en dronkenlappen uit het politiearchief. De personeelsleden van de Havenbioscoop zwoeren bij hoog en bij laag dat ze geen enkele beschonken klant hadden binnengelaten. Die konden ze daar echt niet hebben; trouwens, ze hadden in dat opzicht strenge instructies.

'We hebben een lege rumfles in de zaal gevonden,' zei Marion tegen de weerman. 'Die lag niet zo ver van de plaats waar jij zat. Iemand die naar de middagvoorstelling is geweest moet hem hebben meegenomen. De zaal is 's morgens schoongemaakt en toen lag er geen rumfles op de vloer.'

'Ik heb nooit een fles bij me gehad,' zei de weerman, nog steeds verwonderd over de vraag. 'Ik gebruik namelijk geen alcohol,' voegde hij er ietwat plechtstatig aan toe.

'Heb je soms gezien of er iemand tijdens de voorstelling naar buiten is gegaan?' vroeg Marion.

De weerman schudde het hoofd. Ook het personeel van de Havenbioscoop had niemand voor het einde van de film de zaal zien verlaten. Er bestonden maar twee manieren om de bioscoop te verlaten: via de uitgangen voor in de zaal of via de entreehal. Een pauze was er niet geweest. De pauzes werden door de bioscopen benut om meer snoep te verkopen en dat was nu niet de moeite waard.

'Door de deuren voor in de zaal is niemand naar buiten gegaan,' zei de weerman. 'Zoiets merk je.'

'En je hebt ook niks gehoord? Niet iemand horen kermen of kreunen?'

'Welnee. Die film maakte zo'n rotherrie, dan hoor je natuurlijk geen enkel ander geluid meer.'

'Je draagt geen steekwapen bij je?' vroeg Albert.

De weerman draaide zich plotseling naar hem toe, waarbij hij met zijn hand tegen de kist stootte. Het gevolg was dat die met veel kabaal omviel en van de standaard afbrak.

'God, wat een puinhoop. Val dood, kerel!' schreeuwde hij, ineens razend van woede. 'Wat denk je eigenlijk wel? Dat ik met een mes op zak rondloop? Dat ik mensen doodsteek? Ik ben meteoroloog, verdomme nog aan toe!'

’s Avonds laat ging de telefoon. Marion zat aan tafel bij een glas witte port een hoofdstuk uit de saga van de Heilige Olaf te lezen. Het verhaal ging over een politiek beladen schaakpartij in het verre verleden. Knútur, de koning van Denemarken, speelde tegen de vikinghoofdman Úlfur.

Marion glimlachte een beetje spottend. Het schaakspel eindigde in een vreselijke tragedie toen de Deense koning Úlfur aanviel en hem doodde.

In de telefoon klonk een zwakke, oude stem.

‘Hallo? Spreek ik met Marion?’

‘Ja.’

‘Als je bij me langs zou willen komen, Marion, zou ik je heel dankbaar zijn.’

‘Langskomen?’

‘Ik wou je zo graag spreken. Het zou echt heel fijn zijn als je kon komen. Ik heb niet... ik heb niet zoveel tijd meer.’

Marion gaf geen antwoord.

‘Het zou zo fijn zijn als je dat voor me zou willen doen,’ zei de stem in de telefoon. ‘Maar je moet vlug zijn. Ik ben bang dat ik niet lang meer te leven heb.’

Een telefoongesprek uit die hoek was wel het laatste wat Marion verwacht had. De zin ervan, de betekenis van de woorden drong pas na een tijdje door. Het zwijgen aan beide kanten van de lijn duurde maar. Marion doorbrak het niet, legde de hoorn rustig op de haak en ging door met lezen.

7

Marion zat in de kantine van de recherche aan de Borgartún koffie te drinken en de krant te lezen. Daarin stond de jongste mededeling van de Russische schaakbond. Fischer was niet bij de opening van het toernooi in de Volksschouwburg verschenen. Dit was voor de FIDE, de internationale schaakbond, aanleiding geweest de eerste partij twee dagen uit te stellen. Men zou een laatste poging doen de uitdager ertoe te bewegen naar IJsland te komen om aan het toernooi deel te nemen. Maar voor de Russische schaakbond had de klucht nu wel lang genoeg geduurd; men eiste dat Fischer zou worden geschorst.

'Ontiegelijke zak,' mompelde Marion tussen twee slokken koffie door.

'Wie is er een zak?' vroeg een politieagent, die in de deur van de kantine bleef staan. Hij heette Hrólfur en had de reputatie een carrièrejager te zijn.

'Zo, jij ook weer uit bed?' zei Marion, van de krant opkijkend. Ondanks al zijn ambitie was Hrólfur niet bovenmate geïnteresseerd in het politiewerk en hij stond erom bekend dat hij elk jaar een groot aantal dagen ziek thuiszat.

'Ik moest doorgeven dat Albert beneden op je staat te wachten,' zei Hrólfur snel en hij maakte dat hij wegkwam.

Ieder die de voorstelling van vijf uur had bezocht stond onder verdenking Ragnar te hebben gedood. Dat gold ook voor het bioscooppersoneel. Bij de weerman was dit slecht gevallen, het idee dat hij de moord op de jongen kon hebben begaan vond hij krankzinnig. Anderen die zich hadden gemeld reageerden evenwichtiger en met meer begrip op wat ze te horen kregen. Er waren twee groepjes jongeren geweest. Het ene bestond uit drie jongens van veertien jaar, leerlingen van de Vogaschool, die nooit met de politie in aanraking waren geweest. Het andere telde vier vrienden uit Árbær, die samen de voorstelling hadden bezocht maar niets bijzonders hadden gemerkt. Zes bioscoopbezoekers, onder wie de vrouw, hadden nog niet gereageerd; naar hen werd gezocht.

'Je grote vriend Bobby is niet van plan zich te laten zien,' zei Marion. Ze stapten in een wagen van het bureau die niet als politieauto was te herkennen. Het reisdoel was de Oude Bioscoop.

'Nee, als hij vandaag niet komt en morgen ook niet, dan is het afgelopen,' zei Albert wegrijdend.

'Hij brengt het schaken in diskrediet.'

'Dat kun je wel zeggen, ja.'

'Hij was anders jouw grote held.'

'Hij is het grootste schaakgenie ter wereld,' zei Albert. Zelf was hij een echte liefhebber; toen hij jonger was had hij meegedaan aan de toernooien van Schaakclub Reykjavík.

'Iemand wist te vertellen dat Kissinger druk op Bobby heeft uitgeoefend.'

'Het zou me niet verbazen. De eer van de Verenigde Staten staat op het spel, moet je rekenen. Maar feitelijk draait alles om de vraag of hij het tegen Spassky durft op te nemen of niet.'

'Als hij komt, ga jij je dan ook bij de bewaking aanmelden?' vroeg Marion. Op een bespreking die ochtend was aan de orde geweest dat de veiligheidsmensen niet genoeg krachten hadden om Bobby Fischer en Boris Spassky te beschermen – als het toernooi tenminste ooit zou plaatsvinden.

'Daar denk ik inderdaad over,' zei Albert. 'Zou leuk zijn, dan kom ik misschien wel in de buurt van Fischer. Nou ja, als hij komt.'

De Oude Bioscoop leek begrijpelijkerwijs in geen enkel opzicht op de Havenbioscoop. Het prachtige gebouw aan de Ingólfsstræti was speciaal als bioscoop gebouwd, in de jaren dertig, toen de stomme film het hoogtepunt van zijn bloei beleefde. Bij de vormgeving waren kosten noch moeiten gespaard. De bioscoop was in klassieke stijl opgetrokken. De witgepleisterde gevel was versierd met vier Ionische pilasters en een prachtig timpaan. De entreehal had een mooi bewerkt gewelf, de wanden van de filmzaal werden verlevendigd door Griekse pilasters. Er waren zeshonderd zitplaatsen.

De portier wachtte hen op in de entreehal en schudde hun de hand. Twee dames die belast waren met het schoonhouden van de zaal daalden een trapje af; ze kwamen van het balkon. Emmers en bezems meesjouwend groetten ze de binnenkomers en verdwenen in de ruimte voor de kaartverkoop.

De portier bracht hen naar de zaal. Hij klapte een zitting van een van de stoelen naar beneden en ging zitten. Albert volgde zijn voorbeeld en nam plaats aan de andere kant van het pad. Marion koos ervoor tussen beiden in te gaan staan.

Albert en Marion hadden uitvoerig gepraat over de opnamen die Ragnar had gemaakt, de cassettebandjes die ze in zijn slaapkamer hadden gevonden en de recorder die hij in zijn tas bij zich had gedragen. Het was duidelijk dat hij een beetje in het geniep het geluid had opgenomen van een aantal films die hij had gezien. Naar alle waarschijnlijkheid had hij zijn recorder naar de Havenbioscoop meegenomen om daar het geluid van *The Stalking Moon* vast te leggen. Maar als iemand alleen maar die recorder en die bandjes had willen hebben, was het vreemd dat hij Ragnar daarvoor had gedood. Marion en Albert waren het erover eens dat dit nauwelijks een reden tot moord kon zijn. Waarschijnlijker was het dat Ragnar iets had opgenomen dat beslist niet voor zijn oren bestemd was. Je kon natuurlijk nauwelijks aannemen dat er iemand bij hem in de buurt in zichzelf had zitten praten. Het moest een gesprek zijn geweest tussen twee, mogelijk meer mensen. Alles wees erop dat ze resoluut te werk waren gegaan. Ze hadden ontdekt dat hun gesprek werd opgenomen en waren toen gewelddadig opgetreden, met noodlottige gevolgen voor Ragnar. De jongen had waarschijnlijk geen tijd meer gekregen om zich te verdedigen. De conclusie van de patholoog-anatoom was dat de messteken de grootst mogelijke schade hadden veroorzaakt: ze hadden op korte afstand van elkaar de hartspier getroffen. Ragnar was snel en zonder pijn gestorven. Hij had niet om hulp kunnen roepen, daarvoor was hem de tijd niet meer gegund. In elk geval had niemand hem gehoord.

De portier van de Oude Bioscoop, een bedaarde, wat oudere man, herinnerde zich Ragnar wel: hij was een van de vaste bezoekers van de bioscoop. De man herkende hem direct van de foto die Albert van Ragnars ouders had gekregen.

'O ja, die kende ik goed,' zei de portier. 'Hij heeft heel wat films gezien hier. Sommige wel twee keer. Toen hij nog een jong knulletje was probeerde hij al stiekem binnen te komen bij films die voor kinderen verboden waren. Dat doen ze allemaal. Kinderen zoals hij moeten en zullen naar de bioscoop; ze willen gewoon alle films zien. Helemaal niet leuk om ze weg te sturen, maar ja, wat moet dat moet.'

'Weet je nog of die jongen hier pasgeleden geweest is?' vroeg Albert.

'Ja, hij vroeg toen naar foto's van een film die hier gedraaid heeft, *Where Eagles Dare*. Toen heeft hij nog wat moeilijkheden gehad ook, dat arme joch.'

'Hoezo moeilijkheden?' vroeg Marion.

'Er ging iemand tegen hem tekeer. Ik heb er zelf niet mee te maken gehad, ik heb het alleen maar uit de verte gezien.'

'Tegen hem tekeer?'

'Ja, vanwege een of ander apparaat dat die jongen bij zich had. Dat was het enige wat ik kon verstaan.'

'Kende je die man?'

'Nee.'

'Wat was er dan met dat apparaat?'

'Dat weet ik niet,' zei de portier. 'Ik heb me er niet mee bemoeid. Maar ze gingen naar buiten en nog liet die vent hem niet met rust. Ik zag dat hij hem achternaging, de Bankastræti op.'

'Weet je ook om wat voor apparaat het ging?'

'Nee.'

'Liep hij gevaar door wat die man deed?' vroeg Albert.

'Ik weet het niet, dat kon ik niet zien. Maar die kerel stond te schelden. De jongen had een schooltas bij zich en daar schoof hij dat apparaat in. De man stond erbij en werd steeds kwaaier. Ik zag hem naar dat ding wijzen, dat apparaat dat de jongen bij zich had.'

'Ze hoorden niet bij elkaar, die twee?' vroeg Marion Briem.

'Nee, die jongen kwam altijd alleen.'

'En je weet niet wie het was die zo tegen hem tekeerging?'

'Nee.'

Even later verlieten Marion en Albert de bioscoop en bleven nog wat in de zonneschijn staan. Onophoudelijk reden er auto's door de Ingólfsstræti en draaiden de Bankastræti op. Marion stak een sigaret op. Het was zacht, zelfs een beetje drukkend weer. Het verkeer stroomde kalmpjes langs hen heen. Vanaf de Hverfisgata klonk het geronk van een vrachtwagen. Albert schuifelde wat heen en weer voor de treden naar de kassa. Het leek alsof hij iets op het hart had, maar niet wist of hij het moest zeggen. Marion merkte zijn aarzeling.

'Wat is er?'

'O, niks,' zei Albert.

'Jawel. Nou, hoor ik het nog?'

'Er ís helemaal niks.'

'Albert...!'

'Ik... nou, oké dan. Toen ik je een paar dagen geleden wakker maakte had je een ansichtkaart op de grond laten vallen die je gelezen had. Ik heb hem opgeraapt en op je bureau gelegd.'

'Nou en?' zei Marion.

'Ik wilde dat je het wist,' zei Albert. 'Maar ik wil niet dat je denkt dat ik hem gelezen heb.'

'Dat denk ik ook niet.'

'De foto aan de voorkant, de Koldingfjord – dat is toch in Denemarken, hè?'

'Dat klopt, ja.'

'Ben je daar geweest?'

'Ja, inderdaad. Ik ken het daar heel goed.'

Marion inhaleerde de sigarettenrook.

Ze liepen terug naar de auto, die in de Hverfisgata stond, tussen de Volksschouwburg en de Nationale Bibliotheek. Marion liet het restant van de sigaret op het trottoir vallen en trapte dit zorgvuldig uit.

'Zou het dezelfde man zijn geweest als in de Havenbioscoop?' vroeg Albert. 'Ik bedoel, de kerel die hier in de Oude Bioscoop tegen Ragnar heeft staan schelden?'

'Niet uitgesloten,' zei Marion. 'Dat zullen we aan de mensen van de Havenbioscoop moeten voorleggen.' De peuk werd weer opgeraapt en in een afvalbak gedeponeerd.

'Waar kunnen die mensen het over gehad hebben,' zei Albert, 'dat het zo'n aanslag rechtvaardigt?'

'Er is natuurlijk helemaal niks dat zo'n daad rechtvaardigt,' zei Marion. 'Niks – behalve in de ogen van de daders. Dat moeten dus mensen zijn die iets te verbergen hebben. Iets wat per se niet algemeen bekend mag worden. Iets wat nooit op een geluidsbandje mag komen. Zo'n daad plegen ze echt niet omdat ze het leuk vinden.'

'Laten we er eens van uitgaan dat dit het motief is.'

'Goed.'

'Dan heeft Ragnar misschien doodgewoon pech gehad,' zei Albert. 'Er zijn mensen die de Havenbioscoop als ontmoetingsplaats gebruiken. Ze denken dat ze onder al dat lawaai van de film veilig met elkaar kunnen praten. Ze zitten in het donker. Geen mens die speciaal op hen let. Ze begroeten elkaar niet voor de voorstelling, ze proberen niet op te vallen.'

'Ze gaan in het donker op hun plaats zitten,' ging Marion Briem verder. 'De film is al begonnen. Ze merken die jongen niet op, misschien buigt hij zich wel net over zijn cassetterecorder. Maar ineens zien ze dat hij achter hen zit.'

'Op de een of andere manier krijgen ze dat apparaat in de gaten,' zei Albert. 'Ze zien dat hij hun gesprek aan het opnemen is.'

'Ze aarzelen geen moment.'

'En die jongen is er geweest.'

'Tja, ik weet het niet. Kun je je zoiets voorstellen? In ons land? Dit is toch helemaal niks voor IJsland?'

'Hoe bedoel je?'

'Ze hadden toch gewoon de recorder en de bandjes van die knul kunnen afpakken? En het daarbij kunnen laten?'

'Ja, je hebt gelijk, waarom gingen ze zo ver?'

'Ze wilden hem de mond snoeren,' zei Marion Briem. 'Misschien vonden ze dat het afpakken van de bandjes niet voldoende was. Tenslotte wisten ze niet wat hij verder nog had gehoord of wat hij uit hun woorden had kunnen opmaken. Ze hadden ook geen idee wie hij was, natuurlijk. Ze wilden helemaal op zeker spelen.'

'En toen hebben ze hem maar neergestoken? Omdat hij mogelijk had opgevangen waar ze over spraken?'

'Ze hebben misschien gedacht dat die jongen speciaal op hen was afgestuurd om hen te volgen, hen af te luisteren en op te nemen wat ze tegen elkaar zeiden.'

Marion keek naar de basaltkolommen in de gevel van de Volksschouwburg.

'Sinds de oorlog hebben we nooit meer zoiets meegemaakt. Maar nu stikt het hier van de buitenlanders.'

'Bedoel je dat het buitenlanders zouden kunnen zijn?' vroeg Albert. 'Die mannen in de bioscoop?'

'Het zou fout zijn om die mogelijkheid buiten beschouwing te laten,' zei Marion. 'Helemaal fout. Ze waren bezig met een karwei dat het daglicht niet kon verdragen. Letterlijk. En het moet zenuwslopend voor hen zijn geweest. Andere mogelijkheden liggen, denk ik, niet zo voor de hand. Ragnar had geen geld bij zich, daar kunnen ze dus niet op uit zijn geweest. En het was ook geen jongen om zomaar met iemand ruzie te gaan maken – niemand in de bioscoop heeft trouwens gehoord dat er herrie was. Hij had die cassetterecorder, ja, maar wie pleegt er nou een moord voor zo'n ding?'

De patholoog-anatoom was bezig zijn rapport over Ragnars dood af te sluiten. Marion kwam het mortuarium aan de Barónsstígur binnen en ging op het geluid af. De medicus zat achter zijn bureau op zijn schrijfmachine te hameren – het tikken was op de gang te horen. De patholoog-anatoom was een veertiger, een tamelijk zwijgzame, rustige figuur. De opleiding voor zijn specialisme had hij in een academisch ziekenhuis in de Verenigde Staten gevolgd. Toen Marion in de deuropening verscheen stopte hij met zijn typewerk. Uit een asbak pakte hij een pijp, maakte die schoon en begon hem te stoppen.

'Ik heb niks kunnen vinden over het soort mes dat is gebruikt,' zei hij. 'Mocht je daar op uit zijn.'

'Maar er zal je toch wel íéts zijn opgevallen?' zei Marion, die op weg was naar huis en daarom niet ging zitten.

'Het kan een gewoon zakmes zijn geweest,' zei de ander. Hij drukte de tabak aan. 'Het blad was niet lang en niet breed. De dader heeft de goede plek geraakt en de punt was zo scherp dat hij makkelijk door de kleren heen het hart heeft kunnen raken.'

'Kan dat met een zakmes?'

'Als de juiste man het in handen heeft wel,' zei de patholoog-anatoom, zijn pijp aanstekend. 'Geen enkel probleem.'

8

De portier van de Oude Bioscoop had een beschrijving gegeven van de man die zo tegen Ragnar was tekeergegaan, maar al te duidelijk was dit signalement niet. Niet erg lang, van middelbare leeftijd, droeg waarschijnlijk een blauw jack, had donkerblond, dunnend haar. Dit signalement werd later op de dag aan het personeel van de Havenbioscoop voorgelegd. Maar de vraag of iemand die er zo uitzag een kaartje voor de voorstelling van vijf uur had gekocht leverde geen duidelijk antwoord op.

Kort voor de kassa openging had Marion gesproken met Kiddý, de kassière van de Havenbioscoop. Ze zat al in de ruimte achter het loket. Op een plank lagen wat Deense familiebladen; verder was er weinig meer te vinden dan de rol kaartjes en de geldla. Ze vertelde dat er sinds het nieuws over de moord veel verkeer in de omgeving van de bioscoop was geweest. Het aantal bezoekers van *The Stalking Moon* was vele malen groter geworden. Ze zou niet graag beweren dat de mensen speciaal voor de film kwamen, zei ze, en daarbij keek ze Marion veelbetekenend aan. Het was hun doodgewoon te doen om de plek waar die jongen vermoord was. Het bloed op de vloer had men zo goed mogelijk verwijderd. Twee stoelen in de rij moesten worden vervangen: die zaten te dik onder het bloed. Ze waren inmiddels weggehaald, zodat de bezoekers van de bioscoop onmiddellijk konden zien waar het drama zich had afgespeeld.

'Ik zou echt niet weten wie er een kaartje gekocht hebben voor die rampvoorstelling,' zei Kiddý toen Marion haar over de man met het blauwe jack in de Oude Bioscoop had verteld en daar stevig over doorvroeg. 'Ik zit hier iedere dag aan het loket en op de mensen let ik allang niet meer. Laat staan bij hele drukke voorstellingen. Nou ja, de vaste klanten haal je er soms wel uit, en een enkele bekende IJslander. Maar dat is het wel zo'n beetje.'

'Maar toen waren er helemaal niet zoveel,' zei Marion.

'Nee, dat is zo.'

'Of zat je soms in je tijdschriften te neuzen?' vroeg Marion, naar de Deense bladen wijzend.

'Dat ook, ja. Als getuige hebben jullie niks aan me, ik weet het.'

'Nou, laten we maar eens kijken of ik je een beetje kan helpen,' zei Marion met een glimlach. 'Herinner je je toevallig een donkerblonde man met een blauw jack?'

'Nee. Die jongen herinner ik me, want die kende ik wel. En die vrouw ook, want het was de voorstelling van vijf uur, en ook nog eens een western. Maar die heb ik jullie al beschreven.'

'Ja, dat klopt,' zei Marion. 'Maar ik zoek ook nog naar twee of drie mannen. Hoe oud ze zijn weet ik niet precies. Ze zijn niet tegelijk gekomen en ze zullen beslist niet erg zijn opgevallen. Maar in de zaal zaten ze wel bij elkaar.'

'Die weerman herinner ik me nog wel, die is van middelbare leeftijd,' zei Kiddý.

'Ja, maar die hoeven we niet te hebben. Een van die mannen kan een buitenlander zijn, of misschien zijn ze dat allemaal wel. Weet je of er ook buitenlanders een kaartje hebben gekocht?'

Kiddý dacht na. Ze keek naar de Deense bladen. Deens lezen kon ze wel, spreken ging haar minder goed af. Engels kende ze niet. Het voortgezet onderwijs had ze niet afgemaakt, maar met het Deens wist ze zich goed te redden: haar moeder had altijd de Deense bladen *Hjemmet* en *Familie Journal* gelezen; bovendien werd die taal op school onderwezen. Haar moeder was op die tijdschriften geabonneerd en gaf de oude nummers aan haar dochter.

'Er is niemand met een buitenlands accent geweest, daar ben ik zeker van,' zei ze en ze schoof haar haarband goed. Daarna peuterde ze met haar lange, fel gelakte nagels een sigaret uit een pakje en stak hem op. Ze blies de rook van zich af.

'Was er echt niemand die een kaartje kwam kopen en die met een buitenlands accent sprak?' vroeg Marion.

'Nee. Maar soms zeggen de mensen ook helemaal niks. Dan steken ze alleen maar een of twee vingers op, al naargelang ze kaartjes willen hebben. Ik... er waren alleen maar wat mannen. En een heel stel jongens.'

'Ik snap het. Komen er veel buitenlanders naar de bioscoop, de laatste dagen? Er zijn er nou zoveel in de stad met dat toernooi.'

'O, het schaaktoernooi? Ik heb er niet speciaal op gelet.'

'Geeft niet. Is de portier er al?'

'Nee, die komt later. Wou je dat ook aan hem vragen? Van die buitenlanders?'

'Ja.'

'Nou, weet je, de portier is nog met zomervakantie, onze vaste portier bedoel ik. Matthías vervangt hem en...'

'Ja?'

Marion zag dat de vrouw aarzelde.

'Die moest even weg,' zei Kiddý.

'Ja, dat zei je. Hij zou later komen.'

'Nee, ik bedoel dat hij op de dag dat het gebeurd is op zijn plek bij de deur had moeten staan.'

'O. Daar heeft hij me niks van verteld.'

'Nee, dat zal wel niet.'

'En toch wist hij van die vrouw af, en van die jongen, en hij vertelde ook nog een aantal bijzonderheden over de mensen in de zaal,' zei Marion. 'Van die weerman wist hij ook al.'

'Dat heb ik hem allemaal verteld. Toen hij zag wat er was gebeurd heeft hij het me gevraagd. Hij was helemaal in shock. Hij had het lijk gevonden. Matti is een prima vent, hoor, echt, maar er is altijd gelazer met hem.'

'Dus hij heeft nooit bij die deur gestaan?'

'Ja, in het begin nog wel. We laten de mensen meestal zo'n kwartier of twintig minuten voor de voorstelling binnen. Zodat ze niet buiten hoeven te staan blauwbekken, 's winters vooral. Maar toen kwam *zíj* op hem af. Tja, de deur stond gewoon open en ik zat hier achter het loket.'

'Wie kwam er op hem af?'

'Een vriendinnetje van hem. Ze woont hier op de Laugavegur. Werkt in een modezaak. Die komt hier altijd zomaar binnenvallen. Het gaat niet helemaal lekker tussen die twee. Ze gingen de deur uit, naar achter de bioscoop.'

'Maar... in die tussentijd konden er toch zomaar mensen naar binnen glippen?'

Kiddý gaf geen antwoord. De lichtblauwe haarband paste goed bij het korte jurkje dat ze droeg.

'Het is echt een goeie vent, maar dit durfde hij niet te vertellen,' zei ze. 'Zo'n vijf minuten na afloop van de voorstelling kwam hij terug. Op zichzelf helemaal niet erg, maar toen... toen was dat verschrikkelijke gebeurd...'

'De ingang daar was dus open,' zei Marion op de deur wijzend. 'En jij zat hier achter het loket?'

'Ja.'

'En er had dus best iemand naar binnen kunnen glippen zonder dat jij het zag?'

Kiddý keek naar haar Deense bladen. In een ervan stond een feuilleton dat die dag erg spannend geweest was.

'Ik weet het niet.'

'Wat denk je? Een man in een blauw jack misschien?'

'Het is niet uit te sluiten,' zei ze.

Albert sprak aan de telefoon met zijn vrouw. Hij was bijna tien jaar getrouwd en vader van drie kinderen, alle drie meisjes. Zijn vrouw heette Guðný. Al vanaf de tijd dat ze haar oudste dochter ter wereld had gebracht, had ze maar één wens: terugkomen op de arbeidsmarkt. Na de zomer wilde ze toelatingsexamen doen voor de pas gestichte volwassenenafdeling van het gymnasium aan de Hamrahlið. Uiteindelijk wilde ze rechten gaan studeren.

'Hoe wou je het hebben?' vroeg ze door de telefoon toen ze aan Albert hoorde dat hij geen tijd meer had om met haar verder te praten.

'Wat hebben?'

'Met je verjaardag natuurlijk, suffie. De meisjes zijn helemaal koortsig van spanning. Ze bakken een enorme chocoladetaart. Voor jou! Wil je dat de oma's ook komen of zijn we gewoon met ons vijven?'

'Zullen we de oma's er maar bij vragen?' zei Albert. 'Ik wil ze niet voor het hoofd stoten. En als wij dan uitgaan kunnen ze mooi oppassen.'

'Uitgaan?'

'Ik liep erover te denken om ergens te gaan eten, bij Naustið of zo.'

'Wou je naar Naustið? Kunnen we dat wel betalen?'

'Geen idee. Jij doet de boekhouding.'

'Met cocktails erbij en zo?'

'Zou best kunnen.'

'Oké, ik praat wel met de oma's.'

Tussen alle kantoren in het gebouw aan de Borgartún leek het domein van de technische recherche wel op een klein laboratorium. De afdeling was buitengewoon krap gehuisvest; de werkruimte stond afgeladen vol met apparaten en gereedschappen die voor het onderzoek van een plaats delict nodig konden zijn. De technische recherche beschikte niet over de mogelijkheden elk onderzoek zelf te verrichten; de meer gecompliceerde, zoals het gedetailleerd bepalen van schootsafstanden, werden in het buitenland uitgevoerd. Maar voor het dactyloscopische en fotografische werk waren de technici uitstekend geoutilleerd, en ze maakten intensief gebruik van de middelen die hun ter beschikking stonden.

De chef van de afdeling had handschoenen aan en liet Albert verschillende vingerafdrukken zien die rondom Ragnar waren aangetroffen. Ze waren afkomstig van de arm- en rugleuningen van de stoelen en van de popcornzak en het frisdrankflesje waarmee hij de zaal was binnengekomen.

'De narigheid is,' zei de chef, 'dat het in die bioscoop barst van de vingerafdrukken. Die stoelen worden niet schoongemaakt. De vloer wordt gestofzuigd en de hal wordt onder handen genomen – stof afnemen en zo – maar aan de rijen stoelen met al die de arm- en rugleuningen doen ze niks. Dat is niet nodig.'

'Nee, natuurlijk niet,' zei Albert.

'We proberen uit te zoeken wat er precies is gebeurd toen hij werd aangevallen,' zei de man, die Þormar heette. Hij was ongewoon lang, had een enorm hoofd en een zware buik. 'Zoals jullie weten denken we dat die jongen niet veel tijd heeft gehad om zich te verdedigen. De patholoog-anatoom bevestigt dat. De enige verwondingen die hij heeft opgelopen zijn die twee messteken in de hartstreek. Daarna heeft de aanvaller waarschijnlijk de tas van de jongen met de recorder en de bandjes meegepakt.'

'Marion denkt dat het er in elk geval twee zijn geweest, en dat die knul per ongeluk hun gesprek heeft afgeluisterd.'

'Jullie kunnen er natuurlijk over fantaseren wat je wilt,' zei Þormar. 'Alleen, we hebben niks dat daarop wijst. Laten we eens kijken. Degene die hem heeft doodgestoken krijgt natuurlijk behoorlijk wat bloed aan zijn handen en misschien wel in zijn gezicht. We nemen aan dat zijn hand nat is van het bloed als hij de recorder en de bandjes van de jongen pakt. De aanvaller heeft naar alle waarschijnlijkheid over de stoelen heen naar de tas gereikt en is niet tussen de rijen door gelopen. Hij wil het allemaal heel rustig houden.'

'Ze hebben alles van hem meegenomen,' zei Albert.

'Als het is zoals Marion denkt wilden ze op veilig spelen. Toen ze de bandjes te pakken hadden konden ze die schooltas niet achterlaten.'

'En hoe staat het met die vingerafdrukken? Hebben jullie daar iets uit kunnen opmaken?'

'Die moeten we nog bekijken en vergelijken met ons bestand. De meeste zijn natuurlijk van doodonschuldige bioscoopbezoekers. En als Marion meent dat het een buitenlander geweest is, of buitenlanders, dan zullen we zelfs een stel vingerafdrukken in het buitenland moeten laten natrekken. Nou, je weet hoeveel tijd daarin gaat zitten.'

'Wat denk je, kan dit nog een keer gebeuren?' vroeg Albert. Hij wachtte het antwoord van de technische man af. Die haalde berustend zijn schouders op.

'Dat kunnen we hier niet uit opmaken,' zei hij.

'Is er niet een steekje aan je los als je iets dergelijks doet?'

Albert en Marion hadden overwogen of deze geschiedenis zich zou kunnen herhalen. In het begin van de eeuw was er eens een seriemoordenaar actief geweest; recente gevallen waren er niet. En de moordenaar of moordenaars hoefden ook helemaal geen IJslanders te zijn: er liepen massa's buitenlanders in de stad rond, allemaal op het schaaktoernooi afgekomen. In zo'n menigte had je gegarandeerd een aantal verknipte figuren, net als overal.

'Dus alles wat slecht en schandalig en verschrikkelijk is komt uit het buitenland?' had Albert gevraagd.

'Vaak wel,' had Marion gezegd.

'Schaakliefhebbers bijvoorbeeld?'

'Waarom zouden die beter zijn dan anderen?' vroeg Marion.

9

Ragnar werd vanuit de Domkerk begraven, in stilte en zonder grote toeloop van belangstellenden. De dominee sprak over het jonge leven dat tot een einde was gekomen, over een dood die zo schrijnend was dat er bijna niets mee te vergelijken viel, over de familie die vervuld van pijn achterbleef. Marion Briems gedachten dwaalden af toen hij begon te spreken over de opstanding, de vergeving van zonden en het eeuwige leven. Ragnars familie zat in de voorste twee rijen banken, eenvoudige mensen die nog geen antwoord hadden op de vragen die hen de afgelopen dagen overvallen hadden. En zelfs als die beantwoord zouden kunnen worden, waren het slechts de antwoorden die mensen konden geven. Nooit zouden die grote mysteries tot klaarheid worden gebracht, de vragen die misschien alleen in de kerk onder woorden werden gebracht.

Zo zat Marion te peinzen toen de uitvaartdienst ten einde liep en het mooie gezang weerklonk over de bloem die bloeit, maar door de zeis wordt neergemaaid.[4] Het tot inkeer stemmende lied riep een aantal herinneringen op die de laatste tijd al vaker de kop hadden opgestoken. Dat had die ansichtkaart veroorzaakt. De kaart kwam van ver en was eerst nog op een vorig adres beland. Er stond slechts een korte boodschap op: *Ik kom gauw*. Verder niets. Alleen deze korte mededeling, waarop Marion eigenlijk al een tijdje had gewacht.

De dominee vroeg de aanwezigen op te staan en sprak de apostolische geloofsbelijdenis uit. Marion liet die langs zich heen gaan.

De kist werd door een aantal jonge familieleden van Ragnar naar buiten gedragen en in de lijkwagen geschoven die voor de kerk klaarstond. De mensen bleven nog even staan om de nabestaanden te condoleren. Daarna volgden de naaste familieleden hem naar het graf. Langzamerhand dunde de groep mensen voor de kerk uit en opeens was alles weer stil. Marion

---

4 *Allt eins og blómstrið eina*, lied van Hallgrímur Pétursson (1614–1674) dat bij bijna alle IJslandse begrafenissen wordt gezongen. (Noot van de vertaler)

had niets verdachts opgemerkt. Geen man met een blauw jack. Niets dat afweek van de gewone gang van zaken.

Marion liep naar de auto. Op de stoel naast de chauffeursplaats lagen een paar geluidsbandjes te wachten om te worden beluisterd. Het waren de opnamen die Ragnar in de Oude Bioscoop had gemaakt van *Where Eagles Dare*. Er was een kans dat daarop de woordenwisseling stond die aan het eind van de voorstelling tussen Ragnar en de man met het blauwe jack had plaatsgevonden. Albert had de bandjes 's morgens opgehaald. Hij had de hele nacht bij een gebouw ergens in de wijk Fossvogur staan posten. Zijn droom Bobby Fischer van dichtbij te kunnen zien was uitgekomen. Fischer was eindelijk aangekomen om het gevecht met de 'Russische beer' aan te gaan; hij was ondergebracht in een appartement in het gebouw. Albert was slecht uitgeslapen maar zeer spraakzaam toen hij Marion rond het middaguur ontmoette. Hij vertelde dat Kissingers initiatief de doorslag had gegeven: Fischer had eindelijk besloten aan het toernooi deel te nemen. Albert was helemaal opgewonden over wat er gisteren was gebeurd. Er had zich een groep mensen voor het gebouw verzameld om hem met eigen ogen te kunnen zien en hem welkom te heten. De avond en de nacht waren voorbijgegaan en de mensen waren ten slotte maar weer afgedropen. Fischer had zin gekregen in een autorit, waarna hij door de politie naar Hellisheiði was gereden. De rit had tot zes uur 's morgens geduurd. Albert was natuurlijk niet meegereden, maar van zijn collega's had hij gehoord dat de schaakmeester onderweg in een stralend humeur was geweest.

Marion reed naar de Borgartún, haalde bij de technische recherche een cassetterecorder en installeerde zich in het kantoor met de zitbank. Ragnar had voor de opname twee bandjes gebruikt, en met name het tweede kon interessant zijn. Mocht er na het slot van de film nog iets van de woordenwisseling zijn opgenomen, dan zou dat daarop moeten staan. Marion stopte het bandje in de recorder, ging op de bank liggen en begon met gesloten ogen te luisteren.

Where Eagles Dare was aanvankelijk vooral lawaaierig. De portier had hun in grote trekken de inhoud verteld. Het scenario was gebaseerd op een thriller van Alistair MacLean; de hoofdrollen werden gespeeld door Richard Burton en Clint Eastwood. In de film waren ze militairen die een legerleider moesten bevrijden. Deze werd door nazi's in een onneembare vesting achter het front gevangen gehouden. De opname was helder. Tegen het einde van de film scheen er nog heel veel te gebeuren.

'Verdomde pestherrie,' gromde Marion toen de beschietingen, het geschreeuw en de spannende muziek de climax naderden.

Maar toen leek het alsof de mannen eindelijk wat rust kregen. De knallen van de geweerschoten en het gedreun van ontploffingen stierven weg, het geschreeuw hield op. Geronk van een vliegtuig dat opsteeg. De slotscène naderde, het scheen dat de groep een verrader onder zijn gelederen telde. Ten slotte klonk er alleen nog maar de spannende muziek. De film was afgelopen.

Marion ging rechtop zitten en staarde naar de recorder. De spoelen draaiden langzaam in de doorzichtige cassette.

'*Wat heb jij daar bij je?*' klonk het ineens. De stem was hard, intimiderend.

Daarna was er gepraat, voetengeschuifel van mensen die van hun plaats opstonden, het geluid van opklappende zittingen, gebons op de houten vloer.

'*Wat is dat voor een apparaat?*'

Marion zag voor zich hoe de man Ragnar vastgreep.

'*Laat eens zien.*'

'*Laat me met rust,*' zei een jongere stem.

'*Is dat een cassetterecorder? Wat moet jij hier in de bioscoop met een cassetterecorder?*'

'*Niks,*' klonk Ragnars stem.

'*En dit? Een microfoon? Neem je soms iets op? Zeg, wat ben je aan het opnemen?*'

De stem klonk agressief en kwaad en het was duidelijk dat het felle optreden van de man Ragnar schrik aanjoeg.

'*Heb je die film opgenomen?*'

Het geschuifel stierf weg. De twee waren als enigen in de zaal achtergebleven.

'*Nee,*' zei Ragnar zachtjes.

'*Jawel!*' beweerde de man. '*Waarom doe je dat? Dat is verboden, weet je dat niet?*'

'*Geef die recorder terug,*' zei Ragnar.

'*Wat doe je daarmee? Wil jij straks stiekem naar die film luisteren? Nooit van auteursrechten gehoord? Je mag niet zomaar films op de band zetten.*'

'*Geef terug,*' zei Ragnar. '*Ik moet naar huis.*'

'Zeg, ben jij niet goed snik of zo?'

'Jawel.'

Marion hoorde weer voetstappen van mensen en nu ook sterker wordende straatgeluiden, een claxon, een voorbijrijdende auto. Ze hadden de bioscoop verlaten. De portier van de Oude Bioscoop had hen de Bankastræti op zien gaan, waar ze om een hoek waren verdwenen.

'Wou je dat gaan verkopen? Of ga je iets met de muziek doen? Zeg op, wat wil je ermee?'

'Laat me met rust!'

'Waarom doe je dat? Je mag geen... neem je dit op... ben je nog steeds aan het...?'

De opname eindigde plotseling. Marion spoelde terug, luisterde opnieuw, nog een keer, en zette toen de recorder af. Albert kwam binnen, ging aan het bureau zitten en beluisterde op zijn beurt de woordenwisseling tussen Ragnar en de man.

'Arm joch,' zei hij.

'Ja, wat een klootzak, hè?' zei Marion.

'En het klinkt nogal bedreigend,' zei Albert. 'Het lijkt alsof die man echt hels is.'

'Dit is toch gewoon je reinste kul?' zei Marion. 'Wat leutert die vent nou over auteursrechten? Waarom gaat hij zo tegen die knul tekeer? Wat weet hij eigenlijk van auteursrechten en waarom maakt hij zich daar zo druk over?'

'Het ligt kennelijk nogal gevoelig voor hem,' zei Albert.

'Voor wie liggen zulke dingen eigenlijk gevoelig? Aan wat voor mensen denk je dan?'

'Nou, componisten bijvoorbeeld. Die hebben toch een of andere bond?'

'En schrijvers?

'Ja, en juristen natuurlijk.'

'Praat hij niet een beetje als een jurist, die man?' vroeg Marion.

'Intimiderend, onsympathiek en veeleisend, ja, dat klopt wel aardig,' zei Albert.

'Over veeleisende mensen gesproken: wat is het laatste nieuws over Bobby?'

'Ze willen hem nu in hotel Loftleiðir onderbrengen. Dat appartement in Fossvogur bevalt hem niet.'

'Wat is het voor een vent? Aardig?'

'Ja, echt heel aardig, voor zover ik kon zien tenminste. De jongens die bij hem waren snappen niet hoe hij het voor elkaar heeft gekregen iedereen zo tegen zich in het harnas te jagen.'

'Misschien is hij alleen maar hard als er onderhandeld moet worden. Lui die het zo ver geschopt hebben als hij moeten wel voor zichzelf opkomen. Ben je eigenlijk van plan nog langer om hem heen te blijven hangen?'

'Misschien. Bij de bewakingsdienst voor het schaaktoernooi zijn ook recherchemensen, tenminste voor zover die dat willen. Maar het is natuurlijk maar de vraag...'

Albert zweeg.

'Wanneer begint dat spektakel precies?'

'Morgenavond. Dan spelen ze de eerste partij.'

'Als je het mij vraagt, ik vind dat de mensen zich maar beter op hun werk hier kunnen concentreren. Daar hebben we meer aan dan aan dat achternalopen van de grote jongens,' zei Marion. 'Ga alle opnamen die Ragnar gemaakt heeft maar ophalen en draai ze af. Hij heeft in de Oude Bioscoop een probleem gehad, en misschien was dat niet de enige keer.'

De verklaring van de weerman was vastgelegd, evenals die van de twee groepjes jongens die zich bij de politie hadden gemeld. Ragnar meegerekend waren nu negen van de vijftien mensen die een kaartje voor de voorstelling hadden gekocht geïdentificeerd. Het was natuurlijk mogelijk dat er een of meer mensen clandestien binnen waren gekomen: de portier was ineens weggegaan en de kassière had vanuit haar hokje op de voordeur moeten letten. Daarover was niets met zekerheid bekend. De eigenaar van de rumfles was nog niet gevonden. Het onderzoek van de vingerafdrukken op de fles had geen aanwijzingen opgeleverd. Ook had de enige vrouw in de voorstelling van vijf uur zich nog niet gemeld, hoewel zij speciaal werd genoemd in het verzoek contact op te nemen met de politie.

Nadat Albert was weggegaan ging Marion achter het bureau zitten en keek de verklaringen door. De telefoon ging. Een opgewekte mannenstem vroeg met wie hij sprak.

'Met Marion Briem.'

'Rikki hier.'

'Wat is er?' vroeg Marion kortaf.

'Nou zeg, gaat het niet helemaal goed met je?'

'Zeg nou maar waar je voor belt.'

'Ik wil je niet storen, hoor.'

'Dat is dan aardig van je. Nou, was dat het?' zei Marion.

'Nee... wacht nou even...'

'Nou?'

'Dit... dit wil je echt heel graag horen. Jullie zijn toch op zoek naar mensen die toen in die bioscoop waren?'

'Ja.'

'Nou, dan kan ik jullie misschien een beetje helpen.'

Marion spitste de oren. Rikki, zoals hij genoemd werd, was een oude bekende van de politie. Een kleine jongen in het vak – hij hield zich bezig met smokkel, inbraak en diefstal, maar vooral met openbare dronkenschap. Hij had de politie wel eens diensten bewezen wanneer die inlichtingen nodig had uit de onderwereld van Reykjavík. Die was eigenlijk maar heel klein en ongeorganiseerd, en daardoor moeilijk in kaart te brengen.

'Oké,' zei Marion.

'Nou voel je je zeker al wat beter, hè?'

'Ram je maar niet op de borst, Rikki,' zei Marion. 'Wat is er met die mensen in de bioscoop?'

'Jullie willen toch weten wie er allemaal in die bioscoop zaten? Van een van die lui heb ik gehoord. En daar zijn jullie vast wel benieuwd naar.'

'O ja?'

'Zal je aardig voor me zijn als jullie me weer eens opbergen?'

'Als we je opbergen? Als je komt vragen of je bij ons je roes mag uitslapen, zal je bedoelen. Vertel nou maar wat je gehoord hebt.'

'Konni zat in de bioscoop.'

'Konni?'

'Die zat bij Svana en had het fantastisch naar zijn zin. Heeft ze me zelf verteld. Hij was naar de film geweest, en hij was helemaal toeter.'

'Svana van café de Pool?'

'Ja, Svana vertelde me dat hij naar die voorstelling was geweest. En hij deed of hij alles van de zaak af wist.'

'Het zal wel.'

'Ja, echt waar, hoor.'

'En hij drinkt natuurlijk rum,' zei Marion.

'Wie?'

'Konni.'

'Rum?' zei Rikki. 'Ja, natuurlijk drinkt hij rum!'

10

In Vífilsstaðir luisterden ze elke zondagochtend naar de radiokerkdienst. Het gezang vulde de gangen en de kinderafdeling, waar Marion lag. De deur en alle ramen stonden open. Men vond het van groot belang dat er overal frisse lucht kon binnenstromen – als het lekker weer was tenminste. Niets mocht de ventilatie in de weg staan, zelfs geen drempels. Die zag je dan ook nergens in de ziekenkamers.

Op de gangen was het druk. Sommige patiënten waren van plan zich met dekens en een boek in de lighal aan de westkant van het gebouw te installeren. De hal was lang en ruim en ving veel zon omdat hij uitkeek op het zuiden. Je had er een prachtig uitzicht op het meer, het Vífilsstaðavatn, en je kon zelfs de zee bij Straumsvík zien. Anderen wilden naar Gunnhildur, de steenhoop aan de oostkant van het sanatorium. Niemand wist waarom die zo werd genoemd, maar er werd altijd gezegd dat patiënten die er zonder hulp naartoe konden lopen aan de beterende hand waren. Weer anderen wilden roeien op het meer. 's Avonds werden er films gedraaid uit de bioscoop in de stad, want het sanatorium beschikte over een filmprojector.

'Vind je het nou niet fijn, hier bij ons?' vroeg de dokter vriendelijk. Hij legde zijn koude stethoscoop op de magere kinderborst en beluisterde de ademhaling.

Het was Marions tweede zondagmorgen in het sanatorium. Er liepen nogal wat gasten om het gebouw. Vrienden en familieleden van de patiënten waren naar Vífilsstaðir gekomen om er de dag door te brengen. De regel was dat gasten niet in het gebouw mochten komen, maar dat ze zich onder de ramen aan de zuidkant opstelden en vanaf daar met de patiënten spraken. Het viel voor kinderen en hun ouders vaak niet mee zo van elkaar gescheiden te zijn, en soms klonk er vanaf de zuidelijke helling een verdrietig huilen over het meer.

Er waren zoveel patiënten dat men ze niet allemaal in het gebouw kon huisvesten. 's Zomers gebeurde het wel dat er zieken werden ondergebracht in tenten die bij het gebouw waren opgezet. Daarvoor kwamen echter alleen mannen in aanmerking. Voor het sanatorium stond het huis van de geneesheer-directeur. Verder was er een koeienstal van royale afmetingen, want Vífilsstaðir exploiteerde ook een grote boerderij.

De dokter was een man van middelbare leeftijd. Zijn haar had hij strak achterovergekamd, tot in zijn nek. Hij had grote, vertrouwenwekkende handen. Zoals meestal op zondag droeg hij geen doktersjas; hij was alleen maar even langsgekomen om Marion en de andere kinderen op de zaal te groeten.

'Ja,' antwoordde Marion – je kon aan de woorden van de dokter horen hoe goed hij het meende. In de vele jaren van zijn loopbaan keek hij terug op een lange rij levenslustige kinderen die hun heldhaftige strijd met de dood hadden verloren. Zijn ogen konden de pijn van die ervaring nooit helemaal verbergen. Marion had eens gelezen dat IJsland op het gebied van tuberculose een van de hoogste sterftecijfers ter wereld had. Twintig procent van alle sterfgevallen in het land waren aan die ziekte toe te schrijven.

'De zieke long moet tot rust komen, daar gaan we in de eerste plaats voor zorgen,' zei de dokter. 'Dat doen we met een behandeling die we inblazen noemen. Dat heb ik je bij het röntgenonderzoek al verteld. Morgen zal ik het je wel uitvoeriger uitleggen. Je hoeft niet bang te zijn, hoor. Het is maar een eenvoudige ingreep, het doet alleen wel een beetje pijn. Als ik dat zo zeggen mag: we mogen blij zijn dat alleen je ene long maar is aangetast. We zullen proberen dat zo te houden. Want we willen niet dat het zich verspreidt, hè?'

De dag daarop kreeg Marion voor het eerst de inblaasbehandeling. Aþanasíus was ervoor uit Reykjavík gekomen en mocht erbij zijn. De dokter legde in geruststellende woorden stap voor stap uit wat hij zou gaan doen. Hij zat te midden van röntgenapparatuur, injectiespuiten voor de verdoving en de kist met apparatuur voor het inblazen. Hij begon te vertellen over een Italiaan, een zekere Forianini. Die had een behandeling ontwikkeld die erop neerkwam dat men de long ineen liet klappen. Dat gebeurde door lucht tussen de long en het borstvlies te blazen. Die lucht oefende druk uit op de long, waardoor deze in elkaar werd gedrukt. Zo moest de tbc in toom worden gehouden. De holte waarin de tuberkels zaten werd afgesloten en zo werd de long op den duur weer schoon.

'Weet je of je ooit pleuritis hebt gehad?' vroeg de dokter, in de medische dossiers bladerend.

'Ik geloof van niet,' zei Marion.

De arts keek vragend naar Aþanasíus, die liet merken dat hij het ook niet wist.

'Jij weet het ook niet?'

'Nee,' zei Aþanasíus.

'Eh... hoe... hoe wordt die lucht bij me naar binnen geblazen?' vroeg Marion. Het kind zag erg tegen de behandeling op en had er 's nachts nauwelijks van geslapen. Maar je kon er kort of lang over praten: de tuberculose was erger geworden. Dat ging samen met een gevoel van slapte en vermoeidheid dat zich uitte in traagheid, ademnood, hoest en overmatig transpireren.

'Het gebeurt met een holle naald. Kijk, hier heb ik er een,' zei de dokter. Hij keek op uit zijn papieren, nam een lange, dunne naald van de instrumententafel en liet hem aan Marion zien. 'Hier blaas ik lucht doorheen. Dat doet een beetje pijn, dat heb ik je gisteren al verteld. Daar is jammer genoeg niets aan te doen. Ik verdoof je natuurlijk, maar later ga je het toch voelen. Het moet om de paar weken opnieuw gebeuren, omdat de lucht uit de borstholte ontsnapt; dan gaat de long weer uitzetten. En we willen juist dat die rust krijgt. De tuberkels hebben zuurstof nodig, en zo zorgen we dat die niet in de long kan komen.'

'Denk je dat ik verklevingen heb?'

De arts keek Marion stomverbaasd aan.

'Weet je daar ook al van?'

'Dat heb ik van Anton. Hij heeft heel erge verklevingen en hij zei dat je geprobeerd hebt ze los te branden.'

'Anton is er heel wat erger aan toe dan jij,' zei de dokter. 'We zullen je maar niet met hem gaan vergelijken. Bij pleuritis komt het wel eens voor dat de longen aan het borstvlies vastgroeien. Dan brengen we een heel dunne elektrische gloeidraad in en proberen we de verklevingen los te branden en de longen weer vrij te krijgen. Anders kunnen we geen lucht tussen het borstvlies en de longen blazen en wordt de long niet in elkaar gedrukt. Snap je?'

Marion had Anton horen praten over de behandeling met een elektrische gloeidraad – je moest er niet aan denken. Dat was nog heel wat erger dan wat de dokter met die holle naald deed. Anton was een jongen uit Snæfjallaströnd. Hij was veertien jaar oud; zijn beide longen waren in ernstige mate door tuberculose aangetast. Onlangs was vastgesteld dat de ziekte zich nog verder had uitgebreid. Meestal lag hij in zijn bed op de kinderafdeling of in de lighal. Dan vertelde hij over de mensen daar in het westen, over de enorme aantallen vogels op het eiland Æðey en de ijsrand in de fjord Kaldalón.

'Ik heb begrepen dat je wordt doorgestuurd naar Denemarken,' zei de dokter.

'Ja.'

'Volgens mij is dat een uitstekend idee. Hier zit het afgeladen vol, dat heb je wel gezien, natuurlijk. We hebben al gesproken met Koldingfjord in Jutland. Dat is een heel groot sanatorium voor kinderen.'

'Anton zei dat het niet is gelukt om de vergroeiingen in zijn borst los te krijgen.'

'Nee, dat is zo,' zei de dokter. 'Dat zijn heel moeilijke ingrepen. Jammer genoeg.'

'En wat gebeurt er nou verder?' ging Marion door.

'We zullen wel zien,' zei de dokter. 'Maar eerst gaan we voor jou zorgen.'

De behandeling deed nauwelijks pijn. Marion probeerde maar niet al te veel te denken aan de handelingen die de dokter verrichtte en keek de andere kant op toen hij de naald naar binnen stak. Maar Aþanasíus volgde elke beweging, alsof hij zich ervan wilde overtuigen dat alles verliep volgens de voorschriften, ook al kende hij die niet. Marion had heel even moeten huilen en de dokter had gewaarschuwd dat de kleinste beweging pijn kon veroorzaken. Maar hij was al snel klaar. De zieke long was door de luchtdruk dichtgeklapt.

Aþanasíus liep met Marion naar de kinderafdeling terug en ging op de rand van het bed zitten. Hij had zijn hoed en jas bij zich, legde die op zijn knieën en begon over thuis te vertellen. De forellen in de vijver maakten het best, zei hij om Marion wat op te vrolijken. Hij had gemerkt dat het kind afwezig was, niet veel zei, maar des te meer nadacht. Er woelde iets in die borst – in een andere zin dan de medische. Aþanasíus was altijd blij geweest dat zijn beschermelingetje ondanks alles zo opgewekt en vrijmoedig was, zo geboeid door alle mogelijke dingen, grote en kleine. Marion zat altijd te lezen, nam het geschrevene snel en gulzig in zich op en leek een bijna grenzeloos geheugen te hebben. Alles was interessant, niet alleen problemen en gebeurtenissen uit het dagelijks leven, maar ook gedichten, verhalen, wetenschappelijke kwesties. Aþanasíus kon zich nauwelijks voorstellen dat een kind zich voor zulke dingen interesseerde.

'Die willen natuurlijk graag weer naar het Þingvallavatn terug,' zei hij glimlachend.

'Hier wil iedereen graag naar huis,' zei Marion. 'De kinderen tenminste wel. Toch hebben we het hier best goed, hoor. Anton, die verlangt heel erg naar huis. Hij heeft het er voortdurend over.'

Anton en Marion hadden elkaar nog maar pasgeleden in het sanatorium leren kennen. Anton had daar al een hele tijd van zijn jonge leven doorgebracht. Zijn toestand werd steeds slechter en toen Marion naar het sanatorium kwam lag hij al het grootste deel van de dag op bed. Toch deed hij altijd zijn best nieuwe patiënten te leren kennen; hij was nieuwsgierig naar hun omstandigheden, en vooral naar hun ziekte, op welke plek die zich ingenesteld had en hoe ernstig het was. Verder wilde hij precies weten uit welk deel van het land de kinderen op de afdeling afkomstig waren; als ze uit de buitengebieden kwamen, of uit verafgelegen dorpen, informeerde hij naar het boerenbedrijf en de visserij. De kinderen op de afdeling waren dol op Anton: hij was zo uitgelaten en vrolijk, al kon hij ook wel ernstig zijn.

'Het is natuurlijk wel moeilijk om vrienden te maken als je hier zit,' zei Aþanasíus en hij keek door het open raam naar het meer.

'Ja, dat zei Anton gisteren precies zo. Sinds hij hier kwam is er al een vriend van hem gestorven. Hij wil zo graag naar huis, maar daar is nauwelijks kans op, zegt hij. Hij is heel erg ziek.'

'Het houdt je erg bezig, hè, dat je in het sanatorium bent?'

'Ik kan alleen maar aan Anton denken,' zei Marion. 'Hij heeft het zo verschrikkelijk moeilijk.'

's Avonds, toen Aþanasíus weer was vertrokken en het rustig was geworden in het gebouw, kwam er een verpleegster de kamer binnen. Ze reed een jongen in een rolstoel naar Marion toe. Hij was heel ziek. Je kon zien dat hij aan het eind van zijn krachten was: hij zat in elkaar gedoken in zijn stoel en ademde moeilijk.

'Anton wou je nog even welterusten zeggen,' zei de zuster. 'Ik kom zo terug om hem weer op te halen.'

'En hoe ging het met jou?' vroeg Anton.

'O, wel goed, geloof ik,' zei Marion. 'Hij heeft met die naald in me gestoken, net zoals je me verteld had.'

'Moet er nog gebrand worden?'

'Nee.'

'Geen verklevingen?'

'Nee.'

'Mooi zo.'

De heldere zomeravond verlichtte de kamer. Anton keek lang uit over het meer. Er stond geen zuchtje wind; het water lag volkomen stil. Het spiegelgladde oppervlak leek een heel dun laagje volmaaktheid.

'Wat een dag,' fluisterde hij.

Toen Marion Anton de volgende ochtend wilde begroeten lag hij bewegingloos onder een dun laken op zijn kamer, zodat je alleen nog de omtrekken van dat kleine, weggekwijnde lichaam kon zien. Marion bleef bij het hoofdeinde van het bed staan en keek naar de plooien in het laken. Er heerste een wonderlijke rust in de kamer. Over het sanatorium, dat gewoonlijk bruiste van het leven, lag een diep stilzwijgen.

De magere schoudertjes zakten omlaag, de armen vielen neer langs het dunne lijfje, een nauwelijks hoorbare zucht – Marion stond daar, heel stil, staarde naar de witte plooien en dacht hoe Anton hoog boven de bergen van Snæfjallaströnd zweefde, op weg naar huis.

11

Café Napóleon was een naam van enige allure, maar het etablissement dat ermee werd aangeduid wist de gewekte verwachtingen niet bepaald waar te maken. Het bordje boven de deur, inmiddels nagenoeg onleesbaar, had in de loop van de tijd menig eerzaam burger op het verkeerde been gezet. Het café, door de stamgasten eenvoudig de Pool genoemd, was namelijk de kroeg van de lui die in het leven helemaal onderaan de ladder terecht waren gekomen of die hun brood verdienden op een wijze die het daglicht niet kon verdragen. Hun aantal scheen groot genoeg te zijn om de tent draaiende te houden. Hoewel het allesbehalve duidelijk was hoe de kroeg open kon blijven, hield ze het langer vol dan een aantal andere waarvan de clientèle veel betrouwbaarder leek.

Marion Briem stapte er 's middags naar binnen en keek om zich heen. Het was er half donker: aan één kant waren de ramen die voor licht hadden kunnen zorgen met dikke scheepsverf zwart geschilderd. Er hing nog iets van een lang vervlogen havensfeer in het kroegje, zonder dat je precies kon zeggen waar dat aan lag. Aan de zeemansliedjes op de radio misschien, aan de plompe bar of aan de houten vloer die je niet anders dan smerig kon noemen?

Marion, die Konni heel goed kende, zag hem niet aan de bar zitten. Svana, de eigenares, stond achter de tap een oud weekblad te lezen. Ze had de krant over het oppervlak van de bar uitgespreid, hield een pakje sigaretten in de ene en een kopje koffie in de andere hand.

'Marion?' zei ze. 'Wat doe jij nou hier?'

'Ik ben op zoek naar Konni. Heb je hem soms gezien?'

'Hier zit hij niet. Wat wil je van hem?'

'Niks,' zei Marion, het café doorkijkend. De mensen zaten verspreid door de ruimte. Sommigen lazen de krant, anderen deden een spelletje. Een man en een vrouw zaten samen aan een tafeltje op fluistertoon ruzie te maken.

'Waar houdt Konni zich de laatste tijd op?' vroeg Marion, die wist dat

Svana haar vaste klantjes heel goed kende. Het kwam wel voor dat ze hun de helpende hand bood als dat zo uitkwam.

'Ik zou het echt niet weten, Marion. Ik heb hem hier een hele tijd niet gezien.'

'Weet je soms of hij onlangs nog naar de bioscoop geweest is?'

'Nee.'

'Heeft hij het daar niet met je over gehad?'

'Over een bioscoop? Kom nou, waarom zou hij?'

'Weet ik veel? Misschien omdat hij een leuke film gezien had en je erover wou vertellen.'

'Konni? Mij over een film vertellen? Da's een goeie! Over auto's lullen, zal je bedoelen. Dat stomme gezwets over die wagens, ik krijg er wat van!'

'Is dat bier?' vroeg Marion – achter Svana stond iets wat met een doek was bedekt.

'Niks hoor, dit is frisdrank,' zei Svana en ze trok de doek beter over de drank heen.

'Je verkoopt toch geen bier, hè?' zei Marion.

'Dat komt er bij mij niet in,' zei Svana beslist. 'Er is een bierverbod in het land en daar hou ik me aan, ook al vind ik het te gek om los te lopen.'

'Maar dit dan?'

'Wat?'

'Volgens mij is dit allemaal gesmokkeld. Heb jij trouwens ooit wel eens alcohol ingeslagen die niet gesmokkeld was?'

'Alles wat ik koop gaat netjes via de douane,' verzekerde Svana plechtig. 'Tot de laatste druppel.'

'Svana, de zaak is dat ik Konni moet hebben en dat ik helemaal geen zin heb om lang achter hem aan te zitten. Ik kan natuurlijk het hele politiekorps inzetten om erachter te komen waar hij uithangt, maar op het moment kunnen we geen enkele man missen vanwege dat verdomde schaaktoernooi. Mijn partner bewaakt nu die Fischer. Dus als je me hier niet mee helpt, tja, dan kan ik dat bier niet door de vingers zien. En wie weet wat de douane dan nog meer vindt. Spullen die je misschien liever voor jezelf wilt houden.'

Svana keek Marion lang aan.

'Dat kan je niet maken, Marion,' zei ze. 'Je weet wat voor soort kroeg ik drijf. Daar doe ik toch zeker geen vlieg kwaad mee?'

'Zoals ik zeg, ik moet Konni hebben.'

Svana aarzelde.

'Heeft hij een kaartje gekocht of is hij zonder te betalen naar binnen geglipt?'

'Hij is stiekem naar binnen geglipt,' zei Svana.

'En heeft hij je over dat lijk verteld?'

'Ja. Die Konni! Zoiets had hij zijn hele leven nog niet meegemaakt. Hij heeft het nog maar over één ding: dat hij in de bioscoop zat toen die jongen is doodgestoken. Hij vertelt het aan iedereen.'

'En hij is dus stiekem binnengekomen?'

'O ja, daar was hij heel uitvoerig over. Er stond niemand bij de deur, er zat alleen een vrouw achter de kassa. Dus hup, hij naar binnen. En hij was niet eens van plan naar de film te gaan. Westerns vindt hij niks. Maar ja, hij kon erin, dus hij pakte zijn kans. Had een heel bioscoopkaartje uitgespaard, zei hij.'

'Had hij zitten drinken?'

'Daar zou ik niet gek van opkijken,' zei Svana.

'Heeft hij daar niks over gezegd? Niks over rum die hij bij zich zou hebben?'

'Nee.'

'Ik moet hem spreken.'

Svana dacht na.

'Denk je dat híj het gedaan heeft?' vroeg ze. 'Dat hij die knul heeft aangevallen.'

'Dat weet ik niet,' zei Marion.

'Maar dan zou hij er toch niet tegen iedereen over gekletst hebben dat hij erbij was?'

'Hij is getuige en ik moet hem zo snel mogelijk zien te vinden,' zei Marion.

'Hij zit vaak bij het blik,' zei Svana. 'Hij is hier eventjes langs geweest en toen daarheen gegaan.'

'Zit hij op Arnarhóll?'

'Ja, daar hangt hij vaak rond met die andere zatladders. Vindt hij leuk. Vooral als het van dat mooie weer is.'

Een echte zatladder was Konni niet, eerder een pechvogel, maar veel van zijn makkers waren alcoholist. Aan de noordkant van Arnarhóll hadden ze een plek buiten, onder de open hemel, vlak bij het terrein van het Zweedse vrieshuis, waar veel inwoners van Reykjavík achter de enorm dikke houten deuren hun voedselvoorraad bewaarden. Daar huurden ze vriesvakken voor hun vlees, vis en andere aan bederf onderhevige waren. Een hoge, stevige omheining van golfplaat omgaf het terrein van het vrieshuis en op een zonnige plek aan de voet ervan verzamelden zich de zwervers en drinkers van de stad. Dat noemden ze 'bij het blik zitten'. Daar waren ze onder elkaar, dronken spiritus, als het goed weer was in de warme zon, en 's winters, als ze bescherming zochten tegen de onbarmhartige noordenwind, in de vrieskou. Ze sliepen zelfs vaak bij het blik.

Marion reed de auto achteruit een parkeervak in, dicht bij Arnarhóll, en liep naar de omheining van golfplaat. Vanaf de heuvel had je een weids uitzicht over het stadscentrum, de haven en de Kalkofnsvegur. Aan de overkant van de Faxaflói rezen de bergen op; in het mooie zomerweer kon je de Akrafjall en de Skarðsheiði zien. Een groepje mannen zat of stond tegen de omheining. Wijnflessen en lege borrelglazen lagen overal om hen heen. Een van hen, een beresterke vent, had zijn bovenlijf ontbloot en daagde de voorbijgangers uit om met hem te vechten. Echte dreiging ging er niet van hem uit, al liep hij nog zo met zijn spieren te koop; Marion liet hij met rust. Die kende hem wel: de man was een zware drinker, moeilijk in toom te houden soms. De anderen hadden hun kleren nog min of meer aan, al lagen er twee jacks en een jasje, met een pet erbovenop, op de bovenrand van het blik. Het waren mannen van diverse leeftijd, met een gebruinde, vuile en ongeschoren kop. Sommigen misten opvallend veel tanden.

Konni, zijn rug naar Marion toe gekeerd, stak net een half opgerookte sigaret op. Hij stond voor twee van zijn kameraden, die met knipperende ogen ruggelings tegen de omheining zaten. Marion tikte lichtjes op zijn schouder.

'Waarom ben je niet met ons komen praten, Konni?'

De man schrok en draaide zich om.

'Kende jij die jongen soms?' vroeg Marion.

Konni schrok opnieuw toen hij zich brandde aan de lucifer die hij in zijn vingers hield. Hij liet het houtje vallen en zijn gezicht verkrampte even. Toen keek hij Marion geïrriteerd aan.

'Godsamme!' zei hij.

'Is het waar dat jij zonder te betalen de bioscoop bent binnengegaan?' vroeg Marion.

Konni, Konráð heette hij eigenlijk, zag er iets beter uit dan zijn makkers.

Hij was slank, had een smal gezicht met grote ogen en een kleine mond, die hij bijna altijd gesloten hield. Zijn dikke haar kamde hij in een modieus model, tenminste als hij over genoeg brillantine beschikte. Onder een sleets groen jasje, dat misschien ooit deel had uitgemaakt van zijn zondagse kleren, droeg hij een geruit shirt.

'Waar... waar heb je het over?' vroeg hij.

'Over de middagvoorstelling in de Havenbioscoop. Je hebt rondgebazuind dat je daarbij geweest bent, je scheen er nogal trots op te zijn. Dat klopt, hè?'

'Van wie heb je dat?'

'Heb jij een goed zakmes?'

'Een mes? Ik heb helemaal geen mes.'

'Vind je het goed dat ik in je zakken kijk?'

Konni stemde onwillig toe, hij vond het maar beter Marion te laten zien dat hij geen mes had. Hij keerde al zijn zakken om. De drinkebroers waren niet erg onder de indruk van het politiebezoek en lieten er hun rust nauwelijks door verstoren. Een paar gluurden er schuins naar Konni en grijnsden tegen de zon in, zodat je hun tandeloze mond kon zien.

'Wat is dit? Preludine?' vroeg Marion. Uit de broekzak kwamen twee medicijnflesjes.

'Nee,' zei Konni.

'Dexedrine. Handel je daarin?'

'Nee.'

'Wie heeft je dit voorgeschreven?'

'Nou, gewoon. De dokter.'

'Problemen, Konni?' vroeg een van de drinkers met een rauwe stem. Hij droeg een pet met het embleem van het Leger des Heils erop.

'Ik heb geen mes,' zei Konni. Hij pakte de pillenflesjes en stak ze weer in zijn zak. 'Ik heb die jongen met geen vinger aangeraakt. Ik ben verdomme niet eens in zijn buurt geweest.'

'Maar je zat dus wel in die voorstelling?'

Konni aarzelde.

'Je hoeft er niet zo lang over na te denken, hoor,' zei Marion. 'Ik wil alleen maar weten wat je daar in die bioscoop hebt gezien en gehoord.'

'Oké, ik ben stiekem naar binnen geglipt,' erkende Konni. Klaarblijkelijk was hij van mening dat Marion daar op de een of andere manier werk van wilde maken. 'Het ging zo makkelijk, ik kon het gewoon niet laten. Ik wou eigenlijk helemaal niet naar de bioscoop, maar ja, ik liep er toevallig langs en toen keek ik naar binnen.'

'Heb je nog wat gezien van de mensen die in de zaal zaten?'

'Dat... ik herinner me nog een stel jongens en een vrouw. Verdomd mooi wijf.'

'Was ze alleen?'

'Nee, om de dooie dood niet, ze was niet alleen. Er ging een vent naast haar zitten en je kan er vergif op innemen dat ze daar niet gekomen waren om naar Gregory Peck te kijken.'

'Ging die man naast haar zitten nadat de film was begonnen?'

'Ja.'

'Je zei dat ze niet naar de bioscoop gingen om die film te zien. Wat deden ze dan wel?'

'Ze zaten de hele tijd te geilen. En maar fluisteren, en maar fluisteren. Het ontbrak er nog maar aan dat hij op haar dook, daar in die stoel, waar of niet?'

Konni lachte en keek naar zijn maten. De laatste zin had hij direct tot hen gericht en hij kreeg royaal bijval. Marion begreep dat hij hun dit verhaal al eerder had verteld. Svana van de Pool had gelijk: Konni had nog nooit zoiets spannends meegemaakt als dit bioscoopbezoek, en hij molk het uit tot de allerlaatste druppel.

'Wat was jouw indruk, was het een stel of waren het er twee die elkaar in het geheim ontmoetten?'

'Het was een geheime ontmoeting. Zeker weten.'

'Gingen ze samen naar buiten?'

'Dat kon ik niet zien.'

'Heb je de jongen gezien die is neergestoken?'

'Nee,' zei Konni beslist. 'Ik heb niet gezien dat hij werd neergestoken. Ik heb die hele jongen zelfs niet gezien.'

'Heb je een man in de zaal zien zitten met een blauw jack aan?'

Konni dacht na.

'Dat zou best kunnen, ja,' zei hij.

'Je bent er niet helemaal zeker van?'

'Op dat soort dingen heb ik niet gelet,' zei Konni. 'Ik onthou echt niet in wat voor jacks de mensen rondlopen. Ze liepen gewoon naar buiten toen de film was afgelopen. Die weerman, die heb ik gezien. Heb je al met hem gepraat?'

'Ja.'

De halfnaakte man die zo graag wilde vechten gaf zijn pogingen op. Hij ging op het trottoir zitten, tegen de omheining aan, en pakte een fles brandewijn. De man met de Leger des Heils-pet vroeg of hij ook wat kreeg, maar de vechtersbaas blafte hem toe dat hij met rust gelaten wilde worden. De andere drinkebroers keken met begerige ogen naar de fles, maar lieten het daarbij.

'Heb je buitenlanders gezien bij die voorstelling?' vroeg Marion.

'Wat voor buitenlanders?' vroeg Konni.

'Dat weet ik ook niet. Heb je mensen in een vreemde taal horen spreken? Vond je dat bepaalde mensen er een beetje buitenlands uitzagen?'

'Nee,' zei Konni. 'Ik ben de zaal binnengeslopen en ik ben gaan zitten.'

'Denk na. Amerikanen? Russen? Fransen? Engelsen?'

'Ja, kom op zeg, moet ik die soms allemaal uit elkaar kunnen houden?'

'Had jij in de bioscoop een fles rum bij je?' vroeg Marion, die zich niet op de kast liet jagen door Konni's aanmatigende toon.

'Nee, maar er zat wel iemand zich klem te zuipen.'

'Heb je iemand met een rumfles gezien?'

'O ja, die man heeft de hele tijd zitten hijsen, ik rook het gelijk,' zei Konni zelfvoldaan en hij wees op zijn neus. 'Een vent met een kaal hoofd, hij had een jas aan. Ging nota bene gewoon in zijn auto zitten en reed weg. Hij moet apezat zijn geweest.'

'Wat voor auto?'

'Een Ford Cortina. Blauw. Fonkelnieuw.'

'En dat heb jij allemaal gezien?'

'Van auto's weet ik alles,' zei Konni. 'Maar dan ook alles.'

Het liep tegen middernacht. Marion besloot niet naar bed te gaan, maar naar de Havenbioscoop te rijden en de nabije omgeving van de barak uit te kammen. Misschien was er iets te vinden waarmee de aanwezigheid van buitenlanders in die middagvoorstelling aannemelijk gemaakt kon worden. Er was daar al eerder naar het moordwapen gezocht. Resultaat had dat niet opgeleverd, maar dat was niet de reden van deze hernieuwde nachtelijke zoekpartij. Nu ging het erom allerlei rommel te bekijken en te zien of die al dan niet uit het buitenland kwam. Peuken. Snoeppapiertjes. Verloren muntgeld. Het duurde niet lang of de zoekactie had al anderhalve kroon opgeleverd.

Het meeste afval had zich langs huismuren, hekken en stoepranden opgehoopt. Sinds de jongen was vermoord had het niet geregend en evenmin hard gewaaid. Na een poosje vond Marion een stok om mee in de rommel te kunnen wroeten. Een enkele langslopende nachtbraker nam het tafereel aandachtig op. Zou het toch niet verstandiger zijn om de zoekploeg er met een nieuwe instructie op af te sturen?

Het werd een urenlange zoektocht. Inmiddels was het helemaal licht geworden, het kon ook dag zijn. Aan de overkant van de baai verhief zich de Esja, badend in zonneschijn. Marion had al speurend de oude koeienstal bereikt die op de hoek van de Hverfisgata en de Barónsstígur stond. Langs de muur groeiden grashalmen en daar, tussen het gras, lag een in elkaar gefrommeld stuk papier. Marion raapte het op en vouwde het voorzichtig open. Het bleek een sigarettenpakje te zijn.

Het kwam beslist niet uit een rijkstabakswinkel. Je hoefde alleen maar naar de letters op het pakje te kijken om te ontdekken dat het om Russische sigaretten ging. Het merk stond er in cyrillisch schrift op gedrukt, en hoewel Marion dat niet echt goed kon lezen bleek de naam toch wel te ontcijferen: Belomorkanal. Iemand moest het lege pakje achteloos in de buurt van de koeienstal hebben weggegooid. Maar de peuk van de laatst gerookte sigaret bleef onvindbaar, ook na nauwkeurig verder zoeken.

Dat Marion die nacht geen slaap had kwam door een onaangename herinnering uit het verre verleden. 's Avonds was er gebeld en weer had de stem gevraagd of ze elkaar niet konden ontmoeten. Eigenlijk was het geen vraag maar een smeekbede. Het zou gauw te laat zijn, er was niet veel tijd meer, de dood naderde.

'Doe het voor mij, Marion,' had de man door de telefoon gezegd. 'Het is maar voor één keer.'

'Ik heb liever niet dat je belt,' had Marion geantwoord, alvorens de verbinding te verbreken.

12

Vaak bedacht Albert wat een ongelooflijke bofkont hij was geweest dat hij Guðný had leren kennen. Die gedachte kwam weer bij hem op toen ze glimlachend voor hem uit lopend restaurant Naustið binnenging. De ober nam hun overkleding in ontvangst en geleidde hen naar hun plaats. Guðný had gereserveerd en speciaal gevraagd om een tafel in een nis, links van het midden van de zaal. De schaarse keren dat ze in Naustið hadden gegeten was dat hun plaats geweest. Het was een dure gelegenheid, en een maaltijd hier was een luxe die ze zich maar heel zelden konden permitteren. Maar zo'n bezoek aan Naustið was altijd de moeite waard, het was exotisch en toch vertrouwd, en vooral: het palmde je helemaal in. Guðný droeg een simpele zwarte jurk die haar figuur goed deed uitkomen. Ze was slank maar krachtig gebouwd en had een mooie donkere huid. Opgewekt en ongedwongen als ze was bezag ze het leven altijd van de zonnige kant. Dat had ze met Albert gemeen.

Carl Billich zat achter de piano op een klein podium aan het eind van de zaal en knikte hun toe toen ze de trap af kwamen. Met zachte aanslag speelde hij 'Moon River', terwijl de gasten een aperitief bestelden. Ze wisten dat Haukur Morthens later aan de piano zou komen om 'Capri Catarina' en andere populaire nummers te zingen. Als ze het aandurfden, later op de avond, zouden ze hem vragen iets van Ragnar Bjarnason te zingen, het liedje over dat kind op het strand.

Vooraf dronken ze een alexander, een cocktail die bestond uit cognac en crème de cacao in room met wat ijsklontjes erin en een snufje nootmuskaat erop. Indertijd wisten ze niet veel van cocktails af; de eerste keer dat ze naar Naustið gingen hadden ze in het wilde weg maar iets besteld. Nu konden ze zich niet meer voorstellen dat ze elkaar met iets anders dan een alexander zouden toedrinken. Als voorgerecht bestelden ze een garnalencocktail. Albert koos verder voor een piepkuiken met patat, een specialiteit van Naustið die op de kaart de wonderlijke naam *Chicken in a Basket* droeg. Guðný bestelde rundvlees met bearnaisesaus en gebakken aardappeltjes. Ze namen ook een fles rode wijn; ze hadden niet de geringste kennis van de heerlijkheden op de wijnkaart, maar de naam Châteauneuf-du-Pape klonk elke keer weer even mooi, al was het wel een vrij dure wijn. De ober was kennelijk ingenomen met hun keus. Met het bestellen van het nagerecht wachtten ze nog.

'En? Wat vind je van hem?' vroeg Guðný, haar cocktail proevend.

'Ik heb hem alleen nog maar gezien,' zei Albert. 'Ik heb hem niet gesproken of zo. Hij werkt keihard. Eigenlijk is hij altijd onderweg. En hij is echt heel aardig tegen de politiemensen om hem heen, Sæmundur bijvoorbeeld.'

'Sæmundur, die gluiper? Is die bij Bobby Fischer?'

'Ja, zelfs als een soort privébewaker.'

'En hebben ze Fischer nou al naar een hotel gebracht?'

'Ja, naar hotel Loftleiðir. Daar heeft hij nu een suite. In Fossvogur vond hij het niks. Die man blijft de hele nacht op en eet alleen kwark met room. Maar je mag hier met niemand over kletsen, hoor. Er is ons strikte discretie opgelegd.'

'Geef hem eens ongelijk,' zei Guðný, die was geboren en getogen in Reykjavík-West. 'Ooit iemand tegengekomen die het in Fossvogur naar zijn zin heeft?'

Onder de aangename tonen van Carl Billich dronken ze elkaar toe met hun alexanders. Albert zag dat er aan een tafel dichtbij een oudere man zat. Ook hij deed zich tegoed aan een piepkuiken, in dit geval in stukken gesneden en gefrituurd. Bij dat gerecht hoorde een vingerdoekje en een kom water met een schijfje citroen, omdat sommige gasten het kuiken met de vingers wilden eten. Albert had nu en dan naar de man gekeken – hij liet zich het kuiken goed smaken. Wel zag je hem zijdelings en wat schichtig naar de kom kijken, onzeker wat hij daar wel mee moest.

'Hoe gaat het met Marion?' vroeg Guðný.

'Marion?' zei Albert. 'Nou, gewoon. Goed. Denk ik tenminste.'

'Ik denk nog wel eens na over wat jij me toen vertelde, over die tbc. Het moet toch niet makkelijk zijn geweest, die ziekte, zeker op die leeftijd, als jong kind.'

'Ik heb het van de jongens. Die vertelden het me toen ik begon. Marion zelf heb ik er nooit naar gevraagd.'

'Misschien kan je dat ook maar beter niet doen,' zei Guðný. 'Voor een heleboel mensen is het een nogal heikel onderwerp, natuurlijk.'

'Zou best kunnen, ja.'

'Tegenwoordig is er nauwelijks tbc meer.'

'Nee, in IJsland niet tenminste.'

'Ik kom erop omdat je oudste dochter haar eerste tbc-controle op school krijgt. Dan plakken ze van die mooie pleisters op haar borst.'

De maaltijd werd opgediend, het piepkuiken met een kom water en het rundvlees met een kannetje bearnaisesaus. Ze genoten ervan: eten onder de fijne muziek van Billich. Ze praatten over van alles en nog wat, over hun drie dochters en hun grillen, over vrienden en familie en over een paar roddels die in de stad circuleerden. Plotseling begonnen de mensen in de hele zaal te klappen; ze zagen Haukur Morthens naar de piano lopen. Hij boog, dankte en presenteerde Carl Billich.

'God, het is wel echt een gentleman, hè,' fluisterde Guðný. Ze staarde met ogen vol bewondering naar de zanger.

De stem van Haukur klonk door de zaal. 'Mambo Italiano', het eerste nummer. Tijdens het zingen kwamen vier mannen, voorafgegaan door de ober, de zaal binnen.

'Dat is Spassky!' fluisterde Guðný verrukt. Ze stootte Albert aan.

Een geroezemoes ging door de zaal toen het viertal in een van de nissen plaatsnam. Spassky knikte naar de anderen. Evenmin als Guðný wist Albert wie er bij hem waren, drie mannen in kostuum, met ernstige gelaatstrekken. Het leken allen Russen te zijn.

'Waarschijnlijk adviseurs van hem, of trainers, ik zou het niet precies weten,' zei Albert toen Guðný vroeg wie ze waren.

'Zouden het bodyguards zijn?' zei ze zachtjes. Ze deed haar best niet voortdurend in de richting van de wereldkampioen te staren.

'Zou ook kunnen.'

'Dat vind ik wel zo belachelijk, wat moeten die schakers nou in IJsland met bodyguards?'

'Je moest eens zien wat voor een drukte ze veroorzaken,' zei Albert. 'Het lijkt wel alsof de Beatles weer bij elkaar zijn.'

'Spannend, hoor, al die mensen,' zei Guðný. 'Iedereen praat over ze, en over schaken, en over de Match van de Eeuw, over Russen en Amerikanen en over de Koude Oorlog. En het klopt, het zijn popsterren. Dat vind ik echt. Jóka, van mijn werk, heeft gezien dat Bobby ergens zat te eten, ik weet niet meer waar. Nou, het leek wel of ze Mick Jagger had gezien of zo. Hij had een stel mannen om zich heen, maar hij trok zich niks van hen aan. Hij zat daar maar in een hoekje met zijn schaakbord, helemaal in zijn eigen wereld.'

Twee mannen van Alberts leeftijd stonden op van hun tafel en liepen naar Spassky toe. Ze hadden servetjes en pennen bij zich en maakten hem met gebaren duidelijk dat ze graag een handtekening van hem wilden. Spassky reageerde heel welwillend en wenkte hun dichterbij te komen. Anderen durfden de wereldkampioen niet te storen. Guðný zette Albert stevig onder druk ook een handtekening te gaan vragen. Die weerstond haar uitdagingen; als Spassky érgens rustig moest kunnen zitten, dan was het wel hier, aan de rand van de bewoonde wereld, zei hij.

Haukur zong en Billich speelde piano. Albert en Guðný waren klaar met eten en in plaats van een nagerecht te bestellen namen ze nog een alexander. Ze vermeden naar de wereldkampioen en zijn begeleiders te kijken en merkten dat anderen dat ook probeerden te doen.

Albert keek voor zich uit. De man die niet wist wat hij met de kom water moest beginnen was tot de conclusie gekomen dat het een dorstlesser was voor na de maaltijd. Hij begon voorzichtig te drinken.

'Mamma vertelde vroeger wel eens over haar neefje,' zei Guðný. 'Die had tuberculose en hij kreeg een behandeling – meer dan verschrikkelijk; mamma noemde het slagerswerk. Ze haalden de ribben uit zijn borstkas en lieten de longen inklappen – ik heb nooit begrepen waarom. Het is echt bar en boos wat sommigen van die mensen hebben moeten meemaken.'

Ze nam een slokje van haar cocktail.

'En het heeft niet eens geholpen. Hij is in Vífilsstaðir gestorven.'

'Marion is natuurlijk ook in Vífilsstaðir geweest.'

'Mamma zei dat hij het allemaal nog veel erger gemaakt heeft doordat hij zo onverschillig was. Het was toch hopeloos, moet hij gedacht hebben.'

'Zo zal het vast wel vaker gegaan zijn met mensen die het niet meer zagen zitten. Niet meer op jezelf passen, alleen nog maar doen waar je zin in hebt.'

Albert keek schuin in de richting van Spassky en zag dat die zijn maal op had. Het groepje maakte aanstalten om te vertrekken. Op het kleine podium fluisterde Haukur iets tegen Billich, die een intro begon, waarna Haukur 'Avond in Moskou' inzette. Albert zag Spassky glimlachen toen hij de melancholische tonen van het Russische liedje hoorde en begon te luisteren.

Haukur zong eerst de IJslandse bewerking van Jónas Árnason en ging daarna verder in het Russisch.

'Hij heeft ook in Moskou opgetreden,' fluisterde Guðný. Ze kon haar ogen niet van Haukur afhouden. Albert zag dat Spassky de hand van de zaalchef schudde, hoffelijk bedankte en toen met zijn gezelschap het restaurant verliet.

...op een avond in Moskou, in mei, neuriede Albert toen de deur van Naustið dichtviel.

13

Sigaretten van het merk Беломорканал of Belomorkanal werden voor het eerst in 1933 geproduceerd, als kroon op de massaproductie tijdens het eerste vijfjarenplan van Jozef Stalin. De naam was ontleend aan het Belomorkanaal, ook wel het Witte Zeekanaal genoemd. Het liep van de stad Belomor aan de Witte Zee naar de Oostzee en was eigenlijk een samenstel van een groot aantal kanalen, met een gezamenlijke lengte van 227 kilometer. Voor het grootste gedeelte was het gegraven door gevangenen van het Sovjetsysteem uit het concentratiekamp Belomor. Naar schatting lieten ongeveer honderdduizend mensen bij de aanleg het leven.

Het merk Belomorkanal werd algauw het meest verkochte in de Sovjet-Unie. Dat kon niet als iets bijzonders worden aangemerkt, want het was nagenoeg het enige wat voor de Tweede Wereldoorlog verkrijgbaar was. Het waren typische *papirosjka*-sigaretten met een lang kartonnen mondstuk. In het hulsje zat drie tot vier centimeter tabak. Dat was dus maar voor een deel gevuld, en vaak platgedrukt – ook al heel kenmerkend. Ondanks een hoog teergehalte hadden ze geen filter.

'Zo Russisch als het maar kan,' zei Marion Briem, die het zich makkelijk had gemaakt op de bank – met zo'n klus achter de rug mocht je je best moe voelen. Albert zat aan zijn tafel. Hij was er niet van ondersteboven geweest toen hij hoorde dat Marion in de onmiddellijke omgeving van de Havenbioscoop dat sigarettenpakje had gevonden.

'Waar wil je eigenlijk naartoe? Naar een Sovjetsamenzwering?' vroeg hij.

'Een samenzwering? Daar weet ik niks van,' zei Marion. 'Ik heb het alleen maar over sigaretten.'

Het pakje was voor onderzoek naar de technische recherche gestuurd. De mensen van de afdeling dactyloscopie zouden de vingerafdrukken erop vergelijken met de afdrukken die ze in de zaal van de Havenbioscoop hadden gevonden. 's Morgens waren er politiemensen opgeroepen om in de omgeving van de bioscoop naar sigarettenpeuken te zoeken die uit het pakje afkomstig zouden kunnen zijn. Die actie had geen resultaat opgeleverd.

'Jij denkt dat er buitenlanders in de bioscoop hebben gezeten?' zei Albert.

'Zoals de zaken ervoor staan, met dat schaaktoernooi hier in Reykjavík, vind ik dat je dat niet moet uitsluiten,' zei Marion vermoeid. 'Het lijkt wel of de hele wereld hierheen gekomen is.'

'Ja ja, en nou heb je dus Russische sigaretten gevonden.'

'Ik vond dat pakje daar nou eenmaal,' zei Marion met halfgesloten ogen – Alberts negatieve reactie had geen zichtbare uitwerking. 'Logisch dat ik er dan naar kijk.'

'Waarom moet die jongen met alle geweld een slachtoffer van de Russen zijn?' vroeg Albert. 'Wat heeft hij met Rusland te maken?'

'Helemaal niks natuurlijk,' zei Marion. 'En ik weet ook niet of de moord op hem te maken heeft met het toernooi of met de buitenlanders in de stad. Ik heb gewoon geen idee. Ik weet dat hij is doodgestoken, en dat is ook het enige.'

Albert zei niets.

'Zat Spassky in Naustið?' vroeg Marion.

'Ja. Hij is ongelooflijk populair. En een heel aardige vent ook, tenminste voor zover ik kon zien,' zei Albert. 'Gaf handtekeningen, lachte tegen iedereen.'

'Dus nou heb je Bobby en Boris allebei ontmoet?'

'Nou, "ontmoeten" is een groot woord,' zei Albert. 'Maar ik heb ze in elk geval van dichtbij meegemaakt.'

Marion sloot de ogen weer.

'Laten we eens zeggen dat er iemand op de hoek van de Hverfisgata en de Barónsstígur stond en de bioscoop in de gaten hield. Heeft zijn laatste sigaret opgestoken, het pakje in elkaar gefrommeld en bij de oude koeienstal laten vallen. Laten we ervan uitgaan dat hij iemand in de bioscoop wilde ontmoeten. Waarom koos hij daarvoor de Havenbioscoop uit? Waarom niet de universiteitsbioscoop? Of het Sterrentheater? En waarom ging hij niet naar de Rauðhólar of het Hafravatn, of een andere plek buiten de stad? Misschien is hij gewoon op de bioscoopreclames afgegaan. Misschien was het die western, *The Stalking Moon*. Of misschien heeft hij wel alle films met Gregory Peck gezien. Mogelijk was de man goed thuis in Reykjavík en wist hij dat de Havenbioscoop een nogal armzalig theatertje is, een simpele ouwe barak, en vond hij dat wel een geschikte ontmoetingsplaats. Hij wilde tussen de mensen zitten, in een openbare gelegenheid. Hij wilde niet opvallen, niemand mocht hem opmerken.'

'Misschien was hij een soort beroeps, had hij ervaring met geheime ontmoetingen in bioscopen,' opperde Albert.

'Zou kunnen. Sommige dingen wijzen erop dat hij inderdaad een beroeps is, al weet ik niet wat voor beroep hij dan wel heeft. Maar je kan in elk geval wel zeggen dat hij efficiënt te werk is gegaan toen hij die jongen aanviel.'

'Waarom zeg je dat híj de plaats van samenkomst heeft gekozen, waarom kan de man die hij ontmoette dat niet evengoed gedaan hebben?' vroeg Albert.

'Dat weten we niet. Maar hij stond daar op de hoek, had een sigaret gerookt en hield de bioscoop in de gaten. Het liep tegen vijven en er stond een groepje mensen voor de ingang te wachten. Niet heel veel, ook niet heel weinig. Hij zag de man die hij moest hebben...'

'Zijn die twee dan niet samen aangekomen?'

'Ik stel me zo voor dat ze allebei apart zijn gekomen. En ook dat ze elkaar zeker niet goed kenden. De ontmoetingsplaats wijst daar al op. Hij stond te wachten en keek uit de verte toe. Toen zag hij zijn man en wist hij dat de ontmoeting zou doorgaan.'

'En je gaat ervan uit dat de jongen hun gesprek op band heeft opgenomen?'

'Ja.'

'Waarom is het niet zo gegaan: ze spraken gewoon ergens af, ze gingen naar de bioscoop, er gebeurde iets waar die knul een rol in speelde, iets waar ze zich zorgen over maakten, en ze staken hem dood. Tenminste als zíj hem doodgestoken hebben. Er waren nogal wat anderen in de zaal.'

'We weten nu,' zei Marion, 'dat er niet zolang geleden een man op de hoek bij de bioscoop stond die Russische sigaretten rookte. Op wie stond hij te wachten? Wie weet gewoon op een taxi. Wie weet op een vriend met wie hij daarna de Laugavegur op liep om zaken af te handelen. Maar het is ook mogelijk dat hij daar op de hoek stond te wachten tot de voorstelling begon. Net voor of na het begin van de voorstelling sluipt hij zo onopvallend mogelijk naar binnen en gaat naast zijn contactpersoon zitten, op een van tevoren afgesproken plaats.'

'Zouden ze de jongen helemaal niet hebben gezien? Ze hóéfden toch niet vlak bij hem te gaan zitten?'

'Dat weet ik niet. Het was schemerig in die zaal, zeg maar gerust donker. Je weet hoe dat gaat als je uit de heldere zon in een schemerige kamer komt: dan zie je niet zoveel. En mogelijk was die jongen met dat apparaat van hem bezig, zat hij voorovergebogen.'

'Dat sigarettenpakje kan er trouwens eergisteren ook al zijn neergegooid,' zei Albert. 'Daar weten we niks van. En buitenlanders lopen er nu in alle soorten en maten in de stad rond. Er mag dan zo'n pakje bij de bioscoop hebben gelegen, daarom hoeft het nog niet met die aanslag te maken te hebben.'

'Dat is waar. We weten niet wanneer het daar terechtgekomen is. Misschien wel een flink aantal dagen voor de moord gepleegd is. Of wie weet erna. Hopelijk komen we daar nog achter.'

'Maar als hij... als die man de ander wilde ontmoeten in een openbare gelegenheid, zoals je zei, dan... was hij dan soms bang voor die ander?'

'Mogelijk. Of misschien was het wel omgekeerd. Misschien wilde de andere man een openbare gelegenheid, omdat hij bang was voor die Belomor-man.'

'Belomor-man?'

'Laten we hem zo maar noemen, ja.'

'Maar waarom moeten het met alle geweld buitenlanders zijn? Er zijn ook wel IJslanders die die sigaretten roken.'

'Daar heb ik naar gekeken. In de rijkswinkels zijn ze niet te krijgen. Dan zouden ze dus het land moeten zijn binnengesmokkeld. En als dat zo is, moet jij me eens vertellen waarom iemand zoveel moeite doet om slechte Russische sigaretten het land binnen te krijgen, in plaats van prima Amerikaanse. Die worden trouwens altijd al gesmokkeld. Kan je makkelijk krijgen, nog de helft goedkoper ook.'

'Je hebt er de hele nacht over nagedacht, hè? Volgens mij heb je het al helemaal voor elkaar.'

'O nee, Albert, dan vergis je je. Er is helemaal niks voor elkaar. Denk dat maar niet.'

Albert zweeg. Het leek alsof Marion op de bank indutte.

'Volgens jou gaat het in elk geval om twee mannen,' zei hij toen. 'En je vindt dat we naar buitenlanders moeten kijken omdat het hier wemelt van de buitenlandse toeristen en omdat je die moord eigenaardig vindt, afwijkend. Gaat het dan om twee buitenlanders of om één buitenlander en één IJslander?'

'Ik hoop dat we daar snel achter komen,' zei Marion op vermoeide toon.

'Waar zouden ze over gepraat hebben? Waar diende die ontmoeting voor?'

'Het ging over iets wat zo gevaarlijk en belangrijk is dat het niet mogelijk was het leven van die jongen te sparen. Ze konden het niet riskeren hem te laten lopen, al had hij nog zo weinig gehoord of begrepen. Zelfs al had hij helemaal niks gehoord.'

'Maar was het dan niet voldoende geweest de bandjes en de recorder af te pakken? Waarom ook nog die jongen vermoorden?'

'Ze wilden helemaal op zeker spelen.'

'Zeker van wat? Die jongen verstond toch geen Russisch? Die kon toch niks begrijpen van wat ze bespraken?'

'Wie zegt dat ze Russisch spraken?'

'Jij zei toch dat het Russen waren? Dan heb je het over de KGB, neem ik aan.'

'Misschien dat een van hen een Rus was. Het is alleen maar een mogelijkheid. Van de Russische geheime dienst weet ik niks af.'

'En de andere man?'

'Ik zou het niet weten. Misschien een Rus, misschien niet.'

Albert aarzelde.

'Maar wat kunnen ze dan toch besproken hebben? Wat mocht die jongen niet op band zetten?'

'Er gebeurt een heleboel in Reykjavík, de laatste tijd. Dat heeft rechtstreeks te maken met het wereldkampioenschap schaken. Maar toch geloof ik niet dat we op het ogenblik met dat idee veel verder komen. We weten nog lang niet hoe de zaken in elkaar zitten. De ambassades van alle grote landen hebben hier hun spionnen rondlopen, die lui zijn zogenaamd op handelsmissie. En nu, met dat toernooi, zijn het er natuurlijk nog veel meer. Maar daar komt nog het een en ander bij. Een dreigende kabeljauwoorlog met Engeland. Russische duikboten in onze visserijzone. De oorlog in Vietnam.'

'Je sluit dus niet uit dat het met het schaaktoernooi te maken heeft?'

'Het zou absurd zijn om dat uit te sluiten.'

'Bedoel je dat ze gevaar zouden kunnen lopen?'

'Fischer en Spassky? Geen flauw idee,' zei Marion.

'Moeten we geen waarschuwing doen uitgaan? Praten met de schaakbond, ze laten weten dat ze de bewaking van de schaakmeesters moeten intensiveren?'

Marion keek Albert aan.

'Vind je niet dat de schaakbond al genoeg op zijn bordje heeft?'

'Maar...'

'Zolang we niet meer hebben dan dit soort overwegingen kunnen we dat beter niet doen. Ik zit alleen maar hardop te denken, dat weet je. Ik kan helemaal niks onderbouwen, ik heb niks in handen. We moeten echt met iets goeds komen, iets wat beter standhoudt dan mijn slappe geleuter. En bij de schaakbond verdrinken ze toch al in het werk, met al die totaal geflipte schaakliefhebbers in hun nek.'

'Het onderzoek van de vingerafdrukken zou iets kunnen opleveren.'

'We doen er wijs aan om dat eerst maar eens af te wachten,' zei Marion.

Op Alberts tafel rinkelde de telefoon. Hij nam op, luisterde, zei twee keer 'ja', wierp een ernstige blik op Marion, luisterde, zei weer 'ja', bedankte en legde de hoorn neer.

'Ze hebben een sigaret uit je pakje gevonden,' zei hij. 'Langs de weg, aan de overkant van de Barónsstígur, niet ver van de Havenbioscoop. Een Russische sigaret.'

Marion gaf geen antwoord.

'Ze hebben een sigaret uit dat pakje gevonden.'

Weer geen antwoord.

'Marion?'

Albert boog zich voorover en zag dat zijn collega in slaap was gevallen.

Marion was nog laat op het hoofdbureau aan de Borgartún aan het werk toen de telefoon ging. Een vrouwenstem vroeg of ze met Marions kantoor was verbonden.

'Ja.'

'Met Dagný.'

'O hallo, Dagný. Wat leuk dat je belt.'

'Was je nog bezig?'

'Ja.'

'Vanwege die jongen in de Havenbioscoop?'

'Ja, daar hebben we de handen vol aan.'

'En schieten jullie al wat op?'

Marion glimlachte. Dagný was altijd ontzettend nieuwsgierig geweest. Ze had al vaak geïnformeerd naar de zaken waarmee Marion bezig was.

'Gaat nogal.'

‘Wat gruwelijk toch. Ik heb altijd gedacht dat dat hier in IJsland niet voorkwam. Maar hoe gaat het eigenlijk met je?’

‘Met mij prima,’ zei Marion. ‘Ik ben alleen altijd bezig en altijd onderweg. Ik zou best weer eens met je naar de schouwburg willen.’

‘Dan doe je dat toch? Heeft pappa je nog te pakken gekregen?’

Marion had de vraag verwacht.

‘Hij heeft gebeld, ja.’

‘En?’

‘Niks.’

De vrouw aan de andere kant van de lijn zweeg.

‘Hij zou je zo graag spreken,’ zei ze toen.

‘Ja,’ zei Marion. ‘Ik weet het, Dagný. Maar dat gaat niet gebeuren.’

‘Kun je niet proberen om hem te vergeven?’

‘Er valt helemaal niks te vergeven. Hij interesseert zich niet voor mij en ik interesseer me niet voor hem. En dat zal echt niet veranderen.’

14

Albert was op weg naar de Ford-dealer, maar hij besloot eerst even langs te gaan bij de Laugardalshal, de grote sporthal waar het publiek nu massaal op afstroomde. De Match van de Eeuw zou later op de dag beginnen. Albert was altijd een schaakliefhebber geweest, zijn vader had hem het spel geleerd, en zijn kennis ervan beperkte zich beslist niet tot de zetten. Zijn interesse was nog aanzienlijk toegenomen toen bekend werd dat de strijd om de wereldtitel zich in IJsland zou afspelen. Hij had zijn dochters het schaakbord laten zien, de stukken opgesteld en was begonnen hun de zetten te leren. Ook was hij van plan elke partij van het toernooi te volgen en op zijn eigen bord grondig te analyseren. En toen hij de gelegenheid kreeg voor de bewaking van de uitdager extra diensten te draaien kon hij zijn geluk niet op. Maar al snel waren daar heel wat meer politiemensen bij ingeschakeld en had hij te horen gekregen dat hij als bewaker niet langer nodig was. De moord in de Havenbioscoop ging hoe dan ook voor het toernooi om de wereldtitel.

Toen Albert de Laugardalshal binnenstapte zag hij allerlei bekende gezichten uit het IJslandse openbare leven. Er zaten journalisten, parlementsleden, zelfs ministers. Gezette zakenlui, bekende sporters en andere figuren die niet weg te denken waren uit het stadsleven liepen rond. Ook passeerde hij de weerman uit de Havenbioscoop, die deed alsof hij hem niet zag. Hij was hier vaak met de meisjes naar handbalwedstrijden geweest, maar nu was de sfeer totaal anders. In het oostelijke deel van de entreehal waren tv-schermen geïnstalleerd, zodat het mogelijk was nauwgezet het spel te volgen. In de sportzaal zelf waren eindeloze rijen stoelen opgesteld rondom het verlichte podium. Op dit podium stond de tafel met het schaakbord. Aan beide kanten een lege stoel. Twee hoge stellages voor de camera's aan weerskanten. In de zaal was een groot filmdoek opgezet. Daarop werd het beeld van het bord geprojecteerd, zodat de kijkers iedere zet konden volgen.

'Loopt hier volgens jou de moordenaar rond?' hoorde Albert achter zich zeggen.

Hij draaide zich om en zag een journalist van een van de dagbladen. De man kwam glimlachend op hem af. Albert kende hem wel, hij verzorgde de politieberichten, maar hield zich als kenner ook bezig met het wereldkampioenschap. Hij had de berichtgeving over de moord op Ragnar gedaan; in dat verband had hij ook met Albert gesproken.

Dat Ragnar een cassetterecorder bij zich had gedragen was groot nieuws geweest, temeer daar dit tot zijn dood had geleid. Ook de verloren gegane bandjes en de verdwijning van de recorder waren ter sprake gekomen. In de informatie die de recherche had verstrekt werd van dit alles echter geen enkele melding gemaakt. De politie probeerde zo veel mogelijk de details van het onderzoek uit de schijnwerpers van de media te houden.

'Ik denk het niet,' zei Albert en hij begon direct opmerkzaam om zich heen te kijken. Als hij met verslaggevers sprak lette hij altijd goed op: hij had meer dan eens zijn vingers gebrand. Hoe je woorden werden uitgelegd had je niet altijd in de hand.

'Je komt gewoon even kijken?'

'Ja, ik vind het leuk om er iets van te zien.'

'Schaak je zelf?'

'Nou nee, dat mag geen naam hebben. Ik doe maar wat.'

'Het hele land is gek van schaken,' zei de journalist, een tamelijk zwaarlijvige man met een niet al te frisse lichaamsgeur. Zijn luie oogopslag toonde dat hij er niet bijzonder van hield zich voor zijn werkzaamheden in te spannen. Hij droeg een badge die aangaf wat zijn beroep was; die verleende hem tevens toegang tot plaatsen in de sporthal waar het publiek niet verondersteld werd te komen. Albert wist dat er beneden in het gebouw een ruimte voor verslaggevers was ingericht; daar zou hij wel vandaan komen, veronderstelde hij.

'Ja, dat had ik nooit verwacht,' zei Albert. Tijd om te gaan, dacht hij bij zichzelf.

'Ben jij soms een van de lijfwachten?'

'Lijfwachten?'

'De lui die hen moeten bewaken,' zei de journalist en hij knikte in de richting van het podium.'

'Nee, dat ben ik niet meer. De moord heeft absolute voorrang.'

'Ja, dat snap ik.'

‘Je hebt genoeg om over te schrijven hier.’

‘O ja. Fischer voorziet ons elke dag weer van de leukste nieuwtjes. Nou is hij bezig af te rekenen met de Russen, met de IJslandse schaakbond, de Amerikaanse ambassade, de journalistiek, noem maar op. De schaakbond had een uniek schaakbord laten maken van gabbro uit het oosten van het land, maar Bobby moest het niet. Toen hebben ze drie houten borden laten maken waar hij uit kon kiezen: rozenhout, teak en... weet ik niet meer. Niks vindt hij goed genoeg. En die Spassky blijft maar vriendelijk en rustig. Je snapt echt niet dat die man niet allang naar huis gegaan is.’

‘Hij wil gewoon tegen Fischer schaken,’ zei Albert. ‘Hoe dan ook. Zo is het toch?’

‘Volgens de Amerikanen is dat inderdaad de enige verklaring,’ zei de journalist. ‘Hij wil schaken. Was het trouwens een buitenlander? De man die die jongen heeft aangevallen?’

Albert probeerde rustig te blijven.

‘Daar is niks van te zeggen,’ antwoordde hij en hij liep de zaal al uit naar de trap.

‘Ben je soms hier vanwege die zaak?’

‘Welnee, helemaal niet.’

‘Maar jullie onderzoeken die mogelijkheid toch? Dat het om een buitenlander gaat?’

‘Jawel, net als...’

‘Ik bedoel, de stad zit bomvol buitenlanders.’

‘Net als alle andere mogelijkheden,’ zei Albert. ‘Ze komen allemaal aan de beurt, net naar het uitkomt.’

‘Ik heb met lui in die bioscoop gepraat. Vier of vijf mensen in de zaal zouden best buitenlander geweest kunnen zijn, zeiden ze. Lukt het al wat beter om die bioscoopgangers op te sporen?’

‘De zaak is in onderzoek,’ zei Albert. ‘Meer kan ik er niet over zeggen. Leuk je gezien te hebben.’

‘Maar zoals gezegd, jullie kijken dus ook naar buitenlanders?’ vroeg de journalist achter hem aan lopend.

‘We onderzoeken alle mogelijkheden,’ zei Albert. Hij maakte zich snel uit de voeten, nijdig op zichzelf. Hij had meteen moeten zeggen dat hij geen inlichtingen kon geven, punt uit.

Van de twee Ford-dealers in het land had er een zijn zaak in de buurt van het winkelcentrum Kringlan. Albert wilde de tip natrekken over de nieuwe, blauwe Ford Cortina waarmee volgens Konni die rumdrinker was weggereden, apezat als je op zijn verhaal mocht afgaan. Na lang zoeken – iedereen in het bedrijf had het razend druk – kreeg Albert de chef van de verkoopafdeling te pakken. Bijna een kwart van alle verkochte auto's was inmiddels een Ford, en de populariteit van het merk steeg nog steeds. De Cortina speelde daarin een belangrijke rol. Maar ook de Bronco Jeep en de Mustang, hoorde Albert van de chef. Albert zou best in een nieuwe Ford willen rijden, maar dat zat er voor hem niet in. Guðný en hij moesten het doen met een oranje Escort waar altijd wel iets aan mankeerde.

Albert stelde zich aan de chef voor en zei dat hij op zoek was naar de koper van een blauwe Cortina, iemand van middelbare leeftijd, kaal en waarschijnlijk een stevige drinker. Nauwkeuriger dan dat was Konni's beschrijving niet geweest.

'Een blauwe Cortina?' zei de chef. 'En hoe ver moeten we dan in de tijd teruggaan?'

'Pakweg een jaar. Om te beginnen. Die auto was nog heel nieuw.'

'Om wie gaat het? Wat heeft hij gedaan?'

'Hij heeft niks gedaan. We hoeven hem alleen maar te spreken.'

'Tja, dan zou ik er de verkoopstaten op na moeten kijken.'

'Ik heb de tijd, hoor,' zei Albert.

'De Cortina is erg populair. Ik zal een hele stapel papieren moeten doorvlooien.'

'En zijn er ook veel blauwe verkocht?'

'Eigenlijk niet, dat is de kleur die we het minst verkopen.'

'Ik heb geen haast,' zei Albert, kijkend naar een felrode Bronco, die de geur van nieuwe auto om zich heen verspreidde. De wagen was uitgerust met stuurversnelling en had voorin een bank. Albert was er juist in gaan zitten toen de chef aan kwam lopen met een verkoper, een slungelachtige dertiger.

'Heeft hij dronken achter het stuur gezeten, de man die jullie zoeken?' vroeg de chef.

'Over dat soort bijzonderheden kan ik geen mededelingen doen,' zei Albert, uit de Bronco stappend. 'Waarom vraag je dat?'

'Brynjar hier zegt dat hij ongeveer een maand geleden een blauwe Cortina heeft verkocht aan een kale man. Die zag eruit zoals jij hem beschreef.'

'O ja?'

'En hij had een kegel,' zei de man die Brynjar heette.

'Omdat jij van de politie bent kwam ik op het idee dat hij wel eens dronken achter het stuur kon hebben gezeten,' zei de chef. 'Daarom vragen jullie toch naar hem, of niet soms?'

'Waar rook hij naar?' vroeg Albert.

'Naar brandewijn,' zei Brynjar. 'En volgens mij was hij afgeladen. Ik heb geweigerd hem de auto mee te geven. Hij had hem al een hele tijd eerder besteld, een blauwe moest het zijn. Niet dat ik onbeleefd tegen hem was, hoor. Ik heb alleen maar gezegd dat hij later terug moest komen om de auto op te halen.'

'En wat heeft hij toen gedaan?'

'De volgende dag heeft hij de Cortina opgehaald. Maar toen was hij nóg niet helemaal nuchter.'

Marion Briem kwam laat op de avond thuis, na nog snel een broodjeszaak te hebben aangedaan. Die zaak, De Beer geheten, bevond zich in de Njálsgata. Je kon er belegde boterhammen krijgen, verpakt in een handig doosje. Marion kwam er vaak. Veel eetgelegenheden waren er niet in de stad, afgezien dan van de heel dure als Naustið of hotel Borg. Er waren wel een paar nieuwe restaurants waar je een Amerikaanse snelle hap kon krijgen, hamburgers en patat en milkshakes, maar de traditionele IJslandse zaken hielden het bij brood. Deze beviel Marion heel goed; ze hadden er voortreffelijke boterhammen, belegd als Deens smørrebrød, met ei en haring, met rundvlees, en met gerookt lamsvlees, met verschillende garnituren. Het was allemaal heel smakelijk. En je kon ze makkelijk mee naar huis nemen.

Marion zette de radio aan en deed zich te goed aan de boterhammen. In de kamer stond ook een nog tamelijk nieuw televisietoestel, een aankoop van enige tijd na de eerste tv-uitzendingen in IJsland. Marion had in het begin vaak gekeken, vooral naar programma's over typisch IJslandse onderwerpen, maar kon er in de loop van de tijd steeds minder belangstelling voor opbrengen. Op de radio werd een programma over de componist Jón Leifs uitgezonden, waarin gedeelten van zijn werk ten gehore werden gebracht, indrukwekkende muziek over indrukwekkende thema's. Marion ging in de kamer zitten om de stukken die op de moord in de Havenbioscoop betrekking hadden door te nemen. Maar er was iets in de muziek wat op een koude windvlaag leek, iets wat weer allerlei herinneringen aan sanatorium Koldingfjord naar boven bracht.

Het kwam er steeds minder van dat Marion de oude brieven voor de dag haalde en erin bladerde. Veel waren het er niet. Het waren allemaal brieven naar Koldingfjord en allemaal van Aþanasíus. Hij vroeg hoe het ging, daar in het sanatorium, en of de dokter tevreden was. Hij vertelde nieuwtjes van thuis. Na de aankomst van de ansichtkaart was Marion ze weer gaan doorlezen, had er zelfs een aantal meegenomen naar het bureau. Ze waren nu bijna veertig jaar oud en vergeeld, het papier was breekbaar geworden en het potloodschrift vervaagd. Maar de briefschrijver was onveranderd in de brieven aanwezig, en die aanwezigheid werd met elke lezing ervan kostbaarder. Ze begonnen al zo mooi met 'Lieve Marion' of 'Mijn beste kameraadje'. Dan kwam er een stukje met goede wensen: een voorspoedig herstel en een plezierig verblijf daar. Dat het zou lukken vriendschappen te sluiten en dat het personeel vriendelijk en zorgzaam zou zijn. Als dat allemaal niet zo was, moest Marion het ogenblikkelijk laten weten. Vervolgens kwam er een passage over het feit dat er thuis weinig nieuws was, over de crisis die maar bleef aanhouden of over de Familie en de dienstmeisjes, van wie Marion allemaal de groeten kreeg. De forellen waren ontzettend blij geweest met hun vrijheid toen ze weer waren teruggebracht naar het Þingvallavatn. Die hele grote had geweldig gesparteld en was in een ogenblik uit het zicht verdwenen. De brieven eindigden altijd met hartelijke groeten en nog meer welgemeende wensen voor een voorspoedig herstel.

Marion had Aþanasíus ook teruggeschreven, maar die brieven waren kwijtgeraakt. De laatste dateerde van enige tijd na het begin van het verblijf in Koldingfjord. Anton was nog niet zo lang daarvoor gestorven en alles wat er in het Deense sanatorium gebeurde werd door Marion samengevat in één zin aan het eind van die laatste brief. Die zin ging over het bestaan van God. Aþanasíus had zich er suf over gepiekerd.

Het is makkelijker in God te geloven
als je weet dat Hij niet bestaat.

15

De pagina's van de dagbladen waren gevuld met berichten over het schaaktoernooi, dat eindelijk was begonnen. Schaakliefhebbers en allen die er maar enigszins toe deden waren in de Laugardalshal aanwezig en zagen hoe de twee grootste schakers ter wereld elkaar voor de ogen van alle mensen de hand schudden en aan het schaakbord plaatsnamen. De twee mannen zaten op een podium aan het speciaal voor de gelegenheid gemaakte bord. Tussen de toeschouwers en de schakers was een behoorlijke afstand. Voor Fischer was dit echter niet genoeg: hij eiste dat de tien rijen stoelen het dichtst bij het podium zouden worden verwijderd. Het was voer voor alle journalisten en verslaggevers, IJslandse en buitenlandse. Die besteedden bijzondere aandacht aan de grillen van Bobby Fischer en de onverstoorbare beleefdheid van Spassky. Op bevel van Fischer was vanuit New York een speciale verrijdbare stoel met zwartleren bekleding ingevlogen. Op die stoel had hij gezeten toen hij Petrosjan in Argentinië versloeg. Hij vond dat hij het recht had de wereldkampioen op stang te jagen. Spassky had met betrekking tot de stoelen geen enkele eis gesteld. Hij speelde de damepionopening en verplaatste de pion twee velden. Dat was de eerste zet van het toernooi.

De grootste krant opende echter niet met schaaknieuws. Het artikel op de voorpagina steunde, zo heette het, op betrouwbare bronnen bij de recherche. Daar bracht het opschudding, verwondering en woede teweeg; alle medewerkers moesten verklaren niet met journalisten over de zaak te hebben gesproken. De naam van de schrijver werd niet vermeld. Toch dacht Albert die wel te kennen, net zo goed als hij meende te weten wie er bedoeld werd met die 'betrouwbare bronnen'. Het blad kwam even voor het middaguur bij het bureau binnen en het zweet brak hem uit toen hij de kop zag: BUITENLANDERS GEZOCHT IN VERBAND MET MOORD HAVENBIOSCOOP.

Albert keek vlug de pagina door, maar kon niets vinden dat hem in verband bracht met het artikel; er werd alleen gesproken over een betrouwbare bron. Zou zijn praatje met die journalist in de Laugardalshal eigenlijk wel de bron voor het artikel zijn geweest? Zou er niet iets meer achter zitten? Op deze manier gingen journalisten toch niet te werk? En hij had helemaal niets over buitenlanders gezegd. Integendeel, hij had categorisch ontkend dat er in die richting onderzoek werd gedaan. Nou ja, misschien had hij door zijn aarzelende houding toch iets laten doorschemeren. En doordat hij had gezegd dat ze alle mogelijkheden onderzochten.

'Nou krijgen we ze natuurlijk helemaal niet meer te pakken!' Marion Briem kwam binnen, mepte een exemplaar van de krant op tafel en stak met nijdige gebaren een sigaret op. 'Idioten. Wie praat er nou met iemand uit die hoek?'

'Volkomen onverantwoord om dit te publiceren,' zei Albert – hij probeerde Marion goed te laten merken hoe verontwaardigd hij was. Maar het lag er te dik bovenop. Marion had een goed oor voor zulke nuances en keek hem aan.

'Jij was het toch niet?'

'Ik?'

'Met wie heb je gepraat?' vroeg Marion.

'Met niemand,' zei Albert. 'Ik...'

'Nou?'

'Ik heb dat heel duidelijk ontkend, ik heb gezegd dat we helemaal niet naar buitenlanders op zoek zijn.'

'Tegen een journalist van dat vod daar?'

'Ik ben gisteren heel even in de Laugardalshal geweest. Om te kijken hoe het daar ging. Ik heb alleen maar gezegd dat we alle mogelijkheden onderzochten.'

'Maar vroeg hij naar de buitenlanders?'

'Ja.'

'En jij hebt gezegd dat we alles onderzochten?'

'Ja.'

'Waarom deed je dat?'

'Ik heb helemaal niks gezegd,' fluisterde Albert. 'Hij moet het ergens anders gehoord hebben. Ik heb niks gezegd, niks laten merken. Ik heb alleen maar gezegd dat we alles onderzochten.'

'Als het echt buitenlanders zijn die die jongen hebben doodgestoken, dan weten ze nu dat we naar ze op zoek zijn. Als ze al niet het land uit zijn. Hoe ver ben je eigenlijk met zoeken naar die man van de Cortina?'

'Ik ben vanmorgen achter hem aan geweest,' zei Albert. De naam van de man had hij bij de dealer gekregen. Hij was naar zijn huis gereden, maar dat had niets opgeleverd. 'Maar ik ben wel te weten gekomen waar hij werkt. Ik ga er nou naartoe.'

'Laat het me weten als er iets uit komt,' zei Marion.

'Ik heb niks tegen die journalist gezegd dat deze krantenkop rechtvaardigt,' zei Albert neerslachtig. 'Helemaal niks. Dat zou ik nooit doen. Ik zou nooit het onderzoek in gevaar brengen.'

'Mooi,' zei Marion, die de sigaret in de asbak uitmaakte. 'Want het ligt allemaal al gevoelig genoeg.'

De man met de blauwe Cortina had een kleine importfirma aan de Grensásvegur. Hij had maar een paar werknemers in dienst. Het kantoor bevond zich in een huis waarvan het souterrain als opslagruimte diende. Albert vroeg naar de man en men verwees hem naar een kamer helemaal achter in het kantoor. Op de deur zat een geelkoperen plaatje. Albert klopte aan. Er ging enige tijd voorbij, hij klopte nog een keer, en opende ten slotte de deur. De man wilde juist achter zijn bureau gaan zitten. Hij was in overhemd en had zijn stropdas losgemaakt. Zijn broek zakte af en hij was dik en kaal. Zo had Konni hem ook beschreven; er kon nog aan worden toegevoegd dat hij rode ogen had en er vermoeid uitzag.

'Wat kan ik voor je doen?' vroeg hij, terwijl hij in zijn stoel plofte.

'Ben jij Hinrik?'

'Ja,' zei de man. Hij haalde een stuk Wrigley's kauwgom uit de verpakking, verfrommelde routineus het papiertje en stak de kauwgom in zijn mond. Albert stapte het kantoor binnen en trok de deur zorgvuldig achter zich dicht. De man keek hem verbaasd aan. In het kantoor was het nogal een bende; op de stoffige planken lagen stapels kranten, de asbak was overvol en de gordijnen hadden zo te zien nooit een wasbeurt gehad.

'Vertel het maar, vriend,' zei de man.

'Het gaat om wat er in de Havenbioscoop is gebeurd,' zei Albert. Hij zag dat de man er de laatste dagen niet aan toe was gekomen zich te scheren. 'Toen die jongen is doodgestoken. Daar heb je natuurlijk wel van gehoord. Ik ben van de politie. Was jij die dag bij de voorstelling van vijf uur?'

De man vergat een ogenblik te kauwen. 'Ik weet niet waar je het over hebt.'

'Was jij bij die voorstelling?' herhaalde Albert met wat meer nadruk.

'Nee,' zei de man. 'Ik weet echt niet waar je het over hebt.'

'We hebben een rumfles in de bioscoopzaal gevonden,' zei Albert. 'En die zou best eens van jou geweest kunnen zijn. Er staan vingerafdrukken op. Verder is daar een man gezien van wie we denken dat jij dat was.'

'Ik ben helemaal niet naar die voorstelling geweest,' zei de man.

Albert ging in de stoel voor het bureau zitten.

'We hebben een getuige,' zei hij, 'iemand die je gezien heeft. En we hebben een stel vingerafdrukken op de fles. We kunnen die getuige er dus bij halen en we kunnen jouw vingerafdrukken afnemen. Maar dat is alleen uitstel van executie. Dus ik vraag je nog eens: ben jij die dag naar de voorstelling van vijf uur geweest?'

De man wierp een schichtige blik op de archiefkast bij het raam. Er hing een zwakke alcohollucht in het kantoor, zo zwak dat die nauwelijks viel waar te nemen. Als Albert met zijn lange dunne neus niet zo'n buitengewoon goed ontwikkelde reukzin had, zou hij de geur niet hebben opgemerkt.

'We hebben bekendgemaakt dat we in contact wilden komen met bezoekers van de voorstelling,' zei hij. 'Waarom heb je je niet gemeld?'

De man begon terug te krabbelen. De gedachte aan getuigen en onderzoek naar zijn vingerafdrukken beviel hem niet.

'Ik heb niks gezien,' zei hij. 'Jullie hebben niks aan me.'

'Herinner je je die jongen nog?'

'Nee.'

'Weet je het zeker?'

'Waarom vraag je me dat allemaal? Ik heb toch niks gedaan?'

'Was jij...'

'Het waren toch buitenlanders? Dat heb ik in de krant gelezen.'

Albert vertrok zijn gezicht.

'Ja, de krant – daar heb je wat aan,' zei hij zuur. 'Man, die schrijven toch gewoon wat ze willen? Heb je daar zitten drinken? In die voorstelling?'

Geen antwoord. Albert wachtte. Misschien vond de man het onbehoorlijk dat daarnaar werd gevraagd. Misschien vond hij dat die kwestie er niet toe deed.

'Was die rumfles van jou?'

De man knikte.

'Zou kunnen,' zei hij.

Albert leunde ontspannen achterover in zijn stoel.

'Waarom heb je geen contact met ons opgenomen? Je weet dat we op zoek zijn naar de bezoekers van die voorstelling.'

'Ik... ik wist het niet. Ik heb me dat helemaal niet gerealiseerd.'

'Maar je weet toch wel wat er gebeurd is?'

'Ja, allicht. Dat weet toch iedereen?'

'Weet je nog of je die jongen in de bioscoop gezien hebt?'

'Ik heb op niemand speciaal gelet,' zei de man. Hij probeerde zich zelfbewust voor te doen. 'Ik...'

'Ja?'

'Ik ben er niet... Ik was er niet zeker van of het wel om dezelfde voorstelling ging. Daarom heb ik geen contact opgenomen. Ik dacht dat ik op een andere tijd gegaan was.'

'Als die rumfles van jou was, dan moet je in die voorstelling hebben gezeten. En we hebben een getuige die dat kan bevestigen. Wou je zeggen dat je zoveel hebt gedronken dat je geen helder besef meer had van tijd of plaats?'

'Ik denk dat ik het grootste gedeelte van de tijd heb zitten slapen,' antwoordde Hinrik. 'Van die film kan ik me tenminste weinig meer herinneren.'

'Ga jij naar de film om te slapen? Of te drinken?'

'Hou mij er liever buiten. Als het jou hetzelfde is.'

'Heb je iets opgemerkt wat voor ons van belang kan zijn? Herinner je je die jongen nog? Weet je nog waar hij zat? Wie er bij hem waren?'

'Nee. Ik kan je alleen maar zeggen dat ik die jongen niet heb gezien.'

'Weet je nog waar je zat in die zaal?'

'Nee, niet precies meer,' zei Hinrik.

'Herinner je je nog andere mensen in de zaal? Wie dan ook?'

'Nee, eigenlijk niet.'

'Geen een?'

'Nee.'

'Ik wil die auto van je zien, die Cortina,' zei Albert. 'Staat die hier?'

'Ja, die staat buiten. Waarom wil je die zien?'

'Dat heeft met het onderzoek te maken. Daar kan ik niets over zeggen.'

Albert stond op. Hinrik keek hem aan. Albert wachtte.

'Moet dat nu?' vroeg Hinrik.

'Jazeker,' zei Albert. 'Nu.'

Hinrik stond op, gluurde nog eens zo onopvallend mogelijk naar de archiefkast, deed pogingen zijn overhemd, dat van voren uit zijn broek hing, er weer in te proppen, schraapte zijn keel en trok het jack aan dat over de rug van zijn stoel hing. Hij haalde diep adem voor hij de deur opende en naar buiten stapte. Albert liep achter hem aan naar de parkeerplaats, die achter het huis lag. Het kantoorpersoneel keek hen na. Toen Albert naar Hinrik vroeg had hij niet gezegd dat hij van de politie was, maar het leek wel of de mensen aanvoelden dat er iets aan de hand was.

Ze liepen naar de Cortina, een vierdeurs wagen, en Albert vroeg of Hinrik de sleutel bij zich had.

'Je kan er zo in,' zei hij. 'Ik doe hem nooit op slot. De sleutels liggen op kantoor.'

Albert opende het portier aan de kant van het stuur en stak zijn hoofd naar binnen. Daar zag hij dezelfde bende als in het kantoor: kranten op de stoelen en de vloer; stof op het dashboard; een paar linnen schoenen, half onder de passagiersstoel; een vieze handdoek op een van de rugleuningen; papieren die her en der door de auto verspreid lagen. Albert snoof de lucht op. Er hing een geur van sigaretten en drank. Hij keek achter in de auto en zag daar stapels kleren en nog meer papieren. Hij sloot het portier naast het stuur en deed een achterportier open.

'Ik begrijp niet waarom je dit doet,' zei Hinrik. Hij maakte een nieuw pakje kauwgom open. 'Wat zoek je eigenlijk? Er ligt alleen maar troep.'

Twee of drie personeelsleden van de importfirma waren onopvallend voor de ramen gaan staan die uitzagen op de parkeerplaats. Ze maakten zich al langer zorgen over de eigenaar van het bedrijf, die ten onder leek te gaan aan alcohol, er geen enkele weerstand tegen kon bieden. Ze keken toe hoe Albert een zakdoek tevoorschijn haalde en zich in de blauwe Cortina omlaag boog. Hij wroette even in de rommel, boog zich nog verder naar binnen, pakte iets beet, richtte zich weer op en liet Hinrik zien wat hij uit de auto had opgedolven.

Ze zagen dat Hinrik zijn hoofd schudde.

'Weet je wat dit is?' vroeg Albert, daarbuiten op de parkeerplaats.

'Dit heb ik nooit eerder gezien,' zei Hinrik, duidelijk aangeslagen. Hij staarde naar de bebloede schooltas die Albert in zijn handen had en rende toen plotseling de parkeerplaats af.

16

De eerste nacht in sanatorium Koldingfjord kreeg Marion plotseling bezoek van een leeftijdgenootje. Dat verzachtte de eenzaamheid, die al duidelijk begon te drukken. 'Kom jij uit IJsland?' had het meisje gevraagd. Dit bezoek had tot gevolg dat er die eerste nacht weinig van slapen kwam.

De reis, die een week had geduurd, was zwaar geweest. De Gullfoss van scheepvaartmaatschappij Eimskip vervoerde goederen en passagiers van IJsland naar andere landen en omgekeerd. Het grootste deel van de reis was de zee erg wild, vooral nadat het schip, zoals gebruikelijk was, Edinburgh had aangedaan. Het schip stampte en rolde als dol op de golven, van 's morgens tot 's avonds. De meeste passagiers ontkwamen aan de zeeziekte, maar niet Marion, die vaak al moest kokhalzen van pure narigheid. Als je maar één gezonde long hebt raak je gemakkelijk in ademnood en bij al dat overgeven wil je nog maar één ding: zo snel mogelijk aan land komen. Er waren geen bekenden aan boord, maar Aþanasíus had een jong echtpaar gevraagd erop toe te zien dat zijn beschermeling op de reis niets tekort zou komen. En dat Marion in de goede trein zou stappen voor de verdere reis naar Kolding, als het schip eenmaal was afgemeerd aan de IJslandkade in Kopenhagen.

De man en de vrouw vonden het heel vanzelfsprekend dat Aþanasíus dit verzoek deed en hielden een oogje in het zeil. Ze waren vriendelijk, maar ook voorzichtig, want ze wisten welke ziekte het kind had en waren bang voor besmetting. Marion had een hut op het eerste dek; die van het echtpaar lag aan dezelfde gang, niet ver van de eetzaal. De man was groot en breed. Hij had geen last van zeeziekte, was een geweldige eter en een stevige drinker. Meestal zat hij in de rooksalon boven de eetzaal, waar hij omber en bridge speelde. De vrouw was klein en tenger; ze was heel bescheiden, anders dan haar man, die graag in het middelpunt van de belangstelling stond. Marion vertrouwde ze toe dat haar man een ongelooflijke levensgenieter was, een nachtbraker die nooit eerder dan tegen de morgen ging slapen, meestal aardig dronken. Ze waren op reis naar Italië, waar hij zanglessen wilde nemen. Zelf droomde ze ervan beeldende kunsten te gaan studeren. Dat kon je natuurlijk nergens beter doen dan in Italië, zei ze.

'Zing eens wat voor Marion en mij,' vroeg ze haar man op een dag; de zee was nu kalm en de zon scheen. De Gullfoss was Kopenhagen al dicht genaderd toen hij aan dek verscheen. Daar zat ze met Marion van de zon te genieten.

'Je weet heel goed dat je me dat niet moet vragen, lieveling,' zei hij met zijn donkere bariton, die na al zijn speelsessies in de rooksalon wat roestig geworden was. 'Ik zing nooit zomaar ineens.'

Ze zeiden dat ze Marion niet alleen zouden laten voor ze zeker wisten dat die in het centraal station van Kopenhagen in de goede trein was gestapt. Zonder handdruk of kussen, maar met de beste wensen voor een voorspoedig herstel namen ze afscheid en gingen huns weegs. Ze waren van plan nog een paar dagen in Kopenhagen door te brengen voor ze naar het zuiden vertrokken. Hij liep met grote stappen voorop, zonder enige twijfel al denkend aan het dichtstbijzijnde bierlokaal; zij achter hem aan, rustig en vriendelijk, maar vol verlangen om de Italiaanse beeldhouwkunst beter te leren kennen.

In de trein zaten meer kinderen met hetzelfde reisdoel als Marion. Degenen die niet door volwassenen werden begeleid droegen een kaartje op hun borst met de naam van het sanatorium erop. De reis duurde zes uur. De trein stopte in Korsør op Seeland; daarna ging het verder met de veerboot over de Grote Belt naar Nyborg op Funen. Hier stapten de passagiers over op een trein die dwars over Funen naar Middelfart reed, vanwaar een tweede veerboot hen over de Kleine Belt naar Fredericia in Jutland bracht. Toen de trein ten slotte in Kolding stopte werden de kinderen verzameld. Marion stapte met de anderen het perron op. Een vrouw in verpleegstersuniform, geholpen door een in het zwart geklede man, zette hen bij elkaar en begon de namen af te lezen. Toen de trein weer begon te rijden werden ze allemaal, ook de ouders die waren meegekomen, als schapen het perron af gedreven, naar een busje dat hen op hun bestemming bracht.

Tijdens de zeereis had Marion vaak extra zuurstof nodig gehad, en de cilinder was nu leeg. Toen de groep naar de grote zitruimte in de hal van het sanatorium werd geloodst merkte een verpleegster al snel op dat het kind erg kortademig was. Samen gingen ze de trap op, een gang door, naar een behandelkamer. Daar nam een arts het over, beluisterde zorgvuldig de longen en begon het inblazen van lucht voor te bereiden. Marion had afschriften bij zich van de medische rapporten uit Vífilsstaðir en overhandigde deze aan de dokter. Die nam ze glimlachend in ontvangst, maar bladerde ze alleen even door.

'Helemaal uit IJsland,' zei hij zacht, in zijn eenvoudige Deens. Dankzij Aþanasius' aanwijzingen was het niet moeilijk te volgen.

Marion knikte.

'En maar aan één long.'

De dokter glimlachte. De behandeling verliep goed. De instrumenten leken op die in Vífilsstaðir en Marion voelde nauwelijks pijn toen de naald de borstholte in gleed en de lucht werd ingepompt.

Toch merkte de dokter dat het kind zich in deze nieuwe entourage nog onwennig voelde, en om het wat af te leiden vertelde hij iets over het sanatorium en hoe het er toeging. Hij legde uit dat het was gebouwd met geld dat door de Deense posterijen was ingezameld en dat het plaats bood aan honderdtwintig kinderen. Heel karakteristiek was de lange, boogvormige veranda of lighal, die aan de voorkant van het hoofdgebouw onder de open hemel lag. Daar konden de kinderen vlak bij zee van de buitenlucht genieten.

'Zo staan de zaken,' zei de dokter en hij trok de naald voorzichtig uit het dunne lichaampje. 'Je moet ons waarschuwen, hoor, als je merkt dat de druk minder wordt. Overigens is dit sanatorium niet zoveel anders dan andere. De behandeling komt voor het grootste gedeelte neer op ontspanning en rust, afgewisseld met gymnastiek, en verder op een gezond dieet, frisse lucht en een goede verzorging.'

Hierna bracht de dokter Marion terug naar de gang.

'Er zijn heel veel aardige kinderen hier,' zei hij. 'Ze doen hun best om hun leven niet te veel door de tbc te laten beïnvloeden. Het ergste wat je kan overkomen hier in Kolding is dat je medelijden met jezelf krijgt.'

Het hoofdgebouw van het sanatorium was enorm groot; het had een ultramoderne keuken en aparte eetzalen voor zieken en personeel, een werkplaats en een uitgebreid terrein om te zonnebaden. De kinderen waren in kleine groepjes op de kamers ondergebracht. Die kamers waren ruim en hadden grote ramen; men had gezorgd dat de lucht er goed doorheen kon stromen, net als in Vífilsstaðir. Op het dak stond een torentje, met daaronder, aan de kant van de Koldingfjord, een reliëf waarop je acht engelachtige kinderen zag, gegroepeerd rond een zandkasteel met daarop het woord *Sundhed* – Gezondheid.

Marion lag in bed zonder de slaap te kunnen vatten, denkend aan het afscheid van Aþanasíus. Hij was meegegaan aan boord van de Gullfoss, voordat die de haven van Reykjavík zou verlaten. Erg op zijn gemak was hij niet geweest; hij had maar door de hut lopen ijsberen. Steeds weer had hij alles met Marion doorgesproken en gecontroleerd: dat ze niets vergeten hadden en dat alles echt helemaal in orde was. 'In Kopenhagen moet je direct doorgaan naar het station,' zei hij. 'Dat is erg belangrijk. En beleefd zijn, hè. En in het sanatorium precies doen wat ze zeggen.' De trossen van het schip werden al bijna losgegooid toen hij eindelijk van boord ging. Op de kade had hij nog naar Marion staan wuiven.

'Ik schrijf je,' had hij gezegd. 'En je moet het me direct laten weten als er iets niet in orde is.'

Marion dook weg in het kussen. Een meisje – waarschijnlijk een leeftijdgenootje – kwam op blote voeten de kamer binnensluipen.

'Ben je nog wakker?' fluisterde ze in het IJslands.

Marion kreeg haar in de schemer niet scherp in het oog, maar meende haar eerder die dag tussen de andere kinderen in de hal van het sanatorium te hebben gezien. Ze had opvallend lang naar het IJslandse vlaggetje gekeken dat op de koffer zat die Aþanasius voor de reis had aangeschaft.

De andere kinderen sliepen al. Het meisje had lang, rood haar; in haar bleke gezicht stonden een paar heldere ogen.

'Ja,' antwoordde Marion.

'Gaat het een beetje met je?'

'O jawel, hoor.'

'Ik dacht al dat je uit IJsland kwam,' fluisterde het meisje. 'Ik woon in Århus. Ik denk dat wij tweeën nu de enige IJslanders zijn hier. Ik heb al eerder in dit sanatorium gelegen. Toen waren er twee anderen uit IJsland. Het is hier echt fijn, hoor.'

'Alles is zo groot,' zei Marion.

'Bedoel je de lighal buiten?' vroeg het meisje.

'Ja. Die is ontzettend groot. Hoe heet jij?'

'Ik heet Katrín,' zei het meisje.

'Ik heet Marion.'

'Marion? Wat is dat voor een naam? Is het een meisjes- of een jongensnaam?'

'Het is de naam die mijn moeder me heeft gegeven. Die kwam hiervandaan. Uit Denemarken.'

'En hoe heet je nog meer?'

'Aþanasíus noemt me wel eens Marion Briem. Aþanasíus is mijn vriend en hij zegt dat Briem een oude familienaam is. Mijn opa, de vader van mijn moeder, heette ook zo. Zijn familie komt uit de buurt van de Skagafjörður. Aþanasíus weet een heleboel over families en waar ze vandaan komen.'

'Maar heb je dan geen vader?'

'Ja, natuurlijk wel. Maar die wil niks met me te maken hebben. De kinderen in Ólafsvík zeiden dat ik er een van een dienstmeisje was. En daarom zegt Aþanasíus dat ik me maar beter Marion Briem kan noemen.'

'En je moeder?'

'Die is dood.'

'Hoe is dat gekomen?'

'Verdronken. Toen ik twee jaar was.'

Katrín was een hele tijd stil.

'En nou ben je hier,' zei ze toen.

'Er is bij ons op het dorp tbc uitgebroken en er zijn overal mensen ziek geworden. Op één boerderij zijn ze allemaal gestorven, behalve de moeder en één dochter.'

'Wat verschrikkelijk.'

'Ik ben nog nooit in het buitenland geweest,' zei Marion – het was prettig om met het meisje te praten. 'Die zeereis was vreselijk, maar ik vond het erg leuk om in Kopenhagen te zijn. Zulke grote huizen, en zoveel auto's. En een herrie dat het er is. En die trein, ook zoiets geweldigs. Ik heb nog nooit zo hard gereden. Ook niet als Aþanasíus met de auto naar Kringlumýri rijdt.'

'Ben jij in Vífilsstaðir geweest?' fluisterde het meisje.

'Ja,' zei Marion. 'Jij ook?'

'Nee, maar ik wou je wat vragen... mijn neef was ook in Vífilsstaðir. Hij is van de zomer gestorven. Kende jij die soms?'

'Hoe heette hij?'

'Hij heette Anton,' fluisterde het meisje.

Marion staarde haar aan.

'Was Anton jouw neef?'

'Ja. Kende je hem dan?'

'Anton was mijn vriend,' fluisterde Marion. 'Hij lag op de kamer naast me. Ik... hij is ineens gestorven.'

'Antons vader is een broer van mijn moeder,' zei het meisje. 'We komen uit de Westfjorden. We hebben in Ísafjörður gewoond, maar toen kwam de crisis en pappa dacht dat we het hier beter zouden hebben. Dus toen zijn we naar Århus verhuisd. Hij is timmerman. Ik weet nog dat Anton in Ísafjörður in het ziekenhuis lag en dat hij toen een keer bij ons logeerde. Hij was er zo slecht aan toe. En nog probeerde hij te doen alsof hij gezellig thuis was. Pappa had een raam in het dak gemaakt, zodat hij wat uitzicht had vanuit zijn kamertje. Later is hij naar Vífilsstaðir gegaan.'

'De laatste avond is hij bij mij geweest,' zei Marion. 'Toen ik de volgende dag wakker werd was hij gestorven. Ik kwam op zijn kamer; ze hadden een laken over hem heen gelegd.'

'Arme Anton.'

'Hij zat op mijn kamer over het water uit te kijken. "Wat een dag," zei hij.'

'En is hij toen gestorven?'

'Ja. 's Nachts.'

Katrín zweeg. Ze hoorden in de schemer van de zomernacht de rustige ademhaling van de andere kinderen op de kamer.

'Mamma zegt dat hij mij heeft besmet,' fluisterde ze ten slotte. 'Daar geeft ze zichzelf de schuld van. Ze zegt dat ze hem nooit zo dicht bij mij hadden moeten laten komen.'

17

Ragnars schooltas lag voor de chef van de technische recherche op tafel. Het was een doodgewone bruinleren tas, zo een waarmee elke dag massa's jongeren naar school gaan. Voorop had hij twee zakken; twee geelkoperen drukknopen dienden als sluiting. Ze hadden elk een klein sleutelgat, waarbij een piepklein sleuteltje hoorde. De tas ging zonder moeite open en dicht. Binnenin waren twee vakken, gescheiden door een dun tussenschot. Bovenop zat een handgreep; aan de achterkant konden schouderriemen worden vastgemaakt, maar die had Ragnar niet gebruikt. De tas was niet nieuw, maar zag er ook niet gekreukt of versleten uit. Over de achterkant had bloed gestroomd. Het was in het leer getrokken dat nu zwart was geworden. De tas was leeg.

Toen Albert de schooltas op de achterbank van de Cortina had gevonden was het niet moeilijk geweest de vluchtende Hinrik te arresteren: Albert was hem achterna gestoven en slaagde erin hem te grijpen, net voor hij tegen een passerende auto op zou lopen. Hinrik viel en schaafde zijn handen en gezicht. Albert ontfermde zich over hem en hielp hem overeind, de bebloede schooltas nog steeds vasthoudend. Hij verzocht Hinrik rustig met hem mee te gaan naar het bureau aan de Borgartún. Als hij nog meer problemen veroorzaakte zou Albert versterking moeten oproepen, iets wat hij liever niet deed. Hinrik knikte.

'Ik heb niks met die tas te maken,' zei hij nijdig, nog hijgend na zijn sprint.

'Nee, dat hij niet van jou is wist ik al,' zei Albert.

'Ik bedoel, ik weet niet hoe dat ding in mijn auto is gekomen.'

'Misschien dat het je nog te binnen schiet,' zei Albert en hij liep met hem terug naar de parkeerplaats.

Later die dag werd Hinrik in hechtenis genomen en overgebracht naar de Síðumúlagevangenis, waar hij werd verhoord. Zijn vingerafdrukken werden genomen en hij moest alles afgeven waarmee hij zichzelf schade kon toebrengen, zijn broekriem bijvoorbeeld, en zijn veters. Veel tegenstand bood Hinrik niet. Hij had inmiddels een advocaat, een kennis die ook de belastingzaken van de firma deed. De Cortina werd op een oplegger naar de politiewerkplaats gebracht. Daar zou de technische recherche hem grondig uitkammen en onder andere onderzoeken op vingerafdrukken en bloedsporen.

'En hij wou er dus vandoor?' vroeg de chef van de technische recherche toen Albert met de tas bij hem kwam.

'Zodra hij die tas zag,' zei Albert. 'Hij had erover in de krant gelezen. En hij heeft toegegeven dat die rumfles van hem was. Jullie kunnen de vingerafdrukken op de fles dus vergelijken met de afdrukken die op de tas staan.'

'Zou je het technisch onderzoek niet gewoon aan ons overlaten?' zei de chef. Hij kon maar weinig geduld opbrengen voor jonge politiemannen die meenden dat ze het allemaal zo goed wisten.

'Kan je al wat over die tas vertellen?'

'Op dit moment nog niet. Er zit flink wat bloed op. De tas zelf ziet eruit alsof iemand er zijn hand in heeft gestoken. Hij had bloed aan die hand en dat is langs de binnenbekleding gesmeerd. Alsof hij ergens naar getast heeft. Wie weet naar die bandjes waar ik Marion en jou over hoorde.'

'Er zitten natuurlijk voornamelijk vingerafdrukken van die jongen zelf op de tas,' zei Albert. 'Maar wat we willen weten is of er meer dan één figuur bezig is geweest. Of er meer dan één onbekende met zijn vingers aangezeten heeft. Het zou een heleboel helpen als we daar achter konden komen.'

Een van de zes bezoekers van de Havenbioscoop naar wie de politie nog op zoek was meldde zich later op de dag bij het bureau aan de Borgartún. Hij was een vijftiger, die verklaarde dat hij Valdimar Másson heette, zeeman van beroep. Pasgeleden was hij weer thuisgekomen en nu had hij gehoord dat de politie uitkeek naar alle mensen die in de Havenbioscoop hadden gezeten toen de jongen werd doodgestoken. Hij was tamelijk klein en tenger en had in zijn witte shirt met brede kraag en zijn bruine zondagse jasje bijna het figuur van een opgeschoten jongen. Je kon zien dat hij voor zijn onderhoud met de politie zijn nette kleren had aangetrokken.

'Ik had al heel gauw door dat het de voorstelling was waar ik ook naartoe ben geweest,' zei hij.

'Heb je er bezwaar tegen dat we je vingerafdrukken afnemen?' vroeg Marion.

'Nee hoor, jullie doen maar.'

‘Heb je die jongen gezien in de Havenbioscoop?’

‘Nee. Wel op foto’s, maar in het echt heb ik hem niet gezien.’

‘En je kent hem niet?’

‘Nee, ik heb hem nog nooit gezien.’

‘Ken je een man die Hinrik heet?’ vroeg Marion.

‘Hinrik? Ik geloof van niet. Wie is dat?’

‘Zijn jullie niet samen naar de Havenbioscoop geweest?’

‘Nee.’

‘Wat herinner je je nog van de andere bezoekers?’

‘Nou, dat zal niet veel zijn, vrees ik,’ zei Valdimar. ‘Ik ga naar de bioscoop om een film te zien en niet de mensen in de zaal. Ergens voor me zat er wel iemand enorm te hijsen. En dan had je die jongens. En verder alleen maar een verliefd stel, achter me.’

‘Kan je dat stel voor me beschrijven?’

‘Nee, ik heb ze alleen maar bij schemerlicht gezien. En toen het afgelopen was ben ik snel weggegaan. Die film was niet veel bijzonders. Eén of twee keer heb ik hun kant op gekeken. Nou, die vermaakten zich best samen, dat zag ik wel.’

‘Toen je naar buiten ging... was jij soms de eerste die naar buiten kwam?’

‘Een van de eersten, ja.’

‘Ging je door de linker- of door de rechterdeur naar buiten?’

‘Door de rechterdeur.’

‘Heb je gezien of er een man met een schooltas door die deur naar buiten ging?’

Aan die kant had de Cortina gestaan. Hinrik was door dezelfde deur naar buiten gelopen als Konni, die had gezien dat hij in zijn auto stapte en wegreed.

‘Nee,’ zei Valdimar. ‘Ik heb niemand met een schooltas zien lopen.’

‘Hij kan hem onder zijn kleren gehad hebben, of geprobeerd hebben hem uit het zicht te houden.’

‘Mij is niks opgevallen.’

‘Hinrik en jij hebben niet naast elkaar in de zaal gezeten?’

‘Nee. Ik kende daar verder niemand, dat zei ik je al. Wie is toch die Hinrik over wie je het steeds hebt?’

‘En je hebt ook niet in de buurt van de jongen gezeten?’

‘Nee. Die jongen heb ik helemaal niet gezien. Dat zeg ik toch? Ik wist ook niks van hem af.’

'Zo groot is die bioscoop anders niet.'

'Nee, het is maar een loods natuurlijk, maar evengoed, ik heb niks gezien.'

'Had je de indruk dat een van de mensen in die zaal een buitenlander was?' vroeg Marion.

Valdimar was ineens een en al aandacht.

'Aha, jullie denken dat het een buitenlander was die die jongen heeft doodgestoken?'

'Daar kan ik niets over zeggen.'

'Ik heb niks van dien aard gezien. Ik heb trouwens helemaal niks gezien. Al had er een neger gezeten, daarbinnen, dan zou ik hem nog niet gezien hebben.'

Albert en Marion kwamen tegen de avond in het huis van bewaring van de Síðumúlagevangenis. Er was een kleine verhoorkamer, waar Hinrik heen werd gebracht. Hij wilde niet dat zijn advocaat erbij was. Daar had hij geen behoefte aan, zei hij, hij had niks gedaan. Het was duidelijk te zien dat het niet best met hem ging: hij zag er ellendig uit en had zwaar getranspireerd, vooral onder zijn oksels. Hij maakte een zielige indruk.

'Kan ik hier op de een of andere manier wat te drinken krijgen?' was het eerste wat hij vroeg. 'Het hoeft niet veel te zijn. Ik voel me zo beroerd. Ik voel me echt doodziek.'

'We praten wel met de dokter als je dat wilt,' zei Marion. 'Maar een borrel kunnen we je niet geven, alleen water. Nou ja, dat begrijp je wel, hè?'

'Kan die dokter me dan niet helpen, verdomme? Kunnen jullie er nou echt niet voor zorgen dat ik wat te drinken krijg? Ik voel me zo beroerd.'

'We zullen kijken wat we voor je kunnen doen,' zei Marion. 'Heb ik goed begrepen dat jij op de dag waarop Ragnar werd doodgestoken in de bioscoop zat, met een fles rum bij je?'

'Dat...'

Meer zei Hinrik niet. Het was duidelijk dat hij de vraag op hetzelfde moment alweer vergeten was.

'Drink je de hele dag door?' vroeg Albert.

Hinrik keek hem zwijgend aan. Vervolgens keek hij Marion Briem in de ogen. Antwoord op de vraag gaf hij niet. Van Hinriks personeel was Albert te weten gekomen dat hij was gescheiden. Hij was vele jaren getrouwd geweest en had drie kinderen. Zijn vrouw had besloten bij hem weg te gaan en had echtscheiding aangevraagd; de kinderen waren aan haar toegewezen. Het oordeel van de personeelsleden over hun baas was positief; hij had het na de scheiding niet makkelijk gehad, zeiden ze. Ze wisten wel dat hij minstens één keer stomdronken achter het stuur had gezeten, terwijl zijn kinderen in de auto zaten.

'Ben je door je drankgebruik in de problemen geraakt?' vroeg Marion.

'Daar hebben jullie niks mee te maken,' zei Hinrik, eindelijk weer reagerend.

'Was die rumfles van jou?' vroeg Marion. 'We vergelijken de vingerafdrukken die erop zitten met de jouwe, dus we weten het snel genoeg, maar jij kan zorgen dat het nog wat vlugger gaat. Gewoon om aardig te zijn.'

'Oké, ik drink wel eens wat,' zei Hinrik. 'Maar dat is jullie zaak niet.'

'Die fles is dus van jou,' zei Albert. 'Was je dronken tijdens die film?'

'Nee, dat spreek ik tegen,' zei Hinrik.

'Heb je het wel eens meegemaakt dat je je niks meer kunt herinneren als je drinkt?' vroeg Marion.

'Wat?'

'Gebeurt het tijdens het drinken wel eens dat je niet meer weet waar je bent en wat je aan het doen bent? Dringt het tot je door wat er gebeurt als je drinkt?'

'Jawel,' zei Hinrik, maar erg overtuigd klonk het niet.

'Mooi. Dan kun je ons misschien uitleggen waarom die schooltas in je auto lag.'

'Maar ik weet helemaal niks van die tas!'

'Als je niks van die tas af weet, waarom ben je dan weggerend toen je hem zag?'

'Ik heb die zaak gevolgd,' zei Hinrik. 'Ik wist dat jullie naar die tas zochten.'

'Heb jij de geluidsbandjes uit de tas meegenomen?'

'Ik heb die tas nooit van mijn leven gezien! Iemand moet hem in mijn auto gelegd hebben. Die was open. Ik doe hem nooit op slot. Dat heb ik jullie toch verteld?'

'Waarom doe je je auto nooit op slot?'

'Meestal vergeet ik het gewoon of ik heb er geen zin in. Er is nog nooit iets uit gepikt.'

'Nee, maar er is wel iets in gelegd, of niet soms?' zei Marion.

Aan Hindriks blik was te zien dat hij de spot niet kon waarderen.

‘Weet je nog iets van je bioscoopbezoek?’ vroeg Albert.

‘Ja.’

‘Herinner je je die western die ze draaiden?’

‘Een film met Gregory Peck, ja. Dat weet ik allemaal wel. Ik ben niet achterlijk, als je dat soms denkt. Ik herinner me echt wel het een en ander uit die bioscoop. Maar jullie zouden eens een klein beetje beleefdheid moeten opbrengen.’

‘Wat herinner je je nog meer?’

‘Je gaat er echt niet dood van als je een beetje respect toont.’

‘Oké, we zullen eraan denken,’ zei Albert.

‘Wat herinner je je nog meer?’ herhaalde Marion.

‘Dat er een yank was.’

Albert en Marion zeiden niets.

‘Dat herinner ik me nog,’ zei Hinrik.

‘Wat voor een yank?’ vroeg Marion. ‘In die film? Dat waren toch allemaal yankees?’

‘Nee, niet in de film. Jullie zoeken een buitenlander, dat weet ik.’

‘Over wat voor een yank heb je het dan wél?’

‘De kerel die in het donker tegen me op liep. Ik kwam de zaal in en ik kon helemaal niks zien. En toen...’

‘Wacht even. Was de film toen al begonnen?’

Hinrik dacht na.

‘Ja. Die begon net. Ik kon geen moer zien, maar er waren er nog meer die te laat binnenkwamen, dat merkte ik wel. Bij de ene ingang liepen wat mensen. Toen botste die man tegen me op. Die liep daarna verder het gangpad af. Ik kon hem niet meer zien.’

‘Was dat de ingang aan de rechterkant?’

‘Ja.’

‘En zei hij nog wat tegen je?’

‘“Skjoezmie.” Dat zei hij meteen. Heel beleefd.’

‘Waarom zeg je dat het een yank was?’ vroeg Albert. ‘Kon het geen Engelsman zijn of een andere buitenlander?’

‘Dat hoorde je gewoon aan de manier waarop hij dat zei. Met zo’n vet Amerikaans accent.’

‘En hij zei “*Excuse me*”?’

‘Ja. “Skjoezmie”.’

18

Albert bleef in de verhoorkamer zitten nadat Hinrik naar zijn cel was teruggebracht. Hinrik had geprotesteerd tegen de manier waarop hij was behandeld en zei dat hij onschuldig was aan alles waarvan hij werd verdacht. Ook vroeg hij weer 'wat te drinken', zoals hij dat noemde. Marion zocht de directeur van het huis van bewaring op om dat te bespreken. Hinrik ging een moeilijke nacht tegemoet in zijn cel, ongetwijfeld zou hij na zo'n lange periode van alcoholgebruik heel wat te stellen krijgen met de ontwenningsverschijnselen. Marion suggereerde een arts te vragen Hinriks ellende te helpen verlichten.

Er was huiszoeking bij hem gedaan, maar men had niets aangetroffen dat in verband kon worden gebracht met de moord in de Havenbioscoop.

Albert had een cassetterecorder laten komen van hetzelfde type als die van Ragnar, en ook twee cassettebandjes; die had hij bij het verhoor van Hinrik meegenomen. De recorder had hij tussen hen in op de tafel gezet, maar de man tegenover hem bleef hardnekkig volhouden dat hij nooit eerder zo'n soort apparaat had gezien, en al helemaal niet in de Havenbioscoop. Toen Marion in de verhoorkamer terugkwam was Albert daar met de recorder bezig; hij had er een cassettebandje in gedaan en drukte nu op PLAY. De recorder zoemde een beetje, zo zacht dat het nauwelijks te horen was.

'Skjoezmie?' zei Marion.

'"Excuse me." Dat is wat hij heeft gezegd,' zei Albert.

'Met een vet Amerikaans accent, zoals Hinrik beweert. Geen Engels of Frans of Duits accent. Volgens hem was het een echte Amerikaan.'

'Is dit niet de buitenlander waar je naar op zoek bent geweest?' vroeg Albert.

'Hij past in het plaatje, dat valt niet te ontkennen.'

'Die Hinrik lijkt me in elk geval niet onze man.'

'Nee.'

'Oké,' zei Albert. 'De film duurt een uur en vijftig minuten en ergens in die periode wordt Ragnar neergestoken. Wat gebeurt er daarna? Best mogelijk dat de film dan nog maar halverwege is. Ze pakken de tas en de bandjes en het apparaat.'

'Ze wachten,' zei Marion. 'Tot de film afgelopen is.'

'Ze denken na,' zei Albert. 'Ze durven het niet aan om via de hal naar buiten te lopen. Ze zien de uitgangen. Daar hangen van die verlichte exitbordjes boven. Maar midden in de voorstelling kunnen ze niet door een van die deuren naar buiten lopen zonder de aandacht op zich te vestigen.'

'Een van hen zou wel eens helemaal onder het bloed kunnen zitten.'

'Of allebei.'

'Het is mogelijk dat ze uit elkaar gaan,' zei Marion. 'De een gaat verderop in de rij zitten, hij wil niet op de plek van de moord blijven, misschien loopt hij zelfs een of twee rijen naar voren. Daar heeft hij de kans wel toe.'

'Ze hebben een jack of jas aan; die trekken ze uit, ze verbergen de spullen in die kleren en werken het bloed weg.'

'En dan zitten ze te wachten tot de film is afgelopen.'

'Met Ragnars lijk in de stoel achter hen.'

'Veel kunnen ze verder niet doen. Er zijn niet veel mogelijkheden. Ze zitten vast in die zaal.'

'Als de film afgelopen is gaat de man met de tas snel de zaal uit, misschien wel als allereerste,' zegt Albert. 'Hij wacht nog heel even totdat er beweging komt in de zaal, tot de eerste bezoekers opstaan. Maar dan maakt hij ook haast. Hij heeft de tas bij zich, hij ziet de Cortina van Hinrik, ontdoet zich van de tas en gaat ervandoor. De ander is rustiger, mengt zich in de groep die naar de uitgangen op weg is en zorgt dat hij niet opvalt.'

'Hij loopt de Barónsstígur op, of de Skúlagata.'

'En Ragnar zit daar nog op die stoel, badend in zijn bloed.'

'Ja, die zit daar maar.'

'Geen mens die iets merkt.'

'Geen mens die eens een keer goed om zich heen kijkt. Het is ook maar een doodgewone middagvoorstelling, niks bijzonders.'

'Twee buitenlanders,' zei Albert nadenkend.

'Zijn die hier vanwege het schaaktoernooi? Die vraag is als eerste aan de orde.'

'Hebben ze er op de een of andere manier mee te maken? Wisselen ze informatie uit?'

'De ene man geeft informatie van de Amerikanen door. De andere van de Russen.'

'Als het gebeurt staat het toernooi op het punt te beginnen. Bobby is nog in New York, Spassky is al hier.'

'Wat zeggen die lui tegen elkaar, als Ragnar aan het opnemen is?'

'Wie zijn die mannen?'

Marion zweeg en keek naar de recorder op tafel, die zachtjes zoemde. Alberts gedachten dwaalden af, naar Guðný en de meisjes. De oudste had op school tbc-controle gehad en liep met twee pleisters op haar borst. Dat vond ze heel vervelend.

'Ze zeggen dat jij vroeger tbc gehad hebt,' zei hij plotseling. De woorden kwamen zomaar uit de lucht vallen; zelf snapte hij nauwelijks hoe hij die er ineens had kunnen uitflappen. Wel had hij Marion allang naar die tuberculose willen vragen, maar het nooit gedurfd.

'Ze?'

'De lui op het bureau.'

'O, die.'

'Heb je daarom een bank op je kantoor staan? Om te kunnen uitrusten?'

'Ik heb aan één long tbc gehad,' zei Marion, 'heel zwaar. Dat is de kop ingedrukt met een behandeling die ze "inblazing" noemden. Later zijn er medicijnen ontwikkeld. Aan het eind van de Tweede Wereldoorlog streptomycine en daarna, nog maar twintig jaar geleden, isoniazide. En nou hoor je er in IJsland nauwelijks nog van.'

'En het was nog wel een onuitroeibare ziekte hier.'

'Ja,' zei Marion kortaf. Alberts woorden over dit onderwerp waren blijkbaar nauwelijks de moeite waard om op te reageren.

'Ik zat alleen maar aan mijn dochter te denken,' zei Albert, slecht op zijn gemak. 'Onze Pála heeft tbc-controle gehad. Alle kinderen worden tegenwoordig één keer per jaar op tbc getest, dat weet je natuurlijk. En zo kwam ik op wat ze hier op het bureau beweren. Het moet wel heel zwaar voor je zijn geweest.'

'Heet ze Pála, je dochter?'

'Ja, naar haar oma.'

'Goed dat jullie die controle hebben laten doen,' zei Marion, om vervolgens zonder overgang terug te komen op de Havenbioscoop. 'Hoe hebben die mannen ontdekt dat Ragnar daar zat?'

'Hoe wisten ze van hem af, daar in het donker?'

Op die woorden van Albert volgde een lange stilte, die plotseling werd verbroken doordat de cassetterecorder een luide tik gaf: het bandje was afgelopen en de knop PLAY sprong omhoog.

Marion schrok van het onverwachte geluid en keek verbaasd naar Albert. Die staarde op zijn beurt naar het apparaat.

'Daar heb je één verklaring.'

Op dat moment hoorden ze uit Hinriks cel een kreet van wanhoop, die steeds sterker werd en overging in een luid gebrul. Hinrik was de enige in Síðumúli die in voorlopige hechtenis zat. Zijn geschreeuw galmde door de gang van de gevangenis.

'We moesten maar eens kijken waar de dokter blijft,' zei Marion. 'De stakker. Die gaat een heel erge droogteperiode tegemoet.'

19

De dagen werden weken. Weken met berichten over het Gevecht van de Eeuw in de Laugardalshal. Stof was er in overvloed. De eerste partij werd, na een keer te zijn afgebroken, gewonnen door Spassky. Als er tijdens het spel iets niet naar zijn zin was werd Fischer steeds nerveuzer en was hij niet te genieten. Nadat de partij was voortgezet verdween hij voor een halfuur van het toneel, terwijl zijn klok liep. Hij klaagde over de tv-camera's die in de zaal rondom het podium waren opgesteld. Ook de verlichting deugde volgens hem niet. Bij de zesenvijftigste zet gaf hij op en wilde hij dat de partij ongeldig werd verklaard. Het was, zei hij, maar een oefenpartij die hij helemaal niet had willen spelen. De buitenlandse media begonnen Fischer steeds feller te bekritiseren. Spassky won ook de tweede partij, om de simpele reden dat Fischer afwezig was. Er werd een geluidsdeskundige bijgehaald om te meten hoe sterk het geluid van de camera's was. Ze bleken onhoorbaar. Men vreesde dat Fischer er nu het bijltje bij zou neergooien en weer naar New York zou afreizen. Uiteindelijk vond er bemiddeling plaats. De derde partij vond niet op het podium in de Laugardalshal plaats, maar in een besloten zijzaaltje waar doorgaans tafeltennis werd gespeeld. De tv-opnamen van het spel in dit zaaltje werden op een reusachtig scherm in de grote zaal geprojecteerd. Fischer had gekregen wat hij wilde: hij had geen last meer van camera's of kijkers en voor de eerste keer in het toernooi won hij van Spassky. Maar het was ook de enige keer dat er in het tafeltenniszaaltje gespeeld werd. Spassky eiste nu dat het toernooi verder op het podium zou worden voortgezet en was daar niet van af te brengen.

Marion had de auto dicht bij café Napóleon geparkeerd en wachtte op Konni. Zijn maten bij het blik hadden verteld dat hij naar het café zou gaan, maar daar was hij niet en hij had zich er ook nog niet laten zien. Zijn adres was onbekend; dat wisselde trouwens voortdurend. In de omgeving van de kroeg was niet veel verkeer. Het liep tegen de avond en de heldere midzomerzon wierp zijn gloed op alle ramen aan de westkant van de huizen in de buurt. Marion had de zonneklep van de auto naar beneden gedaan om het weerkaatsende licht af te schermen en bovendien een zonnebril opgezet. De autoradio zweeg. Die had het populaire nummer over Sylvia's moeder ten gehore gebracht – reden om hem onmiddellijk uit te zetten.

Pas toen de zon oostelijk van de dode vulkaan Snæfellsjökull stond en naar de Helgrindur en de Ljósufjöll draaide, gebeurde er iets. Uit de Pool kwamen drie mannen. Een van hen was Konni.

'Heeft die rotkroeg nog een achterdeur ook!' Marion stapte uit en liep snel op de drie mannen af. Konni stak net een sigaret op en verborg de brandende lucifer in zijn handpalm. De twee mannen die bij hem waren zagen dat Marion naar hen toe liep.

'Is dit die rechercheur met wie je gepraat hebt?' vroeg een van hen aan Konni.

Konni keek op.

'Wat?'

'Je praat nogal eens met de pers, zie ik,' zei Marion, Konni bij de arm grijpend. 'Als het jullie niks uitmaakt zou ik hem graag een ogenblikje lenen.'

De mannen knikten allebei; het leek alsof ze speciale zeggenschap hadden over Konni's doen en laten. Die brandde zich aan het nog niet gedoofde vlammetje in zijn hand. Zijn gezicht vertrok van de pijn toen hij de lucifer weggooide. De sigaret hing onaangestoken tussen zijn lippen.

'Wat gaan we nou krijgen?' zei hij, terwijl hij met Marion naar de auto liep. 'Een sigaret opsteken, mag dat ook al niet meer?'

'Ik wou je graag een autoritje aanbieden.' Marion opende het portier aan de passagierskant.

Ze stapten in en reden naar de Havenbioscoop. Konni stak zijn sigaret aan en keek met een veelbetekenende blik naar Marion. Hij zei geen woord, maar na een tijdje kon hij zich niet meer inhouden.

'Je kan me niet zomaar van de straat plukken.'

'O, sorry, het spijt me zeer. Ik hoor je natuurlijk te vragen of je me zou willen helpen en dan doe je dat graag voor me, dat weet ik.'

'Als je maar één ding goed begrijpt,' zei Konni. Hij deed alsof hij iets van zijn geknakte zelfrespect had herwonnen. 'Ik laat me niet zomaar midden op straat oppakken.'

De portier van de Havenbioscoop was bezig af te sluiten voor de nacht. De voorstelling van elf uur was afgelopen en hij was als enige in de bioscoop achtergebleven. Marion tikte op de glazen deur die de entree afsloot en de portier opende die voor hen.

'Heb je er bezwaar tegen als we heel even in de zaal gaan zitten?' vroeg Marion, Konni voor zich uit duwend.

'Nee, ga je gang,' zei de portier.

'Het zal niet lang duren,' zei Marion. 'Wacht even op ons, wil je?'

De portier knikte en deed de deur naar de zaal open. Hij verontschuldigde zich voor de rommel op de vloer; er zou pas de volgende ochtend schoongemaakt worden. Marion vroeg Konni waar hij tijdens die middagvoorstelling precies had gezeten. Konni ging zitten op de stoel die hij die middag meende te hebben bezet, al was hij daar niet voor honderd procent zeker van. Marion ging naast hem zitten. De portier liep terug naar de entreehal.

'Nou moet je me eens wat meer vertellen over de vrouw die je gezien hebt,' zei Marion.

'Welke vrouw?' vroeg Konni.

'Die hier in de voorstelling van vijf uur zat. Hoeveel rijen zat ze van je af?'

'Daar zat ze,' zei Konni en hij wees voor zich uit. 'Zo'n drie rijen voor me. Je rijdt me wel weer terug naar het centrum, hè?'

'Natuurlijk. Je zei dat het een verdomd mooi wijf was. Hoe kon je dat eigenlijk zien?'

'Gewoon, vanuit mijn stoel hier.'

'Wees eens wat preciezer,' zei Marion, die wel vaker had geprobeerd inlichtingen uit Konni los te peuteren. Dat kostte altijd veel tijd en leverde weinig op.

'Preciezer kan ik niet zijn,' zei Konni. 'Het was donker.'

'Was ze slank? Mollig?'

'Slank. Ik zag haar van opzij. En ze was blond, dat heb ik gezien toen ze op weg was naar de uitgang. Ze zaten hier, vlak bij het gangpad, net als ik. Toen ik naar buiten liep kwam ik vlak langs ze. Ze stonden net op.'

'En de man, ging die naast haar zitten toen de film begon?'

'Ja.'

'Zat hij direct naast het gangpad of zij?'

'Hij zat naast het pad.'

'En had zij die stoel voor hem vrijgehouden?'

'Dat zou ik echt niet weten. Maar ze zaten samen te smiespelen en toen begon hij haar te zoenen – nou, daar had ze geen enkel bezwaar tegen. Het heeft zo'n beetje de hele film geduurd. Dat zat elkaar maar af te lebberen.'

'En toen de film was afgelopen maakte je dat je buiten kwam?'

'Ja.'

'Heb je op weg naar buiten ook een man met een schooltas gezien? Die daarna een beetje rond die Cortina liep heen te draaien? Of een buitenlander misschien?'

'Nee, ik heb alleen die zuipschuit zien wegrijden,' zei Konni, op een toon alsof hij zelf nooit van zijn leven ook maar een druppel alcohol geproefd had.

'En je hebt geen mensen gezien van wie je dacht dat ze wel eens uit de Verenigde Staten of Scandinavië zouden kunnen komen? Of uit Engeland of Rusland, of waar dan ook vandaan?'

Marion wilde de vragen over buitenlanders niet al te gedetailleerd inkleden. Konni was waarschijnlijk een vaste informant van het avondblad, al werd zijn naam nooit in de artikelen vermeld. Toen de politie op zoek was naar de blauwe Cortina, en Marion daar met hem over had gesproken, had die krant er de volgende dag uitvoerig over geschreven.

'Nee, niks van dien aard. Maar...'

Konni zat na te denken.

'Ja?'

'Die vrouw. Waarom vraag je eigenlijk steeds naar haar? Wat heeft ze gedaan? Heeft zij soms die jongen vermoord?'

'Tja,' zei Marion, 'dat is het nou juist. Ze heeft zich nooit gemeld. En die man ook niet. Dus...'

'Die twee hadden vast een avontuurtje.'

'Jij zegt het, Konni. Ik zou het niet weten, ik zat niet bij die voorstelling.'

'Maar ik dacht dat het buitenlanders waren die die knul hebben vermoord. Dat stond in de krant.'

'Dat is een misverstand,' zei Marion. 'Om de waarheid te zeggen wijst alles erop dat het die vrouw is geweest. Daarom vragen we steeds naar haar. Dit moet wel helemaal onder ons blijven, hoor. Daarom is het ook zo belangrijk dat je je probeert te herinneren wat je hebt gezien. Alles kan van belang zijn. Elk kleinigheidje kan het verschil maken.'

Konni stond op van zijn stoel.

'Zou het zijn gebeurd toen ik zat te slapen?' zei hij.

'Zat je te slapen?'
'Ja, ik heb zeker een halfuur geslapen.'
'En dat vertel je nou pas.'
'Ja, ik dacht dat het van geen belang was.'
'Nou, in die tijd moet het dan gebeurd zijn,' zei Marion.
'Ik... ik ben natuurlijk wel langs hen heen gelopen. Ik weet nog dat ze blond was. Ontiegelijk lekker stuk.'
'En de man, hoe zag die eruit?'
'Was hij er ook bij betrokken?'
'Dat zijn we aan het onderzoeken,' zei Marion.
'Van hem heb ik nog minder kunnen zien dan van haar. Maar ze waren beslist van dezelfde leeftijd, zo'n jaar of dertig. Zeker niet veel meer. Zij had iets...'
'Ja?'
'Zij had iets stewardessachtigs,' zei Konni.
'Stewardessachtigs?'
'Ja, zoiets. Ik weet niet, zoals ze erbij liep en zo.'
'Heb jij dan gevlogen?'
'Ik heb twee nichtjes, die zijn allebei stewardess. De ene is met Bobby Fischer mee gevlogen, hierheen. Ja, dat is niet niks, hè? Nou, de vrouw in de bioscoop had duidelijk iets weg van die twee meiden. Ik moest direct aan ze denken.'
'Met Bobby Fischer mee gevlogen?'
'Ja, ze had dienst.'
'Goed, maar nou nog even over die man.'
'Die zag er eigenlijk wel chic uit. Chique kleren.'
'Droeg hij een kostuum?'
'Volgens mij wel.'
'Droeg hij nou een kostuum of niet?'
'Hij had een donkere jas aan. Nou, dan zal hij er ook wel een keurig pak onder gedragen hebben.'
'Zou je die vrouw herkennen als je haar weer zag? Of hem?'
'O ja, beslist. Het was een mooie meid, weet je. Ja, die zou ik echt wel herkennen, zeker weten. Zeg, krijg ik er eigenlijk wat voor dat ik hier ben gekomen?'
'Hoezo?'
'Nou, daar hoor je toch voor betaald te worden?'

'Ik denk het niet, Konni. Is er soms iemand die jou wél betaalt voor het geven van inlichtingen?'

Konni keek Marion aan.

'Ik zeg het maar even,' zei hij somber toen hij zag dat Marion niet van plan was de portemonnee te trekken. 'Er gaat natuurlijk wel een heleboel van mijn tijd in zitten.'

Ze waren klaar en liepen terug naar de hal. Marion vroeg Konni nog een ogenblik te wachten, praatte even met de portier en ging vervolgens met een zaklantaarn de zaal weer in. Op de plaats waar Ragnar stierf was al het bloed zorgvuldig verwijderd, maar het ging Marion niet zozeer om die plek, als wel om de rijen stoelen eromheen. De technische recherche had ook de directe omgeving van Ragnars zitplaats zeer grondig onderzocht, maar het was altijd mogelijk dat er iets over het hoofd was gezien.

Dat bleek dan ook. Twee rijen bij Ragnars zitplaats vandaan, dicht bij het scherm maar verder van het gangpad verwijderd, vond Marion een kleine zwarte vlek op de leuning van een stoel en een andere eronder. Ze vielen nauwelijks op; ze zouden afkomstig kunnen zijn van chocolade, toffees of dergelijke zoetigheid, maar ook heel goed van iets anders.

'Zie je wel, ze zijn op een andere plaats gaan zitten,' fluisterde Marion, die de vlek onder de stoel belichtte. 'De vuilakken!'

De volgende dag meldde het avondblad, zoals gewoonlijk puttend uit zeer betrouwbare bron: MOORD RAGNAR MOGELIJK DOOR VROUW GEPLEEGD.

20

Het artikel waarmee het avondblad opende veroorzaakte zeker niet minder opwinding bij de recherche dan het vorige over de buitenlanders. Er werd een personeelsvergadering belegd waarop de politiemensen en de andere werknemers van het bureau nog eens extra werd duidelijk gemaakt hoe gevoelig informatie was wanneer die verband hield met het onderzoek in een strafzaak. Niets ervan mocht naar de media lekken; iemand die hiervoor verantwoordelijk was kon ontslag verwachten. Alleen bepaalde instanties binnen de politie hadden permissie met de media te spreken, en alles wat ze zeiden werd zorgvuldig gecensureerd. In het belang van het onderzoek, zoals de uitdrukking luidde.

Niet iedereen was het hiermee eens. Iemand wees erop dat massa's mensen buiten de politie vrijelijk met hun visie op de zaak kwamen, al of niet anoniem. De politie had daar weinig invloed op. Dus kon ze die invloed maar beter vergroten. Door zo veel mogelijk inlichtingen te verstrekken over de lijn die de politie volgde zou er mogelijk beweging kunnen komen in zaken die op een dood spoor waren terechtgekomen, de moord op Ragnar bijvoorbeeld. Albert noch Marion nam deel aan de discussie.

De chef van de recherche – Jóhannes heette hij, – een rijzige man, een paar jaar van zijn pensioen verwijderd, riep Marion na de vergadering bij zich en viel direct met de deur in huis.

'Was jij het?' vroeg hij.

'Ik?'

'Heb jij naar die flutkrant gelekt?'

'Absoluut niet,' zei Marion. 'Journalisten? Mij niet gezien. Dat weet je toch? Ik praat nooit met ze.'

De chef staarde Marion een hele tijd aan.

'We moeten ontzettend voorzichtig zijn met deze informatie,' zei hij.

'Het is anders zo slecht nog niet wat er is gebeurd.'

'Hoezo?'

'Met dit nieuwe stuk blijft er van die artikelen over de buitenlanders niks meer over,' zei Marion. 'Nou weet geen mens meer wat hij er precies van moet denken.'

'Zou het mogelijk zijn dat spectrum aan buitenlanders wat in te perken? Zijn het gewone toeristen? Zijn het buitenlanders die zich hier gevestigd hebben? Zijn ze hier vanwege het schaaktoernooi? Wat zijn het eigenlijk voor mensen?'

'Moeilijk te zeggen,' zei Marion. ''s Zomers komen er hier duizenden toeristen, en door het toernooi is dat aantal nog vele malen hoger. Ik weet niet waar we moeten beginnen. Je hebt er schatrijke lui bij en armoedzaaiers, en van alles ertussenin. Je hebt de minister van Sportzaken van de Sovjet-Unie en wereldberoemde journalisten als Arthur Koestler. De belangrijkste schaakverslaggevers van de wereldpers lopen hier ook rond, van *Time* en van *The New York Times*. Tja, er zit natuurlijk altijd wel raar volk tussen.'

'We weten dat de ambassades van achter het IJzeren Gordijn en van het Westen hier in Reykjavík zaakgelastigden in dienst hebben. Moeten we niet in die richting zoeken?'

'Nog niet,' zei Marion. 'Ons idee is dat de moordenaars door die cassetterecorder geïrriteerd zijn geraakt, of zich lam zijn geschrokken, en dat die jongen daarom dood moest. Dus ligt het voor de hand dat degenen die hem hebben aangevallen zeer belangrijke zaken te bespreken hadden en dat ze elkaar daarom in het geheim ontmoetten. Een van hen is waarschijnlijk een Amerikaan: iemand heeft hem "Excuse me" horen zeggen. De andere is mogelijk een Rus, want er zijn rond de tijd van de moord Russische sigaretten gerookt in de omgeving van de bioscoop.'

Terwijl Albert een selectie bekeek van zakmessen die in de winkels te koop waren, had Marion Briem nog een bespreking met een man van de afdeling dactyloscopie. Er waren massa's vingerafdrukken gevonden: rond de plaats delict in de Havenbioscoop, in de Cortina, op het pakje waarin de Belomorkanal-sigaretten hadden gezeten, op de schooltas, en ook op de stoel waarop Marion twee vlekken had gevonden. Bloedvlekken, naar gebleken was.

'De vingerafdrukken van de jongen zitten natuurlijk overal op,' zei de deskundige, die Ragnars tas voor zich had liggen. 'Op de tas, op een leuning van de stoel, op een frisdrankflesje – overal. Verder zijn we direct voor zijn zitplaats aan het zoeken geweest. Op en rondom de stoelen daar hebben we ook vingerafdrukken gevonden. Jij denkt dat er twee aanvallers zijn geweest?'

'We hebben nog niet alle bezoekers gesproken. Over twee mensen die volgens ons in de zaal aanwezig waren moeten we nog helderheid krijgen. Van een van hen zijn we overigens tamelijk zeker, al hebben we haar nog niet ontmoet.'

'Aha, de geheimzinnige vrouw waar jullie naar op zoek zijn en... haar minnaar, is het niet?'

Marion glimlachte. Konni had natuurlijk een flinke beloning opgestreken voor zijn bijdrage aan het krantenartikel over de vrouw. Het was helemaal in een hijgerige sensatiestijl geschreven. Konni had Marions bewering dat de vrouw van de misdaad verdacht werd met huid en haar opgeslokt. Voor eigen rekening had hij eraan toegevoegd dat ze zonder twijfel met haar minnaar naar de film was geweest. De man had haar innig omhelsd; het was een mysterieus paar geweest.

'Zoiets,' zei Marion.

'We hebben een tamelijk goede vingerafdruk op het sigarettenpakje gevonden,' zei de specialist. 'Die was uitstekend bewaard gebleven in dat verfrommelde papier, en we hebben hem behoorlijk gaaf kunnen vastleggen. Er is al een kopie van naar Engeland gestuurd. Stel dat hij afkomstig is van een buitenlander, dan kan er daar vergelijkend onderzoek gedaan worden. Met de afdrukken in de zaal is het moeilijker werken. We hebben er ook een aantal op de tas gevonden. Die bleken voor het merendeel van Ragnars familieleden te zijn, en van hemzelf natuurlijk, maar er zijn er ook een paar niet van de familie. Jij zei pasgeleden dat een van die mannen na de moord vlug op een andere plaats was gaan zitten. Waarschijnlijk klopt dat wel, want we hebben ook nog een bruikbare vingerafdruk gevonden onder de leuning van de stoel waar jij die bloedvlekken op had zien zitten. Dat is hoogstwaarschijnlijk bloed van Ragnar. De vingerafdruk zullen we vergelijken met die in ons eigen archief, en we sturen hem ook naar het buitenland. Op de tas zit hij niet, maar daar hoef je niet van op te kijken: die lui kunnen best handschoenen aan hebben gehad. Op het sigarettenpakje zit hij ook niet.'

'Dus we moeten het doen met die ene afdruk uit de bioscoop?'

'Ja, die komt van degene die volgens jou op een andere plaats is gaan zitten.'

‘En dat is dus niet de man van het pakje sigaretten?’

‘Nee.’

‘Maar de peuk die ze bij de bioscoop hebben gevonden? Die uit dat pakje kwam?’

‘Het pakje en de sigaret komen van buiten de bioscoop. We kunnen niet aantonen dat de man met de sigaretten in de bioscoop is geweest, dat is het enige wat ik ervan kan zeggen, op het ogenblik tenminste. De vingerafdruk op het pakje is niet op de schooltas te vinden en evenmin op de plaats waar de man na de moord was gaan zitten, twee rijen voor Ragnar.’

‘Is... zou er dan een derde man zijn geweest? Buiten de bioscoop?’

‘Er was geen derde man, Marion. Dat sigarettenpakje van jou hoeft niks met de zaak te maken te hebben.’

‘En Hinrik?’

‘Ook niet. Tenminste niet als je hem wilt pakken op die tas. We kunnen nergens uit afleiden dat hij met dat ding in aanraking is geweest. Zijn vingerafdrukken staan er niet op. Hij zou natuurlijk ook handschoenen hebben kunnen dragen, maar je kunt even makkelijk aannemen dat die tas door een ander in de auto is gelegd, zoals hij beweert. En wat voor reden kan hij gehad hebben om die jongen dood te steken? De getuigen zeggen trouwens dat hij de hele tijd rustig in de zaal heeft gezeten.’

‘Getuigen zijn nooit voor de volle honderd procent betrouwbaar, dat weet je. De man die ik heb gesproken heeft tijdens een deel van de film zitten slapen.’

‘Ja, dat weet ik.’

‘En hoe staat het met de Cortina?’ vroeg Marion.

‘Niks op gevonden dat met de afdrukken in de bioscoop te maken heeft.’

‘Ze moesten die tas kwijt toen ze uit de bioscoop kwamen en toen hebben ze hem dus in de eerste de beste auto gedumpt?’

‘Ja, zo gooien ze nog gauw even de schuld op iemand anders. Mooi meegenomen, toch?’

Marion Briem was als zo vaak nog laat op de avond aan het werk toen de telefoon rinkelde.

‘Allemaal van a tot z gelogen wat er in de krant staat,’ zei een vrouwenstem zonder enige inleiding; je kon horen hoe opgewonden ze was.

‘Met wie spreek ik?’ vroeg Marion.

‘Ben jij degene die de moord in de Havenbioscoop onderzoekt?’

'Jawel, samen met anderen.'

'Mogen ze zoiets zomaar in de krant zetten?'

'Wat?'

'Ik weet niet waarom ze zo over me schrijven. Die krant liegt alles bij elkaar! Dat was ik niet. Echt niet! Waarom doen ze zoiets?'

'Zat jij in de Havenbioscoop toen die jongen vermoord werd?' vroeg Marion.

De vrouw aarzelde.

'Ja,' zei ze toen, iets kalmer.

'Dan moeten we praten,' zei Marion.

'Waarom zetten ze zulke leugens in de krant?' zei de vrouw zachtjes. 'Vuile, gore leugenaars zijn het!'

'Waarom heb je je niet bij de politie gemeld?' vroeg Marion.

De vrouw zweeg.

'Ik moet je spreken,' zei ze toen. 'Ik heb die jongen niks gedaan. Echt niet!'

21

Marion richtte zich naar de wensen van de vrouw. Die wilde zich niet op het bureau aan de Borgartún laten verhoren. Thuis was geen optie, om voor de hand liggende redenen, zoals ze zich uitdrukte, en op haar werk al helemaal niet. Marion hoorde het aan zonder er iets over te zeggen. Het ging er maar om dat ze kwam opdagen, en als je haar daarvoor eerst met fluwelen handschoenen moest aanpakken, dan moest je dat vooral niet laten.

Ten slotte stelde Marion als een neutrale plaats restaurant Skúlakaffi voor, en daar stemde de vrouw mee in. Albert ging mee. Hij vond een tafeltje dat wat afgezonderd in een van de hoeken stond en bestelde twee koppen koffie. Het restaurant lag buiten het centrum en had doodgewone IJslandse gerechten op de kaart staan. Overtollige luxe zou je er niet aantreffen. Het was vooral in trek bij werklui en chauffeurs die tussen de middag zin hadden in een gehaktbal met puree en jus.

'Hoe oud is je dochter Pála nu?' vroeg Marion toen Albert met de koffie kwam.

'Acht jaar,' zei Albert.

'Acht jaar? Maar dan was je nog ontzettend jong toen ze werd geboren.'

'Ja, en ik heb ook nog een dochter van vijf, en een van twee jaar...'

'Dus als je dit ritme aanhoudt ben je volgend jaar aan je vierde kind toe.'

'Zou kunnen, ja.'

'Wil je graag een jongen?'

'Mij maakt het niks uit. Guðný wel. Die vindt dat veel leuker dan ik.'

'Guðný? Is dat je vrouw?'

'Ja.'

Marion nam een slok koffie en keek naar de deur. De vrouw liet zich nog niet zien. Het was inmiddels tien minuten na de afgesproken tijd. Marion had haar niet kunnen overhalen haar naam door de telefoon te noemen en wist nog steeds niet wie ze was.

'Heeft ze ook een baan, jouw Guðný?'

'Op het ogenblik niet, nee. Maar ze wil weer gaan studeren. Op het gymnasium aan de Hamrahlíð starten ze na de zomervakantie met een volwassenenopleiding. Ze is van plan haar eindexamen vwo te halen en daarna wil ze proberen aan de universiteit rechten te gaan studeren. Ze is van school gegaan toen ze in verwachting raakte.'

'Hebben jullie destijds dan niks gepland?'

'Nee, het liep gewoon zoals het liep. Ze was twee jaar jonger dan ik. Ik had mijn vwo-diploma en via mijn oom kon ik toen bij de politie aan het werk.'

'Je bent toch in Engeland in opleiding geweest toen je bij de recherche kwam?'

'Jazeker, bij Scotland Yard. Ontzettend leuke tijd gehad. En een hoop geleerd ook.'

'Wat zouden ze volgens jou bij Scotland Yard zeggen over de tik die die cassetterecorder moet hebben gegeven toen het bandje afgelopen was? Zou die hard genoeg zijn geweest om de aandacht op Ragnar te vestigen?'

'Daar ben ik wel haast zeker van.'

'Hoe lang is zo'n bandje eigenlijk?'

'Iedere kant duurt vijfenveertig minuten,' zei Albert.

'Dan kwam die tik dus toen er vijfenveertig minuten van de film voorbij waren.'

Voor hen lagen de ochtendkranten op tafel, met foto's van het schaaktoernooi. Een van de kranten haalde een uitspraak aan die Bobby Fischer in een Amerikaans tv-programma had gedaan. Er was hem gevraagd waar hij in de schaaksport het meest van genoot, wat hij in de strijd met een waardige tegenstander het mooiste moment vond. Fischers antwoord was: '*When you break his ego.*'

'Is er nog nieuws over je vriend?' vroeg Marion, die wees naar een foto van Fischer op de voorpagina van *Vikan.*

'Hij zwemt 's nachts,' zei Albert.

'Zo.'

'Ja, ze houden het Laugardalszwembad de hele nacht voor hem open. Als hij even wat baantjes wil trekken kan hij dat doen.'

'En doet hij dat ook?'

'O ja, hij is al een aantal malen geweest. Dan heeft hij het bad helemaal voor zichzelf. Daar is hij wild enthousiast over.'

'En eet hij nog steeds IJslandse kwark?'

'Ja, dat vindt hij het allerlekkerst.'

Er kwam een vrouw van ongeveer dertig jaar het restaurant binnen. Ze keek snel om zich heen. Ze droeg een blauw mantelpakje en een witte bloes, en liep op hooggehakte schoenen. Net als Konni vond Marion haar op het eerste gezicht inderdaad een beetje stewardessachtig. Ze was slank en tamelijk klein, al maakten haar schoenen haar weer wat rijziger. Het blonde haar was in een knot opgestoken. Haar knappe gezicht deed Albert een beetje aan Twiggy denken. De grote ogen richtten zich op Marion.

'Neem me niet kwalijk, ben jij Marion?' vroeg ze toen ze bij de tafel kwam.

'Ja.'

'Wie ben jij?' vroeg ze, naar Albert wijzend.

'Hij werkt in deze zaak met me samen,' zei Marion. 'Wil je koffie?'

'Nee, dank je,' zei de vrouw. Ze keek nog een keer snel om zich heen voor ze ging zitten. 'Prima plaats die jullie gekozen hebben. Ik wist niet eens dat deze tent bestond.'

Er zijn ook nog wel een paar dingen die ík niet weet, wilde Marion opmerken. Maar zo kon je beter niet beginnen, het kwam er in de eerste plaats op aan deze vrouw zover te krijgen dat ze wilde meewerken. Ze had een schoudertasje bij zich, dat ze op tafel zette. Uit de tas haalde ze een pakje sigaretten, waarna ze met een mooie aansteker een mentholsigaret opstak. Ze blies een wolk rook de lucht in en keek Albert en Marion beurtelings aan. Ze zei dat ze Viktoría heette.

'Verschrikkelijk wat ze met die jongen in de bioscoop gedaan hebben.'

'Ja,' zei Marion. 'Maar je had wel eens wat eerder contact met ons mogen opnemen. We hebben een hele tijd naar je gezocht.'

'Ik kan jullie ook maar heel weinig vertellen. Helaas. Ik heb niet gezien wat er is gebeurd en gehoord heb ik ook niks. Dus waarom zou ik dan naar jullie toe komen? Maar nou schrijft die... die kutkrant ineens zulke dingen over me. Dat ik het gedaan zou hebben. Dat is toch je reinste waanzin? Ik kende die arme jongen niet eens. Zulke kulverhalen, daar word je toch niet goed van?'

Weer keek ze Albert en Marion aan.

'Zetten júllie dit in de krant? Is dit van jullie afkomstig?'

'Wij hebben niets tegen de kranten gezegd,' zei Albert. 'Van ons hebben ze geen inlichtingen gekregen en we zijn er ook niet blij mee als ze zulke loze geruchten publiceren. Ons helpen ze er niet mee, in elk geval.'

Marion kuchte.

'Goed. Maar waarom ging je naar die bioscoop? Hou je van westerns?'

'Welnee,' zei Viktoría, en ze glimlachte even. 'Maar ze zijn niet beroerder dan andere films.'

'Het viel wel op dat er een vrouw in haar eentje naar een western ging kijken. Of ben je soms fan van Gregory Peck?'

'Ik wou dat het zo simpel lag,' zei Viktoría. 'Het is allemaal totaal uit de hand gelopen. De hele toestand.'

'Welke toestand?'

De vrouw zweeg.

'Dat je daar met die man was?' vroeg Marion.

Viktoría knikte.

'Hadden jullie in het geheim afgesproken? Dat was zo'n beetje de indruk van een getuige.'

'In het geheim afgesproken,' herhaalde ze. 'Een getuige. God, waar ben ik in terechtgekomen? Het is allemaal één grote puinzooi.'

'Volgens mij kan je maar beter alles vertellen,' zei Marion. 'Zonder uitweidingen. Begin maar bij het begin.'

'Dat het ook zo moest lopen! Uitgerekend díé voorstelling. Waarom niet die van de volgende dag? Of twee dagen later? Zeg, kan dit op de een of andere manier geheim blijven? Ik bedoel... het is natuurlijk verschrikkelijk wat er met die jongen gebeurd is, maar...'

'Vertel ons nou maar wat er gebeurd is, dan zien we wel hoe we er verder mee omgaan,' zei Marion. 'Goed?'

Viktoría drukte de peuk van haar sigaret uit in de asbak. Ze keek nog eens om zich heen alsof ze bang was dat iemand haar was gevolgd. Toen begon ze te vertellen. Haar man was piloot en zijn beste vriend ook. Uit een zeker bijgeloof vlogen de twee nooit samen. Haar man zat vaak op de lijndienst naar Amerika; de vriend vloog op Scandinavië en andere delen van Europa. Ze waren zelden tegelijkertijd in het land. Viktoría kreeg een relatie met de vriend van haar echtgenoot. Die had zelf een vrouw en twee kinderen; zij en haar man waren kinderloos en ze verdacht hem ervan dat hij vreemdging met de stewardessen. Ze kende haar man wel zo'n beetje, meende ze, en uiteindelijk waren haar inderdaad geruchten over overspel ter ore gekomen. Ze had hem er keihard mee geconfronteerd, maar hij bleef stug ontkennen. Later kreeg ze zekerheid toen een stewardess, die flink gedronken had, brutaalweg naar hun huis belde en naar hem vroeg. Viktoría maakte geen scènes maar begon het spelletje zelf ook te spelen. Het bleek volstrekt niet moeilijk de vriend van haar man in te palmen.

'Allemaal hetzelfde, die piloten,' zei ze terwijl ze Albert in zijn onschuldige ogen keek.

De verhouding had zich de afgelopen maanden ontwikkeld tot een serieuze liefdesrelatie. Haar vriend wilde die koste wat kost geheimhouden, vanwege zijn gezin en zeker ook vanwege Viktoría's man.

'Dus spraken we af in hotels buiten Reykjavík,' zei Viktoría. 'Vaak in hotel Vallhöll op Þingvellir. Of in Selfoss. Hij weet precies hoe mijn man zich buitenshuis gedraagt als hij niet moet vliegen; daar heeft hij me alles over verteld, dus last van mijn geweten hoef ik niet te hebben. Maar mijn vriend heeft het er wel moeilijk mee.'

'En jullie spraken ook wel eens af in bioscopen?' vroeg Marion Briem.

'Ja, dat ook. Om vijf uur, een rustige tijd. Dan zitten er maar weinig mensen in de zaal, niemand die je kent en niemand die je hindert. Naar de film kijken we nauwelijks, we zijn eigenlijk... alleen maar bij elkaar. Begrijpen jullie? Gewoon even bij elkaar zijn, zonder dat je nou per se met elkaar naar bed hoeft.'

'Denk je dat je bent gevolgd toen je hierheen ging?' vroeg Marion.

'Dat zou best kunnen,' zei Viktoría. 'Mijn man, hè. Ik heb zo'n idee dat hij het een en ander vermoedt, en hij is altijd vreselijk jaloers geweest. Die idioot – je houdt het toch niet voor mogelijk? Zelf gaat meneer met de hele wereld naar bed, maar als ik ook eens een lolletje wil hebben draait hij door.'

'Waarom ga je dan niet bij hem weg?' vroeg Marion.

'Sinds wanneer heeft de politie daar wat mee te maken?' zei Viktoría stuurs. Ze wierp Marion een woedende blik toe.

'O nee, niks natuurlijk,' zei Marion.

'Denk je soms dat ik zit te liegen?'

'Nee, helemaal niet,' zei Marion. 'Ik kan me moeilijk voorstellen dat iemand een verhaal als dit zomaar bij elkaar liegt.'

'Veroordeel je me soms?'

'Nee nee, dat moet je niet denken.'

'Toen je in de zaal van de Havenbioscoop zat, of toen je naar binnen ging, was er toen ook iemand die je speciaal opviel?' vroeg Albert snel. 'Iemand die ons een beetje verder zou kunnen helpen?'

‘Ik zorgde dat ik niet te veel opviel,’ zei Viktoría tegen Albert, ‘en ik heb op niemand speciaal gelet. Die weerman van het journaal, die heb ik wel gezien. Die man die nooit lacht.’

‘Heb je dan ook weermannen die lachen?’ zei Marion in een poging de gespannen sfeer wat te verlichten. ‘Het gaat altijd regenen.’

Viktoría gaf geen antwoord. Ze had zich naar Albert gekeerd en deed alsof Marion niet bestond.

‘Werk je misschien als stewardess?’ vroeg Marion – misschien had Konni toch de spijker op de kop geslagen.

‘O nee, stewardess ben ik nooit geweest,’ zei Viktoría, die zich nog steeds tot Albert richtte. ‘Ik heb niks met vliegen.’

‘Nou, ik zou me kunnen voorstellen dat je graag vliegt, met die twee mannen in je leven.’

‘Zal ik je eens wat geks vertellen? Ik heb vliegangst, heel erg.’

‘Dus je vliegt zelden met je man mee,’ zei Albert begripvol.

‘Inderdaad, want ik heb ook nog last van luchtziekte.’

‘Maar wat doe je dan?’ vroeg Albert. ‘Waar werk je dan?’

‘Bij hotel Loftleiðir,’ zei Viktoría. ‘En ik denk echt dat ik hem daar gezien heb.’

‘Wie?’

‘Het hele hotel staat op zijn kop vanwege Bobby Fischer. Die heeft daar een suite, dat weten jullie vast wel. Kamer 470. Het hotel is elke dag helemaal volgeboekt. Alle hotels in Reykjavík trouwens. Het zit stampvol buitenlanders, vanwege dat toernooi. En ik geloof beslist dat ik hem daar gezien heb.’

‘Wie heb je gezien?’ vroeg Albert.

‘Die man in de bioscoop,’ zei Viktoría. ‘Dat was zoiets geks.’

‘Wat?’

‘Ik keek een keer achterom, maar toen kon ik helemaal niks zien. Alles was pikdonker. Maar – ik weet niet wat het was, een soort gevoel dat ik kreeg – later keek ik nog een keer. En toen zat hij daar, die man. Hij zat alleen, en ik weet zeker dat ik hem al eerder had gezien.’

‘In hotel Loftleiðir?’

‘Ja, dat denk ik. Het moet in Loftleiðir geweest zijn.’

22

Uit de keuken klonk het gerammel van borden. Het was aan het begin van de middag, het werd drukker. Chauffeurs en werklui hielden hun pauze en bestelden koffie met de donuts of de koffiebroodjes uit eigen keuken. Ze kletsten wat en keken in oude tijdschriften en kranten. Op de radio werd een verhaal van Arnþór Christiansen voorgelezen, maar door het gepraat en gekletter was het voor degenen die wilden luisteren nauwelijks verstaanbaar.

'Dus je beweert dat de man die je in de bioscoop hebt gezien in Loftleiðir logeert, waar Bobby Fischer ook zit?' zei Marion.

'Ja, het moet hem echt geweest zijn,' zei Viktoría. 'Nou ja, of hij er logeert weet ik niet, maar ik heb hem er in elk geval gezien. Daar ben ik absoluut zeker van.'

'Wat heb je precies gezien?'

Viktoría dacht na. Ze merkte hoe zeer Marion en Albert geïnteresseerd waren; ze hielden hun blikken onafgebroken op haar gevestigd.

'Ik had het idee dat er iemand naar ons staarde,' zei ze. Marion moest ineens aan Konni denken. Die had in de bioscoop recht achter haar gezeten en hij scheen haar nauwelijks uit het oog verloren te hebben. 'En toen heb ik twee keer achteromgekeken. De eerste keer zag ik niemand, maar toen ik nog een keer keek zag ik de man die ik ook in hotel Loftleiðir had gezien. Tenminste, dat denk ik.'

'Bedoel je dat hij eerst ergens anders zat en toen naar die plaats was verhuisd? Of dat hij later was binnengekomen?'

'Dat weet ik niet, maar hij zat er ineens. Misschien dat hij eerst ergens anders had gezeten. Het zal zo'n uur na het begin van de film geweest zijn.'

'Heb je iemand achter hem zien zitten? Meer naar rechts, waar die jongen zat?'

'Nee. In de rest van de zaal was het helemaal donker.'

'We weten dat er in de bioscoop een man achter je zat,' zei Marion. 'Zo'n drie rijen naar achteren, direct naast het gangpad, net als jullie. Was dat hem niet?'

'Nee, hij zat meer in het midden van de rij.'

'Degene die wij kennen ziet er een beetje verlopen uit – ingevallen wangen, wijd uit elkaar staande ogen. Niet zo fris, al met al. Konni wordt hij genoemd.'

'O nee, dat was niet de man die ik heb gezien. Maar ik weet wel wie je bedoelt. Die liep bij het naar buiten gaan langs ons heen. Hij kon zijn ogen niet van mijn borsten afhouden. Was het een zwerver?'

'Hoe zag de man die je achter je zag zitten eruit?' vroeg Albert.

'Is hij de dader?' vroeg Viktoría.

'Dat weten we niet,' zei Marion.

'Tja, hoe zag hij eruit? In de zestig misschien, grijs haar, heel kort geknipt, en een baard. Een hoed droeg hij niet. Hij was zo'n beetje van gemiddelde lengte, schat ik, en hij had een tamelijk breed gezicht. Ik zou hem direct herkennen als ik hem weer zag. In het hotel had hij een korte, lichte overjas aan. Wat voor jas hij in de bioscoop droeg kon ik niet zien. Ik let wel altijd op zulke dingen.'

'Heb je hem na de voorstelling de bioscoop uit zien lopen?'

'Nee, daar heb ik niet op gelet.'

'Wat deed hij in het hotel?' vroeg Marion.

'Dat weet ik niet. Ik heb hem daar alleen maar gezien, meer niet.'

'Eén keer of vaker? Staat hij daar als gast ingeschreven?'

'Ik heb hem maar één keer gezien,' zei Viktoría.

'Viel hij op een bepaalde manier op? Hoe komt het dat je nog zo precies weet hoe hij eruitzag?'

'Ik heb altijd een goed geheugen voor mensen gehad,' zei Viktoría. Ze keek nog eens om zich heen met een blik alsof ze het ergste verwachtte. 'Ik vond hem... nou ja, gewoon een nette oudere heer, dat is alles wat ik ervan zeggen kan. En hoe komt het dat een man je opvalt? Het was gewoon... nou ja, een keurige man. Een keurige oudere heer.'

'Waarom ben je niet met die informatie bij ons gekomen?' vroeg Albert.

'Ik wist niet... ik heb geen zin om aan de grote klok hangen dat ik vreemdga. Maar waarom is dit allemaal zo belangrijk? Heeft hij het gedaan soms? Heeft hij die jongen vermoord?'

'Heb je gezien of hij alleen was of samen met anderen?' vroeg Marion.

'Voor zover ik kon zien was hij alleen. Zowel in het hotel als in de bioscoop.'

'Waar zag je hem precies?'

'Ik heb hem alleen maar zien lopen,' zei Viktoría. 'Ik zit bij Loftleiðir op kantoor, en toen ik even door de lobby wandelde zag ik hem. Zeg, is dit het zo'n beetje? Ik moet ervandoor.'

'Heb je hem later nog gezien? In het hotel?'

'Nee. Maar ik zal het jullie laten weten als ik hem zie. Direct.'

'Heb je er enig vermoeden van of het een IJslander of een buitenlander is?'

'Een buitenlander,' zei Viktoría zonder aarzelen.

'Hoe weet je dat?'

'O, dat zag ik meteen. Hij had zo'n donkere huid. En zwarte wenkbrauwen. Het was een buitenlander, beslist.'

'Weet je ook uit welk land?'

'Nee, geen idee.'

'Als iemand je zou vragen of het een Rus was of een Amerikaan, wat zou je dan zeggen?'

'Ja, hoe moet ik dat nou weten? Hij was heel goed gekleed. Dan denk je eerder aan een yank. Zulke mooie kleren, dat zie je nooit bij Russen. Trouwens, bij de meeste mensen niet die in Loftleiðir overnachten. Dat zijn toch meestal doodgewone types. Net als wij.'

Viktoría glimlachte.

'Maar zijn jullie nou klaar? Ik moet er echt vandoor. Mijn man is thuis. Er is een vlucht gecanceld. Ik weet zeker dat hij al het een en ander vermoedt, en hij... zoals ik zeg... hij is zo ontzettend jaloers. Echt heel erg.'

'Maar daar gaat het toch ook om?' zei Marion. 'Je wreekt je toch op je man?'

'Ja,' zei Viktoría en ze stond op. 'Hij verdient het.'

'Nog even dit: als je die man opnieuw in Loftleiðir ziet, moet je contact met ons opnemen.'

'Dan laat ik het jullie weten. Maar zorgen jullie alsjeblieft dat die kranten ophouden met over me te schrijven alsof ik een of andere snol ben. Jullie moeten tegen ze zeggen dat er allemaal niks van waar is, stom geklets. Jullie moeten zorgen dat ze daarmee ophouden.'

Ze stond op.

'We zullen ons best doen,' zei Albert. 'Maar zo gaat dat met kranten:

eerst verdraaien ze alles wat je zegt en dan blazen ze dat op tot sensationeel nieuws.'

Ook Marion stond nu op.

'Nog één vraag, Viktoría. Denk je dat hij je heeft gezien?'

'Mij gezien? Wie?'

'Die man. Denk je dat hij je gezien heeft?'

'Volgens mij niet. Ik heb me alleen even omgedraaid, en toen zag ik hem. Maar hij zat maar naar het scherm te staren. En toen de zaal leegliep heb ik niet meer naar hem gekeken. Nee hoor, die heeft me echt niet gezien. Dat kan ik me niet voorstellen.'

Marion kon die nacht niet in slaap komen en stond op om de verklaringen over Ragnar door te nemen. Zijn ouders hadden verteld dat hij als kind, vanwege die val op zijn hoofd, lange tijd in het ziekenhuis had doorgebracht. Als je zelf in een sanatorium had gelegen kon je gemakkelijk aanvoelen wat dat betekende. Opnieuw kwamen de herinneringen boven, aan de kinderen, aan het lijden dat Anton had moeten doormaken, aan de martelingen die Katrín had doorstaan, aan de onbegrijpelijke, genadeloze wreedheid die de ziekte de allerkleinsten aandeed. Ragnar had niets te beslissen gehad toen het lot hem trof, evenmin als de kinderen die Marion in het sanatorium had gekend, sommige maar heel kort, andere langer. Al die gevallen – steeds dezelfde zinloosheid. De gruwelijke absurditeit. De huiveringwekkende dood.

23

Iedere ochtend werd er in het sanatorium in Kolding zaalvisite gehouden. Een groepje artsen en studenten in een witte jas ging in hoog tempo de patiënten langs. De dokters keken niet bijzonder ernstig. Ze hadden een vrolijk gezicht, glimlachten en gaven de kinderen een aai over hun bol. De verpleegsters waren net zo. Marion had algauw geen enkele moeite meer met het Deens en verstond elk woord dat er gezegd werd.

Het kind maakte het goed in het sanatorium en leerde snel andere kinderen kennen. De rustige, gezellige atmosfeer en de mooie natuur bij de Koldingfjord hadden een positieve uitwerking. Goede voeding en een gezonde levenswijze, ontspanning afgewisseld met handwerk leidden de aandacht af van de voortdurende aanwezigheid van de ziekte. Regelmatig onderging Marion inblazing en röntgenonderzoek. Erg naar was het allemaal niet. Veel vervelender was een bezoek aan de tandarts op de bovenste verdieping. Hij vond drie gaatjes en ging die genadeloos met zijn jankende boor te lijf. Maar het gebouw was een heerlijk speelterrein, met zijn vele verdiepingen, zijn lange, geheimzinnige gangen en zijn zolder waar je van die smalle, bochtige looppaadjes had. Onder het dak zag je in de gang de grote, zware daksparren, die aan de spanten van een gestrand schip herinnerden.

Het kwam niet alle dagen voor dat er een IJslands kind in het sanatorium verbleef, laat staan twee, zoals Marion en Katrín. De Deense kinderen waren vrijmoedig en nieuwsgierig en vroegen maar raak – je kon merken dat ze een heel vage voorstelling van IJsland hadden. Marion beantwoordde keurig hun vragen over Eskimo's en iglo's en vertelde dat er soms ijsberen aan land kwamen. Die waren als passagiers op ijsschotsen van Groenland meegekomen en zwommen dan het laatste eindje. Ze werden zonder pardon afgeschoten. Iemand wilde meer weten over de Hekla: of het waar was dat je via die vulkaan echt in de hel kon komen. Een ander over de Snæfellsjökull: of daar inderdaad een toegang tot het middelpunt der aarde was. Een derde had gehoord dat de Kerstman in IJsland woonde. Marion zei dat ze er minstens dertien hadden. Een heette Leppalúði en die was getrouwd met Grýla. Maar ze gaven geen cadeautjes, ze namen stoute kinderen mee. Of het geen erg lange en donkere winters waren daar. Of de zon in de zomer eigenlijk nooit onderging. En hoe dat dan ging: slapen als het midden in de nacht helemaal licht was. Of er ook veel tbc voorkwam, vroegen de kinderen, en Marion zei dat dat een plaag was die er altijd al geheerst had. 'Dat IJsland, dat is toch van ons?' vroeg een grote jongen ergens van de Jutlandse heide, Casper heette hij. Het klonk nogal arrogant. 'Nee,' zei Marion, 'maar we hebben wel dezelfde koning.'

's Morgens vroeg, kort na de zaalvisite, ging Marion op zoek naar Katrín en vroeg haar of ze meeging naar de zee. De twee IJslandse kinderen hadden vriendschap gesloten. Katrín lag in de grote lighal op de begane grond. Het was helder weer en in de stilte van de ochtend glinsterde de zon op het water van de fjord. Het was maar een klein stukje naar beneden, naar een kleine aanlegsteiger. Keukenpersoneel nam aan de steiger vis in ontvangst. Lachsalvo's klonken door naar de lighal daarboven.

Katrín lag languit op een bank. Ze had een velletje papier met een getypte tekst erop in haar handen. Ze legde het weg toen ze Marion zag. Die ging naast haar zitten.

'Wat ben je aan het lezen?'

'Ze willen dat ik Roodkapje speel,' zei ze. 'Zeker omdat ik van dat vreselijk rode haar heb. Ik zou het eigenlijk best willen, maar ik ben altijd zo verlegen. Ik weet niet of ik durf.'

'Wat geeft dat nou?' zei Marion, die probeerde haar moed in te spreken. 'Moet je veel uit je hoofd leren?'

De kinderen namen 's avonds deel aan allerlei vormen van vermaak en voerden ook toneelstukjes op. Met wat eenvoudige hulpmiddelen en kleding verzorgden ze zelf de uitvoering van een verzameling behoorlijk spannende stukken. 'Roodkapje en de wolf', een paar jaar eerder door een van de longartsen geschreven, was buitengewoon populair. De grote Casper, die graag de rol van de wolf en de grootmoeder wilde hebben, moest een meisje uit Odense spelen. De jagersrol was toebedeeld aan een Engelse jongen, even oud als Marion, die geen woord Deens verstond. Het stuk was al vaak in het sanatorium opgevoerd. De kinderen kenden het goed, maar ze vonden het telkens weer prachtig. Bovendien waren de verhaallijn en de omstandigheden waarin de kinderen verkeerden mooi met elkaar verweven: de grote, boze wolf was de ziekte waarmee ze nu nog te leven hadden, maar die er ten slotte toch aan geloven moest.

'Nee,' zei Katrín, 'maar ik heb zoiets nog nooit gedaan. Ik heb nooit eerder toneelgespeeld en ik weet echt niet of ik het wel kan.'

'Je hebt toch wel eens iemand nagedaan, gewoon voor de lol?' zei Marion. 'Nou, dit is precies hetzelfde.'

'Maar dan zitten ze allemaal naar me te gapen. En als ik nou eens val? Of ik weet niet meer wat ik moet zeggen en ze beginnen allemaal te lachen?'

'Daar trek je je toch niks van aan?' zei Marion.

'Ja, jij hebt makkelijk praten, jij hoeft het niet te doen.'

Daar kon Marion niets tegen inbrengen.

'Nou, dan zeg je toch dat je het niet doet.'

'Ja, maar ik vind het wel leuk.'

'Dan doe je het wel.'

'Maar ik ben zo verlegen.'

'Kom nou maar, we gaan naar de zee.'

'Ik mag niet veel lopen vandaag. De dokter zei...'

'Nou? Wat zei de dokter?'

'Ach, niks,' zei Katrín mat.

Ze had inderdaad vuurrood haar, en een heel gevoelige huid, die in de zon snel verbrandde. Het personeel van het sanatorium had haar een oude strohoed gegeven om zich tegen het felle zonlicht te beschermen en ze droeg altijd een bloes met lange mouwen. Ze zette haar hoed op en benadrukte dat de dokter die morgen had gezegd dat ze zo veel mogelijk moest liggen en zich niet te veel mocht inspannen. Ze wandelde met Marion omlaag naar de waterkant en daarna het pad op dat langs de fjord liep. Het was eind augustus en de zilte zeelucht mengde zich met de geur van de bomen. Marion hield het tempo laag, opdat Katrín niet te moe zou worden. Verder naar de monding van de fjord, aan de andere kant van het sanatorium, was een dorpje dat Marion nog helemaal niet kende. Een paar boerderijen lagen in de hitte te dommelen.

'Nou niet verder, hoor,' zei Katrín. Ze ging langs de kant van het pad zitten. 'We moeten echt terug.'

'Voel je je niet lekker?' vroeg Marion.

'Ik ben een beetje moe,' zei Katrín. 'Laten we hier even gaan zitten.'

'We gaan terug,' zei Marion.

'Ja, maar eerst uitrusten.'

Katrin ging languit in het gras liggen, de hoed voor haar gezicht. Een briesje van zee bracht hun een beetje verkoeling. Marion volgde met de ogen een kleine kotter die langs voer en moest ineens aan Aþanasíus denken. Wat zou hij op het ogenblik doen? Waarschijnlijk begon hij zich alweer zorgen te maken over de aardappeloogst in Kringlumýri en was hij van plan de forellen terug te zetten in het Þingvallavatn. Het werd weer tijd hem te schrijven.

Beste Aþanasíus,

Alles gaat prima met me. Het sanatorium is zo groot dat ik het eigenlijk niet goed kan beschrijven. Volgens mij hebben ze hier de grootste lighal van de wereld. De dokter die mij behandelt zegt dat de tbc zich niet verder heeft uitgebreid en hij denkt dat de ziekte eerder afneemt dan toeneemt. Hij zegt dat de inblazingen effect hebben. Nu, dat is goed nieuws. Er is hier altijd genoeg te doen en de kinderen zijn erg aardig. Een van hen komt ook uit IJsland. Ze heet Katrín, en we hebben vriendschap gesloten. Ze is een nichtje van Anton, die samen met mij in Vífilsstaðir gelegen heeft. Ze heeft tbc aan haar longen, net als ik, maar bij haar is het veel erger.

Verder was de brief nog niet gekomen. Katrín doezelde wat onder haar zonnehoed en de kotter voer langzaam voorbij in de zomerbries. Marion had Aþanasíus op een keer vragen gesteld over God. Hij was helemaal in verwarring geraakt, had met zijn bovenlichaam heftig roeiende bewegingen gemaakt en gezegd dat het geen enkele zin had hem daarnaar te vragen: hij was volkomen ongelovig, altijd geweest.

'In mijn ogen is het allemaal humbug,' had hij gezegd. 'Dan geloof ik nog veel liever in elfen en trollen. Als God bestond had je toch zeker geen tbc in de wereld? Of wel soms? Geef daar maar eens antwoord op. En was het maar alleen tbc, maar wat wordt er niet geleden op de wereld, onbeschrijfelijk. En volkomen onverdiend! Dat is toch pure slechtheid? Wie is Hij dan wel, die God, dat Hij wil heersen over al dat kwaad in de wereld? Niet dat ik er wat vanaf weet, hoor, helemaal niks. Ik kan me heel goed voorstellen dat mensen geloven in iets wat voor hen zorgt. Ik doe het zelf niet, maar goed, ik kan het begrijpen. Maar verder moet je me nergens naar vragen.'

Katrín kwam overeind en keek een hele tijd over de fjord.

'Ik wil naar huis,' zei ze. Ze keek de kotter na.

'Goed.' Marion stond op.

'Nee, niet naar huis in het sanatorium. Écht naar huis. Waar ik woon. Hier woon ik niet. Hier wil ik helemaal niet zijn. Ik wil naar huis.'

'Niemand wil hier zijn,' zei Marion. 'Ik niet en jij niet. Niemand.'

'Ik wil naar huis,' herhaalde Katrín; ze begon zachtjes te snikken. Haar smalle schouders sidderden in de zonnewarmte. Marion ging weer bij haar zitten en sloeg een arm om haar heen.

'Je gaat toch gauw genoeg naar huis? Je moet alleen aan mooie dingen denken en niet aan alles hier. Dan voel je je veel beter.'

Katrín veegde met de rug van de hand over haar ogen.

'Ze gaan mijn ene long afsluiten.'

'Ja, dat heb je verteld.'

'De inblazingen helpen niet. En ze krijgen de verklevingen niet los.'

'Willen ze dan...'

Katrín knikte.

'De dokter zei dat het niet kan wachten.'

'Gaan ze het nu doen?'

'Misschien is het maar beter om dood te gaan,' zei Katrín.

'Dat mag je niet zeggen.'

'Je weet niet hoe vreselijk het is. Je weet niet hoe je dan wordt.'

'Dat weet ik wel.'

'Jij? Hoe dan?'

'Op Vífilsstaðir is eens een man op bezoek geweest, een meubelstoffeerder of zoiets,' zei Marion. 'Die vertelde dat hij drie keer met tbc in het sanatorium had gelegen. De eerste keer voor een aantal weken, en toen was hij beter. Maar na vier jaar werd hij weer ziek en moest hij opnieuw naar het sanatorium. Die keer duurde het maandenlang voor hij naar huis mocht. Toen hij er voor de derde keer kwam dacht hij dat hij dood zou gaan. De tbc was toch weer teruggekomen. Ze konden hem alleen nog maar helpen door hem te opereren. En die operatie is gelukt. Het duurde een hele tijd, maar hij is toch helemaal beter geworden. En hij zei dat de tbc daarna nooit meer was teruggekomen.'

'Is dat echt waar?'

'Eerlijk waar. En het kon hem niks schelen dat ze bij die operatie ribben bij hem hadden weggehaald. Hij was alleen maar blij dat hij nog leefde.'

'Ik heb gezien wat er met je gebeurt,' zei Katrín. 'Na zo'n operatie. Ik heb het gezien. En zo wil ik niet worden.'

De kotter had de monding van de fjord verlaten. Katrín stond op en liep met langzame passen terug naar de lighal. Marion kon geen woorden vinden om haar op te beuren, om haar verdriet te verzachten.

's Avonds speelde Katrín de rol van Roodkapje, en toen ze werd geprezen omdat alles zo goed was gegaan en omdat ze haar rol zo goed kende, moest ze glimlachen. De morgen daarna werd ze naar de operatiezaal gebracht. De hele nacht had ze stilletjes liggen huilen, en ze huilde ook gedurende de tijd waarin ze werd klaargemaakt voor de operatie. Het personeel ging rustig aan het werk en de geneesheer-directeur zelf opereerde. Hij verwijderde de ribben uit haar zij, zodat het mogelijk werd het monster van de ziekte op te sluiten in haar ene long.

Marion ging met Katrín mee, totdat de deur van de operatiezaal hen van elkaar scheidde. Er begon een periode van rusteloos wachten. Waarom duurde het zo lang? Moest het nou langzamerhand niet klaar zijn? Wat was er toch aan de hand? Ging het soms niet goed? Marion sloop zonder dat iemand het zag het voorvertrek van de operatiezaal binnen. Er was een raam dat uitzicht bood op de operatietafel. Het was een onbeschrijfelijk tafereel: artsen met blinkende instrumenten, Katríns geopende lichaam, de bloederige stukken rib in een schaal op een tafel aan de zijkant.

'Wat moet dat kind daar?' riep iemand in de zaal. Marion voelde een koude wind langs zich heen strijken, vloog naar buiten en moest op de gang overgeven.

Later die dag voltooide Marion de brief waaraan ze was begonnen. Die eindigde met de verbazingwekkend wijze woorden over het bestaan van God die Aþanasíus zijn hele leven niet heeft kunnen doorgronden.

Het is makkelijker in God te geloven
als je weet dat Hij niet bestaat.

24

In de nacht na het onderhoud in restaurant Skúlakaffi ging de telefoon. Marion sliep vast en droomde over de forellen in het Þingvallavatn. Het kostte tijd om uit het diepe, koude water van de droom omhoog te komen. Het gerinkel stopte. Even later werd er opnieuw gebeld. De telefoon stond in de woonkamer. Marion, eindelijk min of meer wakker, kwam uit bed, strompelde naar de kamer en nam op. Er klonk een bekende, sinds lang niet meer gehoorde stem.

'Nou, het is zover, hoor,' zei de man aan de andere kant van de lijn zonder enige inleiding. Zoals gewoonlijk klonk er lawaai op de achtergrond.

'Wat is er zover?'

'We zouden toch op snotolf gaan vissen?'

'Kan dit niet tot morgen wachten?' vroeg Marion. Het was volkomen onduidelijk waar de spreker het over had, maar dat was niets nieuws.

'Tot morgen? Wat nou morgen? De zon schijnt! Ik heb een pot koffie gezet. Wat wil je nog meer?'

'Waar moet ik dan zijn?'

'Bij de boot natuurlijk. Was je het vergeten?'

'De boot?'

'Marion, ik vaar over tien minuten af. Je laat me niet wachten, hè?'

De man hing op. Marion ging staan en keek op de wekker. Buiten was het helder als de dag, hoewel de klok iets anders vertelde. De wonderlijke spreker – het leek wel of zijn stem nog steeds naklonk – heette Jósef. Hij had vroeger bij de recherche gewerkt, maar was inmiddels met pensioen. Ooit had hij in Schotland een tijd rechten gestudeerd. Hij had zich gespecialiseerd in strafrecht en had zo interesse opgevat voor het recherchewerk. Tijdens zijn studie werkte hij bij de politie in Glasgow. Later gaf hij de rechtenstudie op, keerde naar IJsland terug en ging bij de recherche werken.

Marion had nooit met Jósef afgesproken om op snotolf te gaan vissen, zoals hij beweerde. Zou dit weer een van zijn trucjes zijn? Ze hadden altijd goed met elkaar kunnen opschieten. Jósef was een eersteklas rechercheur, die bij zijn onderzoek ongebruikelijke wegen durfde te bewandelen. Hij werkte het liefst alleen, maar bij moeilijke zaken was hij vaak degene die met de goede ideeën kwam. En als hij midden in de nacht belde en wilde dat Marion met hem op snotolf ging vissen kon je daar maar beter op ingaan. Jósef deed nooit iets zomaar.

Jósefs broer viste op snotolf en had zijn boot aan de Ægisíða liggen, achter een aantal schuurtjes. Jósef ging sinds hij niet meer werkte regelmatig met zijn broer mee. Dat deed hij trouwens ook al toen hij nog bij de politie was, hij zei dat je je hersens nergens zo goed schoon kon laten waaien als op zee. Marion parkeerde voor de schuurtjes waarin vislijnen, stukken net, dekzeilen en andere visserijmaterialen werden bewaard. Er stond ook een lattenschuur waarin vis en stellages voor het drogen van vis waren opgeslagen. Opzij ervan rook het indringend naar gekookte snotolf. Jósef zette zijn boot juist op een kleine helling toen hij Marion in het oog kreeg. Die kon hem nu mooi helpen. Hij droeg een ruige trui en had een smerige pet op. Geïrriteerd keek hij naar Marion, die gewone kleren droeg.

'Wat krijgen we nou?' zei hij. 'Ik zei toch dat we op snotolf gingen vissen?'

'We? Dat heb ík nooit gezegd,' zei Marion zo beleefd mogelijk. 'Sorry Jósef, maar ik weet niet waar je het over hebt. Ik ben toch nooit eerder met je mee geweest, de zee op? En op snotolf vissen? Wanneer hebben we dat dan afgesproken?'

'Laat mij nou maar, Marion. Misschien ben ik wel helemaal gek, best mogelijk, maar ik moet je wat vertellen. Het heeft met je onderzoek te maken.'

'Met de Havenbioscoop?'

'Ja.'

'En dat kon niet door de telefoon?'

'Nee.'

'En je kon ook niet even bij het bureau langskomen?'

'Nee.'

Marion keek naar de oude man. Nog steeds een knappe vent, meer dan één meter negentig lang en goed geproportioneerd. Wel ouder en magerder geworden, eerder misschien dan andere gepensioneerden, maar nog een en al gezondheid – een echte zeeman om te zien. Hij was heel beweeglijk, had een helder hoofd en duldde geen zwakheden die de perken van het normale te buiten gingen. Marion dacht vaak dat Jósef nooit met pensioen had moeten gaan: die man kon nog alles.

'Binnen hangt wel een jas. Trek die maar aan en help me dan de boot in het water te krijgen,' zei Jósef. Hij wees naar een van de schuurtjes. Marion aarzelde even en gehoorzaamde toen. Nee zeggen tegen deze man was bijna onmogelijk, en al helemaal niet als hij in een stemming was als nu. De boot gleed op een slede de helling af; hij was vastgemaakt aan een trawlkabel die afliep van een spil op de wal. Toen de boot in het water lag sprong eerst Jósef aan boord en daarna Marion. Kort daarna voeren ze in de koesterende morgenzon naar de visgronden. De zon stond boven de Úlfarsfell en verwarmde Marion, die op de voorplecht zat. Jósef stond voorovergebogen in het stuurhuis. Hij koerste eerst naar het westen en voer vervolgens de Faxaflói op, waar zijn broer netten had uitgezet. Jósef was van plan er even een kijkje te nemen; dat ging in één moeite door, had hij gezegd. Hij liet de motor langzamer lopen. Plotseling was het stil. Een stel meeuwen vloog vol verwachting boven hen en even zagen ze een glimp van een zeehond, die met zijn kop boven water kwam en direct weer in de diepte verdween.

'Nou, vertel op, waarom kon je niet door de telefoon met me praten?' vroeg Marion. 'En je zei: "Dat gaat in één moeite door." Wat bedoelde je daarmee? Wat is er aan de hand?'

Jósef zette zijn pet af. Hij krabde zich over zijn schedel, tuurde in de richting van de zon en zette de pet weer op.

'Ik had je koffie beloofd.'

Hij ging het stuurhuis in en haalde een thermoskan met twee bekers. Die schonk hij vol, reikte Marion er een aan, haalde een rood pakje vijgenkoekjes uit zijn achterzak, opende het en trakteerde. Vervolgens ging hij op de voorplecht zitten. Hij dronk van zijn koffie, kauwde op een koekje en zat zichtbaar te genieten van de mooie zomermorgen op zee.

'Hoe staat het eigenlijk met die tbc van je? Merk je daar nog wat van?' vroeg hij.

'Ach welnee, jij vraagt ook altijd hetzelfde. Die is allang weg en komt niet meer terug ook. En áls dat al zou gebeuren kun je er medicijnen tegen krijgen.'

'Dat is fijn,' zei Jósef, die zich niets aantrok van Marions geïrriteerdheid over deze wonderlijke zeereis. 'Hoe zat dat nou toch met je eerste onderzoek? Dat was toch met die vrouw in de Unnarstígur?'

'Klopt, ze woonde in de Unnarstígur,' zei Marion. 'Maar dat was jouw zaak, al de tijd dat we eraan gewerkt hebben. Ik mocht meekijken, ik werkte toen op het archief.'

'Daar hebben we een goeie beurt mee gemaakt.'

'Nou, zo moeilijk was het anders niet. Ze was gewurgd door haar eigen man. Die probeerde dat in de schoenen van zijn buurman te schuiven, want die had een verhouding met haar gehad. Het was sinds vier jaar de eerste moord in de stad. Maar wat doen we hier nou eigenlijk midden op zee, Jósef?'

Jósef nam nog een vijgenkoekje en dronk zijn gloeiend hete koffie. Toen keek hij in de richting van de stad, die nog in diepe rust aan de oever van de baai lag.

'Ik ga je iets vertellen, en ik weet dat je hier verder met niemand over zal praten. Er worden in Reykjavík en misschien ook nog wel op andere plaatsen regelmatig telefoons afgeluisterd.'

'Wat is daar zo bijzonder aan?' zei Marion. 'Als we criminelen moeten afluisteren, dan doen we dat toch?'

'Ja, dat weet ik wel, maar nu gebeurt het om heel andere redenen.'

'Welke dan?'

'Politieke,' zei Jósef.

'Politieke redenen?'

'Ik ben er al een poosje van op de hoogte, ik weet alleen niet precies wie erachter zitten en wie er toestemming voor geven. Voor het grootste deel gaat het om gesprekken over de legerbasis op Miðnesheiði. Het kan zijn dat het te maken heeft met protestacties en sabotageactiviteiten van figuren uit de uiterst linkse hoek, dus van lui die tegen die basis zijn en zo. Zoals gezegd: de motieven zijn politiek van aard. Een tijdlang werd het gedoogd, naar ik heb begrepen. Zo hebben ze een aantal linkse leiders afgeluisterd. Sommige rechtse figuren ook trouwens. Precies weet ik het allemaal niet, ik heb er geen overzicht van gezien. Het is natuurlijk een ongelooflijk heikele zaak, en er mag nooit iets van uitlekken. Maar eigenlijk vind ik dat dit soort praktijken moet stoppen. En gauw ook. Dit moet in de kiem worden gesmoord.'

'Is ons land daar niet een beetje te klein voor?' zei Marion stomverbaasd. 'Iedereen kent iedereen hier en we weten allemaal van elkaar wat we uitspoken.'

‘Kennelijk is er iemand die vindt dat dit nodig is. Misschien uit veiligheidsoverwegingen, ik zou het niet precies weten. Maar het is spionage die gericht is op personen, er zit een politiek motief achter en het is nog tamelijk wijdverbreid ook. Nou, dan kan je door de telefoon maar beter alleen over snotolven praten, zie je.’

‘Dus jouw telefoon...’

Jósef haalde zijn schouders op.

‘De laatste tijd wordt er ook nog vanuit een andere hoek afgeluisterd,’ zei hij. ‘We weten al een tijd dat de Russen afluisterapparatuur gebruiken...’

‘Wíé weten dat?’

‘Dat doet er niet toe,’ zei Jósef. ‘Een bepaalde instantie. Die heeft contact met me gezocht en heeft het me verteld.’

‘Dat doet er natuurlijk wél toe.’

‘Luister nou eerst naar wat ik je te zeggen heb, Marion. Daarna kan je losbranden. We weten dus al een tijdje dat de Russen op grote schaal afluisterapparatuur gebruiken. Ze willen in de gaten houden wat er op het vliegveld in Keflavík en op de legerbasis gebeurt: welke transporten er naar en vanaf het vliegveld plaatsvinden, hoe de Amerikanen zijn uitgerust, hoe sterk hun troepen zijn, en alles over controlevluchten en duikbootbewegingen.’

‘De Amerikanen doen ongetwijfeld hetzelfde: de Russen in de gaten houden, waar ze ook maar zitten,’ zei Marion.

‘Dat hoef je mij niet te vertellen,’ zei Jósef. ‘Ga nou alsjeblieft niet met me zitten bekvechten over wie van de twee het ergst is. In mijn ogen spelen ze allemaal hetzelfde vuile spelletje. We weten wat de Russen doen als ze hun technische uitrusting vernieuwen: dan gaan ze met hun oude materiaal naar het Kleifarvatn en smijten het in het water, zoals ze met al hun ouwe meuk doen. Dat is al jaren zo en wij leggen ze geen strobreed in de weg, vanwege de haring. Niemand koopt zoveel haring als de Russen, dat weet je, dus dan gaan we echt niet moeilijk doen over dat meer.’

‘Gooien ze technische spullen in het Kleifarvatn?’

‘We hebben er foto’s van.’

‘Maar ze varen voor ons toch niet de Faxaflói op, mag ik hopen? Met hun afluistertroep?’

‘Ik loop liever geen risico. Buiten dat: ik wou weer eens achter de snotolven aan. En ik dacht dat jij dat ook wel leuk zou vinden. Even een vistochtje maken.’

‘Hoe kom je daar nou weer bij?’ zei Marion. ‘Je zegt maar wat.’

'Laat maar. De afluisterpraktijken in IJsland worden schriftelijk vastgelegd. Van elk geval wordt rapport opgemaakt; de gesprekken worden eerst op band opgenomen en dan uitgeschreven. In een bepaald stadium krijgt de man die ik heb gesproken ze in handen. Die man weet dat wij elkaar kennen en dat jij bezig bent met het onderzoek van de moord op die jongen in de Havenbioscoop.'

'Ja?'

'Die zaak komt in die opnamen heel nadrukkelijk ter sprake.'

'De moord?'

'Nee, de bioscoop. De opname is gemaakt net voordat de moord is gepleegd. En ze hebben het over een bioscoop. Volgens mij moet dat wel de Havenbioscoop zijn.'

'Wat zeiden ze?'

'Dat ze elkaar daar zouden ontmoeten.'

'Wie zijn die "ze"?'

'In de hele opname hoor je maar één zinnetje: "Ze ontmoeten elkaar in de bioscoop." Het wordt in het Engels gezegd: "*They'll meet in the cinema.*" Wie er gebeld heeft weten we niet. Het gesprek kwam uit een telefooncel bij het busstation aan het begin van de Kalkofnsvegur. Het accent van de beller is niet goed thuis te brengen. Maar we weten wel met wie hij gebeld heeft. Het was een heel kort gesprek, alleen dat ene zinnetje. Een antwoord kwam er niet. Degene die gebeld werd legde direct de hoorn weer op de haak en de ander deed precies hetzelfde. "Ze ontmoeten elkaar in de bioscoop." Dat was het enige wat er te horen viel.'

'En naar wie werd er gebeld?'

'Hij heet Viðar Eyjólfsson. Heeft iets te maken met de vroegere Sociaaldemocratische Volkspartij. Hij is communist.'

Marion staarde naar Jósef. Die zat daar in zijn ruige wollen trui, pet op, koffiebeker in de hand, uit te kijken over het wateroppervlak, dat glinsterde in de morgenzon.

'Wat gek dat je over dat afluisteren bent begonnen. Ik weet bijna zeker dat die jongen in de Havenbioscoop is vermoord omdat ze meenden dat hij ook zat af te luisteren.'

25

Marion beschreef Jósef het verloop van de zaak. Vertelde hem over Ragnar, over zijn familie, die kort tevoren naar Breiðholt was verhuisd, over zijn zusjes en zijn moeder. Vertelde hem hoe Ragnar zijn cassetterecorder gebruikte om het geluid van bioscoopfilms vast te leggen. Hoe hij daar wel eens problemen mee had gekregen, één keer in elk geval. Gaf een beschrijving van degenen die met Ragnar de middagvoorstelling hadden bezocht: de armoedzaaier Konni, de weerman van het journaal, de drinker met zijn fles rum – die in voorarrest had gezeten maar inmiddels daaruit ontslagen was. Een verhaal apart leverde de bezoekster op die met haar minnaar in de bioscoop had gezeten, de vrouw met de twee piloten in haar leven, die in hotel Loftleiðir werkte. Pas toen Marion het hotel noemde reageerde Jósef.

'Hotel Loftleiðir? Waar Bobby Fischer zit?'

'Precies,' zei Marion. 'Je kent Albert wel, hè? Nou, Albert en ik denken dat degenen die Ragnar neergestoken hebben niet per se IJslanders hoeven te zijn. Of dat een van hen een IJslander is. We denken eerder aan buitenlanders. Daar hebben we ook aanwijzingen voor.'

Marion vertelde over het sigarettenpakje van het merk Belomorkanal dat iemand vlak bij de bioscoop had neergegooid en over de man die met een Amerikaans accent 'Excuse me' had gezegd.

'We denken dat het er twee zijn geweest: die jongen heeft natuurlijk een gesprek opgenomen. Iets wat niet voor vreemde oren bestemd was. Een andere mogelijkheid kun je nauwelijks bedenken. Daarom zijn de recorder en de cassettebandjes verdwenen. Die bandjes zaten in zijn tas, dus die hebben ze ook meegenomen. We hebben aanwijzingen dat een van hen na de moord op een andere plaats in de zaal is gaan zitten. Die wilde daar natuurlijk weg. Het moest lijken alsof ze elkaar nooit ontmoet hadden.'

'Een Rus en een Amerikaan?' vroeg Jósef.

Marion haalde de schouders op.

'Het kan, er valt geen zinnig woord over te zeggen. De aanwijzingen zijn veel te mager, maar we zullen het ermee moeten doen.'

Jósef zat daar, in alle rust. Hij keek naar een Noordse stormvogel, die brutaal op het stuurhuis was neergestreken en nu om zich heen spiedde. Het leek alsof hij het allemaal nogal onbelangrijk vond. Het gedempte motorgeluid verspreidde zich door de stilte van de ochtend; de geur van machineolie vermengde zich met die van de traanresten die in de loop der jaren op het dek waren aangekoekt. Boven de bergen in het oosten rees de zon hoger en hoger. Marion keek met de hand boven de ogen in de richting van het licht. De nieuwe bebouwing van Breiðholt kroop omhoog tegen de hellingen boven de oude stad, strekte zich uit naar een ongekende verte, naar de toekomst misschien, naar een ander IJsland.

'De Russen willen natuurlijk koste wat kost dat Spassky wint,' zei Jósef. 'Het zou een ontzettende blamage voor het Sovjetparadijs betekenen als hij het liet afweten. En je weet hoe Bobby Fischer het ziet. Die is ervan overtuigd dat ze trucjes uithalen en op alle mogelijke manieren een psychologische oorlog tegen hem voeren. De Russen zeggen op hun beurt dat hij met zijn gedrag de schaaksport naar de filistijnen helpt. En dat hij niet tegen Spassky durft spelen als hij niet eerst een stel dikke rookgordijnen heeft gelegd.'

'Het is inderdaad ongelooflijk wat ze aan voorbereidingen hebben getroffen,' bevestigde Marion.

'Ja, en dat is nog zwak uitgedrukt. Ze wantrouwen elkaar en daarom doen ze al die dingen. Wij kijken er vanuit de verte naar, dus wat weten we er eigenlijk van? Wat weten we eigenlijk van dat schaaktoernooi? Wat weten we van het doen en laten van Bobby Fischer? Of van die aardige, beleefde Spassky? Zouden ze de uitslag al van tevoren hebben afgesproken?'

'Hoezo? Heb je via dat afluisteren iets van dien aard opgevangen?' vroeg Marion.

'Hoe gaat het op dat toernooi toe? Weten wij er ook maar iets van?'

'Hoe bedoel je?'

'Neem nou die derde partij,' zei Jósef. 'In zekere zin een hoogtepunt van de ontmoeting.'

'Je bedoelt de partij die ze in dat tafeltennishok gespeeld hebben.'

'Ja, precies.'

'Wat is daar dan mee?'

'Vind je dat nou niet gek? Een hele partij, om het wereldkampioenschap nota bene, wordt achter gesloten deuren gespeeld. Ís hij eigenlijk wel gespeeld, die derde partij?'

'Hoe bedoel je dat? Je kon toch alles in de grote zaal op het scherm volgen? Duizenden mensen hebben het gezien.'

'Maar waar waren Fischer en Spassky? Is er íémand die ze gezien heeft? Ze kunnen wel wat bij elkaar hebben zitten knippen uit oude opnamen. Close-ups erbij van handen die de stukken verzetten volgens een van tevoren bepaald spel. Heb jij gezien dat ze die partij echt opgenomen hebben? Er mocht geen mens bij zijn. Zijn Fischer en Spassky die dag eigenlijk wel in de Laugardalshal geweest?'

'Het was de eerste partij die Fischer heeft gewonnen,' zei Marion.

'Heeft hij hem niet cadeau gekregen? Waarom speelden ze niet op het podium? Waarom hebben de Russen dat toegestaan? Waarom laten ze nooit hun tanden zien? Krijgen ze soms iets terug voor al die onderdanigheid?'

'Maar bij zo'n zwendel moeten toch tientallen mensen betrokken zijn? Zoiets hou je toch nooit geheim?'

Jósef glimlachte.

'Ik beweer ook niet dat het zo gegaan is,' zei hij. 'Ik wijs je er alleen maar op dat dit de atmosfeer is rond dat toernooi. Er is een krankzinnige toestand ontstaan; geen hond die er nog wat van begrijpt. Het is een en al samenzwering wat de klok slaat. Die hebben ze in alle soorten en maten: suizende camera's, straling uit de lampen, giftige dampen die uit de stoelen opstijgen, Russische hypnotiseurs in de voorste rijen stoelen. En afluisterpraktijken.'

'Ja ja,' zei Marion, nog bezig met wat Jósef over de derde schaakpartij had gezegd.

'Jij wil natuurlijk die Viðar spreken,' zei Jósef. 'Die zit op kantoor bij het Gemeentelijk Elektriciteitsbedrijf. Indertijd was hij een van de twee accountants van de Sociaaldemocratische Volkspartij. Hij mag natuurlijk niet weten dat hij wordt afgeluisterd. Het mooist zou het zijn als hij je zelf vertelt wie hem heeft gebeld.'

'Dat snap ik, ja,' zei Marion.

'Er is nog iets dat je moet weten. Iets wat ik gisteren heb gehoord. Daarom spitste ik mijn oren toen je over hotel Loftleiðir begon,' zei Jósef. 'Degenen met wie ik contact heb gehad denken dat de Russen een deel van hun apparatuur inzetten om mensen in hotel Loftleiðir af te luisteren.'

'In kamer 470?'

'O, dat is geen enkel probleem voor ze. Ze hebben er de spullen voor. De enige vraag is of ze dichtbij genoeg kunnen komen om die te gebruiken. Bobby Fischers mensen zoeken regelmatig in zijn suite naar verborgen microfoons, maar met bepaalde apparatuur is het ook mogelijk om van buitenaf gesprekken te beluisteren. Soms is het al voldoende om een auto op de juiste plaats te parkeren.'

'En wat dan? Proberen ze er dan achter te komen hoe de volgende partij gaat verlopen? Welke zetten hij gaat doen?'

'Geen idee.'

'Even hardop denken,' zei Marion. 'Zou het kunnen dat de man in de Havenbioscoop degene is die voor de Russen alles afluistert wat er in de kamer van Bobby Fischer wordt gezegd?'

'Ik weet het niet,' zei Jósef. 'Dat is helemaal jouw zaak. Ik weet niet eens of die twee dingen wel met elkaar te maken hebben. Ik vertel je alleen maar wat ik gehoord heb. En wat ik zonet al zei: wie weet eigenlijk wat er op dat verdomde schaaktoernooi allemaal gebeurt? We zitten hier maar op een eilandje, ergens ver weg in het noorden, en ineens zijn we het middelpunt van de wereld geworden.'

De stormvogel op het stuurhuis strekte zich om weg te vliegen, overtuigd dat er niets te halen viel. Hij vloog laag over zee naar land. Zo'n honderd meter vanaf de boeg stak de zeehond zijn kop weer boven de golven uit en keek Marion en Jósef met zijn vochtige ogen aan. Toen kwam hij even uit het water omhoog, dook neer in de golven en verdween in zee. Een ogenblik lichtte zijn pels op in de morgenzon.

Jósef keek op zijn horloge en begon het net in te halen. Marion hielp hem een handje en na korte tijd zagen ze een spartelende snotolf, die zich in het net had vastgewerkt. Het was een goede vangst en terwijl Marion het visgerei opborg sneed Jósef de vis onder luid gekrijs van de meeuwen open, haalde de kuit eruit en deed die in een speciaal vaatje. Daarna stapte hij naar het stuurhuis en voer naar land. Hij koerste aan op de helling waarop de slede stond, maakte de stalen kabel van de windas eraan vast en trok de boot tegen de helling op. Toen dat gebeurd was hing hij de snotolf aan een van de droogstellages, een stuk net eroverheen zodat de vogels er geen lekker hapje aan zouden hebben. Zijn broer zou hem later wel bij een vishandel in de stad kunnen slijten. Voor de kuit kon je goed geld krijgen.

Marion liep met Jósef mee naar de droogstokken en overpeinsde hoe lang de IJslanders een gerecht als gekookte snotolf nog zouden waarderen. De tijdgeest had niet veel op met al die dingen van vroeger; eigenlijk kon je niet meer aankomen met zulke ouderwetse kost. De traditionele levenswijze werd weggevaagd door het heden met zijn nieuwe opvattingen en nieuwe modes, met zijn muziek en films, met zijn welvaart voor iedereen. De mensen hadden meer bezit dan ooit, ze leefden in moderne stadswijken, hun huizen waren van alle gemakken voorzien, ze reden in auto's.

'Denk je serieus dat de uitslag van het toernooi al van tevoren bepaald is?' vroeg Marion, die naar de schuur liep om de geleende jas weer op te hangen.

'Ik weet er niks van,' zei Jósef. 'Wat ik wel weet is dat zulke dingen in de Koude Oorlog heus wel zijn voorgekomen.'

'En die IJslandse afluisterpraktijken. Dat is toch te gek om los te lopen? Er woont maar een handjevol mensen in IJsland en dat zit elkaar dan nog af te luisteren ook.'

'Is dat zo gek? Het is toch bijna volkssport nummer een om aan de telefoon te hangen?'

Jósef glimlachte.

'Ik heb eens zitten denken over wat er in de Havenbioscoop gebeurd is. Over die twee mannen van jou,' zei hij. 'Jij denkt dus dat die twee, dus de lui die die jongen hebben doodgestoken, samen in de zaal hebben gezeten? Heb je nooit aan de mogelijkheid van een derde man gedacht?'

'Daar hebben we wel eens aan gedacht, ja.'

'Twee in de zaal en een erbuiten. Die met het pakje sigaretten.'

'En die man buiten houdt de twee binnen in de gaten?'

'Het is een mogelijkheid,' zei Jósef.

'Dus nog eens: twee mannen ontmoeten elkaar in de bioscoop en een derde kijkt wat ze aan het doen zijn?'

'Misschien zit hij wel achter een van de twee aan. Of achter alle twee. Misschien was hij het wel die naar die afgeluisterde telefoon heeft gebeld.'

'En die man rookt Russische sigaretten?'

'Dat is toch niet zo gek?'

'Waarom wordt die Viðar eigenlijk afgeluisterd?'

'Dat weet ik niet precies.'

'De Sociaaldemocratische Volkspartij? Het Gemeentelijk Elektriciteitsbedrijf? Wat is het eigenlijk voor een man?'

'Ik heb geen idee hoe hij in het plaatje past,' zei Jósef.

'Viðar Eyjólfsson. Wil je het me laten weten als ze nog meer gesprekken van hem afluisteren?'

'Natuurlijk. De derde man – klinkt grappig, vind je ook niet? Ik weet dat Reykjavík geen Wenen is, maar dit vind ik nou echt een leuke theorie.'

'Wel een theorie die de zaken ingewikkelder maakt,' zei Marion, over het water uitkijkend. De zee lag in het zonlicht te schitteren. En zoals wel vaker wanneer de wereld zich op zijn allermooist liet zien, weerklonken vanuit een heel ver verleden de woorden uit Vífilsstaðir: 'Wat een dag.'

Albert keek op uit de krant toen Marion tegen de middag op het kantoor aan de Borgartún verscheen en zich zwaar zuchtend op de bank uitstrekte.

'Waar ben jij geweest?' vroeg Albert.

Het antwoord dat hij kreeg was even onbegrijpelijk als kort.

'Op snotolf uit.'

26

Viðar Eyjólfsson was ontvanger bij het elektriciteitsbedrijf; destijds was hij ook accountant bij de Socialistische Volkspartij geweest. Marion wilde hem zo snel mogelijk spreken, en verzamelde alvast alles wat er aan informatie over hem was te vinden. Met het inwinnen van zulke inlichtingen moest je een beetje oppassen: als de politie Viðars collega's en vrienden opzocht en vragen over hem stelde, zou hij dat ongetwijfeld te weten komen. Albert bleef buiten deze geheime operatie. Marion had hem ook niets verteld over het gesprek met Jósef op de vissersboot – dat kon beter op een later tijdstip gebeuren. Waarom werd Viðar eigenlijk afgeluisterd? Ook bij nadrukkelijk doorvragen over deze kwestie was Jósef nogal vaag gebleven. Hij had iets gezegd over agitatoren die in verbinding stonden met de Socialistische Jeugdliga, met jonge communisten van de harde kern en tegenstanders van de Amerikaanse legerbasis.

Marion ontdekte dat Viðar in de Sociaaldemocratische Volkspartij vele jaren een man van invloed was geweest, hoewel hij nooit op de voorgrond was getreden. Buiten de partij kenden maar weinig mensen hem, terwijl hij toch tot de leidinggevende elite behoorde. Vier jaar eerder, toen de naam van de partij werd gewijzigd in Volksalliantie, kwamen de accenten met het aantreden van nieuwe mensen anders te liggen en werd men ten opzichte van de Sovjet-Unie minder volgzaam. Viðar had zich daarna langzamerhand uit het partijwerk teruggetrokken en ook geen vergaderingen meer bezocht. Hij had echter, werd Marion duidelijk, nog wel hechte connecties met de mastodonten van de partij. Overigens bleek het moeilijk inzicht te krijgen in Viðars houding tegenover de Russische politiek. Soms hoorde je zeggen dat hij nog altijd een keiharde stalinist was, soms dat hij met de jaren gematigder was geworden.

Met het vergaren van deze informatie ging het grootste deel van de dag voorbij: er waren allerlei omtrekkende bewegingen voor nodig. Jósef was onverbiddelijk geweest: geen woord over het afluisteren van Viðars telefoon. Daar had je je maar bij neer te leggen, hoe lastig het ook was.

Pas tegen de avond kwam Marion op het idee Dagný te bellen. Halfzus Dagný! Als íémand het wereldje van de Sociaaldemocratische Volkspartij kende, en van zijn opvolger, de Volksalliantie, dan was zij het. En ze zou volkomen discreet zijn.

'Wat wil je weten over Viðar?' vroeg ze door de telefoon.

'Geen echt bijzondere dingen, hoor,' zei Marion.

'Houdt de politie hem soms in de gaten?'

'Ik wou je graag spreken. Heb je tijd?'

'Dan kom je toch gewoon langs? Ik ben thuis vanavond. Ik zal intussen eens kijken wat ik over die man kan opdelven.'

's Avonds reed Marion naar een flatgebouw in de Melarbuurt en belde aan bij Dagný, die op de derde etage woonde. Aan de overzijde van de straat stond een muur van geelgeverfde golfplaten die het terrein van het Melavöllurstadion omgaf. Er was juist een bekerwedstrijd aan de gang tussen twee elftallen uit de eredivisie. Onder gewone omstandigheden zou die in het Laugardalsstadion zijn gespeeld, maar bij een wedstrijd als deze koos men nog altijd voor het gravel van Melavöllur in plaats van het gras van Laugardal. Op straat hoorde je al meteen het geloei van de supporters in de oude kuip. Op alle open plekken rond het stadion stonden auto's en ook de parkeerplaatsen van de flats in de omgeving waren vol. Marion had met moeite nog een plaatsje kunnen vinden.

De deurtelefoon zoemde. Marion opende de binnendeur en klom met langzame stappen naar de derde etage. De deur van Dagný's appartement stond open. Marion klopte aan.

'Kom binnen,' klonk het vanuit de keuken. 'En trek de deur achter je dicht. Ik ben koffie aan het zetten, ik had je zo vroeg niet verwacht. Als je zin hebt kan je meekijken naar de wedstrijd.'

Marion sloot de deur, maar het lawaai uit het stadion bleef tot hen doordringen. Het was een klein, gezellig ingericht appartement. Dikke tapijten op de vloer. Een wandmeubel met planken voor de vele boeken. Schilderijen en tekeningen aan de muren. Op een prominente plaats een schitterende glazen kast. In de eetkamer een grote poster van Fidel Castro, een kleinere foto van Lúðvík Jósefsson er vlak naast. Dagný woonde in een appartement aan het uiteinde van het gebouw, aan de kant van het stadion. Vanuit het grote raam in de zijgevel kon ze de wedstrijden volgen, een buitenkans die ze zich niet liet ontnemen. In vroegere jaren had ze veel aan atletiek gedaan en nog steeds volgde ze diverse sporten op de voet.

Dagný kwam uit de keuken en kuste Marion op de wang.

'Zin om naar de wedstrijd te kijken?' vroeg ze. 'We krijgen de hele tweede helft nog. Reykjavík staat achter. Het gaat erop lijken dat Fram wint.'

'Natuurlijk kijken we,' zei Marion. Ze gingen voor het raam zitten, waar Dagný al een paar stoelen had klaargezet.

'Ik wil er eigenlijk niks van missen,' zei die. 'Je moet het me maar niet kwalijk nemen.'

'Geeft niet,' zei Marion die wel wist hoeveel Dagný om sport gaf.

Dagný glimlachte. Ze was wat jonger dan Marion en in hun onderlinge contact was ze altijd heel rechtdoorzee geweest; steeds zei ze zonder enige terughoudendheid wat ze dacht. Ze hield zich intensief met politiek bezig en nam met al haar energie deel aan de strijd om de vrouwenemancipatie. Op dit gebied had ze maar één angst. Die betrof de extreem linkse vleugel van de vrouwenbeweging. Deze stuurde achter de schermen en in het openbaar aan op een breuk en wilde de beweging verbreden tot een linkse politieke partij.

Dagný volgde de wedstrijd fanatiek. Marion wilde haar daar niet in storen, maar zat vol bewondering te kijken naar het uitzicht: de Bláfjall die zich als een vage schim in de avondzon verhief, Reykjanes in de verte, de Öskjuhlíð en het strand van Nauthólsvík dichtbij. Je zag duidelijk het vliegveld liggen, en hotel Loftleiðir erachter. Daar zat Bobby Fischer met zijn adviseurs over de volgende partij te discussiëren. Marion was 's middags naar het hotel gereden en had het gebouw vanuit de auto onopvallend van alle kanten kunnen bekijken. Ook een tocht door gangen en zalen was zonder lastige ontmoetingen verlopen. Viktoría, die in het hotel werkte, was nergens te zien geweest, evenmin als de roemruchte uitdager van kamer 470. Geen glimp ook van de man met de korte lichte jas en het donkere uiterlijk, de man die mogelijk uit de Verenigde Staten afkomstig was.

'Ik heb eens met mijn vriendin Hrefna gepraat,' zei Dagný. Ze zuchtte bezorgd toen Fram voor de derde keer scoorde en daarmee de wedstrijd besliste. 'Ik heb haar maar niet verteld waar jij allemaal in zit te rommelen, maar ik wist dat ze Viðar kende. In de jaren dertig was ze samen met hem in Moskou om Russisch te leren. Ze is er maar één winter geweest en volgens mij heeft ze al die tijd voor haar leven gevreesd.'

'Had ze daar dan een reden voor?' vroeg Marion.

'Elke dag verdwenen er op onverklaarbare wijze mensen, ook niet-Russen. Vera Hertzsch bijvoorbeeld. Veel buitenlanders zijn toen als hazen het land uit gevlucht. Over dat jaar in Moskou vertelde Hrefna niet veel. Net als een heleboel anderen – ik ook – had ze het wel gehad met die verheerlijking van de Russen hier. Sinds wat er in 1956 in Hongarije gebeurde en vier jaar geleden nog meer, toen ze Praag binnenvielen.'

'En wat heeft ze je over Viðar verteld?'

'Wat moet je toch met die man? Heeft het iets met de oude socialisten te maken?'

Marion haalde de schouders op.

'Of is het omdat hij ontvanger is bij het elektriciteitsbedrijf? Heeft hij gefraudeerd?'

'Wisten we het maar. Als ik er op een goeie dag achter ben, hoor je het van me.'

'Hrefna zei dat ze hem altijd een beetje geheimzinnig vonden, daar in Moskou. Hij was een enorme loyalist, die nooit van de officiële lijn afweek, geen moment. Tamelijk humorloze figuur. En niemand vertrouwde hem helemaal.'

'Waarom niet?'

'Hij had er al een tijd gewoond en hij stond in een goed blaadje bij de lui die het voor het zeggen hadden. Hrefna dacht dat hij op de Leninschool in Moskou had gewerkt voor een afdeling die zich bezighield met het verzamelen van informatie over staatsburgers van buitenlandse mogendheden. In de Sovjet-Unie kon je natuurlijk niet vrij rondreizen, en zeker de mensen die daar studeerden niet. De autoriteiten wilden precies weten om wie het ging en wat ze deden, en Viðar hielp hen daar een handje bij. Tenminste, dat dacht Hrefna.'

'Voor wie werkte hij daar eigenlijk?'

'Hrefna wist niet precies tot welk apparaat hij behoorde. Ze hadden daar overal agenten voor. Maar ze zei dat hij háár enorm had geholpen en dat hij later in de socialistische beweging een van de betere figuren was. Hrefna heeft het nooit over partijen, altijd over bewegingen. Tegenwoordig zit ze in de vrouwenbeweging. Ze wou heel graag weten waarom ik naar Viðar vroeg, maar ik denk dat ik me daar wel aardig uit heb kunnen kletsen.'

'Aan de ene kant een humorloze loyalist en aan de andere kant toch wel een aardige kerel?'

'Ze zei dat ze nooit over hem te klagen heeft gehad, wat de mensen ook over hem zeggen.'

De wedstrijd was afgelopen. De spelers verlieten het veld en de toeschouwers begonnen via de uitgang aan de Melatorg naar buiten te stromen. Dagný en Marion bleven aan het raam zitten en genoten van het verre uitzicht.

'Ik zie Spassky wel eens, 's morgens als ik naar de bakker ga,' zei Dagný. 'Hij tennist hier, bij de school. Ze hebben op het terrein een net voor hem opgezet. Hij wilde graag tennissen en toen bleek dat we hier helemaal geen tennisbanen hebben.'

'Ja, ik las er iets over in de krant,' zei Marion. 'Ze sloven zich nogal voor ze uit. Fischer zwemt 's nachts in zijn eentje in het Laugardalszwembad.'

Dagný glimlachte.

'Maar hoe staat het eigenlijk met jou? Je hebt me nog nooit eerder voor een onderzoek om hulp gevraagd.'

'Viðar was lid van de partij en jij ook, dus dat leek me wel handig. Maar ik wou je ook graag weer eens zien.'

'Verschrikkelijk, die moord in de Havenbioscoop. Ben je daarmee bezig?'

'Daar is de hele recherche mee bezig,' zei Marion.

'Vraag je daarom naar Viðar? Vanwege die zaak?'

'Nou ben je te nieuwsgierig, Dagný. Altijd geweest trouwens.'

'Ja, daar kon je wel eens gelijk in hebben.'

Dagný dacht een hele tijd na.

'Pappa heeft niet lang meer te leven. Wil je nog met hem praten?' zei ze toen.

'Hij heeft me twee keer gebeld om me dat te vragen, maar ik heb hem geen antwoord gegeven,' zei Marion. 'Ik wou dat hij daarmee ophield. Dat zou voor iedereen het beste zijn. Ik ken hem niet, ik heb hem nooit gekend, en nou is het te laat om daar nog iets aan te doen. Hoe gaat het met hem?'

'Het zal niet lang meer duren. Hij heeft je slecht behandeld en daar heeft hij zo'n spijt van. Mammie en oma hebben er trouwens ook schuld aan. Een kind van een dienstmeisje, daar mocht geen mens iets van weten.'

'Maar het ouwe mens heeft ook wel weer een hoop voor me gedaan. Me naar Denemarken gestuurd. En ze is met de jaren een stuk milder geworden.'

'Ach, echt slecht was ze ook niet. Maar pappa heeft al die jaren contact met je willen hebben. Hij weet dat wij elkaar regelmatig zien. Je moest eens weten hoe blij hij was toen hij dat hoorde.'

'Ja, omdat jíj naar me op zoek was gegaan,' zei Marion.

'De ouwe Aþanasíus had tegen me gezegd dat ik dat moest doen. Hij zei dat het niet zo goed met je ging door alles wat er gebeurd was.'

'Feitelijk was hij de enige die ooit echt belangrijk voor me is geweest,' zei Marion.

'Dat is niet waar en dat weet je best,' zei Dagný. 'Je bent verbitterd en boos, en dat kan ik me goed voorstellen. Anders zou je wel een ontmoeting met je vader willen hebben.'

Marion kende Dagný en haar zuster voornamelijk doordat Aþanasíus door de jaren heen met enige regelmaat nieuws over hen had verteld. Direct contact hadden ze nooit gehad. Totdat Dagný op een dag in de Openbare Bibliotheek was verschenen, waar Marion na de oorlog een paar jaar had gewerkt. Ze had zich voorgesteld en gevraagd of er niet ergens een rustige plek was waar ze samen konden praten. Marion moest de groeten hebben van Aþanasíus. Ze waren naar de koffiekamer gegaan en daar werd alles duidelijk. Dagný had kort daarvoor gehoord dat haar vader een kind had bij een meisje dat in zijn ouderlijk huis had gediend. Dat was een onderwerp waarover in veel huishoudens nauwelijks werd gesproken. Het kind had aan tbc geleden en dit voerden de ouders aan als verontschuldiging voor het feit dat Dagný en haar zusje niet met Marion mochten omgaan. Dagný wist wel beter: vanaf het begin was de afspraak geweest dat de hele zaak zou worden doodgezwegen. Dit alles vertelde ze aan Marion, die een dergelijk verhaal ook al van Aþanasíus had gehoord. Dagný zei dat ze het huis uit was gegaan, ze was laaiend op haar ouders. Ze wilde Marion als dat mogelijk was graag leren kennen.

'Die goeie Aþanasíus,' zei ze, uitkijkend over het stadion. Ze schonk Marion nog eens koffie in. 'Ons, mijn zusje en mij, vertelden ze altijd dat hij je vader was.'

'Ben je wel eens met hem mee geweest als hij forellen ging halen?'

'Eén keer maar,' zei Dagný. 'Daarna was het afgelopen, dat weet je. Hij kreeg ruzie met pappa en is met een kwaaie kop weggegaan.'

'Had hij niet moeten doen,' zei Marion.

'Dat gebeurde pas toen ik had ontdekt wie jij nou eigenlijk was en ik je voor het eerst in de bibliotheek ging opzoeken. Ik heb de hele ruzie kunnen volgen. Mij hadden ze nooit iets gezegd, en voor Aþanasíus was de maat toen vol. Dat heeft hij me later verteld. De familie had je allang moeten erkennen, zei hij. En je had je deel van de erfenis moeten krijgen.'

'Mijn deel,' herhaalde Marion. 'Nou, dat is wel het laatste waar ik me druk over gemaakt heb.'

'Dat is dan maar goed ook, want het is met de crisis allemaal opgeraakt.'

'Het zijn geen dingen waar ik erg mee bezig ben, Dagný,' zei Marion. 'Ik zeg het maar eerlijk. Het is allemaal al zo lang geleden.'

'Maar je weigert wel om pappa te ontmoeten.'

'Hij is nooit mijn vader geweest,' zei Marion. 'Hij was jouw vader en die van je broers en je zusje, maar nooit de mijne. Ik ken hem niet. Totaal niet. Maar vertel eens: hoe komt het dat een rijke stinkerd als jij zo'n fanatieke rooie kon worden?'

'Dat weet ik niet,' zei Dagný lachend. 'Misschien wel omdat eerlijk delen nog altijd een geweldig probleem schijnt te zijn. En omdat ik tegen de Amerikaanse legerbasis in Keflavík ben. Er komt natuurlijk ook iets bij van me afzetten tegen mijn ouders. Mammie was zo mogelijk nog erger vastgeroest in haar opvattingen dan pappa en oma. Eigenlijk denk ik dat het voor een groot deel haar schuld was dat pappa nooit contact met je heeft gehad.'

Marion zweeg.

'Ik denk dat het je goed zou doen als je hem ontmoette,' zei Dagný.

Marion zei daar noch ja, noch nee op en probeerde opnieuw het gesprek op een ander onderwerp te brengen.

'Om op die Viðar terug te komen, heb je die zelf ook meegemaakt?'

'Ja, hij kwam op al onze vergaderingen, ook wel als spreker, en hij lag heel goed bij de club die het voor het zeggen had. Maar toen de Volksalliantie werd gesticht trok hij zich uit alles terug. Ik heb hem al een paar jaar niet meer gezien. Hrefna vermoedt dat hij op de een of andere manier nog wel connecties met Moskou heeft.'

'Weet je wat voor connecties dat zijn?'

'Nee, dan zou je echt met haarzelf moeten praten, daar kan ik onmogelijk tussen gaan zitten.'

'Ik denk dat je daar gelijk in hebt,' zei Marion. 'Alleen, het ligt allemaal zo gevoelig. Je moet mensen hebben die je kunt vertrouwen. Die het niet in de hele stad rondkleppen en zo alles voor je verzieken.'

'Hij was daar in Moskou samen met een IJslandse vrouw.'

'Wie? Viðar?'

'Ja, volgens mij hebben ze nog steeds een soort relatie. Toen ze weer terug waren uit Moskou hebben ze een tijd samengewoond. Daarna zijn ze apart gaan wonen, en dat bevalt ze kennelijk goed. Een heleboel mensen doen dat trouwens,' voegde Dagný eraan toe, terwijl ze Marion aankeek.

'Waren ze verliefd op elkaar?'

'Dat zijn ze nóg, heb ik begrepen.'

'Wie is die vrouw?'

'Ze heet Bríet en ze doet allang niet meer aan politiek. Ik betwijfel eigenlijk of ze wel ooit zo politiek geïnteresseerd geweest is. Erg aardige vrouw. Ze werkt in het Rijksziekenhuis. Verpleegster – "verpleegkundige" moet je tegenwoordig zeggen.'

Marion dronk van haar koffie en diepte een pakje sigaretten op.

'Je rookt flink, zeg,' zei Dagný.

'Ja, dat is zo, ik rook te veel. Maar tijdens mijn werk probeer ik een beetje kalm aan te doen.'

'Is dat nou wel verstandig, met jouw ziektegeschiedenis?'

'Als ik de tuberculose heb kunnen overleven, zal het met dat roken ook wel loslopen,' zei Marion, met een sigaret tussen de vingers. 'Maar ik doe mijn best niet al te veel te inhaleren.'

'Hrefna heeft me wel eens verteld over de sigaretten die Viðar in Moskou altijd rookte,' zei Dagný. 'Stonken een uur in de wind.'

'Wat voor sigaretten waren dat?'

'Wat Viðar rookte? Van die Russische troep, natuurlijk. Worden ze geen papirosjka's genoemd?'

'Papirosjka's?'

'Ja, want ze bestaan eigenlijk voor het grootste deel uit vloei. Wat voor merk noemde Hrefna nou toch? Het was een of ander kanaal.'

'Belomorkanal?'

'Ja, precies! Belomorkanal.'

27

Albert had zijn ouders beloofd hen te helpen met hun tuin, die in Kópavogur aan de zeekant lag. Terwijl Marion bij Dagný was, maaide hij het gras achter hun huis met een oude motormaaier, die constant afsloeg. Zijn vader had een klein importbedrijf voor zuidvruchten. Soms leek het Albert alsof hij in zijn jeugd nooit iets anders had gegeten dan heerlijke appels en sinaasappels en sappige pruimen.

De grasmaaier was weer eens afgeslagen en het kostte nogal wat tijd hem weer op gang te krijgen. Eindelijk sloeg hij aan, zodat Albert het resterende gedeelte van het gazon kon maaien. Hij dacht aan het gesprek dat hij eerder had gevoerd met Klara, Ragnars moeder.

De ouders hadden in de krant over de buitenlanders gelezen; over de geheimzinnige vrouw; over Hinrik, die in voorlopige hechtenis had gezeten, maar enkele dagen geleden weer was vrijgelaten. Elke keer als de bladen met nieuwe bijzonderheden kwamen hadden ze contact gezocht met de politie. Soms hadden ze gebeld, soms waren ze naar het bureau aan de Borgartún gekomen. Albert en Marion hadden hun best gedaan hen zo goed mogelijk in te lichten over het verloop van het onderzoek en hun op het hart gedrukt zich in elk geval niet al te veel aan te trekken van de berichtgeving in de media.

Albert had Klara in Breiðholt opgezocht. Hij had zich net als de eerste keer voor het flatgebouw over stapels hout voor bekistingen en stukken betonijzer heen moeten werken.

De buurt breidde zich in hoog tempo uit over de heuvels; elke dag kwamen er nieuwe straten bij, elke dag verrezen er huizen. Op de speelveldjes liepen overal kinderen, die van afvalhout zelf ook hutten bouwden. De mensen en hun nieuwe onderkomens, ruwe, verveloze blokkendozen die overal in de rondte verrezen, alles ademde de sfeer van een wijk in opbouw.

Albert wilde niets liever dan Klara antwoord geven op haar vragen, maar kon haar nauwelijks helpen. In geen geval wilde hij haar vertellen over Marions theorie van de Amerikaan en de Rus die in de Havenbioscoop zouden hebben afgesproken. De politie beschikte over te weinig aanwijzingen om hen in verband te brengen met de moord op Ragnar; men had geen idee wie ze waren en hoe men ze te pakken moest krijgen. Niemand zou zelfs kunnen zeggen of ze eigenlijk wel bestonden.

'Kan je me echt niks over het onderzoek vertellen?' vroeg ze. Ze zei het zoals altijd heel kalm en weloverwogen. 'Hebben jullie dan helemaal geen vorderingen gemaakt?'

'We werken dag en nacht aan de zaak,' zei Albert. 'Maar het blijkt ingewikkelder te zijn dan we dachten.'

'Wie kan hem nou zoiets aangedaan hebben?' zei Klara. Dat was de vraag die ze steeds maar weer stelde.

'Ik heb het je al eerder gezegd: het was puur toeval – een echte reden valt er niet te bedenken. Uitgebreide voorbereidingen lijken er niet aan te pas gekomen. Jullie zoon was op het verkeerde moment op de verkeerde plaats. En precies daarom is het zo onduidelijk wat erachter zit. Hij is gewoon in een situatie terechtgekomen waarop hijzelf geen enkele greep had. Dat heeft hem zijn leven gekost.'

'Kwam dat door die cassetterecorder?'

'Dat is de enige reden die we kunnen bedenken.'

'Dat hij iets opgenomen zou hebben wat niemand mocht horen?'

'Inderdaad, ja.'

Klara zweeg een hele tijd; het enige geluid kwam van hamerslagen in de verte.

'Wat een verschrikkelijke ellende allemaal,' zei ze ten slotte.

'Je hoort van ons zodra we iets meer weten,' zei Albert.

'Ik... zo gek, vanmorgen liep ik zijn slaapkamer in om hem wakker te maken,' zei Klara.

Ze keek Albert aan.

'Ik werd vroeg wakker, of eigenlijk sliep ik nog half, ik was nog niet erg helder in elk geval. En ineens sta ik in zijn kamer en bedenk dat hij daar helemaal niet meer is. Ik weet niet wat dat met me was. Misschien komt het omdat ik de hele nacht over hem gedroomd heb. Heel eventjes was het alsof hij in huis was. Alsof alles gewoon was. En toen...'

Albert stopte met maaien, harkte het gras bij elkaar en deed het in een zak. Toen hij daarmee klaar was hielp hij zijn vader rommel uit de garage op een kleine aanhanger te zetten. Zijn dochters, die zich bij oma in de keuken te goed hadden gedaan aan limonade en koek, liepen giebelend naar de auto. Voorzichtig reed hij naar de vuilnisbelt bij Gufunes. Daar begon hij de kar af te laden; de meisjes keken door de achterruit toe. Hij pakte een oude slee en bleef er een ogenblik aarzelend mee in zijn handen staan. Pála deed het portier van de auto open en riep: 'Van wie is die slee?'

'Die is van mij geweest, maar hij is kapot.'

'Waarom wil je die weggooien?'

'Omdat hij kapot is,' zei Albert en hij liet haar zien dat een van de staanders onder het zitje gebroken was.

'Kan je dat niet maken?' vroeg Pála.

'Nee,' zei Albert. Hij liet de slee op de vuilnishoop vallen.

'We zetten hem gewoon binnen,' zei Pála.

'Een slee zet je toch niet in huis? Dat doet geen mens,' zei Albert. Hij opende een oude koffer, gooide hem vervolgens weg.

'Ik wou hem in de kamer zetten. Dan kunnen er kinderen op zitten,' zei Pála, haar vader aankijkend.

'In de kamer?'

'Ja, voor kinderen.'

'Nou vooruit, omdat jij het bent,' zei hij tegen zijn dochter toen hij weer in de auto ging zitten en wegreed. De slee lag op de aanhanger.

Op de radio werd Amerikaanse rock uitgezonden, en dat was bijzonder, want meestal stond er 's avonds symfonische muziek op het programma. Albert luisterde veel naar rock. Vanaf het moment dat ze hun eerste muzikale stappen hadden gezet, was hij helemaal bezeten geweest van de Beatles. Zodra die uit was had hij *Sgt. Pepper's Lonely Heart Club Band* gekocht, naar zijn mening een van de beste platen die ooit gemaakt waren. Hij luisterde naar Cream, naar alles van Eric Clapton, naar Jimi Hendrix en Neil Young. Toen Miles Davis 'elektrisch ging' wist hij niet wat hij hoorde; *Bitches Brew* werd een van zijn lievelingsplaten. Hij leerde een beetje gitaar spelen en begon zelf met drie vrienden een bandje, dat echter geen lang leven beschoren was.

Met die drie vrienden maakte hij op een keer een tocht naar Þórsmörk, waar hij Guðný ontmoette. Ze was daar samen met de vriendinnen van haar vakantiebaantje op de kerkhoven van Reykjavík. Ze had wat te veel van de mixdrankjes op die haar vriendinnen hadden klaargemaakt. Er werd een enorm kampvuur aangelegd. Toen ze eromheen gingen zitten viel ze letterlijk in Alberts armen.

's Avonds als het rustig was, pingelde hij een beetje op zijn gitaar. Dan componeerde hij melodieën en schreef teksten die hij meestal wel aan Guðný liet horen, maar verder aan niemand. Ze luisterden samen naar IJslandse bands en draaiden populaire platen met countryrock. Hun smaken liepen niet erg uiteen.

Op de radio begon een nieuw rocknummer. De twee jongste meisjes waren op de achterbank in slaap gevallen en Pála zat rustig naar het verkeer te kijken. Toen ze thuiskwamen was de lucht vochtig en hingen er zware wolken. Guðný zei dat Marion voor hem had gebeld en Albert belde direct naar het bureau, maar kreeg te horen dat Marion net naar huis was. Na twintig minuten deed hij een nieuwe poging; het was inmiddels elf uur geweest. Marion nam op.

'Je wou me spreken?' vroeg Albert.

'Ja, ik heb eens zitten nadenken over de rol van die derde man. Die figuur bij de bioscoop,' zei Marion. 'Ik weet niet meer of we het daar al over gehad hebben. Maar het kan best wachten tot morgen, hoor, ik wist niet dat het al zo laat was.'

'Dat er drie mannen zijn geweest?' zei Albert. 'Dat is me wel eens door het hoofd gegaan, ja. Die derde man moet dan een Rus zijn, als je op dat pakje Belomor mag afgaan.'

'En als het nou toch een IJslander was?' vroeg Marion. 'Er zijn hier ook wel mensen die die sigaretten roken.'

'Waarom een IJslander?'

'Dat viel me zomaar in. Ik vind dat we die mogelijkheid niet helemaal moeten uitsluiten.'

'Dan weet die man dus dat de andere twee in de Havenbioscoop hebben afgesproken,' zei Albert. 'Hoe kan hij dat te weten gekomen zijn?'

'Hij kan in verbinding staan met een van de twee partijen,' zei Marion, die niet met hem over Viðar wilde spreken. 'Of hij is het op een andere manier te weten gekomen.'

'Weet hij waar ze over praten?'

'Dat zou kunnen.'

'En weet hij dat de jongen tijdens die ontmoeting is vermoord?'

'Daar mag je van uitgaan.'

'Weet hij ook wie het zijn?'

'Ja, we moeten aannemen van wel.'

'Waarom komt hij dat ons dan niet vertellen?'

'Goeie vraag.'

'Waarom denk je dat het een IJslander is?'

'Dat weet ik helemaal niet. Ik vind alleen maar dat je het niet moet uitsluiten.'

'Wat speelt hij dan voor spelletje?'

'Daar moet jíj maar eens een nachtje over slapen, vind ik,' zei Marion, die een eind aan het gesprek wilde maken. 'Doe de groeten aan je dochter hè, aan Pála.'

Toen ze in bed lagen sloeg Guðný een arm om Albert heen, kuste hem en vroeg wat hij wilde met die slee die hij had meegebracht. Albert zei dat hij hem wilde repareren, de roest eraf schuren en hem lakken. Dan zou hij hem aan Pála geven.

'Zeg, maak je je ergens druk over?' vroeg Guðný. Ze wreef met haar hand over Alberts buik.

Albert antwoordde niet direct. 'Het is de zaak van die jongen in de Havenbioscoop,' zei hij toen. 'Ik weet het niet, maar ik heb zo'n idee dat Marion me niet alles vertelt wat er speelt.'

'Waarom denk je dat?'

'Dat gevoel heb ik nou eenmaal en dat zit me niet lekker.'

'Dan moet je het bespreken met...'

'Als het zo blijft ga ik dat zeker doen,' zei Albert.

'Maar wat houdt Marion dan voor je verborgen?'

'Er ís iets. Dat telefoongesprek van daarstraks... Ze weet meer dan ik. Ik vind dat niet prettig.'

Guðný's hand ging naar beneden, streek over zijn navel en kwam in de stugge bos haren daaronder terecht. Even trok ze eraan.

'Ik zou er bloempotten op kunnen zetten.'

'Waarop?'

'Op die slee.'

'Goed idee,' zei Albert en hij kuste haar.

'Ze slapen toch wel, hè?' fluisterde ze.

'Ja,' zei hij.

Ze voelde zijn geslacht in haar hand zwellen.

Albert kreunde even.

'Doe ik je pijn?' vroeg ze.

'Nee,' zei hij, en hij streelde haar gezicht. In haar haar waren de geuren van de zomer blijven hangen. Ze kusten elkaar gulzig en ze klom op hem; hij voelde de liefkozing van haar warme tong, en hun kussen werden inniger en langer en vochtiger. En eindelijk rustiger. Net als de nacht.

Marion parkeerde de auto op een parkeerplaats bij de Laugarnesschool, wandelde naar het zwembad, dat daar niet ver vandaan lag, en liep met kalme stappen, alsof het de normaalste zaak van de wereld was, naar binnen. De omgeving van het bad was in oostelijke richting gedeeltelijk afgezet met gaas, maar Marion vond een plaats die uitzicht bood op het bad, op de hete zitbaden, de kleedhokjes en de deuren van de doucheruimtes. Vlak bij de douchecabines stonden enkele dik geklede mannen in alle rust wat te praten, sommigen rokend, anderen met de handen in de zakken, helemaal ontspannen in de nachtelijke rust. Marion, die het nieuws over het schaaktoernooi goed bijhield, meende een van hen, een altijd aanwezige assistent, op krantenfoto's gezien te hebben.

De deur naar de herendouches ging open en er kwam een lange, magere man in zwembroek naar buiten. Hij had dunne armen en een slungelig figuur. Hij zei iets tegen de mannen, die hem lachend aanhoorden, en liep langs de rand van het bad. Toen strekte hij zijn lange armen voorwaarts, zakte door zijn knieën en dook in het water.

Marion wist aan bepaalde bewegingen, aan de klassieke gelaatstrekken en aan het donkere haar onmiddellijk wie hij was. Het was precies zoals Albert had gezegd: Bobby Fischer nam 's nachts een frisse duik.

Via de media was bekend dat hij heel wat moeite deed om zichzelf in conditie te houden. Hij begon het bad met krachtige slagen in de lengte op en neer te zwemmen. Na een aantal baantjes verlaagde hij het tempo, wentelde zich op zijn rug, liet zich drijven, dook rustig en ontspannen. Hij genoot ervan het bad voor zichzelf te hebben, misschien wel omdat hij voor even vrij was van de boeien die hem aan het schaakbord ketenden.

Zoals hij daar in het zwembad ploeterde was het hem niet aan te zien dat hij op het toppunt van zijn roem verkeerde. Dat de wereld iedere beweging van hem volgde. Dat grote mogendheden voor hem sidderden. Het was niet waarschijnlijk dat men ooit een tweede keer een schaker als Bobby Fischer zou kunnen aanschouwen. Een schaker die eenzelfde rol speelde, van wie men even grote verwachtingen koesterde, een die de sport liet buigen onder zijn kracht. Hij stond als eenling tegenover een grote schaaknatie, die de titel een kwarteeuw in bezit had gehad. Hij had de mogelijkheid de eerste Amerikaanse wereldkampioen schaken te worden. Een man die door zijn tegenstanders werd geacht. Die door miljoenen werd bewonderd.

Hij zwom daar in het Laugardalsbad alsof hij aan dat alles geen enkele boodschap had. Alsof hij weer de Bobby was die in de straten van Brooklyn speelde, een jongen die niemand kende.

Na een hele tijd zwom hij weer naar de rand van het bad. De damp van het warme water sloeg in de koele nachtlucht van hem af. Op weg naar de douchecel zei hij iets tegen de mannen en was al uit het zicht verdwenen toen Marion langzaam wegliep.

28

Viðar verscheen precies om negen uur op zijn werk bij het Gemeentelijk Elektriciteitsbedrijf. Marion was rond zes uur naar zijn huis gereden en had dit vanuit de verte in het oog gehouden. Viðar woonde aan de Skeggjagata in de wijk Norðurmýri, in een klein huis waarvan de muren met schelpzandcement waren bepleisterd. Toen Marion er een tijd had gepost kwam het huis tot leven: de bewoner was kennelijk opgestaan.

Er woonden nog meer vroege vogels in de buurt. Een energieke man legde een hengel in zijn jeep; een wat louche uitziende knul met een bril draaide om hem heen. Ze gingen in de jeep zitten en reden zonder aandacht aan Marion te besteden de straat uit.

Op het radionieuws kwam zoals bijna altijd het schaaktoernooi ter sprake. Later die dag zou de dertiende partij worden gespeeld. Het gedrag van de uitdager aan het schaakbord leverde nog steeds stof tot beschouwing op. De meeste mensen vonden hem ongemanierd: hij zat geen ogenblik stil, beet op zijn nagels, peuterde in zijn neus en oren. De wereldkampioen leek zich van dat alles niets aan te trekken. Marion herinnerde zich dat Spassky voor de zevende partij eenzelfde stoel kreeg als Fischer vanaf het begin van het toernooi had gebruikt. Het team dat Fischer ondersteunde protesteerde daar heftig tegen en een van hen probeerde de stoel zelfs van het podium te smijten. Het personeel van de sporthal zette hem echter weer terug. Marion moest denken aan wat Jósef zich had afgevraagd: weten we eigenlijk iets van wat er rond die Match van de Eeuw gebeurt?

Er was zo vroeg in de morgen nog maar weinig verkeer in Norðurmýri. Een stevig gebouwde kerel in een groen jack liep langs de auto. Hij zag Marion niet en liep met zware stappen in zuidelijke richting. Marion herkende hem, een goede bekende van de politie, een kleine misdadiger en een straatvechter – Elliði heette hij. Hij liep met gebogen hoofd en waggelde een beetje, alsof zijn ene been korter was dan het andere. Marion keek hem na totdat hij plotseling de trap naar een souterrain af ging en verdween.

Tegen negenen ging de deur van Viðars huis open. Een man van in de zestig verscheen op de stoep – volgens Dagný's nauwkeurige beschrijving zou dit hem moeten zijn. Hij deed de deur zorgvuldig op slot en trok twee keer aan de knop om zich ervan te vergewissen dat hij echt goed had afgesloten. Daarna liep hij naar zijn Russische Moskvitch en stapte in. De auto startte met een paar knallen en reed de Skeggjagata uit, de kant van de Rauðarárstígur op. Rakelings passeerde hij Marion, die achter het stuur wegdook. Viðar nam de kortste route naar het elektriciteitsbedrijf en was klokslag negen uur op zijn werk.

Er was geen reden om in de buurt van het kantoor te blijven hangen. Marion reed naar restaurant Skúlakaffi, at een stevig ontbijt, keek de kranten door en ging vervolgens naar de Borgartún. Albert was er niet, een goed moment om even op de bank te gaan liggen en na te denken. Het raadsel van de derde man, in wie Jósef zo geïnteresseerd was geweest, bleef om een oplossing vragen. Zou Viðar zelf die man kunnen zijn? Verschillende aanwijzingen wezen in die richting. Hij had in Moskou gestudeerd en had ooit Belomor-sigaretten gerookt, het merk van het pakje dat in de buurt van de Havenbioscoop was gevonden. Het telefoongesprek waarin hij over de ontmoeting in de bioscoop had gehoord verbond hem rechtstreeks met wat daar had plaatsgevonden. Viðar wist van de afspraak van de Amerikaan en de Rus – aangenomen dat het een Rus was – terwijl deze toch zeer geheim moest zijn. En dat het om een andere ontmoeting zou gaan was nauwelijks voorstelbaar.

Onder gewone omstandigheden zou Marion Viðar thuis hebben opgezocht, hem zwaar onder druk hebben gezet of hem misschien meteen in voorlopige hechtenis hebben genomen. Maar Jósef had zijn inlichtingen over de man – onrechtmatig verkregen informatie in feite – in strikt vertrouwen gegeven. Er was daarom maar één mogelijkheid: dit vertrouwen respecteren. Ze zouden dus meer informatie over Viðar moeten verzamelen, zodat hij op een andere manier in verband kon worden gebracht met wat er in de bioscoop was gebeurd.

Er was een tamelijk gave vingerafdruk op het sigarettenpakje gevonden, waarschijnlijk van een duim. Ineens was Marion, al nagenoeg in slaap, weer klaarwakker. Je kon toch vingerafdrukken van Viðar afnemen zonder dat hij het wist?

De chef van de technische recherche had zijn bedenkingen.

‘Waar wil je die vingerafdrukken dan nemen?’ vroeg hij zonder belangstelling vanachter zijn koffie met croissant.

‘Hij rijdt in een tamelijk nieuwe Moskvitch. Die moet onder de vingerafdrukken zitten.’

‘Waarom laat je hem niet gewoon komen?’

‘Dat kan nou eenmaal niet in deze zaak.’

‘We kunnen ook naar zijn huis gaan.’

‘Zelfde probleem.’

‘Waarom gaan we niet met die man praten?’

‘Dat zou op het ogenblik niet in het belang van het onderzoek zijn.’

‘Niet in het belang van het onderzoek!’ ontplofte de chef – een paar schilfers bladerdeeg van de croissant dwarrelden zijn koffie in. ‘Wie denk je verdomme dat je voor je hebt? Zo’n klotejournalist soms? Wat wil je onder de pet houden? We kunnen toch niet in het wilde weg bij Jan en alleman vingerafdrukken gaan afnemen? Zonder toestemming nog wel, het is te gek om los te lopen. En dat weet je donders goed!’

‘Het heeft te maken met die Russische sigaretten,’ zei Marion.

‘Die van bij de Havenbioscoop?’

‘Ja.’

De chef doopte zijn croissant in de koffie.

‘Zou het kunnen dat we al vingerafdrukken van die man hebben?’ vroeg hij. ‘Hoe heet hij?’

‘Zelfs dat kan ik je niet vertellen,’ zei Marion. ‘Tenminste, op dit ogenblik niet. Ik heb alles doorgekeken wat we aan vingerafdrukken hebben, maar daar kan ik hem niet in vinden.’

‘Wat ís dit voor geheimzinnigdoenerij? Sorry Marion, maar dit is echt niks voor jou.’

‘Het is een heel raar zaakje. Dat wil ik bewijzen, en dan kan je beter iets concreets in handen hebben. Ik kan hem niet precies vertellen waarom we belangstelling voor hem hebben, dat zou ongetwijfeld problemen geven. Ik moet dus met iets heel overtuigends aankomen. Nou, daarom heb ik je spullen nodig. Over een uur heb je ze terug.’

‘Is dit nou vakmanschap?’ zei de chef.

‘Sorry?’

‘Jij hebt er altijd de mond van vol dat we hier meer vakmanschap nodig hebben. Moet je zien hoe je zelf aan het klooien bent.’

‘Iedere zaak is nou eenmaal uniek,’ zei Marion.

'Jawel, maar dit is gewoon knullig. Een schoolboekjesvoorbeeld van IJslandse knulligheid.'

'Dan is dat maar zo.'

'In wat voor een auto zei je dat hij reed?'

'Een Russische. Een Moskvitch.'

'Dat is in elk geval een gelukje,' zei de chef. 'Bij een Moskvitch krijg je alle vingerafdrukken op de handgreep van het portier zo ongeveer op een presenteerblaadje aangeboden. Oké dan, ik zal het tegen Tommi zeggen. Die neemt het wel met je door.'

Ongeveer een uur later stond Marion opnieuw voor het Gemeentelijk Elektriciteitsbedrijf met wat poeder, een fijn penseel en een stuk kleefband. Het poeder zat in een doosje dat oorspronkelijk voor snuiftabak had gediend. Tómas van de technische recherche had uitgelegd hoe je bij het afnemen van vingerafdrukken het beste te werk kon gaan. Het is altijd handig een vergrootglas bij je te hebben, had hij gezegd. Maar Marion had bij het recherchewerk nooit een vergrootglas gebruikt en wees die raad resoluut van de hand.

De Moskvitch van Viðar stond bij het gebouw van het elektriciteitsbedrijf. Het was omgeven door struikgewas, een tamelijk goede bescherming voor de blikken van voorbijgangers. De technisch rechercheur was het met zijn chef eens geweest; hij had gezegd dat de handgreep van het portier de beste kansen bood. De handgrepen van een Moskvitch waren vlak van vorm en het metaal was verchroomd. Als het portier werd opengetrokken zaten de vier vingers aan de achterkant, terwijl de duim op de voorkant rustte. Er moest dus een duidelijke duimafdruk op de voorkant van de handgreep zitten.

Er kwam maar weinig verkeer langs de plaats waar de auto geparkeerd stond. Toch nam Marion royaal de tijd om de omgeving te observeren en liep pas na een halfuur behoedzaam naar de auto. Op de handgreep zaten duidelijke vingerafdrukken, dat kon je zo wel zien. Nu was het zaak Tómas' instructies uit te voeren. Het witte poeder voorzichtig over het oppervlak blazen, zodat het fijne meel zich zachtjes op de handgreep kon afzetten. Het overtollige poeder met het penseel wegvegen, zodat er duidelijk zichtbare afdrukken achterbleven. Het kleefband over de handgreep leggen, aandrukken, weer heel voorzichtig lostrekken en in een doosje stoppen. Het nam minder dan twee minuten in beslag.

Wat later overhandigde Marion de chef van de technische recherche het doosje en vroeg hem de vingerafdrukken te vergelijken met die op het sigarettenpakje en met de afdrukken die in de bioscoop waren gevonden.

'En er is ontiegelijk veel haast bij.'

Terwijl Marion daar druk mee was vond Albert een van de mensen die in de Havenbioscoop had gezeten maar nog niet met de politie had gesproken, hoewel het zeker was dat hij de voorstelling van vijf uur had bezocht. Het was de piloot die een relatie met Viktoría had. Vanaf de dag dat Albert en Marion zijn geliefde in restaurant Skúlakaffi hadden gesproken had hij op een internationale vlucht gezeten en nu was hij terug. Albert had telefonisch contact met hem en ze spraken af elkaar te ontmoeten op een plek die een flink eind van zijn eigen huis én van de Borgartún was gelegen.

'Kon je nou echt niks beters verzinnen?' zei de piloot narrig, terwijl hij met Albert in Skúlakaffi ging zitten. Het was kort na de middag en de grootste drukte was achter de rug.

'Ze hebben hier prima koffie,' zei Albert, al had hij eigenlijk geen zin zich voor van alles en nog wat te verontschuldigen. 'En je zit er rustig.'

De piloot was zomers gekleed: licht jack, spijkerbroek. Hij was een slanke, knappe vent – Guðný zou hem 'een spetter' genoemd hebben – goed geschoren en verzorgd, met dikke bakkebaarden en lang haar zoals Albert dat ook droeg. Zijn gedrag was kordaat, alsof hij voortdurend in een landingsprocedure zat. Viktoría had kennelijk kans gezien hem over haar gesprek met de politie te vertellen: hij bleek helemaal op de hoogte en kwam zonder omwegen ter zake.

'Ik weet niet wat er is gebeurd, daar in de bioscoop,' zei hij. 'Ik kon het niet geloven dat die jongen daar tijdens de middagvoorstelling vermoord is. Ik las het de volgende dag in de krant. Ongelooflijk. Er is pijlsnel met die knul afgerekend. Zonder dat iemand het gemerkt heeft. Wie het dan ook geweest is. Hebben jullie enig idee wie het was?'

'Heb jij die man ook gezien? De man waar Viktoría het over had...'

'Die ze in hotel Loftleiðir gezien heeft?' viel de piloot hem in de rede. 'Nee, maar ik wou geen enkele aandacht trekken. Ik ging alleen maar naar de bioscoop om Viktoría te ontmoeten. Hebben jullie met haar man gepraat?'

'Nee.'

'Gaan jullie dat nog doen?'

'Dat weet ik niet,' zei Albert.

'En moeten jullie mijn naam dan noemen?'

'Dat weet ik niet,' zei Albert opnieuw.

'Hij is een vriend van me, weet je.'

'Ik vind eigenlijk dat dat mijn zaak niet is,' zei Albert.

'Oké, je noemt mijn naam dus niet?'

'Dat heb ik niet gezegd.'

'Viktoría wil het hem vertellen, van ons tweeën. Ze wil scheiden en dan met mij gaan samenwonen. Maar ik heb zelf een gezin...'

'Dat is mijn zaak niet,' herhaalde Albert. Hij had geen zin de treurnis van zo'n vreemdganger aan te moeten horen. 'Heb je ook gezien of er buitenlanders in de zaal zaten?'

'Ik weet niks van buitenlanders daar. Alleen van de man waar Viktoría me over heeft verteld. Die man in Loftleiðir. Weten jullie wie dat is?'

'Heb je hem de bioscoop uit zien gaan?'

'Nee, ik heb hem niet gezien. Viktoría wel. Dat is toch voldoende? Zeg, als jullie met haar man gaan praten, ga je dan ook naar mijn vrouw toe?'

'Er gaat helemaal niemand met haar man praten,' zei Albert.

'Mooi,' zei de piloot. Hij herademde, alsof Albert hem een persoonlijke dienst had bewezen.

29

Later op de dag bezocht Marion Hrefna, de vrouw die Viðar in de jaren dertig in Moskou had meegemaakt. Dagný had het bezoek aangekondigd en verteld dat het om Viðar ging. Het moest allemaal strikt geheim blijven, had ze gezegd. Hrefna opende de deur en was ontzettend nieuwsgierig.

'Zo, dus jij bent van de politie,' zei ze. Marion wist meteen dat hier uiterste behoedzaamheid geboden was.

'Heeft Dagný je gebeld?'

'Ja, die heb ik gesproken, kom binnen alsjeblieft, wat wil je weten van Viðar?' vroeg Hrefna, terwijl ze de deur sloot. 'Laten we maar in de kamer gaan zitten. Heb je trek in koffie?'

Ze woonde met haar echtgenoot in een royaal appartement in een flat in de Hlíðarwijk. De man was die middag niet thuis; Hrefna noemde zijn naam niet. Ze was klein en een beetje gedrongen en had loshangend haar dat over haar schouders viel. Volgens Dagný was ze beëdigd vertaler Russisch.

Marion ging zitten en accepteerde graag een kopje koffie.

'Dagný zei me dat jullie...'

'...dezelfde vader hebben,' vulde Marion aan.

'Ze is zo aardig altijd,' zei Hrefna. 'Ze heeft me van je tbc verteld.'

'O ja?' zei Marion.

'Het is... ik had een oom, die had ook tbc. Hij is ook in Vífilsstaðir geweest.'

'Echt waar?'

'Ja, maar hij was een flink stuk ouder dan jij. Hij is gestorven. Het was een broer van mijn vader. Ze hadden een hechte band en ik weet nog wel dat pappa hem in het sanatorium ging opzoeken.'

'Het was daar helemaal niet slecht,' zei Marion – je moest toch iets terugzeggen? Waar wilde Hrefna eigenlijk met haar verhaal naartoe? Was het een poging het bezoek wat soepeler te laten verlopen, wilde ze een beetje het ijs breken?

'Er kwam nogal wat tbc voor in zijn familie,' zei ze. 'Wij zijn er gelukkig altijd tussendoor geglipt. Maar verder was het raak, links en rechts.'

'Ja, zo ging dat,' zei Marion. 'Wie je ook was, je kon altijd besmet raken.'

'En wat is er met Viðar aan de hand?' vroeg Hrefna terwijl ze naar de keuken liep om voor de koffie te zorgen. Ze bleef niet lang weg; Marion wachtte tot ze terug was, de koffie had ingeschonken en op de bank was gaan zitten.

'We hebben het vermoeden,' zei Marion, zorgvuldig de juiste woorden kiezend, 'dat er onregelmatigheden voorkomen in de boekhouding van het elektriciteitsbedrijf. Je weet dat hij daar werkt. Dit moet wel strikt onder ons blijven, ik hoop dat je dat goed begrijpt. Op dit moment is het nog helemaal niet duidelijk welke rol hij daarin speelt, áls hij er al een rol in speelt. We zijn nog maar in het stadium van informatie verzamelen en het elektriciteitsbedrijf heeft ons gevraagd om daar tactvol bij te werk te gaan.'

'Dus jullie hebben nog niet met hemzelf gepraat?'

'We zijn bezig inlichtingen te vergaren over degenen die met de zaak te maken hebben,' ging Marion verder. 'Dagný vertelde me dat Viðar en jij elkaar kenden en toen dacht ik dat ik jou wel eens naar hem kon vragen. Ik begrijp dat jullie samen in Moskou hebben gezeten.'

'Viðar is altijd een beetje een hork geweest,' zei Hrefna, 'en ik mocht hem eigenlijk niet zo, maar dat hij oneerlijk zou zijn is nooit bij me opgekomen. Nee, dat zou echt nieuw voor me zijn.'

'Nou ja, zoals ik al zei, het onderzoek is nog helemaal in het beginstadium. Het kan heel goed zijn dat hij zich nergens aan schuldig heeft gemaakt. We gaan een aantal werknemers na, meer niet. Waarom noem je hem overigens een hork?'

'Nou, hij was niet bepaald een gezelligheidsdier. Met de IJslanders in Moskou ging hij niet veel om. Behalve met zijn lieve Bríet dan. Maar als we allemaal bij elkaar waren deed hij wél weer mee. We werden aangespoord aan alle vergaderingen deel te nemen en onszelf grondig te analyseren. In die tijd waren de sociaaldemocraten de grote vijand en die kon je maar beter bekritiseren zo hard je kon.'

'Die Bríet, dat is een verpleegster, is het niet?'

'Ja. Ze studeerde daar Russische literatuur, maar het interesseerde haar niet echt. Toen is ze verpleegkunde gaan doen, in Denemarken geloof ik, en later hier in IJsland.'

'En vanaf de jaren in Moskou zijn ze samen geweest?'

'Ja, maar ze zijn nooit getrouwd of iets dergelijks. Ze wonen ook niet samen en ze hebben geen kinderen. Een gezin hebben ze nooit gevormd. Ik weet niet of ze dat te burgerlijk vonden of zo, in elk geval is het altijd zo geweest. Je weet nooit precies hoe het zit met die twee.'

'Heeft Viðar in Moskou voor de overheid gewerkt?'

'Nou, ik geloof niet dat je het echt "werken" kan noemen. Volgens mij ging hij over de reis- en verblijfsvergunningen van de IJslanders. Degenen die Rusland binnenkwamen werden natuurlijk goed in de gaten gehouden. Zo is het trouwens nog steeds. Maar daardoor leerde hij de Russen misschien beter kennen dan wij en lagen er wegen voor hem open die voor anderen afgesloten bleven.'

'Zoals?'

'Hij kreeg een klein appartement toegewezen, wíj moesten kamers met elkaar delen. Dat soort dingen. Hij had meer bewegingsvrijheid. Hij heeft bijvoorbeeld een keer een reisje naar het Witte Zeekanaal gemaakt. Dat was het helemaal voor hem. Hij rookte zelfs die smerige sigaretten die ze ernaar genoemd hebben, Belomorkanal. Solzjenitsyn heeft over dat kanaal geschreven, over de dwangarbeiderskampen en over de behandeling van de gevangenen. Nou, die was wel iets minder enthousiast dan Viðar.'

'Weet je of Viðar voor de Russen heeft gewerkt, afgezien van dat met die reisvergunningen? Heb je ooit aanleiding gehad om zoiets te denken?'

'Bedoel je dat hij ons in de gaten hield of ons bespioneerd heeft?'

Marion knikte.

'Nee, dat geloof ik niet,' zei Hrefna.

'En toen hij terug was in IJsland?'

'Daar heb ik eigenlijk nooit zo over nagedacht,' zei Hrefna. Ze fronste nadenkend de wenkbrauwen. 'Maar heeft dat iets te maken met het elektriciteitsbedrijf?'

'Nee hoor. Ik vraag maar in het wilde weg,' zei Marion met een wat geforceerd glimlachje. 'Ik vind dit interessant. Het is een tijdsbeeld, hè.'

'Wij vielen onder de afdeling Scandinavië van de Komintern, het internationale verband van communistische organisaties in Moskou. Viðar studeerde aan de Leninschool. Daar werd lesgegeven in agitatie. De school was bedoeld voor de opleiding van aankomende communistische agitatoren, buitenlanders die naderhand naar hun land teruggingen en het werk van de partij hielpen organiseren. Hij liet het niet merken, maar volgens mij was hij niet echt blij met wat hij in Moskou hoorde en zag. Dat werd helemaal zo toen ze buitenlandse staatsburgers begonnen te vervolgen. Zelf heb ik toen gemaakt dat ik thuiskwam.'

'Wat werd er onderwezen aan de Leninschool?'

'Het gebruikelijke. De grondslagen van het leninisme. Het historisch materialisme. Een beetje exacte wetenschappen en zo. En er werd ook lesgegeven in ondergrondse activiteiten.'

'Spionage?'

'Tot op zekere hoogte wel, ja. In veel landen was de communistische partij verboden. Hier niet, maar in andere landen wel, en de mensen werden erin getraind om in het geheim te opereren. Ik heb die Leninschool altijd als een geheim genootschap beschouwd.'

'En Viðar?'

'Die kende nogal wat Russen. Behalve gewone, persoonlijke contacten had hij natuurlijk ook zijn connecties via de Sociaaldemocratische Volkspartij. Hij heeft een massa reizen gemaakt, allemaal op uitnodiging van de Russische communistische partij. Naar China bijvoorbeeld, en naar de Oost-Europese landen.'

'Ja natuurlijk, dat hoort erbij. Ik begrijp dat hij later geen aanhanger van de Volksalliantie is geworden?'

'Ik denk dat hij de inval van de Russen in Hongarije indertijd maar moeilijk voor zichzelf kon rechtvaardigen. Je hebt vandaag de dag ook niet veel mensen meer die nog durven zeggen dat ze daar achter stonden. Toen ze daarna ook nog Tsjecho-Slowakije binnenvielen heeft hij op de een of andere manier zijn geloof verloren. Dat is tenminste wat ik gehoord heb.'

'En die sigaretten, rookt hij die nog, of weet je dat niet?'

'Ja, dat denk ik wel. Voor zover ik weet, tenminste. En hij heeft vast en zeker ook nog contact met zijn kameraden in de Sovjet-Unie. Een van die lui heeft het heel ver geschopt in de nomenklatoera, de kliek die de lakens uitdeelt.'

'O ja?'

'Ja, die kan ik me nog goed herinneren uit mijn Moskouse jaren. Hij is niet zoveel veranderd.'

'Hoezo? Heb je hem dan weer ontmoet?'

'Nee, ontmoet heb ik hem niet, maar ik zag hem op een foto. Die stond in *De Wil des Volks*, ik heb dat nummer nog wel. Ik weet niet wat hij hier komt doen, maar hij hoorde bij de entourage.'

'De entourage?'

'Van Ivanov. De Russische minister van Sportzaken. Die is hier vanwege het schaaktoernooi. Dat heb je toch wel gehoord?'

Hrefna stond op en ging naar de keuken. Even later kwam ze terug met een aantal oude nummers van *De Wil des Volks* en begon die door te bladeren. Na een tijdje vond ze het goede nummer en reikte het Marion aan. Het artikel op de voorpagina ging over Ivanovs aankomst in IJsland, samen met een indrukwekkend geleide.

'Het is de tweede van links.'

'Deze?' vroeg Marion, wijzend naar een man uit het gevolg van de sportminister. De groep was gefotografeerd op het vliegveld van Keflavík. Ivanov stond vooraan en glimlachte in de lens. Bij hem stonden wat mannen en twee vrouwen. Als je op het onderschrift mocht afgaan was ook het IJslandse ontvangstcomité erbij.

'Hij was een van Viðars beste vrienden in Moskou,' zei Hrefna. 'Ik herkende hem direct op de foto. Hoe hij heet weet ik niet meer. In het artikel wordt hij niet genoemd, alleen de minister.'

'Hoe weet je dat ze vrienden waren?'

'Omdat ik ze vaak samen gezien heb. Het is natuurlijk al heel wat jaren geleden, maar ik herkende hem direct. En de foto is behoorlijk scherp. Als ik me goed herinner was hij Viðars verbindingsman met de Komintern, en sindsdien is hij flink gestegen in de hiërarchie.'

'Van wanneer is die foto?'

'Je ziet welke datum erboven staat. Ik bewaar die kranten altijd een paar maanden voor ik ze weggooi. Er mocht eens wat aan mijn aandacht ontsnappen,' zei Hrefna en ze glimlachte.

Aan de bovenrand van de pagina stond de datum waarop het nummer was uitgekomen. Dat was drie dagen voordat Ragnar in de Havenbioscoop werd neergestoken.

Marion staarde naar de persfoto, naar de man die Hrefna zich herinnerde als iemand uit Viðars Moskouse vriendenkring. Eén ding kon je moeilijk over het hoofd zien: hij droeg een lichte overjas.

30

Marion ging met Albert in het kantoor aan de Borgartún zitten om met hem te bespreken wat Hrefna had verteld. Albert bestudeerde nauwkeurig de foto van de man met de witte jas in het nummer van *De Wil des Volks*. Hij keek zijn collega aan, tuurde toen opnieuw naar de foto. Marion vond dat het nu tijd was hem over Viðar te vertellen en gaf een uitvoerig overzicht van de feiten. Dat er aanwijzingen waren van Viðars betrokkenheid bij de zaak en dat hij misschien wel de derde man was, de figuur die zich bij de bioscoop had opgehouden. Dat hij nauwe banden onderhield met leden van de vroegere Sociaaldemocratische Volkspartij en naar het scheen ook persoonlijke betrekkingen had met een hooggeplaatste ambtenaar in de Sovjet-Unie. Die laatste relatie dateerde al uit de dertiger jaren.

'Had Viktoría het niet over een man in een korte, lichte overjas?' zei Albert.

'Ja,' zei Marion. 'Maar van zulke jassen zijn er natuurlijk massa's in omloop.'

'Moeten we haar die foto niet laten zien? Stel je voor dat dit de man in de Havenbioscoop is.'

'Hij staat er eigenlijk best duidelijk op, maar we kunnen ook zorgen dat we de filmrolletjes van de fotograaf te pakken krijgen. Die heeft geheid veel meer foto's gemaakt dan die ene die in de krant gekomen is. Als we die eens gaan halen en ze aan Viktoría laten zien? Dan kan zij zeggen of ze hem kent. En daarna zoeken we Viðar op. In de andere kranten heb ik geen foto's van de aankomst van die minister gevonden. Maar bij *De Wil des Volks* kruipt het bloed nou eenmaal waar het niet gaan kan.'

'Ik snap er niks meer van,' zei Albert. Hij staarde naar de foto van de minister van Sportzaken. 'Wat gebeurt er hier toch allemaal?'

'Geen idee,' zei Marion.

'Maar dat over die Viðar, dat had ik al veel eerder moeten weten,' zei Albert. Hij deed geen enkele poging zijn teleurstelling te verbergen.

'Voor het grootste gedeelte is dat gisteren en vandaag pas helder geworden,' zei Marion. 'Ik moest je alleen nog bijpraten. Ik denk er sterk over vanavond Viðar te gaan opzoeken. Daar kunnen we beter niet mee wachten. Maar eerst moet je naar die fotograaf om betere foto's van hem los te krijgen. Je kan hem natuurlijk niet vertellen waarom we die zo graag willen hebben, verzin maar een aannemelijk leugentje. Denk je dat we daar problemen mee krijgen?'

'Nee hoor.'

'Je hoeft alleen maar de filmpjes te hebben, bij de technische recherche maken ze wel afdrukken. En wat je ook doet, zorg dat je het nooit met de Havenbioscoop in verband brengt. Nooit.'

'Nee, daar let ik op. Maar hoe wist je dat nou toch van die Viðar?'

'Dat kan ik je pas later vertellen. Ik heb een aanwijzing in die richting gekregen. Daar moet ik het voor het moment bij laten.'

'Ik dacht dat we samenwerkten.'

'Dat doen we ook, maar ik kan het vertrouwen dat me geschonken is niet schenden. Dat moet je toch begrijpen, Albert.'

'Oké,' zei Albert. Hij gaf Marion het nummer van *De Wil des Volks* terug. 'Wat is er volgens jou aan de hand?'

'Ik weet het niet. We moeten wachten op wat het onderzoek van de vingerafdrukken oplevert. Het is me gelukt een vingerafdruk van Viðar te krijgen. Die heb ik van zijn auto gehaald, zonder dat hij er weet van had. Die afdruk wordt vergeleken met die van dat pakje Belomorkanal. Als die twee overeenkomen, dan is de man daar in de buurt van de bioscoop waarschijnlijk Viðar geweest.'

'Om een oog op die ontmoeting te houden?'

'Ja.'

'Maar waarom dan? Wat hield die ontmoeting dan in?'

'Dat kan van alles zijn,' zei Marion. 'Als ik mijn bron mag geloven zijn Viðar en Witte Jas goeie maatjes.'

Albert zat een hele tijd stil terwijl zijn brein de nieuwe informatie verwerkte.

'Naar wat ik heb gehoord wist Viðar van de ontmoeting in de bioscoop, maar nam hij er geen deel aan,' zei Marion.

'Ik vraag het nog maar eens: hoe weet je dat allemaal?' zei Albert.

Maar Marion weigerde hardnekkig Albert iets over de telefoontaps te vertellen. In IJsland was het ondenkbaar dat er telefoons voor politieke doeleinden werden afgeluisterd. Zulke praktijken behoorden tot een andere wereld, dat was iets van de grote mogendheden ver weg. Als het zou uitkomen dat er toch mensen werden afgeluisterd, zou dat ongetwijfeld ernstige politieke consequenties hebben. Maar eigenlijk vond Marion het nog erger om tekort te schieten tegenover een oude vriend als Jósef.

'Het is een beetje ingewikkeld, Albert. Ik moet het nog een tijdlang voor me houden. Ik hoop dat je me dat niet kwalijk neemt. En je mag hier niet over praten, dit blijft onder ons. Het is niet nodig anderen te laten weten waar we mee bezig zijn.'

Albert keek Marion lang aan.

'Waarom ligt het allemaal zo gevoelig en waarom is alles zo geheimzinnig?' vroeg hij toen. 'Is het gevaarlijk?'

'We zullen heel voorzichtig zijn.'

'We kunnen wel in situaties terechtkomen die we niet in de hand hebben,' zei Albert. 'Ik wil wel graag weten wat ik aan het doen ben.'

'Eén stap tegelijk,' zei Marion. 'Haal jij die foto's nou maar. En daarna gaan we met Viktoría praten.'

'Ik heb die piloot gesproken, de kerel die een verhouding met haar heeft,' zei Albert.

'Heeft dat nog wat opgeleverd?'

'Nee. Hij stond alleen maar doodsangsten uit dat zijn vriend en zijn vrouw ervan zouden horen.'

Het liep tegen de avond toen Albert met Marion naar Viktoría reed. Ze was rond vijf uur van haar werk in hotel Loftleiðir vertrokken, maar had thuis de telefoon niet opgenomen. Misschien was ze even gaan liggen en had ze het belsignaal niet gehoord. Of wie weet had ze gezelschap van haar bedvriendje, de piloot uit de Havenbioscoop, de man die zo stevig in zijn schoenen stond.

Albert had een foto van de man in de lichte overjas bij zich. Bij de technische recherche hadden ze een gedeelte van de afdruk uit *De Wil des Volks* vergroot. Marion had hem verweten dat hij de fotograaf niet om de filmrolletjes had gevraagd, maar Albert had gezegd dat zoiets toch wel erg de aandacht zou trekken. En de foto die hij nu in handen had was scherper dan die in de krant, de man was veel duidelijker te zien. Nu was het de vraag of Viktoría hem zou herkennen als degene die in de bioscoop achter haar had gezeten.

Ze woonde met haar man in een groot vrijstaand huis in Fossvogur, een nieuwe wijk die tussen de Bústaðavegur en het Fossvogsdal werd gebouwd. De straten droegen namen waar een negentiende-eeuwse romantische dichter eer mee zou hebben ingelegd. De bodem was moerassig, en hoewel deze werd gedraineerd door sloten sijpelde het water toch de nog blootliggende fundamenten van nieuwe woningen binnen. Overal langs de wegen stonden werkloodsen en draglines, stellages en stapels hout waaruit de spijkers waren verwijderd. Viktoría's huis behoorde tot de woningen die het eerst waren gebouwd, beneden in het dal, waar de meeste percelen door artsen en advocaten waren gekocht.

'Zou jij hier willen wonen?' vroeg Marion Briem, die vanuit de auto zat rond te kijken.

'Ik doe het maar gewoon met wat ik heb,' zei Albert.

'Volgens mij denk jij niet groot genoeg,' zei Marion.

'Ik kijk wel uit.'

Albert parkeerde de auto voor het vrijstaande huis. Het was witgepleisterd en had een plat dak. De huiskamer had grote ramen. Het hek naar het erf stond open. De tuin was één onbegroeide vlakte; op de strook voor de dubbele garage lag steengruis dat alweer half in de grond was gereden. Overal waren modderkuilen. Marion moest op weg naar het huis eerst over een ervan heen stappen. Het laatste stuk naar de deur was geplaveid met drie stukken hardboard. Waar de deurtelefoon hoorde te zitten gaapte een gat in de muur. Albert klopte op de deur.

'Volgens mij betaalt die vliegerij wel aardig,' zei Marion, om zich heen kijkend.

'En zij werkt ook nog,' zei Albert.

'Tja, dat wordt de toekomst, denk ik,' zei Marion. 'De ouders werken allebei en die schapen van kindertjes worden overdag in zo'n opvang gestopt.'

'Een peuterspeelzaal bedoel je. Maar ik denk niet dat Viktoría kinderen heeft.'

Albert klopte opnieuw op de deur, maar dat leverde geen reactie op. Er scheen geen licht door de ramen, nergens was beweging te zien.

'Niemand thuis,' zei Albert.

'Daar lijkt het wel op. Haar man zit natuurlijk in de lucht.'

'En zij is bij haar vriend.'

'Nou, schitterend, hoor.' Marion keerde zich weer naar de auto. 'Dan maar naar Viðar. Misschien is het beter als we de eerste keer niet pontificaal met z'n tweeën bij hem aankomen. Ik kan wel alleen gaan.'

'Wil je dan vanavond nog naar hem toe?'

'We kunnen het beter niet uitstellen. En 's avonds is de beste tijd.'

'Zou je niet wachten tot je weet wat het onderzoek van die vingerafdrukken heeft opgeleverd?'

'Daar is iets voor te zeggen, maar ze weten nog helemaal niet wanneer het klaar is.'

Marion wilde juist in de auto stappen toen Albert Viktoría zag aankomen. Over het trottoir dat langs de huizen was gelegd kwam ze in looppas naderbij. Ze had een joggingpak aan en droeg sportschoenen. Bezweet en puffend stopte ze bij de auto.

'Moeten jullie... mij... spreken?' vroeg ze buiten adem.

'Wat ben jíj nou aan het doen?' vroeg Marion.

'Joggen...' zei Viktoría snel ademend.

'Joggen?'

Albert haalde de uitvergrote foto uit *De Wil des Volks* van de man in de lichte overjas tevoorschijn en wilde haar die aanreiken.

'Is dit de man die je in de Havenbioscoop hebt gezien?' vroeg hij.

'Even wachten hoor... even op adem komen,' zei Viktoría hijgend.

Ze boog zich voorover, ademde diep in en uit, totdat haar ademhaling weer enigszins normaal was. Toen pakte ze de foto aan en bekeek hem langdurig. Na de man nauwkeurig bestudeerd te hebben kwam ze tot haar oordeel.

'Ja,' zei ze. 'Dit is hem. Dit is de man die ik in de Havenbioscoop heb gezien.'

31

Nadat Katrín de operatie in het sanatorium in Kolding had ondergaan, moest ze wekenlang het bed houden. De eerste dagen na de ingreep was bezoek alleen toegestaan voor de naaste familie en Marion maakte zich daar grote zorgen over. De berichten over Katríns toestand waren niet gunstig. De operatie was moeilijker en riskanter gebleken dan de dokters hadden verwacht, ze had slecht gereageerd op de narcose en na de ingreep erg veel pijn geleden. Lange tijd was het onzeker geweest of ze erdoorheen zou komen. Er waren zeven ribben uit haar zij verwijderd.

Katríns ouders kwamen naar Kolding en zaten dag en nacht aan haar bed. Marion leerde hen oppervlakkig kennen, hoorde van hun angsten en zorgen. Ze konden niet echt geloven dat hun dochter zou genezen, ook al was het dan gelukt die aangetaste long samen te drukken. Het was een slachtpartij geweest, een ingreep die men uitsluitend toepaste als alle andere mogelijkheden waren uitgeput. Maar of het zou helpen was onzeker.

Marion bracht lange dagen door in de lighal, eenzaam, zwijgend, starend over de fjord, en liep hooguit eens langs het water om naar de passerende schepen te kijken, zonder de kracht meer te doen. Aþanasíus – wat zou het fijn zijn als hij er nu was. Marion durfde 's nachts nauwelijks te gaan slapen, kreeg de ene nachtmerrie na de andere, waarin de afschuwelijke beelden uit de operatiezaal terugkwamen, maar dan nog vreselijker, nog buitenissiger.

Op een dag kwam er een verpleger de lighal binnenhollen en riep dat er telefoon was voor Marion. Die realiseerde zich eerst niet wat de man zei, maar stond toen op en volgde hem naar het kantoor van de hoofdverpleegster. Marion kreeg de hoorn in handen gedrukt en de zuster ging het kantoor uit. Ze trok de verpleger met zich mee en sloot de deur achter zich.

'Hallo?' zei Marion behoedzaam.

'Ben jij dat?' klonk een verre stem aan de andere kant van de lijn. Het kraakte en knetterde in de telefoon.

'Aþanasíus?'

'Marion! Hoe gaat het met je?'

'Met mij... goed.'

'Heb je al zin om naar huis te komen?'

'Soms wel.'

'Hoe gaat het met je vriendinnetje? Ik heb je brief gelezen. Verschrikkelijk om te horen over dat meisje. Is ze alweer wat beter?'

'Ze... het gaat niet goed met haar. Ik heb haar nog steeds niet gesproken.'

'Maar jij? Hoe is het met jou?'

'Met mij goed. Ze blazen regelmatig lucht in mijn borst. En dan rust ik weer een tijd uit. Bij mij is het ook niet zo ernstig als bij Katrín. Bij haar is het heel erg en...'

Marion begon zachtjes te huilen.

'...ik kan niet begrijpen waarom ze zo moet lijden.'

Aþanasíus zweeg.

'De lasten die de mensen te dragen hebben worden nooit gelijk verdeeld,' zei hij ten slotte. 'Dat zou je moeten weten.'

'Waarom moet zij zoveel lijden?'

'Luister eens, ik heb geregeld dat je volgende maand met de Gullfoss terug kunt,' zei Aþanasíus. 'Dan kom je thuis en kunnen we samen verder praten. Want nu zal de telefoon zo wel uitvallen. Ik sta hier in het gebouw van de Rijkstelefoon. Fijn dat ik even je stem gehoord heb. Na de brief die je me gestuurd hebt maakte ik me zorgen. Ik weet nou dat je het niet zo makkelijk hebt, maar het komt goed hoor, Marion. Geloof me. Met de tijd komt alles goed.'

'Dag Aþanasíus,' zei Marion.

'Het beste met...'

De stem van Aþanasíus brak plotseling af, midden in de zin. Marion stond lange tijd met de hoorn in de hand na te denken. De deur ging open en de hoofdzuster kwam weer binnen. Ze vroeg of alles in orde was. Marion reikte haar de hoorn weer aan.

'Je mag vanavond bij je vriendinnetje gaan kijken,' zei de zuster. 'Het gaat een klein beetje beter met haar, en ze heeft naar je gevraagd.'

Katrín lag niet langer op de intensive care, maar was overgebracht naar een speciale afdeling. Ze was nog zo ernstig ziek dat ze nauwelijks kon glimlachen toen ze Marion in de deur zag verschijnen, maar over haar gezicht ging een bijna onzichtbare trek van blijdschap. Het was warm in de kamer en ze lag onder een dunne witte deken. Marion wilde niet denken aan wat daaronder verborgen was, het verband op de plaats waar de ribben waren verwijderd en waar de long was dichtgedrukt. Het was volkomen stil.

Marion ging naast het bed zitten. Katrín sloot haar ogen en leek in slaap te vallen. Na een hele tijd gingen de ogen weer open.

'Weet je nog... van die vrouw...'

'Welke vrouw?'

'Waar ik... van... verteld heb?'

'Die je in de Westfjorden gezien hebt?'

'Ja...'

'Daar moet je niet aan denken,' zei Marion, die nog heel goed wist wat Katrín op een dag had verteld over een vrouw die ze in Ísafjörður had gezien.

'Ik...'

Katrín fluisterde, ze kon bijna niets meer uitbrengen.

'...zie er... verschrikkelijk uit.'

Ze sliep weer in; Marion bleef bij haar zitten en wreef zich in de ogen. Er ging een lange tijd voorbij. De geluiden van de schepen en de vissers in de fjord drongen hier niet door. Zelfs niet de kreten van de kinderen die vaak op het grasveld bij de lighal speelden. Ook op de gang was het stil. Voor Marion was het een zware beproeving Katrín na de operatie zo doodziek te zien liggen. Je kon haar geen moed inspreken, je kon haar niet helpen de feiten onder ogen te zien.

De tijd verstreek. Katrín sliep onrustig. Marion zat bewegingloos in de stoel, het hoofd voorovergebogen. Katrín had gehuild toen ze naar de operatiezaal ging. Ze had vreselijk tegen de ingreep opgezien en vreesde de operatiezaal alsof die de poort van de hel was. Misschien was dat ook wel zo. Ze wist dat haar lichaam veranderd zou zijn als ze terugkwam, vervormd, ontsierd. Dat er om haar leven te redden verwoestingen in waren aangericht. Ze kende de gevolgen. Ze had er voor de operatie op fluistertoon met Marion over gepraat. Verder met niemand.

In haar geheugen stond het beeld gebrand van de vrouw uit Ísafjörður, een tbc-patiënte die dezelfde slachting had ondergaan. Katrín was toen bij de districtsarts geweest en kon door een kier de spreekkamer in kijken. Het was het naarste tafereel dat ze in haar jonge leven ooit onder ogen had gehad. De vrouw trok na het onderzoek juist haar bloes weer aan en dat ging niet helemaal goed. Ze kreeg haar ene arm niet in de mouw en er was niemand om haar te helpen. Haar bovenlichaam was naakt, afgezien van een bh, die speciaal voor haar gemaakt leek te zijn. Onwillekeurig staarde Katrín naar de misvormde borstkas met de grote operatiewond. Ze zag hoe erg die borstkas aan één kant was ingevallen en hoe de schouder opzij van de hals uitstak, een klerenhanger met niets eroverheen.

De vrouw kreeg haar plotseling in het oog. Ze draaide zich langzaam om en de twee keken elkaar een ogenblik aan. Toen boog de vrouw zich naar de deur en deed die dicht. Haar gezicht stond hard en onverbiddelijk en het meisje voelde pijn en onmacht achter die blikken.

Katrín opende haar ogen.

'Waar... ben je geweest?' vroeg ze.

'Nergens,' zei Marion. 'Hier. Ik heb al die tijd hier gezeten. Je hebt geslapen.'

'...ik heb zo'n pijn... hij is teruggekomen... de pijn...'

Marion sprong overeind en haalde de verpleegster. Die kwam er snel bij en onderzocht Katrín, die zwaar kreunde. De zuster ging weer weg en kwam even later terug met een grote injectiespuit. Ze drukte die rustig leeg in Katríns arm. Langzamerhand trok de uitdrukking van pijn uit haar gezicht weg en viel ze weer in slaap. De zuster vroeg Marion mee te gaan. Het bezoek was afgelopen.

Marion liep terug naar de slaapkamer op de tweede verdieping en ging met een deken over zich heen op bed liggen, dook weg in het kussen en huilde.

Drie weken later kon Marion de patiënte in een rolstoel het hoofdgebouw uit rijden, warm ingepakt, in een dikke winterjas en met een deken om zich heen geslagen. Ze gingen naar het grasveld bij de lighal. Daar had je een mooi uitzicht over de fjord en de bossen eromheen. Het weer was koeler geworden en het loof van de bomen begon al herfsttinten te vertonen, prachtig geel, bruin en roestrood. Er was tamelijk veel scheepvaartverkeer op de fjord en Katrín en Marion keken naar de voorbijvarende boten. Uit het oosten blies een heel licht briesje en de zon stond al lager.

'Nog maar een week, hè?' zei Katrín.

'Ja,' zei Marion. 'Ik reis samen met twee andere kinderen naar Kopenhagen. Daar wacht iemand me op en die brengt me aan boord van het schip.'

'Ik blijf hier nog tot Kerstmis,' zei Katrín. 'Dat heeft de dokter vanochtend gezegd. Hij zei dat ik geluk heb gehad.'

'Wordt je long beter?'

'Ja, hij dacht van wel.'

'Fijn, hè?'

'Ja.

'Denk je dat jullie nog eens teruggaan naar IJsland?'

'Pappa zegt dat we in Denemarken blijven. Dat is het beste voor ons, zegt hij. Kom jij hier ooit nog terug? In het sanatorium?'

'Ik weet het niet,' zei Marion. 'Maar ik verlang er nou al naar. Het is fijn hier.'

Katrín kreunde een beetje en nam behoedzaam een andere houding aan in de rolstoel.

'Is er iets?' vroeg Marion zorgelijk.

'Ja, ik voelde een scheut, een beetje maar, niks aan de hand.'

Ze hoestte voorzichtig en haar gezicht vertrok van pijn.

'Weet je nog van die vrouw uit Ísafjörður waar ik je van vertelde?' vroeg ze en ze sloeg de deken dichter om zich heen.

Aan de steiger voor de lighal meerde een roeiboot aan; twee mannen sprongen aan land en legden de boot vast. Ze werkten in de keuken en waren de fjord op geroeid om in de middagzon voor de lol wat te hengelen. Het was hun gelukt een paar vissen te vangen, die ze nu in een emmer naar het sanatorium droegen. Ze zwaaiden naar de kinderen in de lighal en knikten glimlachend toen ze Katrín en Marion passeerden.

'Je bedoelt de vrouw die ook die operatie gehad heeft?'

'Ik heb mijn moeder een keer naar haar gevraagd. Die kende haar familie wel. Ze vertelde dat ze het ontzettend moeilijk gehad heeft. Ze was niet meer te redden. Later is ze aan de tbc gestorven.'

'Maar jij wordt beter,' zei Marion. 'Anders zouden ze dit niet doen.'

'Haar heeft het niet geholpen.'

'Jij bent haar niet.'

'Misschien wilde ze wel helemaal niet meer leven. Na die operatie.'

Marion keek Katrín aan en realiseerde zich dat ze niet de vrouw uit de Westfjorden bedoelde. Er liepen twee meisjes langs. Ze hadden meegedaan aan het toneelstuk over Roodkapje en keken met nieuwsgierige ogen naar Katrín, maar die keek de andere kant op, wilde geen contact met hen hebben.

'Ik wil naar binnen.'

Marion stond op, liet de stoel keren en duwde haar voor zich uit het sanatorium in. Het gebouw stond op weke bodem; het rustte op een breed fundament dat diep in de aarde stak. In de herfst stond er vanaf de zee een koude bries. Marion bracht Katrín naar haar kamer, hielp haar in bed, ging naast haar zitten en las haar voor uit het bibliotheekboek waar ze om had gevraagd. Het was het sprookje van de kleine zeemeermin.

Een week later stapte Marion op de trein naar Kopenhagen, na de laatste inblazing te hebben gekregen. Dat moest voldoende zijn voor de lange reis naar Aþanasíus. Het was niet prettig geweest weg te moeten uit het sanatorium in Kolding, afscheid te moeten nemen van Katrín. Die was in de afgelopen weken aangesterkt, en als ze elkaar 's morgens begroetten glimlachte ze. Katrín beloofde te zullen schrijven en ook Marion verzekerde haar elke week een brief te sturen.

Op de bootreis naar huis had Marion twee nachten achter elkaar dezelfde droom; beide keren was ze daarna plotseling wakker geschrokken. De hemel was kristalhelder en stond vol sterren; een milde nevelsluier lag over de fjord. De deur ging open, voetjes slopen het sanatorium uit, over het grasveld ervoor, langs de lighal, naar de zee. Ze waadden het ijskoude water in. De stroom voerde hen een eindje de zee in, waar kleine zeemeerminnen hun ongelukkige, verdrietige zielen tegemoet zwommen en met zich meetrokken, de diepte in.

32

Marion en Albert waren na het bezoek aan Viktoría naar de bioscoop gereden en hadden de foto van de man in de lichte overjas aan de kassière en de portier laten zien. Geen van beiden kon zich hem herinneren. De portier wist niet meer of hij hem de zaal had binnengelaten, maar die had zijn post dan ook voor een tijd verlaten.

Marion had ook een foto van Viðar bij zich, uitgeknipt uit een oude periodiek van de Sociaaldemocratische Volkspartij. Recente foto's van hem schenen niet in omloop te zijn. Daarom was het misschien ook niet zo vreemd dat noch Kiddý achter haar loket, noch Matthías als portier zich kon herinneren hem in de voorstelling gezien te hebben. Ze kenden hem trouwens helemaal niet. Een geregelde bezoeker van de Havenbioscoop scheen Viðar niet te zijn.

'Moeten we ons onderzoek niet op die Rus richten? En onze andere mensen er ook bij inschakelen? Zouden we het daar niet met de leiding over moeten hebben?' had Albert gevraagd toen Marion hem naar huis reed.

'Ik weet het niet, Albert,' zei Marion. 'Het zal er wel van komen, maar ik geloof niet dat we dat nu al moeten doen. Ik wil vanavond eerst proberen Viðar uit zijn tent te lokken. Eens kijken hoe hij reageert.'

'Hem uit zijn tent lokken?'

'Hem de foto laten zien,' zei Marion. 'Als hij me dan binnenlaat en een beetje vriendelijk is, kan het zijn dat hij niks te verbergen heeft. Als hij me eruit gooit zou dat een aanwijzing kunnen zijn.'

'Zal ik meegaan?'

'Nee, dat is op dit moment niet nodig.'

'Alles bij elkaar lijkt het me een zwaar politiek geladen zaak.'

'Op het ogenblik wel, ja,' zei Marion, zich afvragend of het toch niet beter zou zijn Albert over de telefoontaps te vertellen.

'Zou je niet op die vingerafdrukken wachten?' vroeg Albert toen ze bij

Viðars huis aankwamen. 'Misschien heeft hij wel helemaal niks met die bioscoop te maken.'

'Ik wil alleen maar zijn rust verstoren,' zei Marion. 'Volgens mij is hij echt onze man.'

'Hoe komt het dat je daar zo zeker van bent?'

Marion antwoordde niet.

'Hoe komt dat, Marion? Wat weet jij wat ik niet weet?'

'Heb nou alsjeblieft een klein beetje geduld. Ik verwacht dat het zeer binnenkort allemaal opgehelderd zal zijn. Dan kan ik je precies vertellen hoe de vork in de steel zit.'

Albert staarde Marion aan.

'Je vertrouwt me niet,' zei hij.

'Geduld. Dat is het enige wat ik vraag.'

'Hoe moet ik met je werken als ik niks te horen krijg? Wat is dat nou voor een samenwerking? Waarom vertrouw je me niet?'

'Het ís geen kwestie van vertrouwen, Albert.'

'Nou en of,' zei Albert woedend. Hij deed het portier open en stapte uit. 'En dat vertrouwen ontbreekt tussen ons. Totaal!'

Hij smeet het portier achter zich dicht.

Het was al over negenen in de avond toen Marion in de Skeggjagata een stoep van vier treetjes opklom en bij Viðar aanklopte. Een deurbel of een bordje met de naam van de bewoner ontbrak. Het huis was omgeven door een grote tuin waarin alles prachtig in bloei stond. Voor aan de straat stonden hoge bomen; de toppen reikten bijna even hoog als Viðars huis. Daartussendoor kon je de goed onderhouden bloemperken zien, en het strak geschoren, mooi groene grasveld. In de ene hoek was een kleine groentetuin met aardappels, worteltjes en rapen. Viðar scheen een echte tuinier te zijn. Zoals Hrefna al had gezegd was hij de enige bewoner van het huis, dat twee verdiepingen en een souterrain telde. De ramen van het souterrain waren aan de straatkant voorzien van tralies.

Marion klopte nog een keer. Op dat moment ging de deur open en verscheen er een man in een geruit shirt en een kaki broek. Zijn dikke, grijs doorsprenkelde haar was achterovergekamd tot in zijn nek. Het gezicht vertoonde een strenge uitdrukking: dit leek iemand die geen frivoliteiten duldde. En Marion had hem zomaar op een zomeravond gestoord, dat alleen al was geen best begin.

'Ben jij Viðar Eyjólfsson?'

'En wie mag jij dan wel zijn?' vroeg de man in het geruite hemd. Uit zijn borstzak stak een brillenkoker. Hij liep op pantoffels.

'Ik heet Marion Briem, ik ben van de politie. Ik moet je een paar vragen stellen, vrees ik. Ik weet dat het al laat is, maar ik denk dat het niet goed zou zijn om ermee wachten.'

'Politie?'

'Het heeft te maken...'

Marion keek in beide richtingen de Skeggjagata door alsof er een serieuze kans was dat men Viðars huis in de gaten hield. Maar er viel niets van dien aard te zien, er zat niemand in een auto, er stond niemand in een regenjas en met een hoed op onder een lantaarn te roken. Er liep niemand regelmatig de straat op en neer. Marion lachte zichzelf inwendig uit om zulke ideeën, maar viel er eigenlijk wel iets te lachen? Viel er te lachen om wat Ragnar in de Havenbioscoop was overkomen? Legden die lui – mensen die rustig een jongen doodstaken – zich enige beperking op in de middelen die ze hanteerden? Deed Viðar met hen mee? Of volgde hij alleen maar wat ze deden?

Er was nog een kwestie die Marion die avond had beziggehouden, een totaal nieuw probleem.

Was Viðars leven in gevaar?

'...het heeft te maken met een zaak die we aan het onderzoeken zijn.'

'Ben jij soms degene die mijn vrienden vragen stelt over onregelmatigheden in de boekhouding?' vroeg Viðar. 'Die naar me aan het informeren is?'

Marion begreep dat Hrefna haar mond niet had kunnen houden en aan deze of gene had verteld dat de politie in Viðar geïnteresseerd was. Dat moest hij gehoord hebben.

'Ja, ik heb informatie over je verzameld,' erkende Marion. 'En dat was niet bepaald simpel. Het zou volgens mij het beste zijn als we binnen verder praten. Je kunt je zaken beter niet op de stoep bespreken.'

'Mij van fraude beschuldigen, is dat jouw idee van een grap?'

'Ik vond het beter om het zo te doen. De kwestie die...'

'Nou, het spijt me voor je,' zei Viðar. Hij wilde de deur al sluiten. 'Maar ik heb niks met je te bepraten.'

'...de kwestie die ik met je moet bespreken heeft te maken met de jongen die onlangs in de Havenbioscoop is doodgestoken.'

De deur viel niet in het slot. Hij ging langzaam open en Viðar kwam weer tevoorschijn. Hij staarde Marion Briem met een ernstig gezicht aan.

'Hoe bedoel je?' vroeg hij.

'Ik hoopte dat jij me daar meer over zou kunnen vertellen.' Marion trok zich niets aan van de afwerende trek die op het gezicht van de man in de deur was verschenen.

'Waarover vertellen?'

'Wil je me niet even binnenlaten?'

'Waar beschuldig je me eigenlijk van?' zei Viðar. 'Wat insinueer je nou toch over de Havenbioscoop? Wat is dit voor leuterkoek?'

'Was jij in de Havenbioscoop toen die jongen werd doodgestoken?'

'Hoe durf je het te vragen? Wou je soms beweren dat ik daar iets mee te maken heb?'

Marion gaf niet direct antwoord. Een auto reed zwaar dreunend voorbij en draaide de Snorrabraut op. Drie jongens fietsten luid pratend langs het trottoir voor het huis. Ze besteedden geen enkele aandacht aan de twee mensen in de deuropening. Hun gepraat echode tussen de huizen, tot ze de straat uit waren.

Marion haalde de foto van de man in de lichte overjas tevoorschijn en liet die zonder hem uit handen te geven aan Viðar zien.

'Weet je wie deze man is?'

Viðar keek nauwelijks naar de foto. Na er even een vluchtige blik op geworpen te hebben staarde hij Marion weer aan.

'Nee,' zei hij.

'Weet je het zeker?'

'Ja.'

'Wil je hem niet even wat beter bekijken?'

'Nee, dat is niet nodig,' zei Viðar.

'We hebben bepaalde aanwijzingen en die hebben me tot het besluit gebracht jou op te zoeken,' zei Marion. 'Het is heel goed mogelijk dat ze alle grond missen, en in dat geval moet ik me verontschuldigen.'

'Ik hoef hier niet naar te luisteren. Daar heb ik geen zin in. Bepaalde aanwijzingen...'

'Denk je dat je leven in gevaar is?' viel Marion hem in de rede.

Viðar zweeg. Zo stonden ze een tijdje in de avondstilte.

'Dit is waarschijnlijk één groot misverstand,' zei hij toen. 'Je hebt ongetwijfeld de verkeerde voor.'

'Denk je dat je leven op de een of andere manier in gevaar kan zijn?' vroeg Marion weer.

'Ik geef hier geen antwoord op,' zei Viðar.

'Oké. Goeienavond verder.'

Viðar keek zwijgend toe hoe zijn onverwachte gast de stoep af liep en naar de auto ging. Een ogenblik leek het alsof hij nog iets wilde zeggen, maar hij bedacht zich en sloot de deur.

Marion stapte in de auto en zat nog een tijdje na te denken. Wat kon je bij zo'n eerste contact anders verwachten dan een afwerende reactie? Toch was het bezoekje niet helemaal voor niets geweest. Weliswaar wist Viðar nu dat de politie belangstelling voor hem had en vermoedde dat hij te maken had met de gebeurtenissen in de Havenbioscoop, maar dat kon ook tot gevolg hebben dat er nu beweging in de zaak kwam, dat hij uit zijn tent werd gelokt, dat hij fouten ging maken.

Marion pakte de foto en keek lang naar de man in de lichte overjas. Viðar had op een eigenaardige manier gereageerd. Hij had maar heel vluchtig naar de foto gekeken. Hij had gedaan of hij van niets wist en nergens mee te maken had. Maar je kon zien dat hij grote moeite had zijn verbazing te verbergen.

33

Viðar ging weer aan zijn bureau zitten, dat in een hoek van de woonkamer stond. De radio was aan, maar hij miste de rust om nog langer te luisteren. Hij wist dat hij slecht had kunnen verbergen hoe erg hij van het gesprek aan de deur was geschrokken. Waarom was de politie zo plotseling achter hem aan gekomen? Hij had geen sporen achtergelaten en was ervan overtuigd dat dat ook gold voor zijn vriend. En voor Bríet. Van anderen wist hij het niet. Er zouden er natuurlijk een paar uit die groep gekletst kunnen hebben, maar dat leek hem toch zeer onwaarschijnlijk.

Het bezoek had zijn onzekerheid groter gemaakt; zijn vrees en onbehagen over het verloop van de gebeurtenissen werden alleen maar erger. Eigenlijk wilde hij maar één ding: dat hij hier nooit in was terechtgekomen. Het was hem helemaal boven het hoofd gegroeid. Maar wat moest hij? Hij kon zijn oude kameraad toch niet in de steek laten?

Ze hadden elkaar onder zeer bijzondere omstandigheden op de Leninschool leren kennen, in de tijd dat de bittere vervolgingen in Moskou op hun hoogtepunt waren. Er werden mensen gearresteerd, het land uit gezet soms. Van anderen werd nooit meer iets vernomen. Bij de geringste afwijking van de officiële lijn kon je in moeilijkheden komen. Yoeri, die de studenten begeleidde op de kronkelwegen die naar de heilstaat voerden, had daarnaast de speciale opdracht gekregen hen in het oog te houden. Bríet en hij kenden hem goed en in de loop der jaren was er een vriendschap ontstaan die alleen maar sterker werd naarmate ze verder van elkaar verwijderd raakten. Yoeri was altijd uitzonderlijk ambitieus geweest en ze hadden meegemaakt hoe hij steeds hoger steeg in de Sovjethiërarchie. Viðar en hij hadden elkaar door de jaren heen vaak ontmoet: in organisaties, in politieke groeperingen en vooral op de vele conferenties tot meerdere glorie van de Sovjetstaat. Toen hij dan ook het bericht kreeg dat Yoeri hem nodig had, hoefde hij zich geen twee keer te bedenken. Dat gebeurde pas toen hij ontdekte dat die boodschap twee kanten had.

Viðar schrok geweldig toen de telefoon op zijn bureau begon te rinkelen. Aarzelend strekte hij zijn arm naar het toestel uit, bang voor wat hem na dat bezoek van de politie nog meer boven het hoofd hing. Het was Bríet. Hij vertelde haar van het gesprek aan de deur: dat de politie vragen had gesteld omtrent wat er in de Havenbioscoop was gebeurd.

'Wat weten ze?' vroeg ze, en hij hoorde al meteen dat ze verlamd was van schrik.

'Ik... dat is moeilijk te zeggen.'

Hij wilde haar angst niet nog groter maken.

'Wat... hoe...?'

'Ze lieten me een foto van Yoeri zien. Of ik die man kende.'

'Weten ze van Yoeri af? Hoe kan dat in vredesnaam?'

'Ik heb geen idee. Ik kon de boot afhouden, maar ik betwijfel of ik dat lang volhoud.'

Allebei zwegen ze.

'Je had er nooit aan moeten beginnen,' zei Bríet. 'Nooit.'

'Nee, natuurlijk niet,' zei Viðar, 'maar het heeft weinig zin om dat nu nog te zeggen.'

'Die arme jongen, hij...'

'Alsjeblieft, Bríet, niet huilen.'

'Wat wil je nou gaan doen?'

'Niks. Gewoon doorgaan totdat we meer weten.'

'En Yoeri?'

'We doen het allemaal zoals we hebben afgesproken, Bríet. Je had gelijk, dat is de enige weg. De enige weg voor ons allebei.'

Het was alsof alles nu gezegd was; het gesprek viel stil, dus zeiden ze elkaar gedag. Viðar stond op, liep naar het raam en keek uit over de tuin. Het had niet slechter kunnen lopen en hij wenste vurig dat hij zich nooit bij die samenzwering had laten betrekken. Hij zou niets liever doen dan met de politie praten, maar dat was helemaal uitgesloten. Dat kon hij niet. Niet nu tenminste. Niet voor ze in veiligheid waren gebracht. Bríet wilde rechtvaardigheid en ze had hem daarin meegekregen. De vraag was alleen of die rechtvaardigheid te bereiken was en hoe.

Hij wist dat ze uiteindelijk in verband zouden worden gebracht met wat er in de Havenbioscoop was voorgevallen, en hij was bezorgd over de afloop van de zaak. Bezorgd om het aandeel dat hij erin had. Viðar staarde de tuin in, naar de plek onder de grote dennenboom waar het geheim lag begraven. Hij dacht aan de jongen in de bioscoop en kreeg een brok in zijn keel. Opnieuw voelde hij een loden gewicht in zijn borst en meende hij dat zijn hart het zou begeven.

Hij dacht aan de Laugardagshal en aan wat daar zou gebeuren. Yoeri had de lijnen uitgezet, hij had de teugels in handen. Zo was het in Moskou geweest en zo was het nog.

Viðar hoorde in het avondnieuws op de radio dat de dertiende schaakpartij was afgebroken; die zou de volgende dag worden uitgespeeld. De mensen discussieerden over de vraag wie er het gunstigst voor stond, Fischer of Spassky, maar allen waren het erover eens: zo hadden ze nog nooit zien schaken, dit kon wel eens een historische partij blijken. Als het Fischer lukte te winnen had hij een grote voorsprong. Dan hoefde er maar weinig meer te gebeuren of in IJsland zou een nieuwe wereldkampioen worden gekroond.

34

De volgende morgen riep de chef van de recherche Marion bij zich.

'We moeten praten, Marion,' zei Jóhannes. Hij verscheen met een uiterst ernstig gezicht in de deur van het kantoor. 'Kun je even komen?'

'Moeten we niet op Albert wachten?' vroeg Marion. 'Die kan ieder ogenblik hier zijn.'

'Nee, ik moet alleen jou hebben.'

'Nu meteen?'

'Ja, nu, Marion. Kun je direct meekomen?'

'Wat is er dan gebeurd? Is er iets aan de hand?'

'Nee, er is niets gebeurd. Maar ik moet je spreken. Kom nou gewoon.'

Marion volgde hem door de gang naar zijn kantoor. Jóhannes sloot zorgvuldig de deur.

'Je hebt mensen nerveus gemaakt,' zei Jóhannes terwijl hij aan zijn grote bureau ging zitten. 'Ik ben gebeld door iemand van het ministerie van Buitenlandse Zaken en na een tijdje discussiëren heb ik besloten met jou te praten Dat zou ik nooit gedaan hebben als er niet het een en ander op het spel stond. Op politiek gebied, bedoel ik.'

'Politiek?' zei Marion, denkend aan het gesprek met Jósef.

'Dus ik heb beloofd met je te praten. Dat was het minste wat ik kon doen,' zei Jóhannes een tikkeltje gespannen.

De telefoon op het bureau ging. Jóhannes nam op; hij zei dat hij bezig was en het komende kwartier niet gestoord wilde worden. Marions chef – bril, donker kostuum – was een slanke man met dunne lippen en een kleine, puntig toelopende kin. Door de waardige indruk die hij maakte zou hij heel goed voor een regeringsfunctionaris kunnen doorgaan. Eerder had hij bij het ministerie van Buitenlandse Zaken gewerkt. Hij was gewend met mensen om te gaan en was een tactvolle en prettige gesprekspartner, die veel waarde hechtte aan goede omgangsvormen.

Het kantoor was ruim bemeten. De ramen zagen uit op de Borgartún.

Aan een van de muren hing in een vergulde lijst een groot, mooi schilderij van de Rauðhólar, de rij met korstmossen begroeide pseudokraters die bijna vijfduizend jaar onaangetast in het landschap hadden gestaan voor ze in de Tweede Wereldoorlog door het Engelse bezettingsleger waren verwoest: ze hadden het materiaal geleverd voor het militaire vliegveld van Reykjavík. Marion keek naar het schilderij en herinnerde zich ineens de heuvels weer, zoals ze dicht bij de rijksweg naar Hellisheiði uit het landschap oprezen, armzalig, overdekt met gapende wonden, als een monument van onverschilligheid en gewelddadigheid tegenover het landschap.

'Dat doe je niet vaak hè, iemand op het matje roepen,' zei Marion.

'O, maar ik roep je niet op het matje, hoor,' zei Jóhannes.

'Over wat voor politiek had je het eigenlijk?'

Jóhannes schraapte zijn keel en was ineens weer veel minder op zijn gemak.

'Je moet Viðar met rust laten,' zei hij toen met een ernstig gezicht.

'Viðar?'

'Alleen maar voor een dag of wat. Daarna mag je hem aanpakken zoals je wilt.'

Marion staarde hem aan.

'Je hebt het over Viðar Eyjólfsson?'

'Ja.'

'Wie wil dat?'

'Dat weet ik niet precies, maar ik moet je toch vragen die man de komende dagen met rust te laten. Het is niet anders. Het staat me tegen, dat mag je gerust weten, maar niettemin, er staan grote belangen op het spel en daarom heb ik erin toegestemd je erover aan te spreken.'

'Wie heeft je gevraagd dat te doen?'

'Dat kan ik je niet zeggen, Marion. Later misschien. Het is iemand van het ministerie, en hij zegt dat hij niet weet waar het om gaat. Hij weet niet meer dan ik. Je zou er dus niets mee opschieten als je met hem ging praten.'

'Maar waarom?' vroeg Marion. 'Waarom moeten we Viðar met rust laten?'

'Áls dat al duidelijk wordt, zal het de komende dagen gebeuren. Overigens, dit gesprek is strikt vertrouwelijk. Ik verwacht dat je dat respecteert.'

'Nou, die laten er geen gras over groeien, hè? Gisteravond heb ik eventjes met die man gepraat en hup, hier zitten we al, direct de volgende morgen. Word ik soms in de gaten gehouden? Of heeft hij over me geklaagd?'

'Ik weet het niet. Ik weet maar één ding en dat is dat dit als een zeer ernstige zaak wordt beschouwd.'

'Welke zaak? En wat is er dan zo ontzettend ernstig?'

Jóhannes glimlachte.

'Als ik het wist zou ik het je heus wel zeggen,' zei hij. 'Maar echt, ik weet het niet. Ik werd kort na middernacht thuis opgebeld en toen kreeg ik te horen dat we die Viðar zijn gang moesten laten gaan, nog een dag ongeveer. Zo zeiden ze het niet precies, maar daar kwam het volgens mij op neer. Ik wilde er natuurlijk het mijne van weten, maar ik kreeg nauwelijks antwoord. Ik vroeg wat er zou gebeuren als we dit verzoek naast ons neer zouden leggen. Het antwoord was dat dat ernstige gevolgen zou kunnen hebben.'

'Ernstig voor wie?'

'Voor ons.'

'Voor ons bij de politie? Voor jou? Voor mij?'

'Volgens mij nog wel wat meer dan dat.'

'Wat dan?'

Jóhannes keek Marion lang aan. Toen slaakte hij een diepe zucht.

'Ik weet het niet,' zei hij, 'maar tegenwoordig praten ze alleen maar over haring. Over kabeljauw. En over de militaire basis in Keflavík.'

Marion dacht na over zijn woorden.

'Maar over wat voor belangen hebben we het dan? De Russen kopen haring. De Engelsen vissen op kabeljauw. De Amerikanen hebben hun legerbasis.'

'Marion...'

'Russen en Engelsen en Amerikanen?'

'Marion, laat die zaak nou één dag rusten, goed? Dan praten we verder.'

'De Russen zijn de vijand in de Koude Oorlog. Met de Engelsen stevenen we af op een ernstig conflict in verband met de kabeljauwvisserij. De Amerikanen willen graag permanent hier blijven. Wat speelt er?'

'Marion, doe dat nou gewoon voor me. En hou op met vragen stellen.'

'Ken je Viðar?'

'Nee,' zei Jóhannes. 'Nooit gezien.'

'Waarom willen de Russen dat we hem zijn gang laten gaan?'

'De Russen?'

'Waarom willen ze dat we hem met rust laten? En waarom luister jij daar nog naar ook? Die Viðar, wat weet die? Wat heeft die met de Havenbioscoop te maken? Is hij in die bioscoop geweest? Wie had hij dan bij zich?'

'Ik wéét het niet! Al die vragen van je...'

'Wat voor connectie heb jíj met ze?'

'Met de Russen? Geen enkele.'

'Wat gaat er de komende dagen gebeuren?'

'Hoe bedoel je?'

'Nou, je zei dat de komende dagen duidelijk zal worden waarom ik Viðar niet mag aanpakken.'

'Wat er gaat gebeuren weet ik natuurlijk niet. Ik bedoelde alleen maar dat het een kwestie is van een of twee dagen.'

'Met wie heb je gesproken?' vroeg Marion verder. 'Met de minister zelf? Dat moet haast wel. Als het zo'n nul van het ministerie was, zou je hem echt niet zo serieus nemen.'

'Marion, ik ben niet gesteld op dit soort verhoren,' zei Jóhannes, kwaad nu. 'Ik heb je verteld wat ik weet. Punt uit.'

'Ik probeer me alleen maar een beeld te vormen van de feiten.'

'Luister eens even, ik ben degene geweest die je hier indertijd een aanstelling bij de recherche bezorgd heeft. Daar was lang niet iedereen verrukt van, maar ik heb mijn nek voor je uitgestoken. Hou nou ook eens een beetje rekening met mij.'

'Neem me niet kwalijk, ik dacht echt dat ik dat deed. Maar goed, zou ik alsjeblieft mogen weten met wie je gesproken hebt?'

'Je schiet er niets mee op als je dat weet. Niets meer dan ik. En het is zoals ik zei: de boodschap kwam via Buitenlandse Zaken, maar daar weten ze ook niet waar het om gaat. Ze wíllen het ook niet weten. Ik realiseer me dat dit niet prettig is, maar...'

'Draait het om handelsbelangen?'

'Zeer waarschijnlijk wel.'

'De haring en de kabeljauw dus. Zetten de Russen ons onder druk? Of heeft het iets met het schaaktoernooi te maken?'

'Ik weet het niet.'

Marion keek naar het schilderij van de Rauðhólar.

'Ze hebben meteen nadat ik bij Viðar ben geweest contact met je opgenomen.'

'Daar weet íк niets van,' zei Jóhannes.

'Word ik soms in de gaten gehouden?'

'Daar kun jij misschien wel beter antwoord op geven dan ik.'

'Of Viðar moet met iemand gepraat hebben.'

Jóhannes zweeg.

'Volgens mij vergeet jij het belangrijkste,' zei Marion. 'In de Havenbioscoop is een jonge knul doodgestoken. Een jongen die niemand iets had misdaan. Hij was geïnteresseerd in speelfilms en vond niks leuker dan naar de bioscoop gaan. Daar werd hij het slachtoffer van die brute aanval. En vergeet je zijn familieleden niet? Die zitten in de ellende en begrijpen maar niet wat er gebeurd kan zijn. Misschien zullen ze het wel nooit begrijpen. Moet je daar niet eerder aan denken dan aan kabeljauwpolitiek? Of aan haringkoppen?'

'Wacht even. Je moet geen botte hork van me maken, Marion. Ik ben niet gek, ik denk ook aan die jongen, dat spreekt nogal vanzelf.'

Marion antwoordde niet. Jóhannes schraapte zijn keel.

'Er is maar één ding waarvan ik redelijk zeker ben. Als ik je dat vertel, wil je dan doen wat ik je vraag? En nogmaals: dit moet helemaal onder ons blijven. Kun je je daaraan houden?'

'Nou, goed dan,' zei Marion.

'Ik denk dat de steun die we krijgen in het visserijconflict met de Engelsen gevaar loopt,' zei Jóhannes. 'De steun van de Amerikanen, bedoel ik. Als we die niet hadden, zouden de Engelsen over ons heen walsen. We willen op 1 september onze visserijgrens uitbreiden tot vijftig mijl. Waarschijnlijk sturen de Engelsen dan oorlogsschepen naar de IJslandse visgronden, dus we hebben onze Amerikanen hard nodig.'

Marion staarde Jóhannes aan. Die boog zich in zijn stoel voorover.

'Het zijn niet de communisten,' fluisterde hij. 'Het zijn niet de communisten die willen dat we Viðar met rust laten. Zíj zijn het.'

'Zij? Welke "zij"?'

'De yanks. Dit blijft tussen jou en mij, hoor! Ik heb begrepen dat het de Amerikanen zijn. Díé willen niet dat we achter die man aan gaan.'

35

Albert had de volgende dag contact met een IJslander die op de Britse ambassade aan de Laufásvegur werkte. Hij vroeg hem om inlichtingen over de Rus op de foto. De IJslander reageerde heel welwillend en zei dat de politie dan natuurlijk zou moeten spreken met iemand van de ambassade die op dit gebied gespecialiseerd was. Hij beloofde snel weer contact op te nemen. Kort daarna belde hij terug en nodigde Albert uit de volgende morgen op de ambassade te komen. Daar zou een zekere Gordon Harris hem ontvangen.

'Vond die dat zomaar goed?' vroeg Albert.

'Ja hoor, geen punt.'

'Maar al die kwesties dan? Die vijftigmijlszone?'

'Kom nou maar gewoon. De Engelsen willen een goede relatie met de IJslanders. Juist vanwege dat geschil.'

Albert wist ook niet hoe hij anders aan informatie over de man met de witte jas zou moeten komen. De politieagenten die tijdens het schaaktoernooi bij hotel Loftleiðir op wacht stonden hadden een foto van de Rus gekregen. Als ze hem zagen moesten ze dat melden en hem niet uit het oog verliezen. Het leek Albert niet raadzaam naar de Amerikaanse en Russische ambassade te gaan voor hij nadere informatie had. Het zou zeeën van tijd kosten die via Interpol te verkrijgen en dan moest je nog maar afwachten of ze daar wel zo behulpzaam zouden zijn nu het om een hooggeplaatste Rus ging. Zich tot de Engelsen wenden was het enige wat hij kon bedenken, al waren die dan met de IJslanders verwikkeld in een hooglopend conflict over de uitbreiding van de IJslandse visserijzone van twaalf tot vijftig mijl. Ze hadden al gedreigd oorlogsschepen en sleepboten naar de IJslandse visgronden te sturen om daarmee de Engelse trawlers te beschermen. Men verwachtte dat het tot een botsing zou komen: de verhouding tussen de twee landen was zo gespannen dat er maar weinig nodig was of het zou in meer dan één opzicht een uitslaande brand worden. Albert was zich van dit alles zeer bewust toen hij de stoep van het ambassadegebouw opstapte.

De IJslander ontving Albert met een vriendelijke glimlach en wees hem direct de weg naar een kantoor op de eerste verdieping. Daar werd hij met een handdruk begroet door een vijftiger die zich voorstelde als Gordon Harris. Albert vond dat hij met zijn rode gezicht, zijn rode haar en borstelige wenkbrauwen meer op een Schot leek dan op een Engelsman. Uit de toon waarop hij sprak zou je kunnen opmaken dat hij uit Glasgow afkomstig was, al deed hij zijn best dat niet te laten merken. Albert probeerde graag in personen de kenmerkende eigenschappen van hun volk terug te vinden, maar kreeg geen gelegenheid te vragen of zijn gastheer inderdaad uit Glasgow kwam. Gordon Harris was klaarblijkelijk gewend direct ter zake te komen en maakte geen woorden vuil aan onnodige plichtplegingen.

'Dus jullie willen er met alle geweld nóg een internationaal conflict bij hebben,' zei hij, terwijl hij Albert een stoel aanbood. Het IJslandse personeelslid trok zich terug zonder dat Albert dat merkte.

'Nee, dat hoop ik niet,' zei Albert in keurig schoolengels.

'Met die uitbreiding van de visserijrechten zou het nooit wat worden als de Amerikanen hier geen leger hadden. Tegen jullie zouden we makkelijk een oorlog kunnen beginnen, maar tegen de Verenigde Staten wordt het een ander verhaal.'

Gordon Harris glimlachte.

'Tja,' zei Albert. Hij wist niet goed hoe hij moest antwoorden. 'Hebben we ook nog eens voordeel van een leger.'

'Ik begrijp dat je inlichtingen wilt over een bepaalde Rus. Waarom?'

'We proberen een beeld te krijgen van de mensen rond het schaaktoernooi,' zei Albert, zorgvuldig zijn woorden kiezend. 'Deze man is een onbeschreven blad, we willen gewoon zekerheid.'

'En waarom vragen jullie de Russen dan niet om inlichtingen?'

'Die reageren niet op zulke vragen,' zei Albert zonder aarzelen. 'En we willen ook niet dat de Amerikaanse ambassade te weten komt dat we aan het rondsnuffelen zijn, dus kwam ik op het idee met iemand van jullie te gaan praten. Onze aartsvijand.'

Harris glimlachte.

'Je weet wat voor een circus het is rond dat toernooi,' ging Albert verder.

'Alleen maar argwaan en wantrouwen en beschuldigingen, van beide kanten. Giftige dampen en in alle hoeken en gaten hypnotiseurs om de spelers te beïnvloeden. We werken samen met de IJslandse schaakbond. Die wil kunnen garanderen dat iedereen zijn handen boven tafel houdt, als ik het zo mag uitdrukken.'

Hij haalde de foto van de Rus tevoorschijn en reikte die Harris aan.

'Deze man hoorde bij de entourage van Ivanov, hun minister van Sportzaken,' zei hij er ter verklaring bij.

Harris nam de foto aan en bekeek hem langdurig.

'We zijn op de hoogte van zijn verblijf hier,' zei hij ten slotte met een ernstig gezicht. 'Hij is een van hun hoogste mensen. Daar kun je aan zien hoe belangrijk dat toernooi in hun ogen is. Die Yoeri komt bijna nooit buiten Rusland.'

'Yoeri?'

'Yoeri Vygotsky,' zei Harris. 'In hun hiërarchie de derde man.'

'Over wat voor hiërarchie hebben we het dan?'

'Over die van de Russische geheime dienst,' zei Harris. 'Heel bijzonder dat jullie zo'n goeie foto van hem te pakken hebben gekregen. Hij moet minder alert geworden zijn. Mag ik hem hebben?'

'Natuurlijk, ik heb er nog meer.'

'We weten dat hij vanwege het schaaktoernooi met de minister is meegekomen. Volgens ons heeft hij de organisatie ervan via de Russische geheime dienst stevig onder controle. Daarom is hij hier ook al zo lang. Is hij ergens mee opgevallen? Dat zou voor hem heel ongewoon zijn.'

'Nee, we wilden alleen maar weten wie hij is,' zei Albert. 'In de verschillende ambassades puilt het uit van leden van de geheime dienst. Die van jullie niet uitgezonderd natuurlijk.'

Harris glimlachte.

'Dat jullie meer over hem willen weten verbaast me niks,' zei hij. 'Yoeri Vygotsky leidt een spionagenetwerk dat bijna heel Noord-Europa beslaat, de Scandinavische landen inbegrepen. En natuurlijk ook IJsland. Het is een geheimzinnig figuur. Komt, zoals ik al zei, hoogstzelden buiten de Sovjet-Unie. Men neemt aan dat zijn positie tamelijk onbedreigd is. Mogelijk geldt hij binnen de KGB als de kroonprins. Heeft hij op de een of andere manier connecties met IJsland?'

'Nee,' zei Albert. 'Niet dat we weten.'

'Want er is op IJsland genoeg waar spionnen best meer van zouden willen weten,' zei Harris. 'Het Amerikaanse leger in Keflavík. Verkenningstochten. Duikbootbewegingen. IJsland ligt in een heel belangrijke zone tussen oost en west. Jammer voor ons, want we willen hier graag op kabeljauw vissen.'

'Je zou dus kunnen zeggen dat hij een spion is.'

'Beter dan hij hebben ze niet.'

Marion stak het telegram bij zich. Het was direct na het gesprek met Jóhannes aangekomen en was afkomstig van het passagiersschip Gullfoss, dat nu de haven van Reykjavík binnenliep. Een vrij groot aantal mensen had zich aan de kade verzameld om de boot te zien aankomen, familie en geliefden die al naar het schip begonnen te wuiven op het moment dat het in de havenmond zichtbaar werd. Er liepen arbeiders, die wachtten tot ze met lossen konden beginnen, douanebeambten, nieuwsgierige passanten en havenpersoneel.

De passagiers waren nu goed te zien. Ze hadden zich vanaf het moment dat Reykjavík in zicht kwam in rijen aan dek opgesteld; hun aantal nam nog steeds toe. Anderen waren na de overtocht nog in hun hut bezig met het pakken van de koffers. De bemanning had het druk met de voorbereiding van alweer een aankomst. Op het bovendek, niet ver van de voorsteven, stond een kleine vrouw afgezonderd van de anderen in de blikkerende zonneschijn. Ze droeg een licht, geelbruin zomerjack en keek uit over het land. Haar blikken gingen over de omringende bergen, de Bláfjöll, de rij toppen van Reykjanes, en de Keilir, die als een Egyptische piramide uit het lavaveld oprees. Ze keek uit over de stad, die zich nog verder uitstrekte dan ze zich had kunnen voorstellen.

Toen de Gullfoss de kade naderde keek Marion naar haar uit. Ze was langer weg geweest dan ze van plan was en aan regelmatig contact had het ontbroken. Marion wist nauwelijks waar ter wereld ze gestationeerd was. Een halfjaar had ze niet van zich laten horen; toen was die ansichtkaart gekomen, en vanochtend, totaal onverwacht, het telegram. Ze was een tijd in Afrika geweest en vanuit een of ander grensstation had ze nog een brief gestuurd; de hitte was niet te harden, schreef ze. Ze reisde alleen, had haar medewerkers achtergelaten en had kunnen meerijden met een colonne van het Rode Kruis. Ze zei dat ze geen enkel gevaar liep, Marion moest zich vooral geen zorgen maken. Die wist dat ze lange tijd voor hulporganisaties in voormalige oorlogsgebieden had gewerkt en dat ze al vaker onder moeilijke omstandigheden had moeten reizen. Ze verzorgde slachtoffers van oorlogshandelingen, verpleegde degenen die er het ergst aan toe waren, ledematen hadden verloren of misvormd waren, en verleende ze hulp. In de brieven die ze schreef of in de korte telefoongesprekken klaagde ze nooit.

Marion wilde dat ze op een ander tijdstip was gekomen. Het moeizame onderzoek naar Ragnars dood nam elk beetje vrije tijd in beslag en het kon wel eens moeilijk blijken haar gezelschap te houden, al verlangde ze dat helemaal niet. Ze was in IJsland alleen maar te gast, ze kende er niet veel mensen: haar thuis had ze in Kopenhagen. Maar altijd wanneer ze in het land was logeerde ze bij Marion en bloeide de oude vriendschap weer op.

De vrouw in het zomerjack ging van het dek naar beneden toen de Gullfoss aanlegde. De trossen werden naar de kade gegooid en de douane ging aan boord. Het duurde niet lang of de eerste passagiers dribbelden met tassen en koffers de loopbrug af. Marion had als politiefunctionaris aan boord kunnen gaan, maar gaf er de voorkeur aan te wachten. Er gingen tien minuten voorbij, een kwartier, twintig minuten – eindelijk verscheen ze met een kleine zwarte tas op de loopbrug en glimlachte naar Marion. Ze had rood haar en was erg bruin na haar verblijf in al die zuidelijke landen; ook was ze dunner dan ooit. Haar smalle gezicht, waarin een paar blauwe, stekende ogen stonden, had een vastberaden uitdrukking.

'Fijn om je weer te zien,' zei Marion. Er volgde een warme omhelzing. Marion hield haar stevig vast en kuste haar op het voorhoofd.

'Dat is wederzijds,' zei de vrouw.

'Ik heb de auto hier boven aan de kade staan. Is dit al je bagage?'

'Ja,' zei de vrouw glimlachend, 'dit is alles wat ik bij me heb.'

'Ik schrok een beetje toen ik dat telegram vanochtend kreeg. Ik dacht: er zal toch niks aan de hand zijn?'

'Neem me niet kwalijk. Heb je die kaart van me nog gekregen?'

'Ja, ik was blij toen ik las dat je onderweg was.'

'Ik wou eerst nog contact met je opnemen, maar op de een of andere manier kwam het er maar niet van. Ik hoop dat ik je geen problemen bezorg.'

'Helemaal niet,' zei Marion. 'Hoe was je reis?'

'Prima. Kalme zee, de hele tijd.'

'Deze Gullfoss is nogal wat beter dan de oude, natuurlijk.'

'Maar toch mis ik die.'

'Nou, dan ben je wel de enige.' Marion glimlachte, nam de tas over en baande zich een weg door de menigte op de kade.

'Reykjavík breidt zich nog steeds uit, hè,' zei de vrouw toen ze in de auto stapte. 'Ik zag het toen we aan kwamen varen. Het strekt zich nu al uit tot ver in het binnenland.'

'Er is nog steeds een trek naar de stad,' zei Marion bij het wegrijden. 'Boeren, maar ook mensen uit de grotere dorpen. Dat proces is al een tijd aan de gang en het stopt ook niet, natuurlijk. Waar heb jij de afgelopen vier jaar gezeten?'

'Vier jaar? Is het alweer zo lang? Overal en nergens.'

'Er is nogal wat ellende in de wereld,' zei Marion. 'De oorlog in Vietnam...'

'Ja, natuurlijk. Maar ik geloof dat ik nog nooit zo'n rampzalige toestand heb meegemaakt als in Afrika. Gevechten en honger en gebrek, op elk gebied. Tekort aan de eerste levensbehoeften. De kindersterfte daar – dat is nog het verschrikkelijkste. Je kunt je er nauwelijks een voorstelling van maken.'

'Volgens mij denkt er geen mens aan Afrika,' zei Marion. 'Helaas.'

Marion manoeuvreerde de auto door het centrum. De vrouw keek zwijgend uit het raampje naar de winkels en de mensen op straat.

'Kijk nou toch eens, zulke korte rokjes,' was haar enige commentaar. 'In zo'n koud land.'

Marion parkeerde de auto voor de huisdeur, nam de tas mee naar binnen en zette die op de vloer. De vrouw stapte aarzelend het huis in en keek om zich heen alsof ze zich hier ondanks de oude vriendschap te veel voelde. Marion schudde het hoofd over zoveel schroom.

'Vooruit, niet dat benauwde. Kom binnen.'

'Ach, ik bezorg je altijd maar weer last.'

'Wat je "altijd" noemt. We hebben elkaar in geen vier jaar gezien!'

De vrouw glimlachte en trok de deur achter zich dicht. Ze volgde Marion naar de huiskamer, waar een bank stond, een tafel en een makkelijke stoel, en waar op planken aan de muur een hele collectie kunstobjecten was uitgestald. Ze had Marion in de loop van de jaren een aantal kleinigheden gestuurd, vergezeld van een korte krabbel of een langere brief: dingen die ze op haar reizen had gevonden op markten of in achterafwinkeltjes, kunstobjecten, beeldjes, houtsnijwerk. Nu stonden ze daar, zorgvuldig gerangschikt, een uitgebreide verzameling uit verre landen.

‘Ik ga maar eens koffiezetten,’ zei Marion, naar de keuken lopend.

‘Ja, lekker.’

Marions gast liep langs de planken en bekeek de voorwerpen. Ze kende ze allemaal, ze wist waar ze vandaan kwamen, herinnerde zich waar ze was toen ze ze kocht. Het oudste stamde uit het begin van de jaren zestig, het nieuwste was van afgelopen winter. Ze pakte het op, een uit hout gesneden beeldje van een vrouw met grote borsten, een klein vruchtbaarheidssymbool uit het donkere werelddeel. Ze ging ermee op de bank zitten.

Op de tafel naast haar stond een foto van Aþanasíus, die ze één keer ontmoet had. Ervoor stond een bijna opgebrande kaars. De foto was genomen aan de oostkant van het Þingvallavatn. Aþanasíus stond met een hengel in zijn handen bij een boot. Hoewel het beeld niet erg scherp was kon je zien dat hij glimlachte naar Marion, die de foto had genomen.

Marion kwam binnen met de koffie en ging naast haar op de bank zitten. De gast keek nog steeds aandachtig naar de foto.

‘Die beste kerel,’ zei Marion. ‘De hengel heeft hij van mij gekregen; hij was er zo blij mee. ’s Zomers gingen we altijd op zalmforel vissen.’

‘En jullie lieten ze weer gaan ook.’

‘Ja,’ zei Marion. ‘Ik heb Aþanasíus nooit zien doden. Wanneer hou je nou eens op met reizen en ga je naar huis?’

‘Jij vraagt ook altijd hetzelfde.’

‘En ik krijg altijd hetzelfde antwoord.’

‘Dan zou ik mezelf eerst en vooral echt Deens moeten gaan voelen. Soms zeg ik maar dat ik Deense ben, het wordt allemaal zo ingewikkeld als je zegt dat je uit IJsland komt. Dan weet geen mens waar je het over hebt.’

‘O nee?’ zei Marion glimlachend. ‘Ik dacht altijd dat wij in het buitenland zo’n naam hadden, dat we zo bijzonder waren.’

‘Nou, dat is dan een misverstand. Ja, nu. Nu praat iedereen over het schaaktoernooi. Over Fischer en Spassky. Is het spannend?’

‘O ja, dat wel. Er wordt ook veel publiciteit aan gegeven. Misschien wel te veel. En dan hebben we allemaal nog ons eigen toernooi, al maken wij er niet zoveel kabaal bij. Nou ja, daar weet jij alles van.’

‘Lukt het een beetje met je werk?’

‘Nee.’ Marion pakte haar hand en kuste die. ‘Helemaal niet. Ik heb een zaak waar ik niks van begrijp.’

‘Hoezo?’

‘We dachten eerst dat het een gewone steekpartij was, maar het blijkt een ontzettend ingewikkelde samenzwering te zijn. En ik weet in de verste verte nog niet waar het om draait. Er worden om politieke redenen telefoongesprekken afgeluisterd. Er is een IJslander die de crisisjaren in Moskou doorgebracht heeft. Een Rus die met de hoogste autoriteiten van de Sovjet-Unie meereist. Een ontmoeting in een bioscoop, eigenlijk een oude legerbarak, waarvan niemand iets mocht weten. Een jongen die toevallig op de verkeerde plaats was en toen vermoord is.'

'Is dat het slachtoffer van die steekpartij?'

'Ja.'

'Daar zal je het moeilijk mee gehad hebben.'

'Moeilijk is het altijd. Maar vooral als er pogingen worden gedaan om ons weg te houden bij datgene wat nou juist van belang is. Als er geprobeerd wordt er een politieke zaak van te maken. Dan ligt het ineens o zo gevoelig en is het een en al geheimzinnigheid. Daar kan ik dus niet goed tegen. Volgens mij zien de hoge heren niet goed meer waar het uiteindelijk om gaat: dat een onschuldige jongen in zijn borst gestoken werd. Een jongen die al genoeg narigheid in zijn leven had meegemaakt. Het is toch niet een of ander raadseltje dat je moet oplossen?'

'En dan kom ik je ook nog storen.'

'Jij stoort helemaal niet.'

'Ik snap niet waarom jij bij de politie bent gegaan. Ik heb me jou altijd voorgesteld als... als een soort wetenschapper. Ik vond altijd dat je zo ontzettend veel wist. En je onthoudt het ook nog allemaal. Ik heb nooit iemand meegemaakt met zo'n geheugen.'

Marion glimlachte. 'Ik heb verreweg de meeste boeken van de Openbare Bibliotheek gelezen. Ja, die baan mis ik nog wel eens. Maar lezen doe ik nog steeds.'

De gast glimlachte terug.

'Zo heerlijk om je weer te zien,' fluisterde Marion. 'Ik denk elke dag aan je, steeds opnieuw.'

'Ik ook aan jou, Marion. Ik heb wel lang gewacht, hè, voor ik je weer heb opgezocht.'

Ze kwam naderbij en kuste Marion op de lippen. Nog steeds had ze het geelbruine zomerjack aan en Marion trok dat voorzichtig uit. Ze droeg er een witte bloes onder.

'Ik heb je gemist. Dat doe ik altijd. Als ik had geweten dat je vandaag zou komen had ik alles een beetje kunnen voorbereiden.'

'Maar dat wil ik helemaal niet,' zei ze. 'Je moet me maar niet kwalijk nemen dat het allemaal zo onverwacht is. Tot op het laatste moment wist ik niet of ik zou komen of niet. Ik heb de reis steeds maar uitgesteld. Er is iets waar ik met je over moet praten.'

'Wat dan?'

'Ach, dat heeft geen haast.'

Marion kuste haar.

'Zullen we naar de slaapkamer gaan?' vroeg de ander.

'Nu...?'

'Ik... ik heb je zo gemist.'

In de slaapkamer ging ze op de rand van het bed zitten. Ze knoopte haar bloes los en deed haar bh af. Marion zag de verwoesting, het aan één kant ingevallen lichaam, het lange litteken dat van de oksel tot de heup liep.

'Heb ik je wel eens verteld wat ik een keer gedroomd heb?' Marion boog zich voorover en kuste zachtjes de wond.

'Wat dan?'

'Het was zo'n verschrikkelijke droom. Jij had het opgegeven en je was de fjord op gezwommen.'

'Dat heb ik willen doen,' zei de ander. 'Ik heb er echt over gedacht. Maar die operatie had mijn leven gered. Wat kon ik anders doen dan dat te aanvaarden?'

36

Marion had na de kuurperiode in het sanatorium aan de Koldingfjord steeds contact gehouden met Katrín. De eerste jaren correspondeerden ze druk en via die brieven kwam Marion te weten hoe ze herstelde en haar gezondheid herwon. Toch had ze het niet altijd gemakkelijk. Dan was alles zwart om haar heen en maakte de zwaarmoedigheid zich van haar meester. Marion moest haar heel wat troostwoorden schrijven.

Katrín keerde pas weer naar IJsland terug nadat de oorlog was afgelopen; ze was toen ongeveer vijfentwintig jaar. Marion woonde op een huurkamer in de Bragagata en had bij de Openbare Bibliotheek gesolliciteerd. Op een dag klopte Katrín aan alsof ze uit de hemel was komen vallen. Ze had haar komst niet aangekondigd, er waren al een tijdje geen brieven meer van haar gekomen. Marion was totaal verrast, maar herkende haar direct. Ze droeg een grijsgroene mantel en een mooie muts van ruwe wol. Toen ze Marions verbaasde gezicht zag, kon ze een glimlach niet onderdrukken.

'Mag ik bij je komen?' had ze gevraagd.

'Katrín!' stamelde Marion.

'Mamma gaat al heel gauw weer terug naar Denemarken, maar ik wou hier eigenlijk nog wel wat langer blijven.'

'Ben je hier dan al een tijd?'

'Een dag of wat, in Akranes. Daar zijn we rechtstreeks naartoe gereisd, naar de zus van mijn moeder. Mijn opa is gestorven. Kan ik bij jou logeren?'

'Natuurlijk. Je kan hier blijven zo lang als je wilt. En gecondoleerd met je opa.' Marion wilde Katrín omarmen, maar die week achteruit.

'Ik wou zo graag bij je zijn,' zei ze. 'Een paar dagen maar, dan stap ik ook op de boot.'

'Ik ben nog steeds stomverbaasd dat ik je zie,' zei Marion. 'Zomaar. Ineens.'

'Sorry, ik wou je niet aan het schrikken maken.'

'Nee, het is... maar kom binnen. Kom.'

Het was een ruime, keurige kamer met een bed, een tafel, twee stoelen en een prachtige boekenkast. Op de vloer lag een kleed. De kamer lag op de tweede verdieping; het raam zag uit op de Bragagata. Katrín keek om zich heen en ging op de rand van het bed zitten. Ze had een kleine koffer bij zich, die ze op de vloer zette.

'Je bent bij je oma weggegaan?' zei ze.

'Ja,' zei Marion. 'Dat zat er al lang in. Aþanasíus heeft deze kamer voor me gevonden en me met verhuizen geholpen, zo'n halfjaar geleden. Ik heb gymnasium gedaan en nu werk ik halve dagen in een boekhandel. Vanwege die long van me kan ik geen gewone baan krijgen, ik ben altijd op zoek naar licht werk binnenshuis. Dat valt nog niet mee. Als ze horen dat je tbc hebt gehad...'

'En verder studeren?'

Marion haalde de schouders op.

'Ik zie wel, ik weet niet of ik me dat kan permitteren. En jij? Ik heb zo lang niet van je gehoord.'

'Ik heb bij het Deense Rode Kruis gewerkt. Alleen maar bureauwerk. Licht werk binnenshuis,' zei Katrín en ze glimlachte.

Marion lachte.

'Ik vind het ontzettend fijn om je te zien. Na al die tijd.'

'Ik ook.'

'En hoe gaat het nou met je?'

'De tbc is weg, dat schreef ik je al,' zei Katrín. 'Allebei mijn longen zijn schoon.'

Marion hoorde geen blijdschap in haar woorden meeklinken. Ze had de vijand overwonnen nadat die háár er bijna onder had gekregen, maar haar gezicht vertoonde geen vreugde of trots, alleen een trek van verdriet, die altijd rond haar ogen en mond aanwezig was en die zich in de loop der jaren zou verdiepen.

'Ben je nog wel eens in Kolding geweest?'

'Nee, nooit. Ik weet ook niet of ik dat wel wil.'

'Ze hebben er anders wel je leven gered.'

'Dat wat er nog van over is, ja.'

De volgende dag gingen ze de stad in en bekeken alles wat de moeite waard was om te zien. Ze bezochten restaurant Hressingarskálinn, volgens Marion de allerzwakste afspiegeling ter wereld van Select in Parijs. Je kon er altijd dichters en kunstenaars aantreffen, die daar zaten te praten. Daarna maakten ze een stop in het kleine pretpark in Vatnsmýri en gingen naar de Oude Bioscoop, waar ze een musical zagen. Langzamerhand verdween de somberheid uit Katríns gezicht. Ze glimlachte vaker, fleurde op en genoot ervan met Marion de stad te kunnen bekijken.

'En? Weet je al wanneer je terugkomt?' vroeg die. Het was Katríns laatste avond in de Bragagata. 'Weet je al wanneer we elkaar terugzien?'

'Nee,' zei ze.

Marion had het bed aan Katrín afgestaan en sliep zelf op een matras op de vloer. De matras was afkomstig van de huisbaas, die wantrouwig had gekeken maar geen vragen had gesteld. Hij had het knappe meisje in Marions kamer wel gezien; hij wilde niet dat er lui bleven slapen, had hij gemompeld.

'Ik schrijf je,' zei Marion vanaf de matras.

'Het kan nog wel jaren duren,' zei Katrín. 'Ik wil gaan reizen. Niet alleen in Europa, maar ook verder. Ik wil naar India en Afrika.'

Zwijgen vulde de kleine kamer. Door het raam viel heel zwak licht naar binnen en op de muur bij de deur schoot een lichtstraal als een wig tussen hen beiden in. Een poos keek Katrín ernaar en het leek alsof ze de gedachten las die van de vloer omhoogkwamen.

'Mag ik je vasthouden?' vroeg ze, van het bed oprijzend. 'Mag ik bij je komen?'

'Ik dacht dat je dat niet wou...'

'Nee, maar nu wel.'

'Kom maar,' zei Marion.

Katrín schoof voorzichtig langs de rand van het bed naar beneden en kwam bij Marion onder het dekbed liggen. Vanaf de keer dat Marion haar had willen omarmen, de eerste dag, hadden ze elkaar weinig aangeraakt, maar nu leek het alsof Katrín dat contact nodig had.

'Ik heb je zo gemist,' fluisterde ze. 'Jij bent de enige bij wie ik me veilig voel. Dat ben je altijd geweest.'

'Ik dacht dat ik je misschien wel nooit meer terug zou zien,' zei Marion.

'Ik heb zo vaak aan je gedacht. Aan ons tweeën. Aan de brieven die je me schreef, al die prachtige woorden die je me stuurde.'

Katrín nam Marions hand en bracht die naar het lange litteken. Marion ging met de wijsvinger zachtjes langs de wond, boog zich toen voorover en kuste die. Kuste dat ingevallen lichaam, begroef het gezicht in haar wonden.

Katrín ging overeind zitten.

'Vind je niet dat ik er vreselijk uitzie?'

'Er is helemaal niks vreselijks aan jou.'

Marion legde een arm rond haar nek en kuste haar.

'Helemaal niks.'

Kuste haar weer.

'Helemaal niks.'

Kuste haar opnieuw.

'Helemaal niks.'

Je kon het nauwelijks een relatie noemen, maar Marion noch Katrín had er een ander woord voor. Er ging drie jaar overheen voor Marion haar terugzag, en daarna duurde het vier jaar tot de volgende ontmoeting. Soms zagen ze elkaar vaker. Het was wel voorgekomen dat Katrín drie keer in één jaar in het land was. De brieven – soms heel uitvoerig, soms niet meer dan korte notities – en zo nu en dan een telefoongesprek volstonden om de leegte op te vullen. Katrín kwam altijd per schip – vliegen wilde ze nooit – en bleef dan twee tot drie weken achtereen. Daarna verdween ze weer om ergens op de wereld neer te strijken. Marion had na een paar jaar archiefwerk bij de rechtbank een baan bij de recherche gekregen en was nu elke dag in de weer met dossiers en onderzoeksrapporten. Als je gedreven wordt door een intuïtieve nieuwsgierigheid en ook nog eens een onfeilbaar geheugen bezit om alles in op te slaan, word je algauw het geheugen van de ambtelijke dienst. De politiemensen maakten veelvuldig gebruik van deze bron van kennis en het kwam wel voor dat Marion meewerkte aan de oplossing van een zaak. Zo was de stap naar het eigenlijke politiewerk niet groot meer.

Dienstmeisjes en huisknechten hadden altijd een rol gespeeld in Marions levensverhaal. Aþanasíus werkte allang niet meer bij de Familie, en op een dag, bijna de langste dag van het jaar, zat Marion in het ziekenhuis op Landakot aan zijn sterfbed en trachtte zijn laatste uren wat te verlichten.

'Je hoeft toch niet steeds voor me te komen?' zei Aþanasíus. 'Je kunt je tijd wel beter gebruiken dan hier bij zo'n ouwe vent te zitten.'

'Ik geloof dat ik je nooit behoorlijk bedankt heb voor alles wat je voor me bent geweest,' zei Marion. 'Al die tijd. Ik denk niet dat er ooit iemand een betere vriend heeft gehad. Of dat er iemand bestaan heeft die zo'n vriend meer nodig had dan ik.'

'Je hoeft me niet te bedanken,' zei Aþanasíus. Hij was aan het einde van zijn krachten, sloot zijn ogen weer en viel in slaap. Marion bleef tot aan de avond bij hem zitten. Toen werd hij wakker.

'Ben je daar nu nóg?' zei hij toen hij Marion zag.

'Hoe is het met je? Heb je iets nodig?'

'Ik droom niet meer,' zei Aþanasíus.

'Hoe komt het dat je niet meer droomt, denk je?'

'Ik weet het niet... misschien... misschien gaan de dromen voor ons uit.'

Marion bleef de hele nacht bij Aþanasíus in het ziekenhuis. Langzamerhand vielen zijn krachten weg. Zijn hart was aan het bezwijken, hij ademde moeilijk en doezelde wat. Toen hij voor de laatste keer helder was, vertelde Marion hem hoe de kerkvader Athanasius in Alexandrië was gestorven. Er waakte een diaken bij hem, Timotheüs genaamd. Die zag hoe de aartsengel Michaël aan het sterfbed verscheen, de ziel van de bisschop nam en hem omhoog droeg naar de hemel. Een menigte engelen volgde Michaël, en Timotheüs hoorde ze de lof van God zingen.

'Die engelen... komen... echt niet... voor mij,' zei Aþanasíus na lang zwijgen.

'Daar zou ik maar niet al te zeker van zijn,' fluisterde Marion hem toe. Op zijn lippen verscheen een zwak glimlachje. Even – toen stierf het weg.

37

Ze lagen naast elkaar te slapen toen de telefoon in de kamer luid begon te rinkelen. Katrín was het eerst wakker en schudde voorzichtig Marions schouder. Ten slotte had dat effect.

'Dat is iemand van mijn werk,' zei Marion, haastig naar de kamer lopend. Albert was aan de lijn.

'Alles oké met je?' vroeg hij.

'Jazeker,' zei Marion. 'Ik kom eraan.'

'Sliep je nog?'

'Ik heb vannacht gewerkt. Is er nieuws?'

'Alleen maar over die Rus.'

'Welke Rus?'

'Die van de foto. De man met die jas. Die met die sportminister meekwam, Ivanov.'

'Wat is er dan met hem?'

'Ik dacht: ik ga eens praten op de Engelse ambassade. Iemand van het personeel, een IJslander, heeft een gesprek voor me geregeld met een hoge figuur daar, ene Gordon Harris. Ik heb hem de foto laten zien daarstraks, om een uur of twaalf. Ik ben net terug. Die man was nogal behulpzaam. De Engelsen weten heel goed dat er Russen in het land zijn, en...'

'Vertel me dat straks maar, Albert,' viel Marion hem in de rede. 'Ik vertrouw de telefoon niet. Zou jij trouwens ook niet moeten doen. Straks praat ik verder met je. Ik kom eraan.'

Marion legde neer en ging naar de keuken. Katrín was begonnen koffie te zetten.

'Een zaak die geen uitstel verdraagt, hoor ik,' zei ze. Ze glimlachte.

'Sorry, ik moet ervandoor. En wanneer ik terug ben kan ik nog niet zeggen.'

Katrín gaf Marion een kus op het voorhoofd.

'Maak je over mij maar geen zorgen,' zei ze.

'Nee, wacht... Ik wil eerst met je praten.'

Bij Marion was een oud verlangen herleefd. Het was lang geleden ontstaan, in hun brieven, in hun ontmoetingen, maar nooit had het vleugels gekregen. Katrín had het altijd kunnen onderdrukken en was er zelf ook nooit over begonnen. De tijd was voorbijgegaan, het ene jaar na het andere, tientallen jaren, en er was niets in hun relatie veranderd. Die was getekend door een verbrokkeld verleden en een toekomst die nooit zeker was. Nu werden ze ouder. Zou hun relatie een andere fase in gaan? Marion had Katrín nooit eisen gesteld, maar wilde het oude verlangen ook niet opgeven.

'Heb je er nooit eens over gedacht naar huis te gaan? Hier te komen wonen? We worden er niet jonger op.'

Katrín aarzelde en schudde toen het hoofd.

'Je hoeft er geen antwoord op te geven,' zei Marion. 'Ik wou je niet onder druk zetten. Ik was niet eens van plan het je te vragen.'

'Zouden de mensen dan niet over ons gaan kletsen?'

'De mensen? Wat voor mensen? Wat hebben anderen ermee te maken?'

'We kunnen het er beter over hebben als je terugkomt,' zei Katrín.

'Waarom nu niet?'

'Ik wil je geen pijn doen, Marion.'

'Dat doe je niet.'

'Weet je dat wel zeker?'

'Wat is er dan?'

'Dit is de laatste keer dat ik in IJsland ben,' zei Katrín mat. 'Ik kom niet meer terug, Marion.'

Marion staarde haar aan.

'Ik ben egoïstisch geweest,' zei Katrín. 'Ik weet het.'

'Nee,' zei Marion. 'Dat is niet zo.'

'Je hebt nu lang genoeg medelijden met me gehad.'

De opmerking, onverwacht als ze werd gemaakt, klonk Marion hatelijk in de oren.

'Katrín!'

'Ik weet dat dat niet zo is. En toch voel ik het zo. Begrijp je wat ik bedoel? Ik kan dat niet van me afzetten. Ik wil het achter me laten. Alles. En het is nu of nooit.'

Katrín staarde omlaag naar de vloer. De telefoon ging opnieuw. Marion keek naar het toestel, zonder op te nemen. Het harde geluid spleet de stilte tussen hen. Het onophoudelijke gerinkel deed hun pijn in de oren. Eindelijk werd het stil. Marion keek Katrín aan.

'Er is nooit een ander geweest. Is dat waar je bang voor bent?'

'Nee,' zei Katrín. 'Wat me bang maakt is misschien wel dát er geen ander is. Je moet doen wat je wilt. Ik heb je al te lang in onzekerheid gelaten.'

Katrín stond nog steeds bewegingloos in de keuken.

'Je loopt met een heel groot misverstand rond,' zei Marion. 'Ik dacht dat je het wist. Dat je het altijd wel geweten hebt.'

'Wat?'

'Ik was degene die jóú wilde vasthouden, Katrín. Ik ben altijd zo eenzaam geweest. Ik ben altijd zo verschrikkelijk eenzaam geweest.'

38

Het was al middag toen Marion het kantoor binnenkwam. Eindelijk kon Albert het verhaal kwijt over zijn bezoek aan de Engelse ambassade, zijn gesprek met Gordon Harris en wat deze over Yoeri Vygotsky had verteld. Even daarna verscheen de man van de afdeling dactyloscopie, die hun de uitkomsten van zijn onderzoek kwam voorleggen. De resultaten lieten er geen twijfel over bestaan: de vingerafdrukken op het sigarettenpakje en op Viðars auto waren identiek.

'Dat kan ik je met negenennegentig procent zekerheid zeggen,' zei de specialist en hij keek Albert en Marion beurtelings aan. 'De vingerafdruk op het pakje is niet helemaal compleet, maar dat is nauwelijks van belang. Zijn jullie er nou uit met die moord?'

'Ik weet het niet,' zei Albert. 'Dat zal nog moeten blijken. Wat denk jij, Marion?'

Er kwam geen antwoord. Marion stond diep in gedachten naast de bezoeker en scheen zelfs helemaal in een andere wereld te verkeren.

'Marion?'

'Hè?'

'Viðar? Is dat de man die we moeten hebben?'

'Dat weten we niet,' zei Marion, weer terug in de werkelijkheid, zij het met een door vermoeidheid getekend gezicht. 'Het is nog te vroeg om dat te kunnen zeggen. We moeten hem maar eens flink in de tang nemen. Die Viðar heeft ons nog een heleboel uit te leggen, en hoe eerder hij dat doet, hoe beter. Ik neem aan dat hij op zijn werk is.'

'Kunnen we niet naar hem toe rijden?' zei Albert. 'Dan halen we hem op en regelen een voorlopige hechtenis. Volgens mij is dat geen probleem.'

'In elk geval zouden we ook een fatsoenlijk stel vingerafdrukken van hem moeten nemen. Dat is beter dan ze stiekem van zijn auto afhalen,' zei de man van dactyloscopie voor hij wegging.

'Wat weet je van die Vygotsky?' vroeg Marion. 'Is dat een van de kopstukken van de geheime dienst?'

'Ze denken dat hij daar de op twee na belangrijkste man is.'

'En omdat hij zo zelden buiten de Sovjet-Unie te zien is geloven ze nu dat er iets bijzonders gaat gebeuren? Iets ongewoons?'

'Harris denkt dat het met het schaaktoernooi te maken heeft,' zei Albert. 'Hij nam het eigenlijk nogal kalm op. Ik had hem verteld dat de schaakbond inlichtingen over die man wilde hebben. Volgens hem stuurt de Rus het werk aan dat hun geheime dienst hier in het land voor het schaaktoernooi doet.'

'Doet Vygotsky dan nog iets anders of iets meer dan alleen maar het schaaktoernooi volgen?'

'Dat is mogelijk, dat mogen we niet uitsluiten. En je hebt het laatste nieuws nog niet eens gehoord. Achter de Laugardalshal zijn mensen van de Russische ambassade gezien. Die zaten in een auto met een diplomatenkenteken en hadden een of ander apparaat tussen zich in.'

'Wat waren ze aan het doen?'

'Dat weten we niet. Toen de politie een kijkje ging nemen waren ze ineens weg. En tegen die ambassademensen mogen we niet optreden. Verder heeft een van de assistenten van de wereldkampioen de Amerikanen ervan beschuldigd in de Laugardalshal elektronische apparatuur of een of andere chemische stof te gebruiken om Spassky mee te beïnvloeden. Die assistent klaagde er ook nog over dat er in de hal en in de vertrekken van de schakers mensen rondlopen die daar niks te zoeken hebben.'

'En jij denkt dat het bezoek van die KGB-man daar iets mee te maken heeft?'

'Dat is heel goed mogelijk. De vraag is wat voor rol Viðar erin speelt.'

'Die Rus was in Moskou een van de beste vrienden van Viðar. Dat is me verteld door een vrouw die daar gewoond heeft. Zou het kunnen dat hij Viðar gebruikt? Dat die voor hem werkt?'

'Vroeg of laat moeten we contact opnemen met de Russische ambassade om informatie over Vygotsky in te winnen,' zei Albert.

Marion was er nog steeds niet helemaal bij en scheen Alberts woorden niet te horen.

'Zeg, voel je je wel goed?'

'Ja hoor,' zei Marion onwillig, denkend aan het gesprek met de chef. Die had gevraagd Viðar met rust te laten. 'Nou, oké dan, waar wachten we op? Rijden maar.'

Onderweg vertelde Albert nog dat er drie wetenschappers naar de Laugardalshal gestuurd waren om daar de elektrische verlichting en alles rondom de schaakmeesters op het podium te controleren. Een van hen was gespecialiseerd in licht. De onderzoekers keken speciaal naar de stoelen waarop de schakers zaten en namen monsters van de bekleding. De stoel van Spassky werd uit elkaar gehaald toen er een onverklaarbare 'massa' in werd ontdekt. Deze bleek uit kit te bestaan.

'Dit gaat werkelijk alle grenzen van het vernuft te boven,' zei Albert, maar hij kreeg geen reactie. Hij merkte dat er iets met Marion aan de hand was, al wist hij niet wat.

'Wil je het er met me over hebben?' vroeg hij na een lange stilte. Hij keek opzij.

'Waarover?'

'Over wat je dwarszit.'

'Waarom denk jij dat me iets dwarszit?' vroeg Marion.

'Omdat je er met je gedachten totaal niet bij bent. Ik dacht: misschien is er iets gebeurd waar je met me over wilt praten.'

'Maak je over mij maar geen zorgen,' zei Marion kortaf, en Albert deed geen pogingen meer het gesprek voort te zetten.

Marion had niet de tijd gehad om verder te praten met Katrín. Hun relatie was altijd heel broos geweest en Katrín had zich lang verzet tegen alle pogingen die te versterken. Met het voorbijgaan van de jaren begon zich bij Marion een eigenaardig gevoel te manifesteren, een gevoel van eenzaamheid, dat samenhing met de gedachte zonder levensgezel oud te moeten worden. Katrín had een keer gezegd dat ze die behoefte aan een partner niet voelde en dat ze ook geen tijd had om over zulke dingen na te denken. Ze liet merken dat ze tevreden was met de relatie zoals die zich had ontwikkeld en dat ze geen verandering wilde. Toch was Marion totaal niet voorbereid geweest op wat er achter haar woorden schuilging toen ze had gezegd dat ze niet meer in IJsland terug zou komen.

'Heb je een ander leren kennen?' had Marion gevraagd. Katrín had haar hoofd geschud.

'Ik wil dat je een normale relatie krijgt,' zei ze. 'Nu kan het nog.'

'Een normale relatie? Wat is normaal?'

'Ik ben niet van plan in IJsland te gaan wonen,' zei Katrín. 'En dat is voor een deel een gewetenskwestie. Vanwege jou. Dit is jouw plek. Die langeafstandsrelatie tussen ons heeft nu lang genoeg geduurd. Vind je ook niet? Als je er echt goed over nadenkt? Ben je dat niet met me eens?'

Viðar zat op zijn kantoor bij het Gemeentelijk Elektriciteitsbedrijf. Hij herkende Marion direct na hun korte gesprek, de avond tevoren.

'Kom je nou ook al hierheen?' vroeg hij verbaasd.

'Wat heeft die jongen precies gehoord?' vroeg Marion.

Viðar stond op vanachter zijn bureau en deed haastig de deur van zijn kantoor dicht.

'Wat is er aan de hand?' zei hij. 'Had dit niet tot vanavond kunnen wachten? Moeten jullie nou per se onder werktijd hier komen?'

'Wat mocht die jongen beslist niet horen?' vroeg Marion, zonder de man antwoord te geven.

'Hoe bedoel je?'

'We zouden je een paar vragen willen stellen over de moord die kortgeleden in de Havenbioscoop op een jongeman is gepleegd,' zei Albert.

'Daar weet ik helemaal niks van,' zei Viðar.

'Klopt het dat jij in of bij de Havenbioscoop was toen die jongen werd doodgestoken?' vroeg Albert.

'Wie ben jij eigenlijk?'

Albert stelde zichzelf en zijn collega voor.

'En waarom komen jullie bij mij?' zei Viðar. 'Wie probeert mij hiermee op te zadelen? Wie is dat?'

'Ontken je het dan?' zei Marion.

'Ontkennen? Ik wil weten waarom jullie zo achter me aan zitten. En wie er ten koste van mij zo aan het miskleunen is. Daar heb ik toch zeker recht op?'

Marion aarzelde een ogenblik en keek Albert aan. Viðar wachtte.

'We kregen een tip en daar zijn we achteraan gegaan,' zei Marion.

'Een tip? Wat voor tip dan?'

'Was jij in de Havenbioscoop?' vroeg Albert.

'Heeft iemand me daar dan gezien?' zei Viðar. 'Hebben jullie getuigen? Waarom vragen jullie me dat in vredesnaam?'

Hij staarde Albert aan met de matte blik van iemand die nooit wil opvallen en er zich altijd van bewust is dat hij niet de aandacht op zich mag vestigen.

'Geef antwoord op de vraag,' zei Albert.

'Nee, ik ben daar niet geweest,' zei Viðar.

Marion haalde de foto van Yoeri Vygotsky tevoorschijn.

'Ken je deze man?'

'Dat heb ik je al gezegd. Ik ken hem niet,' zei Viðar zonder een blik op de foto te werpen.

'We vinden het heel eigenaardig dat je dat ontkent,' zei Marion, die op een van de stoelen voor Viðars bureau ging zitten. 'We hebben gepraat met een vrouw die in de jaren dertig tegelijk met jou in Moskou gewoond heeft. Hrefna – ik weet niet of je je haar nog herinnert. Ken je haar? Herinner je je haar nog uit Moskou?'

'En Hrefna zou die tip gegeven hebben?'

'Nee. Maar ze zegt dat ze zich jou uit Moskou nog heel goed herinnert, en ook de man met wie jij toen het meest omging. Wil je me zeggen hoe hij heet?'

Viðar zweeg.

'Heette hij niet Yoeri Vygotsky? Ken je die naam?'

Viðar gaf geen antwoord.

Albert ging op de andere lege stoel voor het bureau zitten. Viðars gezicht bleef effen. Hij stond stokstijf bij de deur en scheen niet van plan te zijn de vraag te beantwoorden.

'Hoe dan ook,' zei Marion, 'in Moskou waren jullie bevriend. Dat weten we. Dat ontken je ook niet. We vermoeden dat jullie sindsdien altijd contact gehouden hebben.'

Viðar toonde geen enkele reactie.

'Kunnen we hier niet beter aan de Borgartún verder mee gaan?' zei Albert.

'Een ogenblik nog,' zei Marion. 'Op welke manier jullie in de loop van de tijd contact met elkaar hielden weten we niet. Ongetwijfeld via brieven; die zal je ons moeten laten zien. Via bezoeken soms. Dat wil zeggen dat jij hém bezocht, want hij komt, naar we hebben begrepen, maar hoogstzelden buiten de Sovjet-Unie. Verder hebben jullie elkaar op alle mogelijke vergaderingen en conferenties ontmoet. Soms in Sotsji, of misschien zelfs in Odessa. Want de mooiste zonnestranden waren altijd voor jullie, hè? Waar praten jullie over? Wat hebben jullie gemeenschappelijk? We weten dat hij bij de Russische geheime dienst zit, en dat hij in de loop der jaren een steeds hogere positie heeft bereikt. Dat hij nu misschien wel de op twee na hoogste man is. Maar hij wil nog meer. Wie weet heb jij hem wel voortdurend brieven geschreven over de sterkte van de troepen op Miðnesheiði, over het Amerikaanse leger op het vliegveld van Keflavík, over de welwillende houding van onze ministers, over de soepelheid van de ambtenaren, weet ik veel. Maar dan wordt hij ineens hier in het land gesignaleerd. Waarom? Omdat de Russen het schaaktoernooi moeten winnen?'

Viðar staarde Marion aan.

'Je zit helemaal fout,' zei hij. 'Ik weet niet waar je het over hebt.'

'Mag ik eens zien welk merk sigaretten je rookt?' vroeg Albert. 'Heb je een pakje bij je?'

'Nee, ik heb er geen bij me,' zei Viðar.

'Wat die Yoeri van jou betreft,' ging Marion verder, 'we weten dat hij in de Havenbioscoop zat toen die jongeman daar het leven verloor. We hebben een getuige; die hebben we de foto van daarnet ook laten zien. Die getuige heeft Yoeri Vygotsky in de zaal zien zitten, meer naar achteren. Hoefde maar één keer naar die foto te kijken om hem te herkennen.'

Albert liep naar Viðars bureau. Op een van de hoeken stond een grote asbak vol peuken. Albert wroette er met zijn vinger in.

'Wat moet dat?' zei Viðar.

Albert haalde er een peuk uit.

'Is dit wat je rookt?' vroeg hij.

De peuk die hij in zijn vingers had was van een papirosjka-sigaret.

'Wat was het dat die jongeman niet mocht horen?' vroeg Marion. 'En waar zijn zijn cassetterecorder en zijn bandjes?'

Viðar antwoordde niet. Hij werd rood van opwinding.

'En wat was dat nou met die derde partij?' zei Marion. 'Waarom moest die in dat tafeltenniszaaltje worden gespeeld?'

'De derde partij?'

'Weet je daar wat van? Heeft dat met die vrienden van je te maken? Proberen die de uitslag voor Spassky positief te beïnvloeden? Is je vriend daarom naar ons land gekomen?'

39

Viðar zag de peuk in Alberts hand. Toen keek hij Marion aan. Er hing een drukkende stilte in de kamer. Juist toen Viðar iets wilde zeggen werd er op de deur geklopt. Hij kromp ineen. Het was een oudere vrouw, die meldde dat de vergadering zou beginnen. Of Viðar kwam.

'Wat voor vergadering?' zei Viðar, en de vrouw in de deuropening merkte dat er iets met hem aan de hand was. Zijn gezicht was vuurrood en zijn stem klonk eigenaardig scherp.

'Problemen?' vroeg ze.

'Totaal vergeten, de hele vergadering,' zei Viðar. Hij schraapte zijn keel. 'Bedankt dat je me waarschuwt. Ik had een bespreking hier, en die is nogal uitgelopen. Maar we zijn direct klaar. Begin maar vast zonder mij, ik kom eraan.'

'Oké,' zei de vrouw. Ze keek wantrouwig naar Albert en Marion voor ze de deur sloot.

Viðar probeerde de situatie weer meester te worden. Hij liep naar zijn bureau, ging in de stoel zitten en deed alsof hij zijn paperassen rangschikte. Het moest de indruk wekken dat hij het vreselijk druk had en dat het gesprek nu snel diende te worden afgerond.

'Ik ben al te laat voor mijn vergadering, dat hoorden jullie,' zei hij. 'Misschien kunnen we dit later voortzetten.'

Marion, die merkte dat in Viðars stem iets van nieuwe hoop begon door te klinken, bleef onverzettelijk zitten.

'Zijn dit jouw sigaretten?'

Viðar deed of hij de vraag niet hoorde.

'Waar kan je zulke sigaretten krijgen?'

Viðar antwoordde niet. Het leek alsof het kantoor hoe langer hoe benauwder werd. Hij bewoog zich alsof hij steeds minder ruimte kreeg, keek niet meer op van zijn bureau en deed alsof hij de twee olifanten die daar maar door zijn kamer banjerden niet zag of hoorde.

'Bij Yoeri Vygotsky soms?' vroeg Albert.

'We hebben zo'n peuk bij de Havenbioscoop gevonden,' zei Marion. 'En een leeg pakje van een Russisch merk, Belomorkanal. Ook vlak bij de bioscoop. Dat merk ken je natuurlijk. Op dat pakje stond een vingerafdruk van je. We moeten je dus ondervragen over wat er in die bioscoop is gebeurd. Ik stel voor dat je nu met ons meegaat en dan zien we wel hoe het verder loopt. Wat denk je daarvan?'

'Een vingerafdruk? Hoe...?'

'We denken dat Vygotsky op het tijdstip waarop de moord werd gepleegd in de Havenbioscoop was,' zei Albert. 'We willen weten wat jij daar deed en waarom het met die jongen zo moest aflopen.'

Viðar keek Marion en Albert beurtelings aan. Er verstreek een flinke poos; hij overwoog welke mogelijkheden hij in deze omstandigheden had.

'Yoeri heeft Ragnar niet aangeraakt,' zei hij ten slotte.

'Wie dan wel?'

'Ik wil een deal met jullie maken,' zei Viðar. 'Jullie laten me...'

'O nee,' viel Marion hem in de rede.

'...laten me vandaag met rust,' ging Viðar verder. 'Dan kom ik morgenvroeg bij jullie en kunnen jullie vingerafdrukken van me nemen en vragen stellen zoveel je maar wilt. Ik zal alles vertellen wat ik weet.'

'En waarom niet vandaag?' vroeg Albert.

'Als jullie dat doen ben ik bereid om mee te werken,' zei Viðar. Hij keek Marion aan, die naar hij geloofde de leiding had. 'Anders is het allemaal voor niks geweest. Alles.'

'De moord op die jongen?' zei Marion. 'Ook helemaal voor niks?'

Viðars gezicht vertrok zich tot een grimas.

'Als jullie me het komende etmaal met rust laten vertel ik jullie alles,' zei hij. 'Dat beloof ik. Als jullie dat niet doen, kan ik niet instaan voor wat er gebeurt.'

'Wat er gebeurt?' zei Marion. 'Ik zal je vertellen wat er gebeurt, Viðar. We gaan naar de Russische ambassade, Albert en ik, met een bevel tot inhechtenisneming voor Yoeri Vygotsky. Natuurlijk krijgen we dan te maken met de immuniteit van de ambassade, en terecht, we kunnen hem helemaal niet aanpakken. Maar op die manier zetten we die vriend van jou wel mooi in de schijnwerpers, en dat uitgerekend terwijl de internationale pers aanwezig is. We kunnen vertellen dat hij een onschuldige jongen heeft gedood – met jouw hulp.'

Viðar was opgestaan.

'Wát jullie ook doen,' zei hij, 'ga niet naar de Russische ambassade. Dat kan niet!'

'Daar zitten jouw mensen toch?'

'Jullie weten niet waar je je in begeeft,' zei Viðar. 'Bega alsjeblieft geen stommiteiten.'

'Waar begeven we ons dan in?'

'Ga alsjeblieft niet naar de Russische ambassade!' zei Viðar. De toon van zijn woorden was niet langer bevelend maar smekend.

'Zat jij in de voorstelling van vijf uur in de Havenbioscoop, toen die jongen vermoord werd?' vroeg Albert.

'Nee,' zei Viðar. 'Ik ben niet in die bioscoop geweest. Ik... jullie mogen niet naar de Russische ambassade gaan. Niet eerder dan morgen. Vandaag niet. Beslist niet vandaag. Er zijn mensenlevens mee gemoeid, dat van mij incluis. Jullie kunnen me niet opsluiten. Niet nu. Morgen. Wacht daarmee tot morgen.'

'Mensenlevens?' vroeg Marion. 'Waar heb je het over? Is jouw leven in gevaar?'

'Ik ben niet in die bioscoop geweest,' zei Viðar, Albert aankijkend. 'En ik wist pas wat er was gebeurd toen ik het op de radio hoorde. Ik was buiten de bioscoop, ik hield een oog op die ontmoeting.'

'Was er dan nog een derde man bij jullie?' vroeg Marion.

Viðar knikte.

'Wie?' zei Marion.

'Als jullie de Russische ambassade er niet buiten laten...'

'Jij draagt hier geen verantwoordelijkheid,' zei Marion. 'Zijn jullie van plan om de kansen van Bobby Fischer te verpesten? Zijn jullie van plan hem het toernooi te laten verliezen?'

Viðar gaf geen antwoord.

'Jullie willen de overwinning van Spassky veiligstellen, is het niet? Hoe willen jullie dat bereiken? Hoe willen jullie dat doen? Luisteren jullie Fischer af? Gebruiken jullie een of ander elektronisch apparaat? Of een chemische stof? Willen jullie hem koud maken? Wat zijn de plannen? Hoe willen jullie zorgen dat Spassky wint?'

Viðar bleef zwijgend op zijn plaats staan en schudde het hoofd.

'Had Ragnar soms iets van jullie plannen gehoord?' vroeg Albert. 'Jullie verwachtten natuurlijk niet dat er iemand met een cassetterecorder in de zaal zat. Wat was hij volgens jullie voor iemand? Een gevaarlijke geheim agent? Waarom moest hij dood? Wat zijn jullie eigenlijk aan het doen?'

Viðar staarde Marion en Albert opnieuw beurtelings aan.

'O god,' zei hij. 'Jullie draaien de zaak precies om.'

'Je gaat met ons mee.' Marion stond op. 'En dan krijg je tijd genoeg om het allemaal uit te leggen.'

'Er zijn dingen aan het gebeuren die jullie gewoonweg niet kunnen begrijpen, en het is heel moeilijk om erover te praten,' zei Viðar. 'Oké, het klopt wat jullie zeggen, het heeft met het schaaktoernooi te maken, maar anders dan jullie denken. De Russen proberen helemaal niet de uitslag te beïnvloeden. Dat slaat nergens op.'

'En dat met die derde partij, was dat niet jullie werk?'

'Derde partij? Daar weet ik niks van,' zei Viðar. 'Ik weet echt niet waarom ze hebben besloten om in dat tafeltenniszaaltje te spelen. Waarom vragen jullie dat aan mij? Ik heb er geen flauw idee van. Ik weet niet waar jullie het over hebben. Het gaat om heel andere dingen dan schaken!'

Albert wilde Viðar bij de arm nemen, maar die maakte zich los.

'Jullie maken een grote vergissing.'

'Ja, natuurlijk,' zei Marion.

Albert greep Viðar vast.

'Kunnen we dit niet als fatsoenlijke mensen met elkaar regelen?' zei Viðar. 'Ik ga met jullie mee. Jullie hoeven me niet te dwingen. Ik wil hier in het gebouw niet onnodig de aandacht op me vestigen.'

'Waarom mogen we eigenlijk niet naar de Russische ambassade?' vroeg Marion. 'Je hebt toch je hele leven de Sovjet-Unie bejubeld? Waarom mogen we niet met ze gaan praten?'

'Nee, ga daar niet heen,' zei Viðar. 'Alsjeblieft, wacht daar tot morgen mee. Doe dat nou voor me!'

'Waarom?' zei Albert. 'Wat verandert dat aan de zaak?'

'Ik kan daar verder niks over vertellen,' zei Viðar. 'Is er iemand die weet dat jullie achter me aan zitten? Kunnen jullie me dat zeggen?'

'Ben je bang dat je iets zal overkomen?' vroeg Albert.

Viðar zweeg.

'Waar ben je bang voor?' vroeg Marion.

Viðar schudde het hoofd. Hij gaf het op. Albert liep met hem naar de deur van het kantoor. Marion opende die en liep achter hen aan een gangetje in.

'Ik denk niet aan mezelf,' fluisterde hij. 'Ik denk aan anderen. Het zijn andere mensen die gevaar lopen.'

De vrouw die aan de deur was geweest om Viðar te waarschuwen kwam plotseling op hen af.

'Zeg Viðar,' zei ze vriendelijk, 'heb je nog een ogenblik? Er is besloten later verder te vergaderen, maar zou je dit even kunnen bekijken? Het komt van Hafsteinn. Hij denkt dat onze berekening niet goed is. Het duurt maar heel even.'

Viðar probeerde te glimlachen. Hij keek naar Marion. Die keek weer naar Albert en schudde toen het hoofd. Maar dat moment van aarzeling was voor Viðar genoeg. Hij greep de vrouw vast, duwde haar haar kantoor in, sloot de deur en deed die op slot. Albert gooide zich tegen de deur, probeerde hem te openen, bonkte erop en schreeuwde naar Viðar. Geschrokken personeelsleden kwamen uit hun kamer op het tumult af. Maar na korte tijd ging de deur weer open. De vrouw keek Albert verbijsterd aan.

'Hij... hij is deze deur uit gerend. Wat... wat is er allemaal aan de hand?'

Albert stoof naar de deur. Het kantoor van de vrouw lag op de begane grond en had een tweede deur naar een andere gang. Aan het eind ervan kwam je op een met bomen omzoomd terrein achter het gebouw, dat als parkeerplaats diende. Albert holde naar buiten, maar van Viðar was geen spoor meer te bekennen. Hij rende langs de zijkant van het gebouw naar de voorzijde, waarlangs een doorgaande weg liep, stak snel over en draaide zich weer om. Hij wist het niet meer: moest hij de noord- of de zuidkant op gaan? Of nog grondiger achter het gebouw zoeken?

'Zie je hem?' schreeuwde Marion, die om de hoek verscheen.

'Hij is ervandoor!' riep Albert. 'Ik zie hem nergens meer.'

'Verdomme!'

'Wat doen we nou?'

'Een opsporingsbericht laten uitgaan. En snel naar de Russische ambassade.'

'Maar hij vroeg om daarmee te wachten.'

'Zijn belangen zijn beslist niet de onze, Albert. En al helemaal niet als hij zo begint.'

'Hij reageerde wel heel erg panisch toen we over die ambassade begonnen. Er staan mensenlevens op het spel, zei hij.'

'Ik weet het,' zei Marion. 'Maar we moeten er toch heen, al gaan ze allemaal op hun kop staan. Anders glipt Vygotsky ons ook nog door de vingers. Viðar is hem natuurlijk gesmeerd om die Rus te waarschuwen. Ik zou niet weten waarom hij anders zo idioot doet.'

'Waarom zou hij niet willen dat we naar die ambassade gaan?' vroeg Albert. 'En over welke mensenlevens heeft hij het precies? Wat gebeuren er dan voor dingen waar kan hij ons niks over kan vertellen?'

'Het is onbegrijpelijk,' zei Marion nadenkend.

'Ja, maar wát is er niet te begrijpen?' zei Albert. 'Wat weet jij? Ik hoor toch alles te weten wat jij weet?'

'Ze wilden dat we Viðar met rust lieten,' zei Marion. 'Ik dacht dat het de Russen waren die dat eisten, maar dat was niet zo. Het was heel anders. Zíj waren het!'

'Wie dan? Waar heb je het over? Welke "zij"?'

'De Amerikanen!' zei Marion. 'Ik heb te horen gekregen dat ik Viðar zijn gang moest laten gaan. En die boodschap kwam van de Amerikaanse ambassade!'

Een paar minuten later zochten Marion en Albert de vrouw op die betrokken was geraakt bij Viðars vlucht. Het had een hele opschudding op het kantoor veroorzaakt. Het nieuwtje dat Viðar uit de handen van de politie was ontsnapt had zich snel onder het personeel verspreid. Verwonderd en nieuwsgierig keken de mensen naar de gesloten deur van de kamer van de vrouw.

'Wie kent Viðar hier op kantoor het beste?' vroeg Marion.

'Ik denk dat ik dat ben,' zei de vrouw. 'Hij en ik zijn hier het langst. Maar waar gaat het nou eigenlijk om? Wat heeft hij gedaan? Waarom heeft hij de politie achter zich aan?'

'We hoefden hem alleen maar te spreken. Kennelijk zag hij dat niet zo zitten. Heb jij enig idee waar hij naartoe gegaan kan zijn? Waar hij nu zou kunnen zitten?'

'Ik weet het niet,' zei de vrouw. 'Naar huis, denk ik.'

'Dat betwijfel ik,' zei Marion.

'Dan zou ik het niet weten.'

'Weet je iets van een vriend of zo, waar hij naartoe zou kunnen gaan?'

'Misschien dat hij naar de Laugardalshal is,' zei de vrouw.

'De Laugardalshal?'

'Naar het schaaktoernooi. Daar zit hij altijd als er geschaakt wordt.'

'Bij het toernooi om het wereldkampioenschap?'

'Ja, hij spreekt Russisch. Jullie... dat wisten jullie toch zeker wel?'

'Maar wat doet hij daar dan in de hal?'

'Hij werkt daar voor ze, voor de Russen. Als tolk. En hij helpt ze met van alles en nog wat.'

De vrouw keek Marion en Albert beurtelings aan.

'Tenminste, dat heeft hij me verteld.'

'Lopen we geen risico als we naar de ambassade gaan?' zei Albert toen hij voor het kantoorgebouw van het Gemeentelijk Elektriciteitsbedrijf weer in de auto stapte.

'We moeten de boel daar maar eens een beetje opschudden,' zei Marion, die naast hem ging zitten. 'En maar wat improviseren. Kijken hoe we ontvangen worden. Proberen om niet al te veel informatie aan hen weg te geven, maar wel uitvinden wat zíj denken.'

'Zouden ze hem willen ombrengen?' zei Albert ineens, terwijl hij de auto startte.

'Welke "ze"?'

'De Russen.'

'Wie zouden die dan willen ombrengen?'

'Ze zullen verdomme toch niet...'

'Wat?'

'Zouden de Russen van plan zijn Bobby Fischer om te brengen?'

40

Op weg naar de Russische ambassade vertelde Marion wat ze met de chef van de recherche had besproken. Ook de zonderlinge boodschap vanuit de Amerikaanse ambassade om Viðar met rust te laten kwam aan de orde. Albert wees erop dat Viðar dat zelf ook had gevraagd, zonder hun te willen uitleggen waarom. De vrouw op Viðars kantoor had niet geweten voor welke mensen hij in het kader van het schaaktoernooi werk verrichtte. De naam Yoeri Vygotsky kende ze niet; die had ze Viðar nooit horen noemen.

'Die gore Russen – wat vreten ze daar allemaal uit in de hal?' zei Albert, terwijl hij afsloeg naar de Miklabraut.

'Spassky staat op verlies,' zei Marion. 'Misschien hebben ze nog iets achter de hand voor als het helemaal fout loopt. Viðar zei dat er mensenlevens mee gemoeid waren. Wat bedoelde hij daarmee? Waar had hij het over?'

'Het zal toch niet echt over Fischer gaan?'

'Ik...'

Marion kon niet verder denken.

'Moeten we niet met de schaakbond praten?' vroeg Albert. 'Zeggen dat ze de volgende partij uitstellen?'

'Laten we eerst maar eens horen wat de Russen te zeggen hebben, kijken hoe ze ons ontvangen. Dan zien we verder. En ja, vroeg of laat zullen we ook met de schaakbond moeten praten. Maar je wilt er toch niet aan denken dat ze het toernooi stopzetten op grond van zo'n vermoeden? Dat kan toch niet?'

Albert reed snel naar het westelijke deel van de stad. Op de Melatorg sloeg hij af naar de Suðurgata, vandaar naar de Túngata en vervolgens naar de Garðastræti. Daar stopte hij voor de Russische ambassade.

Hij klopte op de deur van het gebouw.

'Hebben we eigenlijk geen speciale toestemming nodig?'

'Ongetwijfeld,' zei Marion. 'Probeer de bel eens.'

Boven de hoofdingang was een veiligheidscamera gemonteerd. Marion staarde omhoog in de lens, zich ondertussen afvragend of er ook inderdaad iemand toekeek. Achter de deur klonk geluid en ten slotte werd er opengedaan. In de deuropening stond een kleine, slanke man in een zwart kostuum. Hij droeg een dun snorretje.

'Wij zijn van de recherche,' zei Albert in het Engels. 'We hebben iets met de ambassadeur te bespreken.'

'Hebben jullie een afspraak?' vroeg de man. 'We verwachten jullie niet, geloof ik.'

'Nee, we hebben geen afspraak,' zei Albert. Hij liet zijn legitimatie zien. 'Het is zeer dringend, het gaat om een ernstig misdrijf hier in de stad.'

De man dacht na. Het was niet gebruikelijk dat er mensen onaangekondigd naar de ambassade kwamen zonder dat de reden voor hun bezoek eerst zorgvuldig was nagetrokken.

'De ambassadeur is niet aanwezig,' zei de man. 'Hij is op dit moment op het schaaktoernooi. Bij de voortzetting van de dertiende partij,' voegde hij er glimlachend aan toe.

Voor het overige wilde hij hun graag van dienst zijn.

'Kunnen jullie dit niet bespreken met de chef van de veiligheidsdienst van de ambassade?' vroeg hij. 'Als het een politiezaak betreft?'

Albert keek Marion aan. Die knikte.

'Dan doen we dat maar,' zei Albert.

De man liet hen niet verder komen dan de vestibule. Vandaar keek je door een halfgesloten deur in een kleine zitkamer of salon, die dienstdeed als een soort wachtkamer voor degenen die de ambassadeur wilden spreken. Aan de muren hingen Russische schilderijen en op de tafels stonden kunstvoorwerpen uit de landen achter het IJzeren Gordijn: porseleinen beeldjes en houtsnijwerk. Marion ontdekte op een plank in de vestibule een prachtige bruid in Hongaarse klederdracht. Voor de ramen hingen zware gordijnen, en in het midden van de kamer hing een lichtkroon van Tsjechisch kristal.

'Wat denk je, zouden we op een dwaalspoor zitten?' vroeg Marion toen de man met het snorretje was weggegaan om de chef van de veiligheidsdienst te halen.

'We merken het wel,' zei Albert.

Marion werd bezorgder naarmate ze langer moesten wachten. Het was hun verboden zich met Viðar te bemoeien en Viðar zelf had hen bezworen niet naar de ambassade te gaan. Waren ze niet te hard van stapel gelopen en hadden ze de zaak niet beter moeten overdenken? De gebeurtenissen van de laatste weken, ook die van vandaag, hadden hen erg in beslag genomen, al direct vanaf het moment dat de politie naar de Havenbioscoop was geroepen en het zoeken naar Ragnars moordenaar was begonnen.

'Wat hebben we nou eigenlijk omgedraaid, Albert?' fluisterde Marion.

'Hoe bedoel je?' vroeg Albert.

'Toen Viðar zei dat we de zaak precies omdraaiden, wat hadden we toen tegen hem gezegd?'

Albert dacht na.

'Dat heb ik niet genoteerd,' fluisterde hij.

'We hadden gezegd dat de Russen misschien wel van plan waren de overwinning van Spassky veilig te stellen en dat Ragnar ze daar in de bioscoop over had horen praten. En dat hij dat op de band had opgenomen en daarom dood moest.'

'Ja, en?'

'Viðar zei dat het niks met het schaken te maken had!'

Marion zag Jóhannes weer voor zich en dacht aan het gesprek dat ze hadden gevoerd. Het was zijn bedoeling geweest rust te creëren, tijd te winnen. Net als Viðar. Ook die had gevraagd een korte periode met rust te worden gelaten. 'Jullie draaien de zaak precies om,' had hij gezegd. En: 'Wacht tot morgen.'

In de vestibule ging een deur open en de man met het snorretje verscheen weer. Deze keer werd hij vergezeld door de chef van de veiligheidsdienst van de ambassade. Deze was minder vriendelijk, kortaf zelfs. Hij groette niet, stelde zich ook niet voor. Albert wilde hem een hand geven, maar trok die terug toen hij zag dat de ander wel naar zijn uitgestrekte arm keek, maar duidelijk niet van plan was zelf zijn hand uit te steken.

'Er is een vergissing gemaakt, ik moet jullie vragen de ambassade te verlaten,' zei hij. Zijn Engels was aanmerkelijk slechter dan dat van de man met het snorretje.

'Kun je dat nader toelichten?' vroeg Albert beleefd.

'We hebben tijd nodig om een bezoek als dit voor te bereiden. De ambassadeur is niet aanwezig. We hoeven jullie in geen geval toe te staan binnen te komen. Ik verzoek jullie weg te gaan.'

'Ik weet niet of híj je dat al heeft verteld, maar we moeten een politiezaak bespreken,' zei Albert. Hij wees naar de man met het snorretje, die met een somber gezicht naast de veiligheidsman stond. 'Het gaat om een ernstig misdrijf dat kortgeleden hier in de stad is gepleegd. We denken dat er een verband is met deze ambassade.'

De man was kennelijk vastbesloten zich niets van wat Albert zei aan te trekken.

'Je zult een afspraak moeten maken,' zei hij. 'Ik wil jullie nogmaals verzoeken hier weg te gaan.'

Marion luisterde naar de veiligheidsman en zag weer voor zich hoe bezorgd Viðar had gekeken bij de vraag of iemand hem bij de bioscoop had gezien. Hoeveel wanhoop er in zijn blik lag toen bleek dat de politie contact wilde opnemen met de Russische ambassade. Je moest wel aannemen dat het een levensgevaarlijke plek was – hij had gezegd dat er mensenlevens in gevaar kwamen als Marion en Albert erheen zouden gaan. Wat was dat toch? Wat was het dat Viðar zo vreesde van zijn eigen mensen? Hoe kon die grote angst te maken hebben met zijn vriend Yoeri Vygotsky, een man die zo'n hoge positie innam in de Russische geheime dienst?

Albert begon een discussie met de veiligheidsman. De man met het snorretje stond erbij, duidelijk beschaamd dat hij het was geweest die de IJslandse politie de vestibule van de ambassade had binnengelaten.

Marion hoorde geen woord van wat Albert zei, maar was in gedachten bij het gesprek met Jóhannes. Volgens hem waren het Amerikanen die hadden gezegd dat Viðar met rust gelaten moest worden. Wat wisten de Amerikanen van deze man, een oude socialist die in Moskou had gewoond? Hoe kon die zo belangrijk voor hen zijn? Viðar had gezegd dat hij niet in de Havenbioscoop was geweest, maar dat hij buiten had gewacht om de boel in de gaten te houden. Dat betekende dat er een ontmoeting was geweest tussen een Rus en een Amerikaan, onder toeziend oog van Viðar. 'Ze ontmoeten elkaar in de bioscoop,' had iemand door de telefoon tegen Viðar gezegd. 'Niet naar de Russische ambassade gaan,' had Viðar bijna huilend gesmeekt. 'Er zijn mensenlevens mee gemoeid.' En: 'Het gaat om heel andere dingen dan schaken. Jullie draaien de zaak precies om. 'Excuse me,' zei een van de mannen in de bioscoop met een Amerikaans accent.

'Er zijn hier vanwege het schaaktoernooi heel veel Russische ambtenaren,' hoorde Marion de veiligheidsman zeggen. 'Sommigen zijn hier ondergebracht, anderen in hotels. Als je me de naam geeft van degene die je zoekt zal ik nagaan of hij met jullie wil spreken. Rechten kan je hier niet laten gelden, dat moet je inzien. Dit is onze ambassade. Jullie zijn op dit moment in de Sovjet-Unie.'

Albert keek Marion aan.

'Wie is het die je wil spreken?' vroeg de veiligheidsman. Uiteindelijk was toch zijn nieuwsgierigheid gewekt.

Albert aarzelde.

'Wie is het?' vroeg de veiligheidsman resoluut, bijna bevelend. 'Wie zoeken jullie in verband met die zaak?'

Albert schraapte zijn keel.

'Naar we aannemen heet hij...'

'Niet zeggen!' riep Marion in het IJslands.

De veiligheidsman en Albert keken allebei stomverbaasd.

'Ik denk dat we iets volslagen waanzinnigs aan het doen zijn.'

'Waar heb je het over?' vroeg Albert.

'Het is inderdaad een misverstand,' zei Marion. 'We moeten helemaal niet hier zijn, Albert!'

'Hoezo niet?'

De veiligheidsman onderbrak ongeduldig hun gesprek.

'Naar wie is de politie op zoek?' vroeg hij. 'Geef me zijn naam, dan zal ik kijken wat ik kan doen.'

'Begrijp je het niet?' vroeg Marion aan Albert.

'Nee!'

'We moeten voortmaken,' zei Marion. 'Ik leg het je in de auto wel uit.'

'Waar heb je het in vredesnaam over, Marion?' riep Albert uit.

'Ik denk...'

Marion keek de veiligheidsman aan.

'Nou?' zei Albert.

'We moeten er ogenblikkelijk vandoor. Anders lopen we ze nog mis. Vlug!' fluisterde Marion, ondertussen vriendelijk glimlachend tegen de Rus. 'Albert, wegwezen hier, en gauw ook!'

Marion glimlachte nog breder, bedankte, en haastte zich, met Albert op de hielen, langs de veiligheidsman de ambassade uit.

41

Albert, zwijgzaam, parkeerde de auto voor de ingang van de Laugardalshal. Tegen een politieagent die daar opmerkingen over wilde maken zei hij dat ze ook van de politie waren, en op dat moment in functie. Nadere toelichtingen hoefde hij niet te geven. Marion was al direct snel doorgelopen naar de grote zaal. Albert trok zijn legitimatie voor de portier en zei dat ze haast hadden. De portier gaf zich gewonnen.

Albert kreeg Marion bij de ingang van de zaal weer te pakken. Er waren zo'n duizend toeschouwers. Het was de dertiende partij, die nadat hij de vorige dag was afgebroken nu werd voortgezet. Op het podium zaten Boris Spassky en Bobby Fischer, allebei diep in gedachten. Dit beloofde een van de interessantste partijen van het toernooi te worden. Beiden hadden langdurig hun positie bestudeerd. Fischer tot acht uur 's morgens. Spassky, die toen de partij werd voortgezet twee pionnen achter stond, moest nog ongeveer vijfentwintig minuten nadenken voor hij begon.

Het publiek was doodstil, niemand hoestte of zuchtte zelfs maar. Fischer zat met de hand onder de kin en beide ellebogen op de tafel naar de zwarte en witte velden te staren. Spassky, die met wit speelde, was opgestaan om zijn rug te strekken en stond nu op enige afstand naar Fischer te kijken. De scheidsrechter van het toernooi, Lothar Schmid, hield zich op de achtergrond; als men hem nodig zou hebben was hij paraat. Fischer leunde in zijn stoel achterover en streek over zijn haar. Spassky ging aan de tafel zitten.

Marion gunde zich heel even tijd een blik te werpen op het reusachtige scherm in de zaal waarop de stand van de stukken te zien was. Fischer was de vorige dag begonnen met de Aljechin-verdediging, met de bedoeling Spassky's pionnen naar voren te lokken en aan te vallen. Spassky was in de twaalfde zet al een pion achter geraakt, maar had zich gaandeweg hersteld. Toen de partij werd afgebroken was het moeilijk te voorspellen wie van de twee de overwinning zou behalen, al wedden veel mensen op Fischer. Van de gezichten van de toeschouwers was de spanning af te lezen. De opwinding van de vorige dag nam met elke zet toe.

Op weg naar de Laugardalshal had Marion nog iemand bezocht. Albert was niet mee naar binnen gegaan. Marion had hem gevraagd in de auto te wachten. Hij had op hoge toon geprotesteerd, maar zijn collega was niet te vermurwen geweest: ze hadden de beste kansen als ze de vrouw omzichtig zouden benaderen. Albert was niet overtuigd en bleef tegensputteren.

'Maar als Viðar nou eens bij haar is?' vroeg hij. 'Wat wou je dan doen? Hem weer laten gaan?'

'Ik denk dat ik hem wel zover kan krijgen om met ons mee te werken,' zei Marion. 'Als hij er is.'

'Wat weet jij van Viðar? Waarom kan je me dat nou niet gewoon vertellen?'

'Ik heb mijn woord gegeven en dat kan ik niet breken...'

'Waarom vertrouw je me niet?'

'Ik vertrouw je wel, heus...'

'Dat doe je helemaal niet. Je houdt informatie voor me achter. Nog steeds, nou weer met die vrouw!'

'Albert, dat ís niet zo. Ik denk echt dat we naar haar toe rustig moeten optreden. Het is volgens mij het beste dat ik onder vier ogen met haar praat.'

Albert gaf niet toe. Ten slotte was Marion het zat, stapte nijdig uit de auto en knalde het portier achter zich dicht.

De vrouw die Marion zo dringend moest spreken woonde in de wijk Þingholt, in een stenen woning van twee verdiepingen, een huis van kort na de eeuwwisseling. Ze bewoonde de benedenverdieping. Marion was de laatste dagen voortdurend van plan geweest haar te bezoeken, maar had het steeds weer uitgesteld. Nu was het misschien wel te laat. Albert zat in de auto, hij was hels. Buiten was te horen dat in het appartement de bel klonk. Kort daarna werd er opengedaan.

'Bríet?' vroeg Marion.

'Ja.'

'Bríet Lárusdóttir, is het niet? En je bent verpleegster?' vroeg Marion. De vrouw knikte met een zorgelijk gezicht.

'Is Viðar hier bij je?'

Marion en Albert speurden in de grote zaal naar Viðar, maar konden hem vooralsnog niet vinden. Albert waagde het stilletjes en ineengedoken langs de rijen stoelen te lopen, terwijl hij rij voor rij keek of Viðar niet tussen de toeschouwers zat.

Hij herkende de Russische ambassadeur van foto's uit de krant toen hij die in het midden van de voorste rij zag zitten. En hij herkende vooral ook de man die in diezelfde rij twee stoelen verder zat.

Yoeri Vygotsky.

'Wie ben je?' vroeg de vrouw in de deuropening.

'Ik ben van de politie, rechercheur Marion Briem,' zei Marion. 'Zou ik je heel even mogen storen? Ik leid het onderzoek naar de moord in de Havenbioscoop – daar heb je natuurlijk van gehoord.'

De vrouw keek Marion een hele tijd aan. Haar gelaatsuitdrukking toonde geen enkele verwondering.

'Is met Viðar alles goed?' vroeg ze ten slotte.

'Is hij niet hier bij jou?'

'Nee, hij is vandaag heel even langs geweest, maar hij wilde niet lang blijven,' zei de vrouw. 'Was jij dat die hem op zijn werk opgezocht heeft?'

'Ja.'

'Hij dacht al dat je ook bij mij langs zou komen. Je ziet er precies zo uit als hij je beschreef.'

'Ik denk dat hij in gevaar is. Mag ik binnenkomen?'

De vrouw keek Marion opnieuw lang aan.

'Viðar zei dat ik niet met je moest praten.'

'Ik kan hem helpen. Je kunt me maar beter vertrouwen. Ik denk dat hij in groot gevaar is.'

Spassky hield zijn ogen strak op het schaakbord gevestigd. Fischer zat voorovergebogen tegenover hem. Niets verstoorde hun concentratie; aan de gezichten van de toeschouwers was te zien dat de spanning het hoogtepunt naderde. Fischer nam een slok uit een glas sinaasappelsap. De eerste scheidsrechter had keer op keer moeten verzoeken om in de zaal niet te spreken. Bij het minste gefluister drukte hij op een knop, waarop er aan de muur een bord met de woorden SILENCE en STILTE oplichtte. Albert liep langzaam langs de rijen stoelen terug naar Marion, die nog bij de ingang stond.

'Volgens mij zit Yoeri daar bij de ambassadeur, helemaal voor in de zaal,' fluisterde Albert.

'En Viðar?'

'Die zie ik niet.'

'Zoek nog maar verder in de hal. Als je hem vindt: met rust laten. Zorg dat hij je niet ziet, maar hou hem wel in de gaten. Ik ga Vygotsky volgen. Die zou ons ook bij Viðar kunnen brengen.'

'Zou Vygotsky werkelijk van plan zijn hier in de hal contact met hem te zoeken?'

'Dat zei Bríet.'

'Hoe kan je het verschil zien tussen een Amerikaan en een Rus?'

'Pas alsjeblieft goed op, Albert,' zei Marion. 'En neem een paar van de agenten hier mee. Voor de veiligheid. Dat is nog beter dan goed oppassen.'

Bríet had heel veel aan haar appartement in Þingholt gedaan en er een warme, gezellige woning van gemaakt. Wel merkte Marion direct dat ze alleen woonde, het huis droeg er alle kenmerken van. Het enkele kopje dat afgespoeld in de keuken op het aanrecht stond. Een bord dat ondersteboven op de rand van het aanrecht lag. De smaakvol ingerichte kamer, waar waarschijnlijk nooit wanorde heerste, waar nooit het geluid van kinderstemmen had geklonken. De zware gordijnen voor de ramen, die de wereld buitensloten.

'Ik heb een beetje rondgevraagd naar Viðar en jou,' zei Marion, diep weggezakt in de bank in de huiskamer. 'Ik hoop dat ik niet al te nieuwsgierig ben geweest. Jullie wonen niet samen, maar hebben wel een relatie, klopt dat?'

'Viðar heeft me over je verteld,' zei Bríet. 'Je leek hem wel een redelijk iemand, zei hij. Hij had een gunstige indruk van je. Ik twijfel er niet aan of hij heeft gelijk.'

'Vertel me wat er allemaal aan het gebeuren is.'

Bríet ging op een stoel zitten. Ze bewoog zich rustig, een vrouw die royaal de zestig gepasseerd was, met een sympathiek gezicht. Rond haar ogen en mond had ze rimpeltjes die zich in de loop der jaren hadden verdiept. Ze maakte een ernstige indruk en Marion had het gevoel dat ze zelden glimlachte. Bríet keek voortdurend op de klok die aan de muur hing, een erfstuk, met een kleine slinger die heen en weer zwaaide en een tik die klonk als een zwakke hartslag.

'Is Viðar van plan weer hierheen te komen?'

'Ja,' zei Bríet. Ze keek weer op de klok. 'Als alles achter de rug is.'

'Wat moet er achter de rug zijn?'

Bríet keek Marion aan.

'Het is nog te vroeg om je dat te vertellen,' antwoordde ze. 'Dat kan ik niet.'

Marion keek ook naar de klok aan de muur. 'Er zijn mensen die me willen aanpraten dat het om politiek draait. Of dat het om het schaken gaat, om het wereldkampioenschap, om gebeurtenissen van mondiaal belang, om de kabeljauwoorlog, om de Russen, de Amerikanen, de Koude Oorlog. Er is een jongen gestorven, maar ze zeggen dat het om iets anders draait. Aan die jongen denkt niemand en dat vind ik bedroevend. Vind jij dat nou ook niet gek? Wat kan mij die Koude Oorlog schelen? Of de grote mogendheden? Of het schaaktoernooi? Het enige wat mij interesseert is Ragnar, en hoe hij is omgekomen. Verder niks. En ga me niet vertellen dat jij precies zo bent als al die anderen.'

'Ik denk elke dag aan die jongen. Hij... het was...'

Bríet maakte de zin niet af.

'Is het zover?' zei Marion. 'Gebeurt het nu? In de hal?'

Bríet zweeg.

'Dat gewroet van jullie heeft een mensenleven gekost!' zei Marion beschuldigend. 'Vind je niet dat het zo genoeg is?'

'Denk je echt dat je Viðar kan helpen?' vroeg ze.

'Ja,' zei Marion.

'Ik weet niet wat...'

Bríet zuchtte diep.

Fischer dacht lang na. Hij keek op de schaakklok. Hij hoefde niet zoals Spassky op zijn tijd te letten. Na alles wat er eerder was voorgevallen, leek er een wonderlijke rust over hem gekomen. Als het hem lukte deze keer te winnen had hij acht gewonnen partijen op zijn naam staan, tegen vijf van Spassky. Zou Spassky verliezen, dan waren zijn kansen om de wereldtitel te prolongeren zo goed als verkeken.

Marion zag dat Yoeri opstond, uit zijn rij schoof en vervolgens langs de toeschouwers het gangpad afliep. Hij maakte geen enkele haast, trok zijn jasje recht, stak een hand in zijn broekzak en liep kalm in de richting van de entreehal.

Marion wachtte even en keek over de mensen heen. Twee mannen, ieder aan één kant van de zaal, stonden op en liepen rustig op een afstand achter Vygotsky aan.

'Het toernooi om het wereldkampioenschap kwam voor Yoeri als een geschenk uit de hemel,' zei Bríet. 'Hij had het al een tijdlang willen doen, maar hij kreeg er nooit de goede gelegenheid toe. Toen viel de beslissing dat het toernooi hier zou worden gehouden.'

'Wie wilde er wat doen?'

'Yoeri.'

'Yoeri Vygotsky?'

'Ja.'

'Is die bezig te vluchten?'

Bríet zweeg.

'Wil Yoeri naar het Westen overlopen?' vroeg Marion.

42

'Het is zo erg wat er in de Havenbioscoop is gebeurd,' zei Bríet. Ze slaagde erin Marion in de ogen te kijken. 'Een verschrikking. Ik kan er geen woorden voor vinden. Die arme jongen. En zijn familie, die beste mensen. Vanaf die tijd is Viðar niet meer zichzelf geweest. Maar vanwege Yoeri kon hij niet naar jullie toe komen. Ze zijn oude vrienden. Hou ze alsjeblieft niet tegen, want dan wordt Yoeri gepakt en dat overleeft hij niet. En hij niet alleen...'

'Wil Yoeri naar de Verenigde Staten vluchten?'

'Ja. En zijn gezin ook...'

'Heeft hij zijn familie dan bij zich?'

'Ze zijn op weg naar de Amerikaanse ambassade in Helsinki,' zei Bríet. Ze keek weer op de klok aan de muur. 'Zijn vrouw en vier kinderen. Zodra ze weten dat die veilig zijn voeren ze hun plan uit.'

'Zijn dat de mensenlevens waar Viðar het over had?'

Bríet knikte.

'Daar gaat het om. Om zijn gezin.'

'Wat voor band is er tussen die twee, tussen Viðar en Vygotsky?'

'Ze zijn in Moskou heel goed bevriend geraakt. Viðar vertelt je dat vanavond en morgen allemaal nog wel, tenminste als alles naar wens verloopt. De Russen weten dat er iets niet klopt. Ze weten dat er iemand in Moskou jarenlang informatie heeft gelekt. Viðar weet niet hoe ze het ontdekt hebben, maar het net sluit zich nu al een tijd steeds dichter om Yoeri. Die kan niet zeggen of ze veel weten. Of ze überhaupt iets weten. Toch hebben ze zijn gezin eergisteren toestemming gegeven naar Helsinki te reizen. Dat was tot in het oneindige uitgesteld, maar nu is het er eindelijk door, wat betekent dat hij misschien toch niet als nummer een op de lijst van verdachte personen staat. Hem hadden ze al toegestaan naar het schaaktoernooi hier in IJsland te gaan. Ook een teken dat ze niks tegen hem in handen hebben. Maar vanwege zijn gezin kon hij verder nog niks doen, en morgen moet hij al terug naar de Sovjet-Unie.'

'Is Viðar een spion?' vroeg Marion.

'Nee,' zei Bríet, die zich nu toch een glimlachje permitteerde. 'Hij is alleen maar een goede vriend. En een tussenpersoon. Toen Yoeri wist dat hij hierheen zou komen heeft hij contact opgenomen met Viðar. Die vertrouwt hij volkomen. Viðar heeft de Amerikaanse ambassade op de hoogte gebracht. En toen is er een ontmoeting in de Havenbioscoop gearrangeerd.'

'Ik heb gehoord dat Viðar altijd een communist van de harde lijn is geweest,' zei Marion. 'Hij stond in een goed blaadje bij de mensen in Moskou, heb ik horen zeggen.'

'Dat was ook zo en daardoor heeft hij Yoeri leren kennen. Ze studeerden samen aan de Leninschool. Soms zagen ze het geen van beiden nog zitten met het Sovjetsysteem. Yoeri vertelde hem over de vervolgingen, de moorden, de kampen. Hij is zelf familieleden kwijtgeraakt bij de zuiveringen in de tijd van Stalin. Dat was de reden van zijn afvalligheid, dacht Viðar. Daarom begon hij informatie te lekken. Zoals ik zeg: Yoeri vertrouwt Viðar.'

'En hoe is Viðar bij dat plan van Vygotsky betrokken geraakt?'

'Yoeri kon met hem spreken zonder dat het argwaan wekte. Viðar werd vaak op de Russische ambassade uitgenodigd; ze kenden hem daar. Hij ging ook vaak naar de Sovjet-Unie; dan konden ze de vriendschapsbanden aanhalen. Het eerste wat Yoeri dan ook deed was vragen of Viðar contact wilde opnemen met de Amerikaanse ambassade. Zijn gewone kanalen durfde hij niet meer te gebruiken om met het Westen in contact te komen. De ambassade heeft toen speciaal mensen uit de Verenigde Staten laten overkomen om de vlucht te organiseren. Een van hen was betrokken bij die ontmoeting in de Havenbioscoop. Viðar weet niet wie het was. Yoeri kende hem wel. Die Amerikaan was het die...'

Bríet zweeg.

'Was hij degene die Ragnar heeft doodgestoken?'

Bríet knikte.

Viðar stond als versteend bij een van de telefoons in de persruimte. Hij keek op zijn horloge. In het vertrek was het tamelijk druk en lawaaierig. Journalisten van diverse kranten zaten op een schrijfmachine hun stukken te tikken of praatten in de telefoon. Ze beschreven de afgebroken partij, de atmosfeer in de Laugardalshal, iedere beweging, elk gebaar van de schaakmeesters. Telefoons rinkelden; gesprekken werden op luide toon gevoerd, want de verbindingen waren niet altijd even goed. Sommigen moesten schreeuwen om erdoor te komen. Het was duidelijk: hier werd schaakgeschiedenis geschreven.

De telefoon rinkelde. Viðar keek naar het toestel. Weer ging het toestel over. Viðar wachtte. Een derde belsignaal. Nu nam hij op.

Hij luisterde, maar hoorde niets. Hield met een vinger zijn vrije oor dicht en probeerde zo het lawaai om hem heen buiten te sluiten.

'*Are they safe?*' fluisterde hij.

Er klonk geen antwoord aan de andere kant van de lijn.

'*Are they safe?*'

Vygotsky liep met kalme passen en zonder om zich heen te kijken de zaal uit. Hij scheen niet de twee mannen op te merken die tegelijk met hem waren opgestaan en die hem nu op een afstand volgden. Hij kwam in de entreehal en bleef daar staan. Marion had zich verdekt opgesteld. Albert was niet meer in de zaal, hij was op zoek naar Viðar; Marion wist niet waar hij zich op dat moment bevond. Ze hadden er nog even over gedacht alle politiemensen naar buiten te roepen en de hal af te sluiten. Maar de tijd om zoiets te regelen, de mensen naar buiten te krijgen en hen te instrueren was te krap, vreesde Marion. En de twee schakers zaten midden in hun partij; die zou dan moeten worden gestopt, wat allerlei onvoorziene gevolgen kon hebben. Er waren rond de tweeduizend mensen aanwezig en het gebouw had een groot aantal uitgangen. Als de moordenaar van Ragnar in de hal was kon een uitgebreide actie van de politie hem op de vlucht jagen.

Vygotsky haalde zijn sigaretten voor de dag en stak er een op. Hij inhaleerde diep, blies de rook uit en keek rustig om zich heen. Hij wist precies wat zijn vriend te doen had. Er zou worden gebeld naar een bepaald toestel in de persruimte; langs deze weg kreeg Viðar bericht over Yoeri's vrouw. Viðar was altijd in de hal als de schaakmeesters speelden, hij had tijdens het toernooi Russische journalisten geholpen en kwam dus vaak in de persruimte. Zijn aanwezigheid daar wekte geen enkel wantrouwen. Zodra duidelijk was dat Vygotsky's gezin veilig de ambassade had bereikt zou Viðar een teken geven.

Marion volgde alles vanuit de verte. Vygotsky keek om zich heen alsof hij wilde nagaan of hij werd gevolgd. Hij leek volkomen kalm. Er liepen mensen door de entreehal. Marion zag Viðar verschijnen op het platform voor de persruimte.

Bríet keek Marion aan.

'Het was die Amerikaan,' zei ze. 'Yoeri heeft Viðar verteld hoe het is gebeurd. Ze zaten te bespreken hoe ze de vlucht zouden organiseren toen ze achter zich een vreemde tik hoorden. Allebei zagen ze een jongen die met een cassetterecorder in zijn handen zat, maar toen werden de beelden op het scherm ineens minder licht en was het donker in de zaal. En voor Yoeri het wist had die Amerikaan de jongen doodgestoken. Er gingen maar een paar tellen overheen, Yoeri had hem met geen mogelijkheid tegen kunnen houden. Toen de beelden op het scherm weer lichter werden en hij zag wat er gebeurd was, dat het maar een onschuldige tiener was, wou hij eerst overal mee kappen en de zaal uit rennen. Maar de Amerikaan begon op hem in te praten en zei dat hij dan zichzelf zou verraden. Hij meende dat iemand de jongen met een opnameapparaat naar binnen had gestuurd om hen af te luisteren en dat ze werden gevolgd. Volgens Yoeri zei hij maar wat.'

'Was Yoeri degene die de cassetterecorder van Ragnar meenam?'

'Nee, dat was de Amerikaan. Hij pakte ook zijn tas, waar in de kranten zo over geschreven is. Die heeft hij in een auto gegooid om jullie op het verkeerde been te zetten.'

'We gaan ervan uit dat Ragnar direct gestorven is.'

Bríet keek naar de vloer.

'Yoeri zei dat hij zich niet realiseerde wat er gebeurde. Op het moment heeft hij het gewoon niet gemerkt. Ik... ik vind het zo moeilijk om erover te praten. Viðar dacht dat hij geen enkel risico liep als hij die twee met elkaar in contact bracht. Zo is het gebeurd: volkomen onverwacht. Daar denk je toch ook niet aan? Dat het op zo'n drama zou uitlopen?'

'Waarom is Viðar niet met ons komen praten?'

'Hij wist dat jullie die Amerikaan nooit uit zijn ambassade zouden kunnen krijgen, en uiteindelijk wilde Yoeri toch overlopen. Daar heeft die moord geen verandering in gebracht. Hij kon trouwens ook niet meer terug. Alleen moest hij wachten tot zijn gezin in veiligheid was. En dat liep keer op keer vertraging op.'

'Yoeri gebruikt openbare gelegenheden voor zijn plannen. De Havenbioscoop, de Laugardalshal.'

'Ja, daar zijn ze nu ook.'
'Gelooft Viðar wat Yoeri zegt?' vroeg Marion.
'Yoeri heeft nooit tegen hem gelogen. Viðar vertrouwt hem voor honderd procent.'

Vygotsky liep op Viðar af. Marion, die onopvallend rechts bij de trappen naar de ingang van de zaal stond, kon de beide mannen die hem achternagelopen waren niet zien. Viðar en de Rus wisselden een paar woorden en Vygotsky gooide kalm zijn sigaret in een asbak. Hij klopte Viðar op de schouder, liep toen door in de richting van de grote ramen bij de ingang en stak opnieuw een sigaret op. Het was in de entreehal vrij druk. Er liepen mensen naar de kaartverkoop of naar het toilet. Anderen rookten, of voerden op halfluide toon gesprekken over het schaken. Marion wachtte een poosje om te zien of Vygotsky werd gevolgd.
Ineens stond Viðar daar. Hij was zeer opgewonden.
'Wat doe jij hier?'
'Ik moet Yoeri Vygotsky spreken,' zei Marion.
'Je kunt dit niet allemaal kapotmaken!' zei Viðar.
'Ik heb met Bríet gesproken. Ze is erg bezorgd over je. Ze heeft me verteld wat er gaande is. Ik moet die mannen hebben!'
'Dan heeft ze je ook verteld dat hij naar het Westen vlucht.'
'Ik weet alles over Vygotsky en over zijn gezin in Helsinki. Hij is een moordenaar, en we moeten hem arresteren.'
'Nee, dat is niet waar,' zei Viðar. 'Hij heeft het niet gedaan.'
'Hij is medeschuldig. Dat moet je toch inzien! Is die Amerikaan hier ook? Is het de bedoeling dat ze elkaar hier ontmoeten?'
Viðar greep Marion vast.
'Je gaat dit niet verzieken!' zei hij.
Albert kwam de zaal uit en liep op hen toe. Hij had drie agenten bij zich.
'Wat is hier aan de hand?' vroeg hij.
'Jullie kunnen Yoeri niks maken,' zei Viðar tegen Marion. 'Hij staat onder de bescherming van de ambassade. Daar beginnen jullie niks tegen. En zijn gezin is in veiligheid. We zijn al zo lang met dit plan bezig. Je moet het ons nu laten afmaken.'
'Waar is die Amerikaan?' zei Marion. 'Is hij hier?'
'Geef ons alsjeblieft de kans om dit af te maken,' zei Viðar. 'Het moet! Het is een kwestie van vijf of tien minuten. Meer niet.'

'Is hij hier?' zei Marion.

Viðar knikte.

'Dan leidt Vygotsky ons wel naar hem toe,' zei Albert. 'Hoe heet die Amerikaan, die moordenaar?'

'Hij heet Jackson,' zei Viðar. 'Meer weet ik niet. Ik weet niet eens of dat zijn echte naam wel is. Hij is van de CIA en gespecialiseerd in zaken die met de Sovjet-Unie te maken hebben. Direct na wat er in de Havenbioscoop is gebeurd hebben ze hem teruggestuurd naar de Verenigde Staten. Nu is hij weer hier om de zaak af te sluiten.'

'En het berechten van die moord, doet de Amerikaanse regering daar niets aan?'

'Van die moord weten ze niks af,' zei Viðar. 'Reken er sowieso maar niet op dat ze zulke dingen ooit toegeven.'

'En waarom moet dat allemaal in de Laugardalshal?' vroeg Marion, in de richting van de ramen kijkend. Daar stond Vygotsky te roken.

'Yoeri wilde gebruikmaken van het schaaktoernooi,' zei Viðar, 'als alle ogen op Fischer en Spassky gericht waren. Hier kan hij moeilijk in de gaten worden gehouden en kunnen de Russen niet alles doen wat ze willen. Ga dit nou niet tegenhouden.'

Vygotsky maakte zijn sigaret uit en liep naar de ingang.

Marion kwam in beweging, op de hielen gevolgd door Albert. Viðar pakte hem vast.

'Niet doen! Alsjeblieft. Jullie weten niet wat er kan gebeuren.'

'We willen gewoon de moordenaar van die jongen pakken,' zei Albert. 'De rest gaat ons niet aan.'

'Mijn god,' kreunde Viðar. 'Die lui zijn gewapend! Onder deze omstandigheden bereiken jullie toch niks. Kijk wat er met die jongen in de bioscoop is gebeurd. Het moet helemaal volgens plan gaan. Echt helemaal!'

Bríet liep met Marion naar de deur.

'Bedankt,' zei deze. 'Ik moet nu opschieten.'

'Je hoeft me niet te bedanken,' zei Bríet. 'We hebben het hier ontzettend zwaar mee gehad, vanaf het moment dat die jongen stierf. Dat er een dode is gevallen vanwege Yoeri, dat is toch ondenkbaar? En al helemaal een onschuldige jongen.'

'Ja, maar toch is het gebeurd,' zei Marion.

'Ik maak me zorgen over Viðar,' zei Bríet. 'Voor als er iets verkeerd gaat.

Hij heeft me verboden in de buurt van de Laugardalshal te komen. Ik moest hier wachten, heeft hij gezegd.'

'Dat is waarschijnlijk ook beter,' zei Marion – wat kon je anders zeggen?

Bríet aarzelde.

'Viðar...'

'Ja?'

'Viðar... hij was stomverbaasd dat jullie hem hadden gevonden en vragen kwamen stellen over die verschrikkelijke gebeurtenis in de Havenbioscoop. Hij kon zich werkelijk niet voorstellen hoe jullie dat voor elkaar gekregen hebben, hoe jullie hem hebben gevonden.'

Marion liet een laatste blik gaan over het appartement waar nooit iets veranderde. Waar alles precies was zoals het moest zijn. Waar alles op zijn plaats stond. Je kon Bríets leven voor je zien, helemaal gebouwd op zekerheid, op stabiliteit, op de relatie met een man die alleen maar als gast in haar huis verbleef. Ze herinnerde Marion ineens aan Katrín. Allebei hadden ze die sterke behoefte op zichzelf te willen zijn.

'Ben jij van jullie tweeën degene die niet wil samenwonen?' vroeg Marion.

Bríet antwoordde niet direct.

'Sorry, daar heb ik natuurlijk niks mee te maken,' zei Marion.

'Er ontgaat jou niet veel, hè?' zei Bríet.

'Zijn telefoon wordt afgetapt,' zei Marion.

'Afgetapt?'

'Hij heeft er recht op dat te weten.'

43

Vygorsky liep plotseling de entreehal uit. Marion en Albert gingen haastig achter hem aan en gaven een van de agenten opdracht alle beschikbare mensen naar buiten te roepen. Viðar volgde hen op een afstand naar het terrein aan de westkant van de Laugardalshal. Daar stond Vygotsky, omringd door drie mannen. Ze brachten hem naar een grote Amerikaanse jeep. Een vierde man zat achter het stuur. De motor draaide al en Albert rende naar de mannen toe, hun toeschreeuwend dat ze niet moesten wegrijden.

'Pas op! Blijf staan!' riep Marion.

Albert deed alsof hij het niet hoorde. Een van de mannen draaide zich naar hem toe, trok zonder aarzelen zijn pistool en schoot in zijn richting. Er zat een geluiddemper op het wapen en het enige wat te horen viel was een zacht sissen toen de kogel voor Albert in de grond sloeg.

Marion wierp zich op Albert, die over straat rolde, en zag tegelijkertijd dat de Rus zich heftig verzette tegen de mannen. Hij riep iets onverstaanbaars. Voor zover zichtbaar waren het dezelfde twee mannen die in de zaal achter hem aan waren gelopen.

'Kijk uit jullie!' schreeuwde Marion naar de andere politiemensen. Die zagen hoe de zaak ervoor stond en zochten dekking tussen de geparkeerde auto's.

Het portier van de jeep klapte dicht en het voertuig reed zo snel weg dat er rook onder de spatborden vandaan sloeg. Marion en Albert kwamen tegelijk overeind. De agenten liepen haastig op hen af.

'Wat was dat?' riep Albert. Verbaasd staarde hij naar Marion.

'Ze schoten op ons!' Marion holde achter de jeep aan, gevolgd door Albert en de agenten.

Op het podium deed Spassky zijn laatste zet. Fischer was al zeker van de overwinning. Spassky keek op van het schaakbord. Zijn tegenstander had hem gevraagd een beslissing te nemen. De zaal had de positie van de wereldkampioen met iedere zet zien verzwakken. De schakers gaven elkaar de hand - de wereldkampioen moest de partij na vierenzeventig zetten opgeven. Fischer stond op, tekende het wedstrijdformulier en verliet, zoals hij dat altijd deed, haastig het podium. Spassky bleef nog geruime tijd aan het bord zitten en overzag wat hij goed maar vooral wat hij fout had gedaan, wat hij had moeten doen maar niet gedaan had.

Precies eenzelfde worsteling maakte Marion door toen de jeep met grote snelheid naar de Reykjavegur reed. Albert en de agenten gingen hem achterna. De jeep schoot de weg op en reed in de richting van de driesprong met de Suðurlandsbraut, maar kwam in een file terecht. Aan de westkant van de sporthal sneed Marion een stuk weg af over het grasveld, dat doorliep tot aan de Reykjavegur. De jeep reed langzaam een klein stukje verder, maar stond toen weer stil.

De chauffeur zag hoe Marion over het lager liggende terrein aan kwam hollen. In zijn achteruitkijkspiegel zag hij dat ook Albert en de agenten snel dichterbij kwamen. Wanhopig zette de chauffeur de versnelling in zijn achteruit en reed tot dicht bij de auto achter hem. Zo probeerde hij ruimte te krijgen om uit de rij weg te glippen.

Marion holde hijgend en puffend over het lage terrein en bereikte de weg. Op hetzelfde moment maakte de jeep zich los uit de rij, schoot over de berm de andere auto's voorbij, reed op de driesprong door rood en verdween in de richting van de Kringlumýrarbraut. De agenten renden Marion voorbij, achter de jeep aan, maar dat had eigenlijk al geen zin meer. Het voertuig was verdwenen. Ze hadden niet kunnen zien of het een auto van een ambassade was. Marion vond dat ook niet waarschijnlijk: je kon moeilijk verwachten dat gewapende mannen in een wagen zouden rijden die zo makkelijk te herkennen was.

Toen Marion en Albert terugkwamen bij de Laugardalshal stroomde het publiek naar buiten. Ze zagen ook de Russische ambassadeur het gebouw al verlaten. Omringd door zijn medewerkers werd hij naar zijn auto geleid, een zwarte limousine met grijze gordijntjes voor de zijramen. De auto reed rustig weg.

Albert stootte Marion aan.

'Zijn dat ook geen lui van de Amerikaanse ambassade?' zei hij.

Op de parkeerplaats aan de oostkant van de Laugardalshal stond een grote jeep. Vier mannen, onberispelijk gekleed in kostuum met das, wachtten bij het voertuig. Ze keken op hun horloge en tuurden in de richting van de hoofdingang, maar deden verder niets. Twee van de mannen stonden voor de jeep te roken, de twee anderen zaten op de achterbank. Auto's van ambassades waren deze zomer vaker bij de Laugardalshal te zien, maar na alles wat er was voorafgegaan voelde Albert al direct wantrouwen opkomen.

Marion en Albert liepen snel op de mannen af. De twee die voor de jeep stonden keken elkaar aan, gooiden hun sigaret weg, stapten in en gingen ervandoor.

'Wat is dat nou weer?' zei Albert met een zucht. Hij keek de jeep na. 'Wie waren dit eigenlijk?'

'Dat zou ik zo precies niet weten,' zei Marion.

'Heeft Yoeri nou kunnen vluchten of niet? Bij wie is hij uiteindelijk terechtgekomen? Wie hebben hem meegenomen?'

'Eén ding is zeker,' zei Marion. 'Ons is hij tussen de vingers door geglipt. De rotzak.'

44

Jósef stond geleund tegen een van de schuurtjes bij de Grímsstaðasteiger aan de Ægisíða toen Marion aan kwam rijden en parkeerde. De lucht was grauw, de wolken hingen laag en vanuit het oosten naderde regen.

'Heb je lang op me gewacht?'

'Maakt niet uit,' zei Jósef. 'Na jou moet ik mijn broer nog hebben; die komt ook hierheen. Wat heeft het ballistisch onderzoek opgeleverd? Jullie hadden die kogel toch uit de grond gehaald?'

'Ja, die is onderzocht. Heb je het afschrift van de afgeluisterde gesprekken?'

'Daar geven ze mij echt geen afschriften van, Marion. Dat heb ik je trouwens al verteld toen je naar die informatie vroeg. Kom op, zeg, het is de Openbare Bibliotheek niet waar je eventjes een boek gaat lenen. Het gaat om geheime praktijken.'

'Oké. Maar de informatie heb je wel?'

'Eerst dit,' zei Jósef. 'Ik hou er niet van als ik onder druk word gezet.' Hij klonk beledigd en boos. 'Over die telefoontaps mag je niks naar buiten brengen, dat was de voorwaarde toen ik je ervan heb verteld. Dus dan moet je niet gaan dreigen dat je ermee naar de krant loopt.'

Jósef keek lang uit over het water van de Faxaflói.

'Ik dacht dat ik je kon vertrouwen,' zei hij.

Een vrachtschip voer heel langzaam naar de horizon, om uiteindelijk onzichtbaar te worden. Tussen de keien aan de oever wemelde het van vogelleven. Over de Ægisíða reed een enkele auto.

'Dan zal ik dat maar niet doen,' zei Marion.

'Goed.'

'En?'

'Je had gelijk. Ze hebben vandaag zijn telefoon afgeluisterd.'

'Wie van de twee heeft er gebeld?'

'De vrouw. Ja, het was die vrouw, en ze belde met de ambassade. Nou, ze wond er geen doekjes om, ze vertelde precies hoe het allemaal in elkaar zat. Ze spreekt Russisch, wist je dat?'

'Dat verbaast me niks.'

'Nee, natuurlijk.'

'Bedankt voor je hulp,' zei Marion. 'Ze doen hun best ons te laten denken dat het allemaal heel anders was dan in werkelijkheid.'

'Ze wílden helemaal niet dat hij ontsnapte, hè?'

'Nee.'

'Maar nou nog even over dat ballistisch onderzoek.'

'Dat heeft bevestigd wat we al dachten. De Russen waren van tevoren gewaarschuwd.'

45

Het geluid van de bel drong zwak naar buiten door. Kort daarna kwam Bríet aan de deur en liet Marion binnen. Marion wilde haar spreken, samen met Viðar, en met hen nagaan wat er in de Laugardalshal was gebeurd. Bríet had ervoor gekozen dat gesprek in haar eigen huis te laten plaatsvinden.

Viðar was direct na het gebeurde in de Laugardalshal gearresteerd en voor verhoor naar het bureau gebracht. Hij toonde zich volkomen bereid mee te werken en gaf tot in de kleinste details zijn lezing van alle gebeurtenissen. Toen zijn vriend Yoeri Vygotsky liet merken dat hij naar het Westen wilde vluchten had hij daar niet erg van opgekeken, vertelde hij. Sinds hun studiejaren waren ze goed bevriend geweest, en als ze elkaar spraken erkende Yoeri dat hij niet blij was met de ontwikkelingen in de Sovjet-Unie; hij kon zich zelfs voorstellen dat hij op een dag zou overlopen. Daar was hij al zo'n twintig jaar geleden over begonnen. Maar pas toen Viðar Yoeri in Reykjavík ontmoette hoorde hij dat zijn vriend al geruime tijd inlichtingen had verstrekt aan collega's van de Amerikaanse geheime dienst en nu bang was dat het net zich om hem zou gaan sluiten. Een tweede verrassing was dat Yoeri hem vroeg bij de Amerikaanse ambassade in Reykjavík als tussenpersoon op te treden en bij de ontmoetingen met de Amerikanen aanwezig te zijn. Het was Yoeri's idee als locatie een bioscoop te kiezen. De Havenbioscoop was een idee van Viðar.

Viðar was in verband met de moord vele malen verhoord. Hij verklaarde dat hij niet in de bioscoop was toen Ragnar werd doodgestoken. Pas achteraf had hij daarvan gehoord en hij vond het verschrikkelijk. De politie was niet in staat zijn beweringen te ontkrachten. Hij had zich, vertelde hij, buiten de bioscoop opgesteld omdat Yoeri bang was dat hij werd gevolgd. Hij, Viðar, moest nagaan of dat inderdaad zo was. Ze kenden elkaar van gezicht, Yoeri en de man van de Amerikaanse ambassade, die die ochtend uit de Verenigde Staten was aangekomen. Ze ontmoetten elkaar in de entreehal; beide mannen gingen in het schemerduister van de zaal zitten. Dat er op de rij achter hen een jongen zat ontdekten ze pas toen het bandje in zijn cassetterecorder was afgelopen, wat met een lichte tik gepaard ging.

'Heb je al wat van hem gehoord?' vroeg Marion toen ze bij Bríet in de kamer zaten. 'Van Vygotsky, bedoel ik?'

'Nee,' zei Viðar 'als hij zover is zal hij wel van zich laten horen.'

'Maar de Amerikaanse ambassade? Heeft die niks van zich laten horen?'

'Nee, helemaal niks. Dat verwachtte ik trouwens ook niet. Uiteindelijk heb ik er niks mee te maken.'

'Jij denkt dat het de Amerikaan was die Ragnar heeft doodgestoken?'

'Ja. Het is toch vreselijk wat daar gebeurd is,' zei Viðar. 'Meer dan verschrikkelijk. Nou zie je eens wat voor een volk dat is – lossen alles op met wapens!'

'We hebben met de Amerikaanse ambassade gepraat,' zei Marion. 'Althans, dat hebben we geprobeerd. Maar op onze vragen hebben we geen antwoord gekregen. Die Jackson kenden ze niet en de beschrijving die je van hem gaf scheen ook al niet erg te helpen.'

'Nee, allicht niet. Die gaan echt niks toegeven, dat zat er dik in.'

'Ze zeggen dat ze van de hele zaak niks af weten. Er is niemand speciaal vanuit Washington hierheen gestuurd vanwege een Russische spion, vanwege Yoeri Vygotsky dus. Althans, dat beweren ze. En ze hebben die man ook niet geholpen naar het Westen over te lopen.'

'En dat vinden jullie gek?' zei Bríet.

De klok in de kamer liet vijf slagen horen.

'Het vreemde is,' zei Marion, 'dat de kogel uit het pistool waarmee mijn collega beschoten is niet van Amerikaans makelij was.'

'Wat?' zei Viðar.

'Als mensen van de Amerikaanse ambassade of geheime dienst andere dan Amerikaanse wapens gebruiken hoeft dat niets te betekenen,' zei Marion. 'Dat doen ze dan natuurlijk heel bewust: zo kun je nooit weten wat voor spelletje ze spelen. Maar hier is zelfs de kogel niet uit Amerika afkomstig.'

'Waar dan wel vandaan?' vroeg Bríet.

'Daar hoeven we niet meer aan te twijfelen,' zei Marion. 'Op ballistisch gebied hebben we een paar heel goede mensen, en die hebben hun Engelse collega's er ook nog bij gehaald om hun resultaten te checken. Het is een Russische kogel.'

'Hoe kan dat nou?' zei Viðar. 'Waarom zouden Amerikanen Russische kogels gebruiken?'

'Jij hebt me gezegd dat die Jackson Ragnar heeft doodgestoken,' zei Marion tegen Bríet.

Bríet zweeg.

'Heb je tegen Viðar gezegd dat zijn telefoon werd afgetapt?' vroeg Marion.

Bríet gaf geen antwoord. Viðar keek haar aan.

'Ja, daar heeft ze het met me over gehad,' zei hij.

'Dat dacht ik al,' zei Marion.

Viðar bleef Bríet aankijken, en draaide zich toen naar Marion.

'Waarom wordt mijn telefoon afgeluisterd?'

Marion antwoordde niet direct.

'Wie doet dat?' vroeg Viðar. 'En hoe? Hoe weet jij ervan? En hoe lang duurt dat eigenlijk al?'

'Ik heb het aan Bríet verteld,' zei Marion. 'En ik merkte wel dat ze daar behoorlijk van schrok. Natuurlijk is het heel begrijpelijk dat mensen schrikken als ze zoiets horen, maar deze reactie leek wel diepere wortels te hebben.'

'Ze heeft het me direct verteld,' zei Viðar. 'En daarna heb ik de telefoon niet meer gebruikt. Ik heb trouwens veel zin om dit aan de grote klok te hangen.'

'Nee, je hebt nou wel genoeg aan je hoofd,' zei Bríet.

'Ik denk dat ze inmiddels met dat afluisteren zijn gestopt,' zei Marion. 'Wie het dan ook zijn. Waarom jouw telefoon werd afgetapt weet ik niet precies. Ja, je bent natuurlijk socialist en tegen de legerbasis, maar of dat voldoende reden is? Op welke manier jij onze veiligheid bedreigt zou ik echt niet weten. Erg indrukwekkend kan het volgens mij niet zijn, tenzij je niet alleen met je vriend Yoeri Vygotsky onder één hoedje speelt, maar met nog meer lui van dat slag.'

Viðar zweeg.

'Doe je dat?'

'Nee,' zei Viðar.

'Eén ding vond ik direct al raar toen Vygotsky vluchtte,' zei Marion, 'en ik denk dat jullie me daar wel een verklaring voor kunnen geven. Hij ging nou niet bepaald rustig en zonder commentaar in die jeep zitten.'

'Hoe bedoel je?' vroeg Bríet.

'Het trof me eigenlijk al meteen,' zei Marion. 'Hij probeerde zich met handen en voeten van die begeleiders los te maken. Het leek wel alsof hij ermee wou kappen, en alsof de Amerikanen hem dat niet toestonden.'

Bríet kon niet langer stilzitten. Ze stond op, liep naar de keuken, mompelde iets onverstaanbaars. Marion kwam achter haar aan. Viðar volgde.

'Het was de Amerikaan niet, hè,' zei Marion. 'Dat heb je maar gezegd.'

Bríet antwoordde niet.

'Je wist dat het Vygotsky was die Ragnar doodgestoken heeft,' zei Marion, 'en je wilde niet dat hij ermee wegkwam.'

Bríet stond bij de koffiekan en antwoordde niet. Ze staarde naar de kan alsof die nu haar enige houvast in het leven was.

'Jij hebt de Russen gebeld en hen op de hoogte gebracht van Vygotsky's plannen. Ik heb een vriend die inzage heeft in de transcripties van de afgeluisterde gesprekken. Je hebt op de dag dat Vygotsky zou vluchten vanuit Viðars huis gebeld. Je hebt gezegd dat hij naar het Westen wilde overlopen, en dat het die dag in de Laugardalshal zou gebeuren. Het waren geen Amerikanen die Vygotsky gepakt hebben, maar Russen.'

Marion keek Viðar aan.

'En jij was het ermee eens.'

Viðar zweeg.

'Zij heeft je weten te overtuigen, is het niet? Jij was degene die hem de Russen in handen heeft gespeeld. Jullie hebben hem in de val laten lopen. De Amerikanen stonden klaar om hem te ontvangen. Jij kende het hele plan. Maar je stond ook in verbinding met de Russen. Hij vertrouwde je en je hebt hem verraden.'

Viðar keek lang naar Bríet, maar die bleef voor zich uit staren.

'Bríet kon niet leven met die moord,' zei hij eindelijk. Hij zuchtte diep. Daarna zweeg hij weer, maar hij bleef naar haar kijken alsof hij haar reactie afwachtte.

'Het is goed,' fluisterde ze. 'En Ragnars familie heeft er recht op te weten wat er gebeurd is.'

'Zolang ik Yoeri ken heeft hij altijd een mes bij zich gehad,' zei Viðar. 'Hij is een goede jager, en hij heeft wat met messen, verzamelt ze ook. Hij is altijd erg op zijn hoede geweest, nooit rustig en evenwichtig – nou ja, dat blijkt wel. Toen ik hoorde wat er in de bioscoop was gebeurd – dat die jongen was doodgestoken – wist ik direct dat Yoeri het had gedaan. Ik heb hem ermee geconfronteerd, maar hij ontkende. Ik zei hem dat ik heus wel wist dat hij altijd met een mes rondliep.'

'We hebben een getuige uit de bioscoop, een vrouw die Vygotsky gezien heeft,' zei Marion. 'Hij zat achter haar, maar of hij bebloed was wist ze niet. Ze kon alleen maar zijn hoofd en schouders zien.'

Bríet keek op.

'Uiteindelijk heeft hij toegegeven dat hij de jongen had doodgestoken,' zei ze. 'Tegenover Viðar. En je hebt gelijk, ik heb Viðar weten te overtuigen. Anders zou Yoeri ermee zijn weggekomen. Dat vond ik onrechtvaardig.'

Ze keek Viðar aan.

'Ik heb er geen spijt van.'

Viðar toonde geen reactie.

'We konden niet zeggen waar hij zat,' ging Bríet verder. 'Jullie hadden geen juridische bevoegdheid over hem en konden hem niet aanpakken. Als de Russen hadden geweten wat Yoeri van plan was zouden ze zich hebben gewroken op zijn gezin, dat wachtte tot het naar Helsinki kon vertrekken. Het werd allemaal ineens ontzettend ingewikkeld. We zijn heel goed bevriend met Elena, en de kinderen kennen we ook.'

'Elena?'

'Dat is Yoeri's vrouw. Met kerst sturen we ze altijd cadeautjes. Ik moest er niet aan denken dat hun iets zou overkomen. Dat mocht gewoon niet gebeuren. Het zijn vrienden van ons.'

'Je loog tegen me toen je zei dat die Amerikaan Ragnar had doodgestoken,' zei Marion. 'Je wilde niet dat jullie plan – dat van jou en Viðar – doorkruist werd.'

Bríet knikte.

'En Viðar zorgde dat Yoeri in handen van de Russen viel. Hij vertelde hem waar de Amerikanen zouden staan op de parkeerplaats van de hal, maar hij wist dat het de Russen waren. En Yoeri liep hun rechtstreeks in de armen.'

Bríet knikte weer.

'Wij hebben het apparaat,' zei Viðar.

'Wat voor apparaat?' vroeg Marion.

'Dat van Ragnar,' zei Bríet.

'Yoeri zei tegen ons dat we het moesten laten verdwijnen,' zei Viðar.

'Hebben jullie die cassetterecorder?'

'Ik wou eerst niet naar die bandjes luisteren,' zei Bríet, 'maar later vond ik dat ik dat tegenover Ragnar verplicht was.'

'De Amerikaan ontfermde zich over de schooltas,' zei Viðar. 'Yoeri wikkelde het apparaat in zijn jas en veegde ondertussen het bloed weg. Ik woon niet ver van de bioscoop, zoals je weet, en daarom kwam hij naar mij toe. Hij gaf me het apparaat en de bandjes en de jas. Hij zei dat ik wel zou weten hoe je die het beste weg kon werken. Ik heb alles bij mij in de tuin begraven. Bríet had me verboden het weg te gooien.'

'Ik wou weten wat er gebeurd was,' zei Bríet.

'Ik moest het allemaal bij haar brengen voor jij het in handen zou krijgen,' zei Viðar.

'Hier heb ik het,' zei Bríet. Ze boog zich naar een kast, laag bij de vloer, en haalde een schoenendoos tevoorschijn. Ze deed het deksel eraf. Er lagen een cassetterecorder en een geluidsbandje in.

'Waren het er geen twee?' zei Marion.

'Het andere zit nog in het apparaat, precies zoals Ragnar het heeft achtergelaten.'

Bríet haalde de recorder uit de doos. Er zat bloed aan.

'Je moet er maar niet met je vingers aankomen,' zei Marion.

'Doet dat er nog toe?' zei ze.

Ze spoelde de band even terug en drukte toen op PLAY. Er klonk gezoem, het geluid van de film en daarna mannenstemmen, dichtbij, maar nogal vaag en verbrokkeld. Sommige woorden waren niet te horen.

'*...yes, yes of course...*'

'*...possibly... around the thirteenth...*'

'*...and have to be safe...*'

'*...embassy... Helsinki...*'

'*...and... to Virginia... air base...*'

'*...they will join you there...*'

De recorder gaf een tik toen het bandje afliep. Bríet zette het apparaat uit.

'Ik ben van mening dat we goed gehandeld hebben,' zei Bríet. 'Yoeri zou zich in de Verenigde Staten nooit voor de moord hoeven te verantwoorden. Nu zorgen de Russen ervoor dat er recht wordt gedaan. Al hebben ze er dan andere redenen voor.'

'Yoeri was erg gespannen tijdens die ontmoeting in de Havenbioscoop,' zei Viðar. 'Zonder er een moment over na te denken stak hij de jongen dood en pakte hij de cassetterecorder en de bandjes. Pas daarna zag hij dat het maar een tiener was, gewoon een jongen die naar de bioscoop was gegaan, totaal ongevaarlijk. Maar toen was het te laat. Eerst doen en dan nadenken – typisch Yoeri.'

‘Hij moet zich doodgeschrokken zijn,’ zei Marion, ‘toen hij in de gaten kreeg dat hij door zijn eigen mannen ontvangen werd, daar op de parkeerplaats.’

‘Dat neem ik aan, ja.’

‘Hij zal wel aan jullie hebben moeten denken. Jullie waren toch zulke dikke vrienden?’

Viðar knikte.

‘Hij legde zijn leven in jullie handen.’

‘Hij had die jongen niet moeten doodsteken,’ zei Bríet.

‘En zijn gezin?’

‘Daarmee is alles helemaal volgens plan gegaan,’ zei Viðar rustig.

‘We hebben gewacht tot ze in veiligheid waren,’ zei Bríet.

‘We wisten dat het rond de dertiende partij zou gebeuren. Als de machine eenmaal op gang was gebracht moest het allemaal heel vlug gaan, had Yoeri gezegd. Er mocht geen lange voorbereiding aan te pas komen. Opeens deed zich een prachtgelegenheid voor: de partij werd afgebroken. Yoeri stelde het plan in werking. Toen de partij werd hervat was Elena op weg naar de Amerikaanse ambassade in Helsinki. En de Amerikanen stonden klaar om Yoeri bij de Hal op te pikken.’

‘En jij hebt de Russen gebeld?’

Bríet knikte.

‘Met wat Yoeri gedaan heeft mag hij niet vrijuit gaan,’ zei ze. ‘Viðar wilde er eerst niet aan, maar uiteindelijk is hij toch gezwicht.’

Marion keek Viðar aan, die instemmend knikte.

‘Waarom heb je Yoeri niet aan ons overgelaten toen je eenmaal wist dat zijn gezin ontsnapt was?’

‘Zoals wij het gedaan hebben vonden we het uiteindelijk het zuiverst,’ zei Viðar. ‘Elke andere manier zou onherroepelijk op koudeoorlogspolitiek uitdraaien.’

‘Ragnars familie moet met een groot verdriet leven,’ zei Marion. ‘Hopelijk heeft het jullie geweten een beetje ontlast dat je Vygotsky aan de Russen hebt overgeleverd, terwijl hij meende dat hij in veiligheid zou komen.’

‘Ik weet heel goed wat we gedaan hebben,’ zei Bríet. Ze liep naar Viðar toe, die haar hand pakte. ‘Tegenover Ragnar en tegenover Yoeri. Maar in deze hele ellende valt er niks te ontdekken dat kan troosten. Helemaal niks.’

‘Je bent medeplichtig, Viðar. Daar kom je niet onderuit.’

'Daar wil ik ook helemaal niet onderuit komen. Daar is het me nooit om gegaan. Het was niet makkelijk... voordat...'

'Wat?'

'Ik kwam achter jullie aan, de hal uit, dat weet je nog wel. En net voor ze hem in de auto duwden, nog voor dat schot afgevuurd werd, keek hij naar me, en... hij wist dat ik degene was die hem had verraden. Ik zag het. Die blik van hem... het was alsof hij ineenstortte.'

'Als jullie direct met ons hadden gepraat, had het allemaal heel anders kunnen lopen,' zei Marion. 'Hebben jullie daar nooit aan gedacht?'

'We denken er iedere dag aan,' zei Bríet. 'Maar toch...'

'Toch geloof ik dat we het zo goed hebben gedaan,' zei Viðar.

46

Hij was bezig met de cassetterecorder en verschool zich achter de hoge rugleuningen van de stoelen. De operateur had de lichten in de zaal gedoofd. De recorder haperde een beetje, maar hij slaagde erin hem weer aan de gang te krijgen. Toen hij zich oprichtte zag hij dat er twee volwassen mannen in de stoelen voor hem gingen zitten. Al direct voelde hij zich teleurgesteld: hij had rustig willen zitten, maar in plaats daarvan ontnam degene die het dichtstbij zat hem het zicht op het scherm. Nu moest hij zich uitrekken om de film te kunnen zien. Eigenlijk maar stom, vond hij: zo laat binnenkomen – de film was al begonnen – en dan vlak voor zijn neus gaan zitten. Hij hield het erop dat ze hem niet aan zijn cassetterecorder hadden zien prutsen toen ze daar in het donker een plaats vonden.

De recorder draaide en nam het geluid op. Er werd geen trailer van *Little Big Man* vertoond. Dat was een tweede teleurstelling, de film begon meteen. En zijn plaats beviel hem helemaal niet. In zijn hoofd was het een en al verwarring; hij dacht erover een betere plek te kiezen.

Uiteindelijk besloot hij rustig te blijven zitten. Hij werd liever niet nog een keer verrot gescholden, net als een tijdje geleden in de Oude Bioscoop. Hij wou niet dat die mannen zich met hem zouden bemoeien en om de portier zouden roepen en herrie zouden gaan maken. Wie weet zou de voorstelling worden stopgezet. En dan zou hij zijn recorder vast en zeker kwijtraken. Hij wilde helemaal niet iets doen wat niet mocht. En de mensen hoefden toch zeker niet te weten wat hij deed? Dat was alleen maar voor hemzelf, voor zijn eigen plezier en hij deed er niemand kwaad mee.

Hij was bang nog eens iemand tegen te komen zoals toen die man met dat blauwe jack, die hem achterna was gekomen, helemaal tot op de Bankastræti, en die zo ontzettend had lopen dreigen. Nooit had hij zoiets meegemaakt; hij had zich ook niet kunnen verdedigen. Hij wist niet wat hij moest zeggen, hij dacht dat hij nooit van die man af zou komen.

De mannen voor hem waren niet voor de film gekomen. Ze zaten de hele tijd halfluid met elkaar te praten. Wat ze allemaal te bespreken hadden kon hij niet volgen. Voor zover hij het kon horen spraken ze Engels. Het zouden wel buitenlanders zijn. Dat vond hij niet vreemd: het zat vol met buitenlanders in de stad, vanwege het schaaktoernooi.

De cassetterecorder stond eerst op de stoel naast de zijne, maar toen bedacht hij dat het misschien toch beter was hem vast te houden. Hij nam de recorder van de zitting af en zette hem op de schooltas die op zijn knieën lag. Zou hij die mannen eens een beetje pesten? Hij richtte de kleine microfoon op hen alsof hij opnam wat ze bespraken. Op dat ogenblik was de A-kant vol en de rode druktoets op het apparaat sprong met een lichte tik omhoog. Hij schrok zich wild.

De mannen hoorden allebei de tik achter hen en keken meteen om. Hij zakte terug in zijn stoel. Hij had juist besloten niet verder te gaan met opnemen toen de man die het dichtst bij hem zat zich geluidloos als een kat oprichtte.

Tegelijkertijd zwol de filmmuziek aan en werd het donker in de zaal.

47

Ragnars ouders luisterden zwijgend naar Marion, die uitlegde hoe hun zoon in de Havenbioscoop het leven had gelaten. Het was een bevestiging van een eerder vermoeden: dat het een onverwachte maar doelgerichte aanval was geweest en dat Ragnar er nooit iets van had gevoeld. Mogelijk dat dat hun een kleine troost kon bieden. Het was een noodlottig toeval geweest, en niets anders.

Timmergeluiden drongen door in het kleine appartement. Vanuit het huiskamerraam waren bouwstellingen te zien, grijze muren en betonijzer; er waren timmerlui en bouwvakkers aan het werk. Zwak klonk er muziek uit een radio.

'Jullie hebben natuurlijk op het journaal gezien dat de Russen alles ontkennen,' zei Marion. 'Ze zeggen dat het van a tot z gelogen is. Dat de Amerikanen met belachelijke beschuldigingen aan het adres van de Russen geprobeerd hebben het schaaktoernooi in de war te sturen, en dat de IJslandse regering daaraan meedeed. Onze regering ontkent dat uiteraard, en ook dat ze verantwoordelijk is voor die onwettige afluisterpraktijken waarvan Viðar en Bríet beweren het slachtoffer te zijn geworden.'

'Zo zijn we weer bij de politieke spelletjes aangeland. En geen mens die zich nog om Ragnar bekommert,' zei Klara.

'De Russische propagandamachine begon direct te draaien,' zei Marion. 'En wij hebben niks kunnen bereiken. Ze laten ons er bij de ambassade gewoon niet in. De Amerikaanse ambassade beweert dat de Amerikanen geen enkele bemoeienis met de zaak hebben gehad en weigert er verder iets over te zeggen.'

'En die IJslanders?' vroeg Einar. 'Die twee die die Rus wilden helpen met vluchten?'

'Die zijn medeplichtig aan Ragnars dood, en daar worden ze voor vervolgd,' zei Marion. Het aandeel van Viðar en Bríet in de zaak was al eerder ter sprake gekomen.

'Die zullen zich niet best voelen.'

'Nee. Maar wat ze het ergst vinden is wat er met jullie zoon is gebeurd. Ze dachten dat ze een manier hadden gevonden om hun geweten te verlichten. Of hun dat gelukt is weet ik niet, maar in elk geval dachten zij aan Ragnar, terwijl verder niemand dat deed. Dat moeten we ze wel nageven.'

Albert had besloten van werkplek te veranderen. Aan de leiding gaf hij daar geen speciale verklaring voor. Marion wist wel wat de reden was, maar slaagde er niet in hem van zijn voornemen af te brengen.

'Ik kan niet met je samenwerken,' had Albert gezegd toen Marion had geprobeerd hem op andere gedachten te brengen. 'Ik heb geen zin met iemand te moeten werken die me niet vertrouwt.'

'Maar ik vertrouw je wél, Albert,' zei Marion. 'Dit was een bijzonder geval.'

'Natuurlijk,' zei Albert. 'Leuke smoes. Doet het altijd goed als je weer eens besluit om me als een kleine jongen te behandelen.'

Het lukte hem Marion aan te kijken. Hun onderlinge samenwerking was de laatste tijd stroef geweest. Marion had hem verteld hoe de zaak in elkaar zat en niets achtergehouden. Albert had zich zeer geïnteresseerd getoond.

'Ik had dit anders kunnen doen, ik weet het,' zei Marion.

'Je had me best kunnen zeggen wat je wist,' zei Albert zacht. 'Je had me kunnen vertrouwen.'

Marion knikte.

'Dat weet ik. Maar ik kon je niet vertellen dat Viðars telefoon werd afgeluisterd. Dat was me in vertrouwen meegedeeld. Een vriend vertelde het me, maar ik moest hem mijn woord geven dat ik erover zou zwijgen. Die zaak ligt uitermate gevoelig. Hij weet dat er uit politieke motieven telefoons worden afgetapt. En toch had ik het je moeten zeggen. Ik heb dat niet gedaan. Dat is een fout van me geweest.'

'Het is geen prettig gevoel achter lui als Yoeri aan te moeten zitten en tegelijk te weten dat men je niet vertrouwt,' zei Albert.

Marion knikte.

'Ik vertrouwde jou wel,' zei Albert.

'Wil je er niet nog eens over nadenken?' vroeg Marion.

'Nee,' zei Albert. 'En Guðný is het met mijn besluit eens.'

Hij zuchtte diep.

'Die kerel met dat blauwe jack hebben we nooit gevonden.'

'Nee, die heeft met deze zaak niks te maken.'

'Ik weet het,' zei Albert, 'maar dat smoelwerk zou ik nog wel eens heel goed willen bekijken.'

48

Ongeveer twee weken na de gebeurtenissen in de Laugardalshal lag Marion Briem met gesloten ogen op de bank in het kantoor naar de radio te luisteren. De regen kletterde tegen de ramen. Fischer en Spassky waren aan hun negentiende partij bezig en alles wees erop dat Fischer de winnaar van het toernooi zou worden. Op de radio kwam het bericht dat de Olympische Spelen zouden worden gehouden in München.

Marion had in de ochtendkrant een kort bericht gelezen waarin het overlijden van een oude reder uit Reykjavík werd gemeld. De dag daarvoor had Dagný gebeld; ze had verteld dat hun beider vader in het Rijksziekenhuis was overleden. Ze vroeg of Marion nog een keer bij hem was geweest. Het antwoord was nee. Ze vroeg of Marion naar de uitvaart zou gaan. Het antwoord was nee.

Er werd op de deur van het kantoor geklopt. Albert had zijn bureau leeggemaakt en zijn persoonlijke eigendommen mee naar huis genomen: een foto van zijn gezin, de tekeningen die zijn dochters hadden gemaakt en die hij aan de muur had geplakt. Marion had de gebeurtenissen van de laatste dagen de revue laten passeren. Steeds weer was dat een confrontatie met de pijnlijke vraag of deze gang van zaken niet te voorkomen was geweest. Een helder antwoord daarop was niet te vinden.

Op de dag dat Katrín met de Gullfoss naar Kopenhagen was teruggevaren had Marion haar met de auto meegenomen, de stad uit. Via Kópavogur waren ze naar Garðabær gereden. Daar stond sanatorium Vífilsstaðir met zijn witte muren en rode daken – een herinnering aan de grote vrees waarmee tuberculose altijd omgeven was geweest.

'Ik heb al zoveel over deze plek gehoord en ik ben er nog nooit geweest,' zei Katrín terwijl ze uitstapte en naar het gebouw keek. 'Ziet er heel mooi uit.'

'Ondanks alles heb ik het hier goed gehad,' zei Marion. Ze liepen naar de achterkant van het gebouw. Daar zagen ze de lighal, leeg nu en in een beginnend stadium van verval. Het meer lag te glinsteren in de zomerzon. Marion wees naar een van de ramen van het sanatorium.

'Kijk, daar lag ik. Ik keek uit op het meer. En daar was de kamer van je neef, van Anton. En daar, boven aan de helling, staat Gunnhildur – die steenhoop daar. Die gebruikten ze hier als maatstaf. Ze zeiden dat je aan de beterende hand was als je met wandelen Gunnhildur haalde.'

Katrín glimlachte en liep met Marion de helling op, in de richting van de steenhoop. Het was nog een flink eind en ze moesten steil omhoog. Toen ze boven waren ging Katrín op een oude borstwering zitten die daar in de oorlogsjaren was opgeworpen.

'Wie was Gunnhildur?' vroeg ze.

'Daar ben ik nooit achter gekomen,' zei Marion, nog hijgend. 'Als je het mij vraagt weet geen mens dat. Misschien een vrouw die hier vroeger heeft gewoond.'

Beneden bij het sanatorium was wat verkeer. Het aantal tbc-patiënten was in rap tempo gedaald en nu was er sprake van hier psychiatrische patiënten onder te brengen, zodat de mogelijkheden van het gebouw benut zouden blijven.

'Wij hebben het gehaald,' zei Katrín. 'Een heleboel anderen zijn niet zo gelukkig geweest.'

'Nee,' zei Marion. 'We mogen dankbaar zijn. En toch ga je straks weg.'

'Ik hoop dat je het begrijpt, Marion.'

'Ik weet niet zeker of ik nog érgens iets van begrijp.'

'Ik ben je heel veel dank verschuldigd,' zei Katrín. 'Ik ben altijd aan je blijven denken. Jij blijft altijd een grote plaats in mijn bestaan innemen.'

'Dat zou ik van jou ook kunnen zeggen, Katrín.'

'Misschien kan het voor mij alleen maar op deze manier. Dat je er voor me bent in een aantal herinneringen die tegelijk pijnlijk en oneindig kostbaar zijn. Zo voel ik me het best met je. Als ik alleen ben. Ik weet niet hoe ik het beter kan uitleggen. En ik vind dat ik je niet in onzekerheid mag laten. Ik zal nooit hierheen verhuizen en ik zal ook nooit met iemand gaan samenwonen, niet met jou en niet met een ander. Dat weet ik. Op de een of andere manier heb ik dat altijd wel geweten.'

Marion keek in de richting van de steenhoop. Die bestond uit keien van de helling. Geen mens wist eigenlijk waarom hij lang geleden was opgeworpen, een grote hoop stenen, breed aan de basis, onregelmatig van vorm.

'Ik zou het zo fijn vinden als je me regelmatig schreef. Dan weet ik in elk geval of het goed met je gaat,' zei Marion.

'Ja,' zei Katrín. 'Natuurlijk.'

'En als je van mening verandert, dan weet je me te vinden.'

'Dat heb ik altijd geweten, Marion. Dat heb ik altijd geweten.'

Later die dag voer de Gullfoss de haven uit. De scheepshoorn loeide toen het schip de havenmond verliet. Marion ging naar huis terug. Een zweem van Katríns aanwezigheid hing nog in de kamer. Op de keukentafel lag een briefje. De tekst luidde:

Vergeef me.
K.

Opnieuw, en nu beslister, werd er op de deur geklopt. Marion zette de radio zachter. In de deuropening stond een jongeman. Hij was van gemiddelde lengte en stevig gebouwd, zonder gedrongen te zijn. Onder een dikke, roodachtige haardos toonde hij een intelligent gezicht met een vastberaden mond. Rond zijn ogen lag een trek van diep verdriet, die Marion eigenaardig vond voor zo'n jonge vent. Hij was gekleed in politie-uniform, maar scheen zich daar niet in thuis te voelen. Het leek alsof hij het deze dag voor het eerst had aangetrokken en het maar stijf en ongemakkelijk vond. In zijn ene hand hield hij een envelop.

'Wat wil je?' vroeg Marion, die opstond en naar de deur liep.

'Ik ben op zoek naar Marion,' zei de jongeman. Hij krabde zich onder de kraag van zijn uniformjasje.

'Ben je hier nieuw?' vroeg Marion, die de meeste politiemensen in Reykjavík wel kende.

'Ik heb een tijd bij de verkeerspolitie gezeten. Ben jij misschien...'

Marion knikte.

'Ik heb een brief voor je,' zei de agent, terwijl hij Marion de envelop overhandigde.

'Dank je wel. Hoe heet je?' vroeg Marion.

'Erlendur,' antwoordde de jongeman met de verdrietige trekken. 'Ik heet Erlendur Sveinsson.'

Winnaar van de CWA Gold Dagger Award!

'Wat een goede schrijver.' *Het Parool*

Bekroond met de CWA Gold Dagger Award!

ARNALDUR
INDRIÐASON
MOORDKUIL
LITERAIRE THRILLER
INDRIÐASON: WERELDWIJD 10 MILJOEN BOEKEN VERKOCHT

'Hulde, hulde, hulde…' Ezzulia.nl

'*Koudegolf* is Indriðasons belangrijkste boek.'
NRC *Handelsblad*

'Het beste wat Arnaldur Indriðason ooit heeft geschreven. Briljant.' *De Telegraaf*

Vrij Nederland Thriller van het Jaar

'De beste thriller van dit jaar uit Scandinavisch taalgebied – en misschien ook wel wereldwijd – is al verschenen.' *Trouw*

Uitgeverij Querido stelt alles in het werk om op milieuvriendelijke en duurzame wijze met natuurlijke bronnen om te gaan. Bij de productie van dit boek is gebruikgemaakt van papier dat het keurmerk van de Forest Stewardship Council (FSC®) mag dragen. Bij dit papier is het zeker dat de productie niet tot bosvernietiging heeft geleid.

FSC
www.fsc.org
MIX
Papier van verantwoorde herkomst
FSC® C004472